꽃과 제물

정영현 장편소설
꽃과 제물

초판 1쇄 발행   2018년 12월 17일

지 은 이   정영현
펴 낸 이   이광호
주   간   이근혜
편   집   조은혜 이민희 박선우 김필균
펴 낸 곳   ㈜문학과지성사
등록번호   제1993-000098호
주   소   04034 서울 마포구 잔다리로7길 18(서교동 377-20)
전   화   02)338-7224
팩   스   02)323-4180(편집)   02)338-7221(영업)
전자우편   moonji@moonji.com
홈페이지   www.moonji.com

© 정영현, 2018. Printed in Seoul, Korea

ISBN 978-89-320-3485-0 03810

이 도서의 국립중앙도서관 출판예정도서목록(CIP)은 서지정보유통지원시스템 홈페이지
(http://seoji.nl.go.kr)와 국가자료공동목록시스템(http://www.nl.go.kr/kolisnet)에서
이용하실 수 있습니다. (CIP제어번호: CIP2018039449)

정영현 장편소설

꽃과 제물

문학과
지성사

차례

봄

여름

봄

여름

봄

여름

봄

봄

1. 반복

 젠장! 그는 다시 걸음을 멈추었다. 수미가 옆으로 다가오기를 기다려 걸음을 옮기는데, 다시금 수미가 뒤로 처졌다. 그래 또 수미가 다가오기를 기다리고 있자니, 이번에는 그의 옆에 와서 걸음을 늦추는 빛도 없이 그대로 지나쳐 갔다. 그 뒤를 성큼 성큼 큰 걸음으로 쫓고 있자니까, 어느 결엔가 또각거리는 수미의 발소리가 뒤로 들렸다. 그래서 또 기다리고, 또 따라가고, 어느 한쪽에서 한 걸음 빠르면, 다른 한쪽이 한 걸음 느리고, 이렇게 나란히 가는 두 사람의 보조가 어쩐지 영 고집스럽게 맞아들지 않았다.
 그는 걸음을 멈추고 뒤를 돌아보았다. 그의 등을 쳐다보고 있던 수미는 얼굴을 돌리며 먼 시선이 되었다.
 "왜 그래?"

잠시 그를 쳐다보던 수미는 다시 외면을 했다.

"우린 헤어졌으면 해요."

"어디 갈 데라도 있어?"

"아뇨. 그게 아니라 우리가 한 약혼 말예요. 그만두기로 해요."

그는 수미를 돌아보았다. 수미의 얼굴은 네온이 꺼졌다 켜졌다 하는 거리를 향하고 있었다.

"농담 말어."

"농담 같으세요?"

수미가 먼 시선을 거두고 그를 바라보았다.

"아니."

그는 담배를 꺼내고 주머니에 성냥을 찾았다. 없었다. 그는 길 옆, 땅콩장사의 노점에 켜 있는 카바이트 불에 담배를 당겼다. 그러고 나서 그는 사람들 사이로 앞서가는 수미의 날씬한 뒷모습을 쳐다보았다. 슬랙스를 입은 곧고 긴 다리가 활발하고 무심하게 걷고 있었다. 아직 소녀티가 가시지 않은 오동통한 볼에 언제나 뜻없이 생기가 넘치는 큰 눈을 하고 있던 수미. 그러나 그는 지금 전혀 모르는 어느 낯선 여자같이 느끼면서 그녀가 아름답지 않다곤 하지 못했다. 그는 담배를 피우며 천천히 수미의 옆으로 갔다.

"어디 들어가 커피라도 마실까?"

앞을 보고 있던 수미는 다만 옆으로 비치는 상점의 불빛에 반사되어 빛나고 있는 눈은 텅 비고, 그 순간 이미 그녀가 하던 얘기와는 멀고 자기 존재마저 잊고 있는 것 같았다. 그가 말을 걸자 깜짝 싶은 모양이었다.

"아니…… 그냥 걸어요."

"걸을 맘도 없으면서."

"다방의 구석 자리 하나 차지하고 시간 보낼 맘도 없구."

"그렇지."

"그리구 우린 꼭 어디 가야 할 데도 없지 않아요."

속력을 낸 합승 한 대가 앞으로 달려와 인도에 대고 바싹 멈추었다. 한 떼의 사람들이 왁하고 합승에 덤벼들었다. 그러자 삽시에 잇달아 몇 대의 합승이 꽁지를 물고 멈추었다.

"어째서 그런 생각이 든 거지?"

한순간 수미는 무슨 말인지 모르는 것 같았다.

"나도 모르겠어요."

"다른 수라도 생겼다는 건가?"

"그렇다고 생각하세요?"

"그럴 수도 있는 거 아냐."

"아아, 정말 무슨 수라도 있었으면 좋겠다고 생각잖으세요?"

"웬일이야."

"왜 물으세요? 다 알면서."

"뭘 안다는 거야."

"알면서, 다 알면서…… 정말 모른다는 거예요?"

왜 모르겠는가. 그것도 수미가 말할 때까지. 그러나 그는 그렇게 쉽게 넘어질 수 없었다. 지금 무엇이라도 말을 해야 했다. 그렇잖으면 이 침묵은 순순히 모든 걸 긍정하는 것뿐이다. 당장 무슨 억지 같은 말이라도 해야 했다. 그리고 지금 이 마당에서 억지 아닌 것이 어디 있겠는가. 또한 억지이면서 그러면서 이 이상 모든 게 분명해질 수는 없었다. 이 모든 것을 정연히 알고 있다는 것, 수미가 한 이야기에는 놀라지도 않았고, 자연히 받아들인 관용성에 그는 자신을 향해 성을 내고 있었다.

"얘기를 해야지 뭔가."

"그렇게 물으면 우습잖아요. 우린 어려서부터 함께 자라고, 그래서 약혼을 했고, 또 결혼할 게구, 함께 늙을 게구, 그런 거죠 뭐, 뭐긴 뭐겠어요. 아무것도 아니죠."

"아무것도 아니지, 정말 아무것도 아니지. 인간은 누군 누구와 함께 특별히 살아야 하고, 참 그래야만 한다는 게지."

"정말 우습죠. 왜 그런지 참을 수가 없는 것 같애요."

"혼자가 아니고 누구와 함께라면 좋다는 거지."

"아니에요. 성규도 참을 수 없어 하는데."

"그래도 함께 늙어간다는 건 좋은 일일 거야."

"거짓말! 난 그렇게 생각잖아요. 지금 그런 생각을 한다면 미쳤다고 할 거예요. 성규는 늙는다는 건 생각도 못 하면서."

"아무것도 아니지, 둘이라도 별수 없는 게지. 그래 난 오늘이 토요일이 아니었음 생각하지."

"아, 그렇죠. 토요일이 아니었음 하죠. 네."

수미는 뜻 없는 말을 뜨겁게 말했다. 둘은 라디오 상점 앞을 지나고 있었다. 막 임시 뉴스를 알리고 있었다.

"토요일의 데이트, 갈 곳 없는 나들이, 참 맥없고 어처구니없죠. 우리가 함께 늙는다는 것도 이런 거겠죠, 뭐, 그렇잖아요, 네."

열띤 아나운서의 음성이 수미의 말을 지웠다. 어디선가 또 야당 선거 운동원에 대한 테러 사건을 발표하고 있었다.

둘은 고스톱에 걸려 걸음을 멈추었다. 맞은편 길 건너로 꼬약꼬약 사람들이 몰려들어 떼를 이루며 기다리고 있었다. 그 너머로 불빛이 밝은 상가를 분주히 지나는 인파, 우중충한 거리에 미온의 불빛이 빠르게 흐르는 간판들, 회색 하늘은 나지막하고 봄날 저녁은 포근했다.

"정말 토요일 저녁이 아니었음 좋겠죠, 네."

수미가 간판들을 바라보며 멍하니 되뇌었다. 성규는 수미가 그 말을 그렇게 쉽게 말하는 데 새삼 놀랐다. 전혀 동감을 하면서도 그는 수미의 입에서 그 말을 들으니 수치와 무력감에 성이 나고 있었다.

파란 불이 켜지고 길이 열렸다. 사람들이 이쪽으로 오고, 그가 그쪽으로 건너간대도 마찬가지였다.

"그래 쓸데없는 짓이지, 다 결국 마찬가진걸."

"뭐가 마찬가지예요."

11

“토요일이 아니었다 해도 말이지.”

“필동에나 우리집에 데려다주세요.”

수미가 조용히 지친 듯 말했다.

잠시 후 둘은 성규의 집 골목으로 접어들었다. 대문 앞에 안씨의 자동차가 멈춰 있는 게 보였다. 성규의 아버지가 일찍 집에 돌아온 모양이었다. 둘이 가까이 가자, 운전수가 자동차 안에 앉아 있었다. 그렇다면 곧 다시 아버지는 외출할 모양이었다.

수미가 운전수에게 생긋 웃었다. 좀 전의 일은 다 잊은 듯이 예의 어자다운 수미 행동이었다. 유리창 너머로 운전수가 뭐라고 인사를 하는 모양인데, 그들에겐 들리지 않았다.

대문 소리에 개가 으르렁댔다. 둘이 안으로 들어서자 짖을 기세던 개가 제풀에 계면쩍게 꼬리를 내둘렀다. 수미는 마당을 지나며 두어 번 손을 설레설레 흔들다 말았다. 여느 때처럼 같이 장난칠 마음이 안 나는 모양이었다. 앞장서 그녀는 곧장 현관 쪽으로 갔다. 응접실에 손님이 있었다. 불이 켜 있고, 이야기 소리와 아버지의 짧고 낮은 웃음소리가 들렸다. 그러나 성규는 여느 날처럼 수미를 그의 방으로 데리고 올라가는 자연스러움을 잃고 있었다. 그렇다고 어머니가 쓰는 안방으로 들어가긴 더욱 자연스럽지 못했다. 그가 잠시 마루에 서서 망설이고 있자니까,

“거, 성규냐?”

하고 응접실에서 아버지가 불렀다.

"네."

성규는 대답만 하고 서 있었다.

"혼자냐?"

방 안에서 이쪽 기척을 살피는지 잠잠했다.

성규가 얼른 대답을 못 하고 있는데,

"저두예요."

대신 수미가 대답했다. 그러고는 수미가 몸을 돌려 응접실 문으로 갔다. 성규는 수미의 등을 물끄러미 바라보며 '수미가 왔어요' 하고 늘 하던 간단한 말을 할 수 없었던 것에 성을 내고 있었다.

수미가 응접실 문을 열고 기웃이 들여다보며,

"아, 안녕하세요."

누구한텐지 모르게 깍듯이 인사를 했다.

"전 손님이 오셨는 줄 알았어요."

이러며 수미가 응접실로 들어가고, 성규는 수미의 대굴대굴 굴리는 듯한 목소리를 들으며 잠시 움직이지 않고 서 있다가 이층으로 올라갔다. 그는 자기 방문을 열고 들어가서 어둠 속에 잠시 우두커니 서 있었다. 아래층에서 수미와 아버지의 웃음소리가 들려왔다. 성규는 문을 닫았다. 그 이상 아무 소리도 들리지 않았다. 그는 전등을 켤 생각도 않고 외투를 벗어 의자 위로 던졌다. 방 안은 아주 어둡지는 않았다. 정원의 불빛이 창으로 비치고 있었다. 그는 담배를 찾아 물고 창가로 갔다. 성냥이 없던 걸 생각하고 테이블로 가서 라이터에 불을 당겨 다시 창가로 가 서서 담배를 피웠다. 그의 시선이 멀리 마주 보이는 남산에 줄지어 있는 가등을 따라 올라가다 그 중간은 어디쯤인가 하고 실없는 생각을 했다. 그 밑으로 시가가 불야성을 이루고, 밤은 아름답고 전혀 낮과는 다른 세계를 이루고 있었다. 그러나 그 세계에 낮의 권태와 우울이 따르듯, 밤은 아름답게 악의 꽃을 피우고 있을 게다. 성규는 창문을 열고 담배를 던졌다. 빨간 불이 어둠 속에서 뜰로 내려앉았다. 그 바로 아래 창은 어머니 방이었다. 성규는 어머니가 집에 있는지 나갔는지 보이지 않던 게 생각났다.

성규는 침대로 가서 잠시 아래층에 귀를 기울였다. 아무 기척도 없었다. 수미는 올라오지 않는 모양이었다. 그는 침대 위에 벌렁 누워 아무 생각도 않으려 했다. 수미 같은 것, 제기랄, 그만두자. 수미가 해야 할 생각까지 다 자기가 도맡을 수야 없지 않는가. 수미가 무엇을 생각하든 그가 그녀의 생각에 따라야 한다는 건 없지 않는가. 수미가 말했듯이 그들이 함께 자라고, 또 약혼도 그렇게 무심하게 한 건 사실이다. 그렇다고 그런 것이 다 잘못일 순 없지 않는가. 그러나 다시 좀 생각해볼 만하다는 수미의 말은 옳은 것이다. 놀랄 만하게 옳은 것이다. 수미가 여자인 이상 한번은 그렇게 생각해보는 것도 괜찮을 것이다. 그것이 아주 정상일 게다. 한번쯤 그녀 자신에게 또는 성규에게 저항을 느끼는 것도 옳을 게다. 그렇다고 성규 자기까지 그래야 된다는

14

것은 아니다. 그러나 이런 문제를 가지고 바보처럼 왈가불가하지 말자. 수미가 오늘 그런 말을 꺼냈다고 해서 그런 생각이 오늘 시작된 것도 아닐 게고 또 그랬다 해서 오늘 해결될 문제가 아니다. 그녀의 이유는 성규 자기에게만 있는 게 아닐 것이다. 만약 자기에게만 있다면, 그녀가 바랄 수 있는 해결은 보다 쉬울 것이다.

그리고 그녀가 그런 문제를 그렇게 쉽게 말을 꺼낼 수 있다는 건 심각해할 문제는 아닌 것이다. 사실 그녀에게 심각해할 무엇이 있겠는가. 그러면서 그 가벼운 것이 그녀의 본질을 이루고 있다는 것도 부인 못 한다. 그것은 아주 가벼우면서 본질적인 불만인 것이다. 그러나 그도 불만은 있다. 그 자신 말을 할 수 없다는 것뿐이지. 말을 할 수 없을 뿐만 아니라, 그렇게 쉽게 표현되는 것도 아니다. 그는 여자와는 아주 다르다고 생각한다. 그는 아버지의 생활 태도며, 또 자기의 생활 태도가 모두 불만의 대상이 될 수 있다. 그는 그리 대성하지 못할 공부와 그다음 결혼하고 아버지의 일을 보고, 그러면서 자연히 아버지처럼 늙어갈 것이다. 아무리 싫다 해도 분명 그렇게 되고 말 것이다. 그는 침대에 다리를 쭉 폈다. 피곤과 권태뿐이다. 그렇다. 그들에겐 권태란 공동의 적이 있다. 그것으로 그들은 서로 연결되어 있는지도 모른다. 둘이서 붙어 싸돌아다니는 사이, 사랑 속에서조차 어쩔 수 없이 자기 자신이 혼자라는 의식과 결국은 고독한 자신의 경계에 부딪치고 마는 것이었다. 그리고 끝내는 서로 아무

것도 아닌 타인에 불과하다는 아주 낯설고 어설픈 기분이 되어
버린다. 그래서 그들의 사랑은 사랑함에도 불구하고 결혼하느
니보다 헤어지는 편이 낫다고까지 하게 된다. 권태는 이렇게 모
든 걸 일시에 부정해버린다. 그러나 그것은 어차피 지나가버린
다. 이렇게 느끼는 것도 잠시, 결국 모든 것은 지나가버리고, 생
활은 여전히 되풀이된다. 그러나 무엇보다 불쾌한 것은 모든 게
무감동 상태라는 것, 세상만사 낡아빠진 미적지근한 불만과 미
적지근한 권태뿐이라는 것이었다.

"여기 계세요?"
수미가 문을 열었다.
"들어와."
성규는 누워서 움직이지 않았다.
"왜 불도 켜지 않구."
"아주 아무것도 안 보여?"
"이젠 보여요. 누워 있군요."
"가만있어, 내 일어나 불 켜지."
"아니 그냥 두세요."
성규는 침대에서 일어났다. 수미의 옆을 지나, 벽의 스위치를
켰다. 방 안이 눈부셨다. 시커멓던 물건들이 정체를 드러냈다.
테이블, 책장, 전축, 의자들, 벽에 양화가 한 폭, 수미가 그린 것,
이조 때의 글씨, 어머니가 걸어준 아버지 취미 사진 한 점. 성규

는 의자에서 외투를 집어 옷장을 열고 걸어 넣었다. 그러고는 다시 침대가에 걸터앉았다. 수미는 비워준 의자에 앉지 않고 그대로 서 있었다.

"어찌 그리 이상하게 구세요?"

"불을 안 켠 걸 말하는 건가, 외투를 치운 걸 말인가."

"왜 일부러 일어나서 불을 켜고 하는 거예요."

"수미가 어둡다잖았어."

"보통 땐 저에게 그리 친절하지 못했어요."

"그렇다면 때론 나라고 친절하면 못쓰나."

성규는 침대에 비스듬히 기대었다.

"그게 아니었어요."

수미는 외투를 벗어서 성규가 하듯이 의자에 걸쳐놓았다. 안에 진달래색 스웨터를 입고 있었다. 희고 상큼한 목이 드러났다. 수미는 곧장 그의 옆에 와 침대가에 걸터앉았다. 성규는 자리를 좀 비켜주었다.

"아깐, 어둠 속에 가만 누워서 참 편한 것 같았어요. 또 싫은 것 같기도 하고. 허지만 불을 켜고 하니 더 나빠졌어요."

"그렇다면 다시 일어나 불을 끌까, 그거라면 쉽지."

수미는 가만히 그의 눈 속을 들여다보았다. 머리칼이 수미의 목덜미로 흘러내리고 맑은 눈동자는 그녀가 괴로운 것인지, 즐거워하는 것인지 심술궂어하는 것인지 알 수가 없었다.

"그런데 어디 불편하세요?"

"그건 다만 묻기 위해서 하는 말인가? 내가 그렇게 보여?"

"설마 아까 한 말 같은 것 땜에 맘 상한 건 아니겠죠?"

"수미가 여자라면 어느 땐가 한번 생각해볼 문제였겠지."

"네, 그랬어요. 내가 한 생각을 말한다고 해서 나쁜 건 없겠죠? 그리구 제가 그런 걸 상의할 사람은 성규밖에 또 어디 있어요."

성규는 그만 그녀의 천연덕스러움에 웃음을 터뜨렸다.

"정말 맘 상한 건 아니죠. 사실 맘 상할 만한 게 있어야지 뭐, 허지만 난 불을 켜고 어쩌구 하니 기분 나빴어요."

"이젠 무슨 트집이 나올지 모르겠는걸."

"제가 문을 열 때, 무슨 생각을 했는지 아세요? 우리가 어렸을 때 술래잡기한 저녁 생각나세요?"

"어느 저녁? 꼬투리를 잡을 참이면 술래잡기야 한두 번 한 건 아니겠지."

"내가 여기서 침대 아래위를 뛰어다니며 술래잡기하다 보니 어두워진 것도 몰랐죠. 그래도 우린 침대 위를 뒹굴며 놀았죠. 성규가 날 잡을 땐 참 수줍어했죠. 난 안 그랬어요. 생각나세요?"

"나야 언제나 수줍어하지. 여자 앞이면 무조건."

"농담이 아녜요. 그런데 이 눈은 근사하잖아요. 난 참 운이 좋아요. 이런 분하구 함께 있을 수 있다니."

수미가 그에게 허리를 굽히고 장난스럽게 그의 눈꺼풀을 간지럽히며 웃었다. 성규는 벌떡 침대에서 뛰어 일어났다.

"어머, 눈을 다쳤어요?"

수미가 놀라서 침대에 엉거주춤 따라 일어났다.

성규는 테이블로 가서 담배에 라이터 불을 붙였다.

"괜찮으세요?"

"수미!"

성규는 수미 쪽을 몸을 돌렸다.

"그런 경우 남자란 그리 참을성이 많지 않은 거야."

수미는 여전히 놀란 얼굴을 하고 있었다.

"아니야."

성규는 창가로 가 밖을 내다보았다.

"지금 수미가 한 것처럼 남자를 쓰다듬으면서 달콤한 말을 들려주면 남자란 못 참는 거야."

갑자기 수미가 발작적으로 웃기 시작했다.

"남자가요! 성규는 내게 오빠 같기도 하구, 친구 같기도 하구, 아빠 같을 때도 있는데요."

수미는 또 발작적으로 웃음을 뚝 그쳤다.

"네, 그래요. 남자예요."

눈을 크게 하고 수미가 조용히 말했다.

"알아두어야 해. 남자란 그런 거야."

성규는 입을 악물고 주먹을 불끈 쥐고 있었다.

"이젠 술래잡기하던 수미나 내가 아냐."

수미는 겁을 먹고 성규를 쳐다보고 있었다. 그러나 성규는 들뛰노는 가슴으로 어떻게 수미를 안심시킬지를 몰랐다. 수미가 어느 정도 남자를 알고 모르는 것이 그녀의 탓만은 아니잖는가. 그래 그가 고작 그녀에게 보여주었던 것은 오빠요, 친구요, 아버지였는지 몰랐다. 그런 과정 속에 약혼이 있었고, 그녀가 조금이라도 남자에게 어떤 것을 의미하고 있다는 걸 안다면, 그렇게 쉽게 약혼을 그만두자는 등의 말은 하지 못했으리라. 한편 수미가 한 얘기가 대수롭지 않다고 끊임없이 타이르면서 계속 가슴속이 어지럽게 뒤끓음은 어쩔 수 없었다. 이러한 구구한 자위에 더욱 그의 심정은 뒤틀리고 텅 비어갔다. 남자의 쓰디쓴 자부심 속에 여지없이 묻혀서 옴짝달싹을 못했다.

"거, 이층에 아무도 없냐!"

아버지가 이층을 향해 부르는 소리가 들렸다. 성규는 뻣뻣이 창가에 선 채 밖을 내다보고 있었다. 수미가 문을 열고 나갔다. 층계에 콩콩 소릴 내며 내려가는 소리가 들리더니 잠잠해졌다. 잠시 후 어느 결에 수미가 다시 살며시 방문을 열고 들어왔다.

"회장 아저씨가 함께 나가재요."

"누굴? 수미를."

"둘 다죠 뭐."

"왜?"

"모르겠어요."

"수미는 간다고 했어?"

"내가 어떻게 마다고 해요."

"난 싫어."

"저두 성규가 싫어할 것이라고 말했어요. 저두 싫어요."

그러나 수미는 외투를 걸치고 있었다.

"가보지"

하고 성규도 외투를 꺼냈다.

"네, 우린 어쨌든 시간을 보내야 해요. 둘이선 힘들겠죠."

마당에서 아버지와 윤 전무가 서성거리고 있었다.

성규는 윤 전무에게 인사하고,

"어디를 가시려는 겁니까?"

하고 누구에게 향해선지 모르게 물었다.

"따라와 봐라."

아버지가 받았다.

"우린 따라만 가면 됩니까."

"그래."

자동차에 아버지가 운전수 옆자리에 앉고 뒤로 나머지 세 사람이 오르자, 차가 출발했다. 자동차가 어두운 골목을 빠져나올 때, 창밖으로 영화 광고처럼 즐비한 선거 포스터가 헤드라이트에 비쳤다. 담벽에 나붙은 입후보자의 커다란 얼굴이 불쑥 어둠 속에 튀어나왔다 사라지곤 했다. 자동차는 불빛이 밝은 차도로 나와 자동차 행렬 사이로 끼어들었다.

"정말, 회장 아저씨, 우리 어디 가는 거예요?"

"가만있어 봐."

"촌수가 이상한데, 아직두 수미에겐 회장님이 아저씬가."

윤 전무가 빙글거렸다. 성규는 입을 꽉 다문 채 창밖만 바라보고 있었다.

"너희들은 늘 어째 그러냐, 나가 놀 줄도 모르고, 집에만 붙어 있으니 낮엔 뭣들 했니?"

"마장에 갔었어요."

수미가 말했다.

"말 좀 탔니?"

하고 아버지가 수미를 돌아보았다.

"그럼 마장에 가서 말 안 타고 돌아올 것 같으세요."

"재미있더냐."

아버지가 이번엔 성규를 향했다.

"그렇죠 뭐."

성규의 마지못한 대답이었다.

"헌데, 넌 왜 늘 그 모양이냐, 젊은 놈이, 맥이 풀려서."

대꾸는 없었다.

"그럼 회장 아저씬 낮에 뭘 하셨어요?"

하고 얼른 수미가 말했다.

"나야 너희들처럼 늘어질 팔자는 못 되지."

"아유, 회장 아저씬 막 우리한테 엄살이시네, 일요일도 없는 것처럼. 내일은 뭘 하시겠어요."

"낚시나 갈란다."

"저두 가요."

"왜 내가 너희들을 끌고 다녀야 하니, 너희들끼린 못 가니?"

"어마, 그러시니까 저희들을 언제나 데리고 다니신 것같이 들리는데요."

"수미가 옆에 있으면 성균 어디 있으나 마찬가질걸, 이제나 저제나 수민 성규만 졸졸 따라다니며 성가시게 굴겠지."

다시 윤 전무가 말참견을 했다.

"부전자전이란 말 있잖아요. 어머닌 어떻구요. 바로 우리 어머니가 그렇거든요. 어머닌 회장 아저씨 그림잔데요 뭐, 그것에 댈 게 뭐예요."

"헛참, 어머니가 누구 그림자라구? 당치도 않은, 그렇다면 내야 어머니 그림자지."

아버지가 육중한 체구를 돌려 뒷좌석을 바라보았다.

이렇게 지껄이고 있는데, 운전수는 그들이 갈 곳을 잘 아는지 조용히 차를 H호텔 현관에다 세웠다.

들뜬 듯한 재즈 곡이 기운 없이 울려오고 있었다. 어둠침침한 홀 한가운데로 빼곡한 사람들이 춤을 추며 붐비고 있었다. 어둠 속에 흰옷을 입은 웨이터가 안 씨를 홀 안쪽으로 안내해서 한 테이블로 데려갔다. 그러나 누군가 이미 테이블을 차지하고 있었다. 수미의 어머니 송 여사가 두 남자 사이에 앉아 있었다. 그

들이 다가가자, 남자들이 자리에서 일어나 안 씨를 맞았다. 그
들 중에 하나는 성규에게도 안면이 있는 사람이었다. 최 의원이
라고, 서울 한 모퉁이의 십만 주민을 대표하는 선량이었다. 정
계에선 모사꾼으로 정평이 나 있었다.

"송 여사가 빠르셨군요"

하며 안 씨가 그 육중한 체구로 송 여사 옆에 앉았다.

"헌데 쟤네들이 여긴 다 웬일이에요."

송 여사는 수미와 성규 쪽을 쳐다보고 있었다. 둘은 오다 말
고 멀뚱이 서 있었다.

"허, 그 애들 말입니까, 오는 길에 빈 차에 실어왔습니다. 놀
기라도 하라고."

모두가 그 둘 쪽을 바라보았다.

그들은 일행과 떨어져 뒤쪽에 마치 숨고 싶은 듯이 서 있었
다. 흐릿한 불빛 아래 성규는 그저 뻣뻣이 서 있었다.

"보세요, 어머닌 회장 아저씨 그림자라니까요."

수미가 불쑥 무안한 듯이 한마디 했다.

"모르는 소리, 뒤따른 건 아저씨지, 그림자란 뒤따르는 법이
거든."

"무슨 얘기예요?"

하며 송 여사가 안 씨를 바라보았다.

"아직 자동차에서 하던 얘기 끝이 안 나서, 그런데 너희들 김
의원께 인사드려라, 이건 제 아들놈이고, 옆에는 에…… 또 앞

으로 그렇게 될 아이입니다. 며늘 아이 말입니다. 바로 여기 송 여사의 따님이죠."

성규 옆에서 수미가 소학생처럼 고개를 숙였다. 정말 성규는 아버지의 익살에 당장에라도 쥐구멍을 찾고 싶은 심정이었다.

"아, 그렇군요, 참 부럽습니다그려."

김 의원이란 자가 한마디 했다. 안 씨가 부럽다는 것인지. 그들 둘이 부럽다는 것인지, 그윽한 표정이 정말 무엇인가 부러운 듯한 낯을 하고 있었다.

"그럼 너희들일랑 그쪽에서 놀기로 하고, 여긴 좀 따분한 얘기가 있으니까."

성규는 아버지 말이 채 끝나기도 전에 돌아섰다. 그러자 다시 안 씨가 그들을 뒤에서 불러 세웠다.

"아, 그런데 너희들, 춤출 줄도 모르는 건 아니겠지."

성규는 뒤돌아보지 않은 채 걸어갔다. 등 뒤에서 매우 유쾌한 듯한 아버지의 웃음소리가 일었다. 덩달아 따라 웃는 웃음소리.

둘이 일행과 멀찌감치 떨어진 테이블에 앉자, 수미가

"제 잘못이에요"

했다.

"누가 설마 이런 줄 알았나."

성규는 담배를 꺼내 성마르게 불을 붙였다.

이때 웨이터가 쟁반을 들고 나타났다. 시키지도 않은 맥주를 가져왔다. 성규는 아버지 쪽을 쳐다보았다. 그들도 술병을 앞에 놓고 무언인가 열심히 말을 나누는 모습이 보였다.

웨이터는 능숙하게 테이블을 보고 있었다. 성규는 그들 앞에 움직이고 있는 손을 가만히 지켜보고 있었다. 나긋나긋하기조차 한 손길은 테이블 위에 잽싸면서 조용하게 움직이고 있었다. 마치 그에게 손만이 살아 있듯이. 수미 앞에 유리컵을 밀어놓을 땐 아주 맵시가 있었다. 드디어 병마개를 따고는,

"부어드릴까요?"

하고 수미에게 물었다.

"됐습니다"

하고 성규가 말했다.

"뭐 달리 청할 게 있으십니까."

"아니 됐습니다."

"뭘 청하실지 물어보시라구 해서요."

"감사합니다. 이따 봐서 청할 게 있으면 다시 청하지요."

수미는 그동안 두 손을 포개고 얌전히 앉아 있었다. 웨이터가 물러가는 걸 보고 수미가,

"저긴 무슨 얘기를 하고 있을까요. 우리가 들으면 안 되는."

"돈 얘기밖에 더 있을라구"

하며 성규는 아버지 테이블 쪽을 건너다보았다. 무슨 얘기 끝인지 막 한바탕 아주 유쾌하게들 웃고 있는 중이었다. 그러면서 언제 보나 한결같이 까칠한 최 의원은 도수 높은 안경알을 번득

이고 있었다. 김 의원의 기름기 흐르는 두툼한 얼굴이 등불 밑에 번들거리고. 그러고 보니 누구와 비슷했다. 그것은 신문지상에 빈번히 오르내리는 얼굴이었다. 그래 거기서 보았구나, 그래서 아까부터 어디서 본 듯이 낯이 익었구나, 아하, 저들의 권력과 아버지의 재력, 오늘 밤 이 자리에 권력과 재벌이 한자리에 모였구나, 하고 성규는 생각했다.

오늘같이 선거도 막바지에는 저들의 선거 자금이 깨진 그릇에 물 붓기였다. 이렇게 집중적으로 필요한 그 엄청난 선거 자금의 조달 방법으로 저들은 이 나라의 재벌이 필요했고, 재계의 유력한 인물 중에 하나인 안은 자기 사업을 키우는 방법을 알고 있었다. 동시에 안은 자기 사업에 대해서 약점도 알고 있었다. 그렇게 큰 사업을 키우는 데는 그때그때의 정권과 부득이 손을 잡지 않을 수 없다는 것이다. 바로 그것이 이제까지의 재벌 형성에서의 이 나라 현실이기도 했다. 그리고 이번 선거는 안에게 또 하나의 새로운 기회였다. 그는 뼛속까지 철저한 장사꾼이었다. 절대로 담보 없는 짓은 않는다. 틀림없이 이번 선거 후도 새로운 컴컴한 이권의 약속이 있을 게다. 그러한 거래는 밤보다 더욱 밑 모를 짙은 어둠이었다.

"저길 좀 봐, 저 얼치기 김 의원, 선거 자금 더 울궈내려고 선웃음 치는 걸, 게다가 저렇게 즐겁기만 한 듯한 아버진 구렁이란 말이야, 아니 독사뱀이 격에 더 맞겠군, 한여름 햇볕이 쨍쨍 내려쬘 때, 독이 잔뜩 오른 화사한 독사뱀이지. 무엇이든 한번 그의 눈에 들었다 하면 틀림없지, 여자만 해도 그렇지. 그 예의 화사한 꼬리를 살살 내흔들어 상대방의 눈을 흐리게 해서 어김없이 걸려들게 하고. 사업도 마찬가지지. 한번 독을 쐈다 하면 독이 확 퍼져 그의 세상이란 말야, 오늘은 마치 가족 모임처럼 어머니며 우리까지 천진한 미끼로 삼아 연막을 치구."

"맥주는 안 마시는 거야요."

"마셔야지, 우리도 한 역을 단단히 하는 건데."

"그런 얘기 그만두세요. 사실이 그렇다 해도 그런 식으로 말하지 마세요. 전 싫어요."

"아무렴, 수미는 싫은 것 앞에 눈만 감으면 될 테니까."

"눈 감는 쪽이 더 좋아요."

"그럼 장님이 안 되겠나."

"싫은 게 그렇게 많진 않아요."

"다행이군."

"비꼬지만 마세요. 맥주가 아주 차죠."

"쓰고."

"네, 아주 차고, 아주 쓰고."

이러며 수미는 무료한 듯 손으로 유리잔을 빙글빙글 돌리고 있었다. 일순간 반지를 낀 손등에서 번쩍 강한 빛을 던졌다. 반지에 박힌 보석이 침침한 어둠 속에서 차고 독하게 빛났다. 게다가 손의 움직임에 따라 요정같이 작고 푸른 불꽃을 계속 무심히 던지고 있었다. 빛을 발할 때마다 성규에게는 일종의 비난 같았다. 그는 어떤 알 수 없는 반감을 가지고 그녀를 냉정히 바라보며, 어째서 자기는 그녀를 사랑할까 하고 생각했다.

"참 이쁘죠? 이 반지."

수미는 성규의 시선을 의식했는지 말했다.

"샹들리에 불 밑에서 보니 참 아름답죠. 어둠 속에 빛나는 보석, 그 말이 정말이죠. 그렇죠."

이렇게 말하면서 반지를 낀 손을 들어 눈앞에 흔들었다. 그럴 때마다 불빛을 받아 파란 불꽃을 튕기고 있었다.

"허지만 손이 불편해요. 여자가 반지 하나에 익숙해지려면 꽤 시간이 걸리는 모양이죠."

"안 끼면 될 것 아냐, 언제 끼었다구, 맘에 안 들면 아주 버릴 수도 있는 거구."

수미는 잠시 그의 눈 속을 가만히 응시했다. 그러나 곧 외면하고는,

"오늘은 끼어보고 싶었겠죠. 우린 춤 안 추나요"

했다. 그러나 반지를 버리라는 말에는 한마디 말도 없다. 아예 놀라는 빛도 없었다. 그렇다면 그 사실을 인정하고 있다는 말인가.

수미가 테이블 밑으로 손을 내렸다. 나릇한 듯하면서 반지를 의식하고 그 무게에 부담을 느끼는 태도였다. 아마 돌려주려고 끼고 나왔는지 몰랐다. 내내 끼지 않던 것을 오늘 따라 새삼스럽게 낀 것은 그녀의 의중에 무엇인가 짚인 게 있는 게 아닐까.

"반지 같은 걸로 사람 놀리는 건 좋지 못해."

"어마, 놀리는 게 아녜요."

수미가 당혹한 빛을 보이더니,

"우리도 춤춰요"

하고 다시 말을 피했다.

"정말 추고 싶다는 건가."

"그럼 앉아 있는 것보다는 낫잖아요. 우리 용돈으로 좀체 못 오는 곳이니 춰요."

"저 속을."

"그럼요. 용감한 모험심으로."

이렇게 말하는 수미는 아무 흥도 보이지 않고 무심한 시선으로 춤추고 있는 군중을 바라보고 있었다. 이때 심벌즈가 맞부딪치며 요란한 소리를 내고 음악이 뚝 그쳤다. 홀의 군중이 흩어졌다. 다음 음악을 기다리고 그냥 서 있는 쌍들도 있었다.

다시 밴드가 시작되며 온몸에 스포트라이트를 받은 여자가 나타났다. 까만 드레스를 감고 목쉰 소리로 지겹게 블루스를 부르고 있었다. 가수는 온몸으로 사랑을 애절하게 호소하고 있었다. 성규에게는 그 목덜미의 핏줄과 가슴 위에 서로 꽉 움켜잡고 있는 핏기 없는 두 손이 보였다. 그러나 저 여자까지도 같은 곡을 밤마다 되풀이하며 무감동하게 습관적으로 반복하고 있는 것에 지나지 않을지 몰랐다. 담배 연기에 뿌연 스포트라이트를 온몸에 받은 그 여자는 마치 아무도 없는 허허벌판에 외로이 서 있는 듯한 느낌이 들었다.

느려빠진 음악에 따라 홀의 군중은 한데 엉켜 통 움직이는 것 같지 않았다. 그들은 춤을 추고 있는 게 아니라 고작 서로 몸을 비벼대고 있는 꼴이었다. 마치 손님들은 그들이 잡을 수 없는 것에 매달리듯 쌍쌍이 달라붙고 있는 성싶었다.

음악이 그쳤다. 홀에 모인 군중도 흩어졌다. 홀 저쪽에서 안 씨가 어느 여자와 헤어지고 있는 것이 보였다. 그러더니 그는 곧장 성규가 있는 테이블로 왔다.

"원, 애들두, 왜들 그 모양이냐. 늙은이들처럼."

사실 성규는 아버지보다 자기가 더 늙은 것처럼 느꼈다. 그와 동시에 한 번도 젊어본 기억이 없는 것 같았다.

밴드가 다시 시작했다.

"추지 않니? 정말 못 추는 건 아니겠지."

그래도 성규가 움직일 기색이 없자, 안 씨가,

"좀 이리 나와봐라"

하고 수미를 끌었다.

"어머, 회장 아저씨하구요!"

"왜, 안 될 것 있니, 어느 정돈지 내 테스트해봐야겠다."

"회장 아저씨가 제게 테스트당하지 마세요."

안 씨는 성규가 앉아 있는 테이블 바로 앞에서 수미를 돌아보더니,

"됐어"

했다. 그리고 계속 테이블 주위를 빙빙 돌며 춤을 추고 있었다. 수미가 성규를 향해 웃어 보였다.

"이만하면 됐는데 그래, 자 슬슬 무대로 진출해볼까."

이러며 안 씨는 홀 중앙을 향해 쓱쓱 밀고 갔다.

"선수군요, 회장 아저씬. 회장 아저씨와 추니까 참 편해요. 든든하고, 우린 그렇지 못해요."

"나이를 먹으면 다 곰이 되는 거야, 든든하기는 하겠지만, 아저씬 성규만 할 땐 유명한 갈비였지, 그런 아저씰 상상할 수 있나?"

"아뇨. 못 해요. 허지만 젊으실 때 사진 보니 그렇더군요."

"그럼."

"그런데 왜 아저씬 곰이 되셨어요. 아마 성규가 아저씨처럼 되면 전 좋아하지 않을 거예요. 회장 아저씬 별문제지만, 성규는 아저씰 여름에 잔뜩 독 오른 독사뱀이래요."

"허, 그래, 수미 생각은 또 어떻구."

"이 반지 말예요. 밤엔 더 이뻐요. 회장 아저씨가 고른 거죠. 그런 데 경험이 많은 아저씨니까 아저씬 취미가 고상하시거든요. 그만하면 됐죠."

"한 대 맞았구나."

수미가 성규에게 손을 흔들어 보였다. 성규에게는 육중한 아버지 체구 앞에 수미가 더욱 가냘프게 보였다. 슬랙스를 입고 춤추는 수미는 유난히 눈에 띄었다. 홀에 슬랙스를 입고 있는 자는 수미 혼자였다. 낮에 승마장에서 돌아온 그대로의 차림이었다. 휘청한 군복 차림의 외국 군인에 작달막한 여자가 매달려가며 수미를 가렸다. 성규는 송 여사가 앉아 있는 테이블 쪽을 건너다보았다. 송 여사가 여전히 아버지 손님들과 얘기하고 있는 옆모습이 보였다. 옆 테이블에서 언성이 높은 남자의 소리가 들렸다. 한 여자가 성난 남자 앞에 앉아서 담배를 피우며 주먹으로 턱을 괴고 무심한 얼굴로 군중을 바라보고 있었다.

성규는 자리에서 일어나 창가로 갔다. 반쯤 열린 창으로 서늘한 바깥 공기가 얼굴에 닿았다. 후끈한 실내에 밤공기는 시원하고 상쾌했다. 전차의 경적 소리가 거슬러 올라왔다. 그는 군중의 흐름을 내려다보았다. 까만 머리들이 어디론지 좁은 거리를 촘촘히 밀려가고 있었다. 높은 빌딩에서 내려다보는 거리는 더구나 좁았다. 꼬리를 이은 차량이 여러 갈래로 교차하며 밤거리에 불줄기가 길게 흐르고 있었다. 자동차와 인파가 한데 몰려 잠시 혼잡을 이루고, 밖의 소란스러움이 밤공기를 타고 올라와 음악 소리와 함께 다른 흐름을 이루고 있었다. 그는 이 온갖 흐름 뒤에 혼자 서 있었다. 세상은 그를 혼자 내놓고 잠시도 쉬지 않고 서로 얽었다 풀었다 했다. 그것만으로 막다른 길이 아니겠는가. 무엇이든 좋으니 그에게 무슨 기적 같은 일이 있으면 싶었다.

다시 음악이 그쳤다. 성규는 창가를 떠나 자리로 돌아왔다. 안 씨가 수미와 함께 왔다. 안 씨는 테이블의 병을 기울여보았다.

"더 안 마시겠니?"

"우리 언제 돌아갑니까."

"왜 여기가 맘에 안 드니."

"우린 이제 가도 됩니까."

"언제 내가 붙잡아두든? 그런데 수미는 쓸 만하더구나."

성규는 테이블에서 일어났다.

"가는 거냐."

"수미가 쓸 만하면 써봐야죠."

둘은 홀 안쪽으로 밀고 들어갔다. 홀 가운데는 어찌나 복잡한
지 몸둘 바를 모를 지경이었다. 음악에 따라 조금 움직이고 있
는 것뿐이었다.

"아버지한테 너무 섭섭하게 굴지 마세요."

"어머니 같은 말을 하는데."

"그래요."

"그럼."

"아유, 우스워. 저기 저 사람 좀 보세요."

수미는 몽똑한 뚱뚱보를 가리켰다. 같이 춤을 추고 있는 여자
가 키가 컸다. 그래서 남자가 매달려 있는 격이었다.

"참 굉장하죠. 우리 둘이 합쳐도 저 사람 못 당하겠죠."

"우린 말랐다는 거고, 그 사람은 너무 살쪘다는 거고."

"어딜 보고 계세요?"

"창밖."

"아까도 그랬어요. 춤추면서 보았는걸요."

한 쌍이 수미의 등에 부딪쳤다. 수미의 몸이 성규의 가슴으로 쏠렸다.

"아유, 정말 시장 바닥 같군요. 덥죠?"

"더워."

"저 뚱뚱보, 픽 덥겠죠? 정말 내가 어머니같이 말하면 안 되나요."

"안 되지."

"엄마같이, 누이동생같이 하면 못쓰는군요. 그리구 내가 오빠라는 둥, 친구라는 둥 해도 안 되고. 그럼 이제까지 하던 생각 같은 건 깨끗이 다 집어치워야겠군요. 그럼 난 지금부터 어떻게 생각해야 되는 거예요, 네? 난 어쨌으면 좋을지 모르겠어요."

"갈까?"

"이 사람들도 우리처럼 토요일에 갈 곳 없는 사람들이라고 생각하면 다정해져요."

"그렇구말구, 서로 몸을 움직이지 못할 지경으로 꼭 끼어 밀리며 부딪치며, 참 야단스럽게 다정해하는군."

"저 북 치는 대머리 아저씬 어떻구요. 틀림없이 졸고 있는 거죠. 우린 그만 가줘야겠지요."

그들은 춤추는 사람들 사이를 비집고 걸어 나왔다. 수미가 앞장서 안 씨가 있는 테이블 쪽으로 갔다. 이제 안 씨는 묵중히 앉아서 웃지도 않고 얘기에 열중하고 있었다. 다른 사람도 아무도 웃는 얼굴이 없었다. 손으로 턱을 괴고 앉아 얘기를 듣고 있던 송 여사가 먼저 수미를 쳐다보았다.

"가려니?"

하고 송 여사가 물었다.

"네, 우리 먼저 돌아갈래요."

"왜 벌써"

하고 안 씨가 돌아보았다.

"졸려서요."

"원 참, 젊은 놈들이 졸린다는 게 다 뭐냐."

성규는 창가에서 수미가 돌아오기를 기다리고 있었다. 그의 눈 아래, 컴컴한 도심지의 건물 위에 광고판의 네온이 밤하늘에 선명히 흐르고 있었고 사람들의 까만 조그만 물체가 여전히 거리를 이동하고 있었다.

"어째, 저놈은 인사가 없냐, 저 대신 수미를 시켜놓으면 된다는 게냐."

안 씨의 소리가 성규에게까지 들렸다.

"회장 아저씨, 엄마를 좀 일찍 놔주세요."

"원 그놈두 내가 엄마를 어쨌다는 거냐, 내가 엄마를 꼭 붙잡고 있다는 말이냐?"

테이블에서 웃음소리. 수미가 돌아왔다. 그들이 홀을 지나 나오는데 수미가,

"저래도 내일 새벽이면 아저씬 낚시 간대나요. 그래 우리도

또 끼워주십사 했어요. 오늘도 끼어서 근사했잖아요"

하면서 수미는 빠른 걸음으로 앞장서고 있었다.

수미가 옷 맡긴 곳으로 가는 걸 보고 성규는 화장실로 들어갔다. 화장실은 밝고 조용했다. 어설프게 마신 맥주가 취기도 없이 머리만 무겁고 좋지 못했다. 그는 거울에 비치는 얼굴을 나른하니 들여다보았다. 전등불 빛에 혈색 없는 멍한 얼굴, 어느 아득한 곳으로부터 떠오르는 유령 같은 깊은 눈을 한 그 무엇, 영겁하는 권태와 무력감, 언젠가 일어난 것을 또다시 겪어야 하고 경험해야 하는 이 모든 것이 또다시 되풀이됨을 언제까지나 느껴야만 할 것 같았다. 그러고 있자니 화장실의 눅눅한 공기를 마시며 점점 더 움직일 수 없어지는 것 같았다. 홀의 소란스러움이 멀리 들려오고, 담배 연기하며 탁한 공기 속에서 화장실은 시원하고 편안했다.

성규는 외투를 찾아 입고 나왔다. 수미가 혼자서 엘리베이터 문 앞에 서 있었다. 그가 수미 옆으로 가자 엘리베이터가 마지막 층을 기어오르는 중이었다. 엘리베이터 문이 열리고 꽉 찬 사람들을 토해내었다. 내려가는 사람은 그들뿐이었다. 엘리베이터가 내려가는 동안 수미는 한쪽 벽에 기대어 아무 말도 없었다. 엘리베이터가 덜컹 주저앉으며 문이 열렸다. 그들은 사람들이 오가는 아래층 복도를 지나 호텔 밖으로 나왔다. 밤공기는 싸늘하고 상쾌했다.

그들은 호텔 앞에서 택시를 기다리고 서 있었다. 호텔 앞에 멈추어 있는 몇 대의 자동차 속에 안 씨의 차가 저쪽에 보였다. 운전수는 졸고 있는지 차 안은 어두웠다. 밤거리에 차량의 속력이 빨랐다. 지프차는 차가운 공기 속을 휙휙 질주하고 있었다. 그럴 시간이었다. 밤이 깊어진 것이다. 찌그러질 듯한 만원 버스는 마지막 기를 쓰듯이 숨차 달리고 전차는 끽끽 지친 듯한 비명을 밤하늘에 울렸다.

택시가 호텔에 손님을 싣고 와 그들 앞에 멈추었다. 수미가 택시 문을 열면서

"올라오지 마세요. 혼자 가겠어요"

했다. 그러나 성규가 따라 오르자 자리를 내주었다. 수미는 한쪽 구석으로 가서 등을 깊숙이 기대었다. 성규는 그녀와 떨어져 문 옆에 앉아서 꽝하고 문을 닫았다.

"안국동으로 가시오"

하고 성규가 운전수에게 일렀다. 택시가 호텔 현관을 떠났다. 택시는 을지로를 지나서 종로 쪽을 곧바로 향해 달려갔다. 전차가 그들 앞에서 승객을 실어 올리고 있었고, 합승이 서로 앞을 다투는 옆을 지났다. 문이 닫혀 있는 길 양쪽 상가에 아직 점점이 닫지 않은 점포 문으로 환한 불빛이 새어 나오고 있었다. 낮에 왔던 길을 또 한번 달린다는 되풀이. 얼마나 숱하게 이 길을 달렸던가 하고 성규는 생각했다. 그는 수미 쪽을 바라보았다. 여전히 머리를 자리 뒤에 비스듬히 기대고 꼼짝 않고 웅크리고 앉아 있었다. 유리창으로 들어온 불빛 속에 수미가 멀거니 앞을

바라보고 있는 눈과 흰 목덜미를 볼 수 있었다. 택시는 도로 공사로 파헤친 길을 옆으로 피해 좁고 어두운 골목으로 들어섰다. 만원인 통술집과 텅 빈 바 골목을 지나, 주정꾼들이 어둠 속을 불쑥 나타났다 비틀거리며 사라졌다. 다시 택시는 밝은 돈화문 앞으로 나왔다. 그래서 주택의 조용한 골목을 오르고 택시가 수미의 집 대문 앞에 멈추었다. 그래도 잠시 수미는 움직이는 것 같지 않고 아무 말도 없었다.

"내일 아침, 필동으로 오겠어?"

"왜요?"

"낚시 따라간다면서."

"아뇨. 전 생각지도 않은 거예요. 전 집에 있겠어요."

성규는 택시 속에 앉은 채 수미가 대문 안으로 사라지는 것을 보고 다시 택시를 돌려 밝은 거리로 나왔다. 그는 잠시 거리를 달리다가 술집이 즐비한 곳에 택시를 내렸다. 술은 어중간하게 마실 게 아니라고 생각하면서 그는 술집 담벽에 붙은 선거 포스터를 노려보고 있었다. 대문짝 같은 입후보자의 얼굴이 그를 우롱하듯이 마주 보고 있었다. 성규는 포스터가 붙은 술집으로 들어갔다.

이튿날 아침이었다. 성규는 갈증으로 잠이 깨었다. 그는 잠결에도 무엇인가 해야 할 일이 있는 것 같았다. 그러나 완전히 잠이 깨자 일요일이고 아무 할 일이 없음을 알았다. 아래층에서 식구들 소리가 들려오고 있었다. 성규는 가만히 누워서 집 안에 일어나는 아침 소리를 듣고 있다가 물을 마시고 다시 잠들었다.

성규가 다시 잠이 깨었을 때 집 안은 조용했다. 그는 옷을 입고 아래층으로 내려가 식당으로 들어갔다. 온통 선거 얘기투성이인 신문을 뒤적이며 혼자 식탁에 앉아 늦은 아침을 먹은 후 밖으로 나왔다. 어린 동생들이 뜰에서 개와 장난을 치고 있었다. 날씨는 따뜻한 봄날이었다. 성규는 차고에서 오토바이를 꺼내놓고 옷을 갈아입으려 이층으로 갔다. 그는 어디라고 정할 것 없이 달릴 생각이었다. 든든히 옷을 입고 있자니까, 대문에 초인종 소리가 울렸다. 순간 그것은 수미라고 생각했다. 대문이 열리고 동생들이 반기는 소리가 들렸다. 수미가 온 것이다. 그러나 성규는 창밖을 내다보지 않았다. 성규가 밖으로 나오자 동생들이 오토바이 앞에 모여 있었다. 그 뒤로 수미가 뒤로 팔을 꼬아 잡고 서 있었다. 성규를 보자 흰 이를 보이며 쌩긋 웃었다.

"회장 아저씬 낚시 가셨다면서요. 날 데려간다고 해놓구."

"지금까지 기다리라는 건가."

"어딜 가려구요?"

수미는 햇볕에 얼굴을 찡그리며 말했다.

"그저 드라이브?"

"그 정도지."

성규는 오토바이에 오른 다음 수미에게 뒤에 타라는 몸짓을 하며 돌아보았다. 수미는 어제와 같이 스웨터에 슬랙스 차림이

었다. 그러나 바람에 좀 빈약한 차림이었다. 성규는 땅으로 내려서며,

"그 옷 안 되겠어, 내 올라가서 위에 걸칠 것 하나 가져오지."

성규는 이층으로 뛰어 올라가서 점퍼 하나를 찾아 들고 왔다.

"뭐 남자용이라 해도 괜찮겠지"

하며 성규는 수미에게 그의 점퍼를 건네고 다시 오토바이에 올랐다.

그들은 집을 나와 골목길을 내려갔다. 차도로 나와서 줄진 차량들 옆으로 달렸다. 거리에 나붙은 무수한 상점들의 간판과 영화 광고하며 더구나 선거 벽보니, 플래카드 현수막들이 몹시 어수선한 시가를 이루고 있었다. 조금 가자 한 떼의 사람들이 차도를 막고 혼잡을 이루고 있었다. 고등학생들이 데모를 하고 있었다. 경찰관들이 이를 막으려고 한데 엉켜 있었다. '백 가지 공약보다 아쉬운 공명선거'니 '학도여 일어나라' 하고 외치고 있는 고등학생들의 데모 규모는 그리 크지는 않았다. 경찰이 기마병대와 백차로 학생들 앞을 계속 밀어대고 있었다. 성규는 그쪽을 피해서 퇴계로로 빠져나왔다. 눈앞에 올려다보이는 남산에서는 누군가의 정·부통령 입후보자 정견 발표가 있는 모양이었다. 인파로 산 위에 이상한 꽃을 피우고 있었다. 잠시 성규는 한택시 뒤를 쫓다가 곧 다시 택시를 뒤로하고 속력을 내었다. 삽시에 상점과 거리 사람들이 뒤로 물러가곤 했다. 선거 가두 선전차가 유권자의 최후의 심판을 호소하며 천천히 지나가고 있

었다. 온 거리가 선거로 들썩이고 선거의 막바지에 마지막 가쁜 숨을 몰아대고 있었다. 바야흐로 선거가 눈앞에 닥쳐온 것이다. 성규는 더욱 속력을 내었다. 시외버스 정류장에는 산뜻한 봄옷 차림의 소풍객이 모여 있는 게 보였다. 딴은 봄날의 일요일이기도 했다.

그는 느린 차량을 벗어나 시외로 달렸다. 조용한 시골길을 아무 방해 없이 마냥 달리고 싶었다. 그러자 혼잡한 차량이 뚝 그치고 갑자기 시골길이 되었다. 그러나 교외는 예나 없이 단조롭고 권태스러운 풍경이었다. 한적한 주위에 오토바이 소리만 더욱 두드러지게 울릴 뿐이었다. 봄날의 훈훈하면서 찬 바람이 뺨을 스치고, 수미는 바람을 피해서 성규의 등에 기대고 있었다.

"어제 얘기 생각해봤어요?"

수미가 가만히 등에 대고 말했다.

"우리 약혼 말예요. 너무 철부지 같잖아요?"

"너무 단순하다는 게지. 소설처럼 기막힌 얘깃거리도 없구."

"설마, 내 얘기를 그렇게 듣진 않았겠죠. 정말 왜 그런 생각을 하게 됐는지 모르겠어요."

"그런 생각이 든 이상 할 수 없지."

"정말 그렇게 생각해요?"

"수미의 생각은 어디까지 수미의 문제겠지."

"그렇게 말하니 고마워요. 섭섭도 하지만, 내가 말한 게 다행이에요. 얘기하면 알아주리라고 생각했어요."

성규는 수미의 가벼운 목소리를 들을 수 있었다.

"난 이런 문제를 뒤로 미루고 당분간 아무 생각 없이 있을 작정이에요. 공부나 하고, 그러면서 차차 어른이 될 생각이에요."

오토바이는 질주만 했다. 잎 없는 가로수가 기둥처럼 힘없이 획획 지나갔다. 무서운 기세로 달리고 있었다.

"그런데 우린 어딜 가는 거예요?"

수미가 다소 상기된 소리로 물었다. 대답은 없고 오토바이는 계속 폭주를 하고 있었다. 수미는 잠잠했다. 다만 성규의 등에 가만히 기대어 지나가는 경치를 바라보고 있는 성싶었다.

"난 행복한 게 좋아요. 그리구 성규도 행복하게 해주겠어요. 여자가 일을 해서 혼자 산다는 건 딱 질색이에요. 전 참한 부인이 될 테예요. 엄마처럼 안 되겠어요. 그러려면 지금부터라도 좀 잘 생각해봐야겠어요."

"꽉 잡어!"

성규가 소리쳤다. 성규의 허리를 감고 있던 수미의 팔에 스르륵 힘이 빠지고 있었다. 다시 수미의 팔이 성규의 허리를 감아 잡았다. 그러자 성규는 수미가 울고 있는 것을 알았다. 허리를 감은 팔의 떨림이 그의 몸에 전해왔다.

"왜 그래?"

성규는 오토바이를 멈추었다. 그러나 수미는 뒤로 그를 잡은 채 꼼짝하지 않고 있었다.

"우린 행복하지 않아요. 암만 같이 있고 암만 같이 쏘다녀도 소용없어요. 우린 행복해야 하는데 말예요."

성규는 하늘을 바라보았다. 구름 한 점 없이 맑은 하늘이었다. 언제 비행기가 지나갔는지 기체는 보이지 않고 하얀 연기만 줄을 긋고 있었다. 선명하던 선이 구름이 흩어지듯 하더니 흔적 없이 사라지는 것을 그는 망연히 보고 있었다. 어디서 들새 한 마리가 그의 시야에 나타나는가 싶더니 다시 한 마리가 따라왔다. 그러고는 다정하게 공중을 선회하고 있었다. 성규는 무엇인가 늦었다고 생각했다. 새와 같이 곱게 살기에는 너무 늦었다. 수미가 울음을 그치는 것 같더니 팔을 풀고 눈물을 닦았다. 그러나 성규는 등 뒤에 있는 수미의 얼굴을 볼 수가 없었다. 오토바이에 다시 발동을 걸자 수미가

"회장 아저씨한테나 데려다주세요"

했다. 성규는 한길에서 되돌아오던 길을 다시 잠시 달렸다. 그들은 계속 달려서 길이 양쪽으로 갈라진 한쪽으로 접어들었다. 다른 한쪽은 그들이 지나온 길이었다. 차량이 먼저 길보다 많았다. 한동안 오토바이는 폭주하고 있었다. 바람이 세차게 얼굴을 스쳤다. 수미는 바람을 피해서 성규의 등에 꼭 붙어 있었다. 그녀는 새와 같은 연약한 저항 가운데 그래도 성규에게 가장 가깝고 다정한 생명이었다.

"춥지 않아?"

성규는 필요 이상으로 소리쳤다.

"아뇨, 이러구 있으니 등이 참 따뜻해요."

그리고 또 얼마를 그들은 아무 말 없이 달렸다.

갑자기 성규는 오토바이를 멈추었다. 길 한옆으로 도로 공사로 인부들이 일을 하고 있었다.

"준! 이준이 아니오?"

이렇게 성규가 부르자, 인부 중에 한 청년이 날카롭게 얼굴을 들었다. 긴장한 얼굴이 묘하게 재빨리 오토바이에 있는 사람들을 올려다보았다. 다음 순간 허리를 펴며 빙긋 웃었다. 햇볕에 그을린 얼굴에 흰 이가 유난히 빛났다.

"야, 성규구나."

준은 손에 곡괭이를 든 채 성큼성큼 걸어왔다. 홀쭉 키가 크고 단단한 체구였다. 그는 아주 조용한 동작으로 오토바이 앞으로 다가와 섰다.

"손이 이래서 악수는 다음으로 사양하겠고."

이준은 또 한번 밝게 웃었다.

"여기서 뭘 하고 있는 게냐."

성규는 웃지 않았다.

"나야 보는 바와 같아. 그래 넌 놀러 가는 길이구나, 부러운데."

그러나 이준은 수미 쪽을 보지는 않았다.

"아, 인사하지."

성규는 마음 내키지 않아 하면서 수미 쪽을 돌아보았다. 그러나 오토바이 뒤쪽에 서 있는 수미의 얼굴은 말끔했다. 운 흔적은 없었다.

"이 주책없는 친구는 나와 한 과에 있는 친구야"

하고 말하는 동안, 수미는 시무룩한 얼굴로 이준 쪽을 바라보고 있었다.

"오수미예요."

"이준이라고 합니다."

둘은 동시에 고개를 숙였다. 고개를 들며 수미가 이준을 올려다보았다. 그러나 이준의 시선은 그녀의 너머를 향하고 있었다. 이준은 이렇게 아무 말 없이 잠시 동안 가만히 서 있었다. 수미는 어쩐지 초조해졌다. 무엇인가 그 짧고도 묵묵한 침묵이 그녀를 안절부절못하게 하는 데가 있었다.

"정말 이게 무슨 짓이냐, 빌어먹을"

하고 성규가 다시 말했다.

"그야 다 자네만 같다면 그만이지. 방학인데 돈도 벌어야겠구, 몸에도 해롭지 않으니 과히 불평할 건 없다."

준은 이상하게 침착하고 조용했다. 사람의 눈을 피해 혼자 일하고 있는 사람처럼 자기 자신에게만 의지하는 초연함을 지니고 있는 성싶었다.

"원 이런 짓밖에 없다는 게냐?"

성규의 목소리는 잠겨 있었다.

"내 막걸리 한턱내면 군소리 없겠지."

"너나 군소리 말어, 그래 언제까지 기다리면 되지?"

"오늘 저녁이라도. 일급이니까 그 정도야 어렵잖지, 자네가 시간만 있다면"

하며 처음으로 이준은 수미 쪽을 힐끗 쳐다보았다.

"그럼 됐어, 오늘 저녁 당장 실현이다."

성규는 그렇게 보이지 않는데 쾌활하게 말했다.

"그럼 저녁에 만나자"

하고 준이 말했다. 성규는 인부들 쪽을 돌아보았다. 그러자 성규는 그들을 바라보고 있는 인부들의 시선과 마주치자 당황했다.

"일에 방해된다구? 웬 미친 짓이야."

성규는 역겨운 듯 내뱉더니

"저녁엔 〈전원〉에 있겠지?"

하고 물었다.

"응."

"정말 놀랐는걸, 제기랄."

성규는 목쉰 목소리로 투덜대며 오토바이에 올랐다. 수미도 뒤따라 타며 침울한 얼굴로 준을 바라보았다. 그러나 준은 수미를 거들떠보지도 않았다. 떠날 준비를 하고 있는 성규 쪽만 바라보고 있었다.

오토바이는 요란스러운 소리를 내며 도로 공사장을 떠나 다시 달리기 시작했다. 수미가 뒤돌아보았을 때 이준은 인부들 틈에 허리를 굽히고 일하는 모습이 보였다.

"이준이란 사람, 좀 묘하잖아요."

"참 놀랐는데, 아르바이트는 하는 줄 알고 있었지만 저런 극성인 줄은 몰랐는걸."

수미는 더 아무 말이 없었다.

그들은 큰길을 버리고 샛길로 들어섰다. 여기서부터 그 일대가 안 씨의 소유지였다. 소나무가 많은 산모퉁이를 돌아가는데 저 아래로 연못의 수면이 보이기 시작했다. 조금 더 가자 성규는 아버지의 자동차가 물가에 서 있는 게 보였다. 낚시꾼들이 연못 둘레에 띄엄띄엄 앉아들 있었다. 성규는 오토바이를 세우고 수미를 땅에 내려놓았다. 손을 잡고 거들어주자 수미가 생긋 웃었다. 언제 운 일이 있었더냐 싶었다.

"가봐"

하고 성규가 말했다.

"아니, 성규는 안 가는 거예요?"

"난 여기서 돌아가겠어."

"고기 잡은 것 구경 안 하세요."

"생각 없어."

"왜 그러세요. 아버지한테."

"후에 난 안 오겠어, 아버지가 태워다 줄 테니까."

성규는 수미 옆을 떠났다. 성규가 돌아보았을 때 수미는 연못가로 내려가고 있었다. 그는 다시 큰길로 나오자 속력을 다 내어 앞만 보고 달렸다. 곧장 그는 서울로 돌아갈 생각이었다. 처음 집을 떠날 때처럼 어디고 달릴 생각은 이미 사라진 지 오래였다. 그러자 집에 돌아갈 뿐 아무 할 일이 없음을 알았다. 그는 인가 옆을 지날 때 길가에 오토바이를 세우고 조그만 구멍가게에서 위스키 한 병을 샀다. 다음 그는 천천히 달리다가 차도에서 얼마 떨어져 있지 않은 송림 사이로 보이는 어느 묘로 올라갔다. 묘석에 오토바이를 기대놓고 묘 앞에 앉아 위스키 병을 꺼내 마셨다. 묘의 잔디에 봄볕이 따뜻했다. 성규는 찔끔찔끔 술을 마시며 나무 사이로 내려다보이는 도로를 바라보았다. 장거리 시외버스, 군인 트럭, 합승이 드문드문 지나가고 있었고 하늘은 파랗고 햇볕은 눈부셨다. 그는 모자를 벗어서 얼굴을 덮고 잠들었다.

추위에 잠이 깨니 짧은 해가 기울어 있었다. 성규는 일어나서 옷에 붙은 잔디를 털고 오토바이를 끌고 길로 내려왔다. 습기 찬 냉기와 술로 머리가 무거웠다. 산에서 흘러내리는 물에 손을 담그자 몹시 찼다. 그는 얼굴을 적시고 차도로 나와 서울을 향해 처음엔 오토바이를 끌고 천천히 걷다가 다음 올라타고 급히 달렸다. 벌써 아버지와 수미가 돌아갔을 것이다. 얼마를 그러고 달리자니 도로 공사장이 나타났다. 하루의 일이 끝나고 인부들이 돌아간 후였다. 그는 이준과 만나기로 한 것을 상기했다. 그러자 갑자기 그가 몹시 만나고 싶어졌다. 이준은 어딘가 꿋꿋하고 아주 자유스러운 존재인 것 같았다. 세상에 대한 초연한 힘을 지니고, 그리고 그에게 그만한 용기를 가지고 있는 성싶었다.

해가 지자 날이 빨리 어두워졌다. 들 가운데 세워놓은 커다란 광고판이 우뚝우뚝 나타나고, 멀리 서울의 밤이 명멸하고 있었다. 그는 멀리서 서울의 고요함을 느꼈다. 한강을 지나면서 저만큼 도심의 불야성이 참으로 아름답다고 생각했다. 그러나 수미는 행복하지 않다는 것이다. 성규는 지금 자신이 행복한지 어쩐지 몰랐다. 차라리 행복 같은 건 생각도 못 하는 건지 몰랐다. 그러나 수미도 행복하지 못하다고 울고 있었다. 행복해야만 하는데 말이야. 그래 수미가 옳을 것이다. 사람은 모두가 행복하기를 원하니까. 성규는 이 사실부터가 몹시 권태스러웠다. 행복이란 일종의 병인지 몰랐다. 그것은 언젠가 일찍이 인간이 한번 경험한 것을 이미 기억할 수 없게 되면서부터 하나의 신화처럼 오랜 인간의 핏속에 잠재해 흘러온 정체 모를 병이 됐는지 몰랐다. 그리고 그것이 현재 수미에게 향수처럼 다시 한번 새롭게 일깨워지며 되풀이되는 것이었다.

성규는 집으로 돌아오자, 곧장 이층으로 올라가서 옷을 갈아입고 다시 밖으로 나왔다. 응접실 앞을 지날 때 안에서 안 씨의 얘기 소리가 들려왔다. 성규는 거리로 나와 걷고 버스를 타고 다시 걷고 하며 서둘렀다. 그러나 바쁠 것은 없었다. 언제나 그 시간쯤 준은 학교 도서관 아니면 〈전원〉에 있기 마련이었다. 〈전원〉에 가면 떠들고 있는 몇몇의 친구들 사이에 그림자처럼 묵묵히 앉아 있는 준을 볼 수가 있었다.

성규는 〈전원〉의 문을 밀고 들어섰다. 테이블의 한 패가 아는 척을 했다. 학교 앞에 있는 다방 〈전원〉은 언제나 아는 얼굴 하나둘은 있기 마련이었다. 이준은 아직 그들 틈에 보이지 않았다. 성규는 친구들 곁으로 가서 앉았다. 그들은 선거 얘기를 하고 있었다. 한 친구가 이번 정·부통령 선거는 하나 마나라는 것이다. 그러자 또 다른 친구가 아예 그따위 선거 얘기 하나 마나 집어치우라고 소리쳤다. 성규는 자리에서 일어났다. 이준이 다방 계단을 올라오고 있었다. 성규는 그에게 가서 다른 자리로 앉았다.

"잊지 않고 나왔군"

하고 준이 말했다.

"잊은 게 뭐야, 어떤 술이라구."

"술 맛이야 다 마찬가지지."

"집어치워, 그따위 짓. 뭘 할 게 없어서 곡괭이질이냐."

"제법 시원한 소리 하는데."

이준은 그저 빙긋 조용히 웃었다.

"용기는 부럽다만 꼴불견이더라."

"아르바이트야 뭐 다 마찬가지지."

이준은 마치 남의 얘기처럼 하고 있었다.

"직업엔 귀천이 없다 그 말씀인가. 나가자."

성규가 자리에서 일어났다.

"막걸리쯤 마시는데 그리 서둘 거야 없지"

하며 이준도 따라 일어났다.

그들이 다방을 나오자 성규가,

"내 당장 그 빌어먹을 일 집어치우게 해야겠어"

했다.

"그럼 우린 지금 어디로 가는 거지?"

준이 걸음을 늦추며 물었다.

"일 찾으러지."

"그렇다면 일이야 마다 않지만, 무슨 일인지 알아야 할 게 아닌가."

"뭐긴, 접장질이지, 아직 네겐 그게 꼭 격이 맞을걸."

"허지만 된다 하면 아침 시간은 안 되겠는데."

"건 또 왜?"

"아침엔 한 차례 가정교사 하는 데가 있어놔서."

"이것 봐라, 치부하고 싶은 게군."

"그런가."

마침 빈 택시가 와서 성규가 잡았다. 준을 오르게 한 다음 성규가 타고 꽝하고 소리 나게 문을 닫았다. 성규는 운전수에게 안국동으로 가자고 일렀다. 수미는 아버지처럼 집에 돌아가 있을 것이다.

"누굴 찾아가기엔 좀 늦은 시간이 아닐까"

하고 준이 말했다.

"그런 것까지 네가 상관할 것 없어."

택시가 어둠 속을 매끄럽게 달려가고 있었다. 종묘의 높은 담 너머로 시커먼 수목들이 무겁게 어둠 속에 잠겨 있었다. 성규는 그들 옆으로 엇갈려 지나가는 자동차의 환한 헤드라이트 불빛 속에 준을 볼 수가 있었다. 선이 굵은 윤곽에 뚜렷한 음영을 이루고 준은 길쭉한 체구가 느슨한 자세로 앉아 있었다. 그리고 계속 가만히 앉아서 준은 담배를 피우며 말없이 앞을 내다보고 있었다. 이렇게 준은 언제나 좀 쓸쓸하고 참으로 조용하기만 한 친구였다. 성규는 어느 낯선 사람을 보듯이 새삼스럽게 준을 바라보고 있었다. 이 조용한 친구는 세상을 묵묵히 견디어오며 인간적인 접촉에서 외면한 채 홀로 참을성 있게 꿋꿋이 살아가고 있는 것 같았다. 그뿐더러 필경 세상을 이겨낼 수 있는 힘이 조용히 그의 내부에서 떠받치고 있는 성싶었다. 그러면서 이 조용한 배후에 그의 지금까지의 경험이 짙고 치명적이었다는 것을 느꼈다. 성규는 오늘 분명히 준에게 다소 놀라고 있었다.

택시가 안국동의 한 좁은 골목으로 접어들었다. 준은 피우던 담배꽁초를 차창 밖으로 던졌다. 골목 입구 쪽으로 몸체의 반이 병들어 죽은 고목나무가 어둠 속에 인상적으로 서 있었다. 그것을 보자 준은 오래전 그 고목나무와 그 일대의 집들이 불타던 밤을 상기했다. 한밤중에 동네에 불이 나기 시작해서 촘촘히 붙어 있던 집들을 삽시간에 태우고 있었고, 불길은 점점 준의 집 쪽으로 번져오고 있었다. 준이 잠옷 바람으로 불구경을 하고 있으려니 기철 형이 집으로 돌아가 옥이 누나를 업고 나왔다. 옥이 누나는 너무 흥분해서 깔깔 웃었고, 그 옆에서 준은 소희 누나가 여름인데도 이를 딱딱 맞부딪치고 있는 소리를 듣고 있었다. 온 장안이 불바다 같았고 밤이 온통 환한 대낮 같았다. 불길이 그들이 서 있는 데까지 얼굴을 뜨겁게 했다. 그날 밤 불길이 가라앉는 걸 보고 집으로 돌아왔을 때, 빈집에 현 형만이 혼자 자고 있었지. 이튿날 그들이 학교를 가다 보니 반쪽이 까맣게 그을린 고목나무만이 재의 폐허에 우뚝 남아 있었지.

택시가 해묵은 한옥의 대문 앞에 멈추고, 성규가 내렸다. 그러나 준은 잠시 내릴 생각을 못 하고 멍청히 차 안에 앉아 있었다.

"다 온 거야"

하고 성규가 차 속을 들여다보며 말했다.

준은 택시에서 천천히 내려섰다. 그의 시선은 줄곧 자기 눈앞에 있는 집을 바라본 채였다. 지금 준은 전의 자기 집 앞에 와 있었던 것이다. 다음 순간 준의 긴장한 얼굴이 성규를 쳐다보았다. 그러나 성규는

"여학생인데, 대학 진학반이지"

하며 높다란 대문 앞으로 다가서서 초인종을 눌렀다. 안에서 울리는 벨 소리와 동시에 개가 짖기 시작했다. 옛처럼 개 짖는 소리. 일순간 준은 잠시 외출했다 돌아오는 듯한 착각을 느꼈다. 준은 지금 자신이 태어나서 자라고 한 집 앞에 서 있었던 것이다. 그러자 한순간 그리운 향수와 갖가지 기억들이 한꺼번에 엄습하며 심한 후들거림이 지나갔다. 준은 다리에 힘을 주며 서 있었다. 택시가 돌아서서 다시 골목길을 내려가고 있었다. 집

안에서 사람이 나오는 기척이 들리고 대문이 열렸다. 심부름 하는 계집애가 고개를 내밀더니,

"어머, 필동 오빠 오시네요"

하고 째릉 울리는 소리를 냈다.

남자들이 대문으로 들어서자, 계집애가 다시 그들의 뒤로 대문을 닫아걸고는 안으로 뛰어 들어갔다.

준은 한 걸음 대문 안으로 들어선 채 가만히 서 있었다. 성규가 개집 앞으로 나가 개를 어르고 있었다. 그러나 그것은 옛날의 검둥이가 아니었다. 검둥이 비슷하지도 않았다. 검둥이는 셰퍼드였는데 지금 준을 보고 짖고 있는 개는 몸집이 거대한 놈이 아주 험상궂게 생긴 불도그였다. 그러나 개집은 사랑채와 안채 사이에 전처럼 같은 장소에 놓여 있었다.

준은 급히 사방을 둘러보고 있었다. 온갖 옛 냄새까지도 무섭게 생생하게 되살아오는 가운데 잃어버린 식구들의 목소리가 집 안에서 막 들려올 것만 같았다. 그는 현기증을 느끼며 서서 어둠 속으로 계속 그의 시선을 헤매고 있었다. 널찍한 정원에 수목들과 둔중한 집채가 낯익고 정다운 것이 여전했다. 어둠 속에 집 안은 옛과 하나도 변한 것 같지 않았다.

"손님이 왔어"

하는 성규의 목소리에 준은 먼 지난날의 한 모퉁이에서 깨어났다. 수미가 안채에서 뛰어나오다가 놀란 얼굴을 했다. 준은 한 일자로 입을 꽉 다물고 우뚝 서 있었다. 그도 수미를 보자 어리

둥절한 얼굴을 했다.

"어마, 들어오세요."

수미가 생각난 듯이 그들을 사랑채로 안내했다.

괴상한 방문이었다. 집 안에 다른 소리 하나 안 들리고 그들
만의 둔한 발소리만 났다. 예전 모양으로 사랑채 뜰에 지난해
자란 누런 잡초가 길게 쓰러져 있었다. 그리고 정원 사이로 나
뭇가지의 어둠침침한 그림자를 받고 주인 없는 사랑채가 조용
히 어둠 속에 잠겨 있었다. 아, 변한 것은 이것뿐이구나. 준의 기
억으로 사랑채는 언제나 밤낮 없이 손님으로 차 있었던 것이다.

그들은 뜰의 높은 돌층계를 올라갔다. 수미가 먼저 사랑방으
로 들어가서 불을 켰다. 환한 방 안이 일변했다. 넓은 방 안은
안락의자와 소파를 빼놓고는 가구하며 한식으로 꾸며져 있었
다. 벽 중앙에는 족자가 길게 내려 있기도 했다. 그러나 준의 할
아버지와 아버지가 쓰던 사랑방은 이렇지가 않았었다. 전연 아
주 달랐다.

"앉지."

성규가 준에게 자리를 권했다. 그리고 성규도 맞은편 소파로
앉으며,

"나미 집에 있어?"

하고 수미를 돌아보았다.

"아뇨. 왜요?"

수미가 소파의 한쪽에 걸터앉으며 물었다.

"나미 선생님 모셔 왔지, 나미가 선생님, 선생님 하던."

수미가 준을 바라보았다.

"감사합니다"

하고 수미가 앉은 채 고개를 숙인 후 다시 준을 바라보았다. 두 사람은 순간 얼굴을 쳐다보았다. 그리고 준은 어떤 여자인가 관찰하려는 듯이 그녀의 눈을 똑바로 응시했다. 수미가 눈이 부신 듯 먼저 시선을 피하며,

"나미는 음악회에 갔어요. 곧 돌아올 거예요"

하고 누구를 향해서인지 모르게 말했다. 성규가 주머니서 담뱃갑을 꺼내 친구에게 권한 다음 그도 담배에 불을 붙여 물고는 소파에 깊숙이 기대앉았다. 그리고 남자들은 말없이 담배를 피우고 있었다. 잠시 방 안에 침묵이 흘렀다.

"이 방, 맘에 드세요?"

불쑥 수미가 애교 있게 말했다. 사방을 헤매던 준의 시선이 순간 수미에게 머물렀다. 표정 없는 냉담한 시선으로 그녀를 똑바로 응시했다. 순간 수미는 깊게 숨을 들이쉬었다. 그러나 준은 말이 없었다. 그리고 계속 가만히 앉아 있었다.

"응접실용으로, 원래는 두 개의 방을 하나로 트인 게 보이죠. 넓고 밝아서 전 이 방을 좋아해요."

수미는 얼굴에 미소를 지은 채 끈덕지게 말했다. 그러나 준은 여전히 아무 말 없이 그녀를 바라보고 있었다. 그 얘기라면 준은 그녀보다 더 잘 알고 있었다. 바로 준의 아버지가 응접실용

으로 사랑의 두 방을 하나로 튼 것이었다.

"그래 가끔 순 재래식 한옥을 구경하는 것도 괜찮지."

성규는 게으르게 앉아 말참견을 했다. 다시 방 안에 침묵이 흘렀다. 수미가 자리에서 일어났다. 그러고는 문 쪽으로 가서 문기둥에 있는 안채와 통하는 벨을 눌렀다. 준은 잠시 그러는 수미의 뒷모습을 바라보다 고개를 돌렸다. 수미가 돌아와 다시 성규의 옆으로 앉았다.

"그런데 참 저녁은 했나요?"

하고 수미가 묻고 있었다. 잠시 아무런 대꾸가 없었다. 준이 고개를 들자, 두 사람이 나란히 준을 쳐다보고 있었다.

"전 했습니다"

하고 준.

"난 오늘 거의 절식 상태야"

하고 다음 성규가 말했다.

"그럼 차도 좋지만 저녁밥을 준비해야겠군요."

"그렇다구 내가 저녁밥 달란 소린 아니구. 그런데 수민 낮에 아버지한테 뭘 좀 얻어먹었어?"

"그럼요. 얻어먹어두 아주 잔뜩."

이렇게 두 사람이 얘기하고 있는 동안, 준은 묵묵히 담배를 피우며 창밖을 내다보고 있었다. 창밖은 어두웠고, 정원의 늙은 나무들이 창에서 새어 나가는 불빛을 받고 있었다. 그러자 그 창밖 모퉁이로 옛 식구의 모습이 지나갈 듯한 생각에 잠겼다.

그러나 다시금 이 집과 동시에 사라진 모든 것을 생각했다. 그리고 현재 준을 기다리며 밤늦도록 일하고 있는 형수와 그 옆에서 자고 있을 조카의 모습이 떠올라왔다.

이때 문에 노크 소리가 들리고 어른 식모가 차를 내왔다. 수미가 쟁반을 받아 들고 와서 탁자 위에 놓고 있으려니까,

"지금 토스트 정도 얻어먹을 수 있을까"

하고 성규가 말했다.

"아주머니, 여기 토스트 좀 만들어주세요. 샌드위치가 되면 더 좋고."

수미가 쟁반을 내주며 식모에게 이르고 있었다. 식모가 돌아서 가는 소리가 들리고 수미가 다시 자리에 와 앉았다.

"드세요."

수미가 준을 보며 말했다. 준이 잠자코 몸을 앞으로 기울였다. 수미는 잠시 커다란 손이 커피잔을 젓고 있는 것을 바라보고 있었다.

"그래 접장 노릇 할 맘이 생기니? 나미는 그래도 제법 말귀를 알아들을 아이니까, 그리 힘들지는 않을 게다"

하고 성규가 말했다. 준은 고개를 들어 친구를 쳐다보았다. 그러나 말은 없었다.

"저희들, 인연이 있는 모양이죠. 참 금시 다시 만났죠."

갑자기 수미가 쾌활하게 말했다. 잠시 준의 시선이 다시 그녀에게 머물렀다. 시원하게 넓은 이마에 그늘이 없는 맑은 눈, 입

고 있는 빨간 스웨터와 검은 머리칼이 불빛 밑에 선명한 조화를 이루고 있었다. 준은 고개를 돌려 다시 창밖을 바라보았다. 그리고 몸 하나 까딱 않고 앉아서 어둠을 내다보고 있었다. 방 안 사람들의 일은 잊은 듯했다. 마치 방 안에 그 자신 혼자 있는 듯했다. 그런 그에게 어딘지 말할 수 없는 고독감이 서려 있었다. 어째서 그는 그토록 외롭게 홀로 멀리 떨어져 있어 보일까. 수미는 준을 처음 보았을 때처럼 어쩐지 초조해졌다. 다시금 그의 묵묵한 침묵이 그녀를 안절부절못하게 만들고 있었다.

"난 그만 돌아가봐야겠는데"

하며 준이 가만히 자리에서 일어났다. 여전히 그의 시선은 창밖을 바라본 채였다.

"왜 못 앉아 있겠나"

하고 준.

"아니, 좀더 계시다 나미두 만나보구."

수미가 엉거주춤 따라 일어나서 준을 올려다보았다.

"네, 다음에 와서 만나보죠."

이렇게 말하고 준은 문 쪽으로 걸어갔다. 성규가 일어나 뒤를 따랐다.

"토스트도 안 왔는데."

수미가 방문 앞에서 성규를 바라보았다.

"나가서 정식으로 저녁밥을 먹겠어."

그들이 밖으로 나오자 개가 으르렁거리기 시작했지만 짖지는 않았다.

"나미에게 내일부터 공부 시작하겠다고 해."

성규가 대문을 열며 말했다. 수미가 열린 대문 앞에 가만히 서 있었다.

두 남자는 수미에게 작별을 하고 골목길을 걸어서 내려갔다. 그들은 차도로 나와서 택시를 잡아타고는 성규가 지나가는 말처럼 물었다.

"생각이 없는 거냐?"

"그럴 리가, 뭘 마다할 처지여야지."

그리고 준은 다시 아무 말이 없었다. 택시가 종로를 달리고 있었다. 그러자 거리에 사방 가득 열띤 음성이 울려오고 있었다. 선거용 스피커가 가로수 위에 매달려 있었고, 그것은 정신을 잃은 듯이 그들에 대한 지지를 호소하며 오가는 행인들 머리 위로 계속 흥분한 목소리를 쏟아내고 있었다. 그러나 스피커 밑을 무심히 지나 오가는 행인들. 아이들 몇이 가로수에 매달려 스피커를 올려다보고 있지만, 스피커 앞에 발을 멈추는 행인은 없었다. 앞으로 조금 더 가자, 이번엔 또 하나의 스피커가 전봇대에 매달려 아우성치고 있었다. 먼저 스피커가 협잡선거 물리치자 하고 있는데, 다음 것이 트집 말라고 응수하고 있었다. 성규가 좁은 골목 입구에서 택시를 세웠다. 스피커 소리가 여전히 멀리 들려오고 있었다. 성규가 앞장서 골목의 한 맥줏집으로 들어섰다. 하얀 셔츠를 입은 보이가 문턱에 서 있다 인사를 했다.

그들은 층계를 내려가서 지하실로 들어갔다. 의자가 흰 커버로 싸여 있어 실내가 밝게 보였다.

둘은 카운터의 앞자리로 가 앉았다.

"저녁은 안 했다면서?"

하고 준이 말했다.

"그런 걱정은 말아. 이건 내가 내는 거야. 2차는 네가 책임지구."

허리에 번호를 단 여자가 와서 그들의 테이블 앞에 섰다.

"우선 치킨 프라이 2인분, 샐러드 한 접시하구, 맥주."

성규는 준에게 묻지도 않고 주워섬겼다. 여자가 돌아서 갔다.

"저 여자 괜찮게 생겼는데."

성규는 한 번 여자를 쳐다보지도 않고 말했다.

맥주가 먼저 나왔다. 여자가 병을 따고는 두 컵에 따랐다.

"다음은 우리가 따라 마시지요"

하고 성규가 말했다. 여자가 옆 테이블의 시중을 들러 갔다.

그들은 술잔을 앞에 놓고 잠시 동안 말없이 앉아 있었다. 둘 다 별로 술이 당기는 얼굴이 아니었다. 준이 먼저 썩 내키지 않는 듯 한 모금 마시고 계속 잔을 들고 단숨에 비웠다. 성규가 친구의 잔을 채우고 그도 마시기 시작했다.

얼마 후 치킨 프라이가 왔다. 준은 치킨 프라이 접시는 밀어 놓고 다시 잔을 비웠다. 그리고 준은 자기 컵에 맥주를 따르다 말고,

"난 정종으로 바꾸겠어, 이건 배만 부르고 안 되겠어"

했다. 고기를 뜯던 성규가 친구의 얼굴을 쳐다보았다.

"넌 좀 괴상한 놈이다"

하고는 계속 물끄러미 준을 바라보더니 성규가 손짓해 여자를
불렀다. 여자가 오자 성규가

"여기 정종도 주시오"

하고 일렀다. 여자가 주문을 받고 돌아서 가고 성규가

"넌 알다가도 모르겠다. 오늘 생각해보니 너에 대해서 전혀
무지하다는 결론이고. 늘 그렇게 붙어 다니고도 말이다."

맹랑하다는 듯이 내뱉었다. 준은 어린 소년과 같이 열적은 얼
굴을 했다. 정종이 나왔다. 준이 작은 잔에 정종을 채워서 잠자
코 성규에게 건넸다.

"아니, 난 맥주 한 가지로 하겠어."

그들의 테이블을 떠난 여자가 건너편의 손님들 테이블에 가
서 끼들거리고 웃고 있었다.

"그래 무슨 재주로 곡괭이질을 다 배웠느냐 말이다."

성규가 암만해도 마음이 꺼림칙한 듯이 말했다.

"궁하면 다 통한다는 말도 있잖아."

준은 혼자서 잔에 정종을 부어 마셨다. 상대편의 템포는 완전
히 무시하고 있었다.

"하필이면 그런 짓밖에 없다는 게냐."

"가정교사보다 배짱은 맞지."

"제기랄."

준은 그런 얘기에 그리 신경을 쓰는 것 같지 않았다. 준은 딴 생각에 잠겨 있었다.

"아까 그 소녀, 수미라 했던가, 너와 친척되니?"

성규가 접시에서 고개를 들었다.

"왜 생각이 있어?"

하며 성규가 웃었다. 그러나 준은 웃지 않았다.

"그냥 가깝게 어릴 적부터 같이 컸지."

"어릴 적부터 그 집에 살고?"

"아니지, 거긴 육이오 후에 이사했고 진엔 삼청동에 살았지. 갑자기 꽤 열중하는데."

성규는 재미있어했다. 준은 그러한 친구의 얼굴을 물끄러미 바라보다가 성규의 머리 너머로 벽에 시선을 주었다. 둘 사이에 잠시 침묵이 흘렀다.

"지겨워, 모든 게 지겹지. 난 단순하게 살고 싶은데 원체 사람이란 그렇게 생겨먹질 못한 모양이야."

이러며 성규가 새로운 맥주병을 기울였다.

그들은 한동안 말없이 잔만을 부지런히 비우고 있었다. 그동안 두 병씩 두 병씩 정종과 맥주를 날라오던 웨이트리스가 나중엔 귀찮은 듯 한꺼번에 네 병씩 네 병씩 쟁반 하나 가득 가져와서 그들 테이블에 안기고 갔다. 그런데 둘은 열심히 마시는 데 비해서 취할 줄을 몰랐다. 성규는 점차 침울하게 가라앉고 준은 평소와 같은 얼굴이 표정 없이 붉어졌다 하얘지며 취기의 징조를 보이면서 침묵하고 있었다.

"안주를 더 가져올까요?"

여자가 어느 결에 다시 그들 테이블에 와서 물었다.

"무슨 소릴, 주고 싶으면 술이나 더 가져올 것이지."

성규는 술이 들어감에 따라 심술스러워갔고 준은 거의 침묵했다.

"원 제기랄 것!"

하고 성규가 다시 말했다. 아까부터 옆 테이블의 손님 둘이 선거 얘기로 떠들썩하더니 이젠 꼭 싸움판 같았다.

여자가 다시 술을 내왔다.

"저런 놈, 그저 냉큼 창밖으로 내던졌으면 좋겠는데, 물론 아가씬 집어던질 수야 없지."

성규는 누구를 향해선지 모르게 투덜거렸다.

"제기랄, 술맛 가신다."

그러나 손님들은 여전히 싸움판인지 모르게 떠들어대며 박수까지 하고 있었다.

"어쿠, 시끄러웟!"

하고 갑자기 성규가 소리쳤다. 그러나 아무도 아랑곳이 없다. 술집이고 주정꾼이 외치는 외마디 고함 소리 같은 건 들은 척도 않는다.

"우리가 자릴 뜨는 게 쉽겠군"

하고 준이 말했다.

"그렇지, 그래. 다른 데로 가자. 여기 아니라도 마실 순 있으니까."

맥줏집은 한창 제 시간이었다. 테이블마다 손님이 꽉 찼고, 푸른색 유니폼을 입은 여자들이 카운터의 술병을 분주히 나르고 있었다.

성규가 셈을 하고 그들은 밖으로 나왔다. 밤공기가 차면서 부드러웠다. 그들은 천천히 종로를 걸었다. 다시 아까 지났던 가두 선전 스피커 밑을 지났다. 여전히 열띤 음성이 쉴 새 없이 흘러나오고 있었다.

"원, 빌어먹을, 세상이 아귀 같구나."

성규가 투덜대는 대신 준은 잠자코 있었다.

"허나 마나 한 선거 시끄럽게나 굴지 말아야지."

준이 조그만 통술집 앞에 멈추었다. 뿌연 담배 연기 속에 둥근 통을 둘러앉아 있는 남자들이 보였다.

"아니 더 마시겠다는 거냐"

하고 성규가 말했다.

"그럼."

"참 그렇지, 네 술이 아직 남았겠다."

그러나 성규는 안으로 들어가려 하지 않았다.

"다른 데로 갈까"

하고 준이 말했다.

"네 건 다음으로 미루자."

"다음이래야 그때 내 호주머니 사정이 마음대로 되기 힘들거든."

"그래도 남겨두는 게 좋아, 없는 것보다 낫지."

그들은 술집 앞을 떠났다. 그리고 한동안 서로 약속이나 한 듯이 균형 없는 걸음걸이로 어두운 거리를 걷고 있었다. 서로 한마디 말도 없이 제가끔 자기 생각에 잠겨 발길이 닿는 대로 가고 있었다. 어딘지 모르게 골목길을 걷다 보면 갑자기 혼잡한 인파에 섞여 있기도 했다. 그런데 어쩌다 보니 생전 처음 들어가보는 이상한 좁은 골목길을 걷고 있었다. 그들은 다시 큰길로 나와서 버스 정류장을 몇 개 그대로 지나쳐 걸었다.

"우리 그만 헤어지자."

불쑥 성규가 말했다.

"밤새 길은 끝이 없을 테니까."

그들은 합승 정류장 앞에 와 있었다.

"오늘 고맙다"

하고 준이 말했다. 성규가 홱 돌렸다.

"지금 뭐라고 했니?"

"아르바이트 구해준 것 말야."

"그럼 해볼래?"

"해보지."

"지금 〈전원〉에 갈 거냐?"

"시간이 좀 있으니까."

성규가 막 떠나려는 합승에 훌쩍 올라탔다. 몸이 뒤뚱거렸다.
합승이 문을 채 닫지도 않고 떠났다.

준은 합승이 떠난 자리에 잠시 서 있었다. 그러고는 돌아서
돈화문을 바라보고 걸었다. 돈화문이 불빛을 받고 적막하게 서
있었다. 그 앞을 지나서 준은 창경원 담을 끼고 원남동 쪽으로
넘어갔다. 원남동 전찻길을 건너 학교 앞으로 가서 그 반대편의
〈전원〉으로 들어갔다.

다방은 조용했다. 음악마저 낮게 흐르고 있었고, 흐릿한 불빛
속에 손님이 몇 명 있었다. 인사가 없으면서 낯익은 얼굴들이었
다. 학생들 아니면 조교들이었다. 그들은 찻잔을 앞에 놓고 잡
담을 하든가 조용히 담배를 피우고들 있었다. 대개가 도서관에
서 나와 집으로 돌아가는 길에 잠깐씩 들른 학생들이었다. 그러
나 초저녁에 있던 준의 친구들의 모습은 보이지 않았다. 어디로
술을 먹으러 몰려 나갔든지, 일찍들 집으로 돌아갔는지 몰랐다.
그런데 취해서 혼자 구석 자리에 쑤셔 박혀 자고 있는 학생이
보였다. 시간이 늦은 것이다. 준은 벽시계를 보았다. 10시 35분.
한 시간쯤 앉아 있어야겠다. 그럼 집에 돌아가 술 냄새를 피우
지 않겠지. 그는 카운터에 가서 냉수 한 컵을 얻어 들고 구석 자
리로 가 앉았다.

준은 술이 깨기를 기다리면서 동시에 오늘 우연히 가본 집 생

각을 떨쳐버리려고 했다. 그러나 그는 이미 다시 그 생각을 하고 있었다. 이미 오랜 옛날 일이다. 정부가 환도할 무렵이었던가. 형수가 혼자 피난지에서 처음으로 서울에 갔었다. 안국동 집을 가보기 위해서였다. 그런데 전혀 낯모를 사람이 턱 집을 차지하고 앉아서 집주인 행세를 하더라는 것이다. 아예 집은 비워줄 생각도 않고 오히려 빨갱이가 할 말이 뭐냐고 호통을 치더라는 것이다. 형수는 아무 소리 못 하고 다시 피난지로 돌아왔다. 그리고 얼마 후였다. 어린아이들을 데리고 혼자 사는 형수가 옆에서 보기 딱했던지 사람들이 어떻게 하면 집을 찾을 수 있다는 조언을 해주었다. 형수가 다시 서울로 갔을 때, 공산당이라고 떵떵 얼리던 처음 사람은 보이지 않고 또 다른 사람이 살더라는 것이다. 새 주인은 파는 집을 떳떳이 사서 들어왔다는 것이다. 형수는 차라리 폭격에 집이 없어진 셈 치자고 했다. 식구도 없어졌는데 집은 해서 무엇하느냐는 것이다. 형수가 서울로 간 것은 집을 찾기 위해서만 아닐 것이다. 혹시나 잃어버린 식구들의 소식을 알게 되지나 않을까 하고였는지 몰랐다. 그런 후 형수는 다시 한번도 안국동 집을 찾지 않았고 거기에 대해서 누구 하나 이제까지 한마디 얘기조차 하지 않았었다. 그런데 오늘 준은 홀연히 그 옛집을 가보았던 것이다. 그렇다면 아까 본 그 소녀, 수미의 부모가 처음부터 그 집을 점령했을까 아니면 팔렸다는데 산 사람일까. 그러나 지금 누가 쓰고 있건 문제가 아니다. 준의 기억 속에서만 살아 있던 집이 아직 서울 한

복판에 실제로 건재해 있다는 사실에 충격을 느꼈던 것이다. 그리고 그는 내일 수미의 집에 가지 않을 수도 있다고 생각했다. 그러면 또 그런대로 지금 와서는 어리석은지 몰랐다. 그의 기억 속의 옛집이 세상에 실제로 존재해 있다면 비어 있지 않을 것이고 누가 쓰고 있다는 게 새삼스러운 건 아니다. 더구나 사람이란 한집에 태어나서 그 집에서 죽기란 좀체로 어려운 일이다. 그러면서 그는 취기와 지난 유령과 그칠 줄 모르고 싱갱이를 계속하고 있었다.

준이 다방을 나왔을 때는 통금 몇 분 전이었다. 인적이 없는 포도에 불쑥 어느 골목에서 튀어나오며 외마디 고함을 외치는 술주정꾼. 비틀거리며 또 어디론가 사라졌다. 차도에 질주하는 자동차 헤드라이트가 순간 준을 지날 때 그는 현기증을 느꼈다. 그럴 때마다 잠시 걸음을 멈추었다. 통금 사이렌이 길게 여운을 남기고 불었다. 준은 골목길로 접어들어 파출소를 피해 걸었다. 낙산 언덕바지였다. 준은 집 앞에 와서 불빛이 있는 방을 잠시 바라보았다. 형수가 늦도록 삯바느질을 하며 그를 기다리고 있을 것이다. 그는 대문을 소리 안 나게 열고 안으로 들어갔다. 주인집 쪽은 다 자고 있는지 컴컴했다.

방문을 열자 재봉틀 앞에서 형수가 고개를 들었다. 아무 말 없이 웃는 얼굴로 준을 쳐다보았다. 준도 아무 말 없이 일감이 널려 있는 방바닥을 넘어서 은일이가 한옆으로 자고 있는 곁을 지나 선반 비슷한 다락으로 올라갔다. 꼭 침대 하나만 한 넓이.

준의 잠자리다. 양말을 벗고 곧장 잠자리로 들었다. 한동안 준은 똑바로 천장을 바라보고 가만히 누워 있었다. 방 안에 틀 소리만 들렸다.

"소희 누나!"

나직이 준은 천장을 바라본 채 불러보았다. 대답이 없다. 그러나 틀 소리는 그쳐 있었다.

"소희 누나!"

다시 불러보았다.

"왜요?"

이번에는 잠시 준 쪽에서 대답이 없었다.

"그저 불러봤어요. 정말 옛날 소희 누난가 하구."

"잊어버렸어요. 언제나 이러구 산 것 같아요. 바느질이나 하며."

잠시 침묵이 흘렀다. 다시 틀 소리가 들려왔다. 그러자 다시 틀 소리가 멈추고,

"그런데 우리 투표용지가 안 나왔어요. 아까 안집 식구에겐 다 나왔는데, 우리만 쑥 빠지고."

대꾸는 없고 다시 틀 소리가 시작되었다. 준은 꼼짝 않고 천장을 바라본 채 누워 있었다. 알전구가 덩그러니 천장에 매달려 있을 뿐이었다. 그렇다. 그들은 잊혀버린 사람들이었다. 그렇다면 세상의 한 모퉁이에서 잊힌 채 아무 말 말고 살자. 그렇게라도 살면 고맙다고 사는 것이다. 그들은 세상에 숨은 듯이 조심

스럽게 살며 아무 소리 할 자격이 없는 사람들이었다. 들리는 소문에 의하면 준의 아버지는 이북의 어느 대학 교수라고 했다. 가끔 방송도 한다고 했다. 준의 형도 육이오 때 이북으로 갔다. 그러나 형의 소식은 뜬소문조차 없었다. 전혀 생사를 몰랐다. 죽었는지도 몰랐다. 그때 의사인 형은 전장으로 끌려다녔던 것이다. 그런데 그들 뒤에 남은 가족들이 할 말은 무엇인가. 삯바느질하는 형수와 어린 조카 그리고 준 자기가 남아 있을 뿐이었다. 방 안에 틀 소리만이 여전히 계속되고 있었다.

여름

2. 강물은

이미 거리에는 어둠이 내리고 있었다. 준은 계속 돌난간에 걸터앉아 있었다. 다리 밑으론 더러운 물이 흐르고 있었다. 지저분한 바닥을 드러낸 개천에 좁은 고랑을 이루며 흘러내리고 있었다. 어둡기 시작하자, 학교 도서관 창으로 비치는 불빛을 받아 맑은 물같이 보였다. 쥐란 놈들이 개천 바닥을 잽싸게 쏘다니고 있었다. 그러다간 제김에 놀란 듯 쪼르르 달려가 숨어버리곤 했다. 그러나 곧 다시 뾰족한 주둥이를 내밀며 살금살금 기어나와 금시 조심스러움도 잊은 채 대담하게 개천 바닥을 활보하고 있었다. 준은 마치 시간을 재고 있는 성싶었다. 그러나 할아버지는 시간이 문제가 아니라고 늘 말씀했다. 그것은 젊어서 죽은 삼촌은 죽은 게 아니라고 했다. 삼촌의 죽음은 끝난 게 아니라 오히려 시작이라는 것이다. 그리고 민족은 천성이라고 했던 것이다. 특수한 민족은 그 민족이 존속하는 한 결코 그들의 천성을 잃어버릴 수 없다고 했다. 그러면서 삼촌의 죽음은 천성에 요구되었기 때문이라는 것이다. 준은 담배꽁초를 던졌다. 빨간 불이 반원을 그으며 물로 떨어졌다. 이젠 쥐란 놈들은 도망갈 생각도 않았다. 준은 가방을 들고 일어났다. 그래서 그는 앙상한 가로수 길을 따라 걷기 시작했다.

얼마 후 준은 다소 경사진 골목길을 올라갔다. 길 양쪽으로 조용한 주택의 불빛이 아스팔트 위를 비추고 있었다.

준은 지난 저녁 왔던 집이 보이자, 잠시 걸음을 늦추었다가 다음 계속 가서 대문 앞에 걸음을 멈추었다. 옛보다 높아진 담 너머로 깊숙한 안채에 불빛이 보이고 사랑채 쪽은 캄캄했다. 인기척에 개가 짖기 시작했다. 벨 소리가 멀리 집 안에서 울렸다. 벨 소리가 끝나고 잠시 후에 안 대문에 전등이 켜졌다. 누군가 대문으로 걸어 나오는 소리가 들렸다. 개가 짖기를 그쳤다. 대문이 열리고 거기 수미가 서 있었다. 잠시 둘은 마주 보고 서 있었다.

"오셨군요"

하고 수미가 먼저 말했다.

"들어오세요."

안으로 들어선 준은 뒤에서 수미가 문 잠그는 소리를 듣고 서 있었다. 개가 긴 목줄을 당기며 준을 향해 다시 짖기 시작했다.

"초면도 아닌데."

이러며 수미가 개의 목덜미를 잡고는

"괜찮아요"

하며 준을 바라보았다.

괜찮아, 괜찮대두, 하고 옥이 누나가 말했다.

안 물어, 검둥이가 얼마나 점잖은데, 그렇지 준아,

준은 검둥이 목덜미를 부둥켜안고 있었다. 검둥이가 빠져나가려고 킹킹대었다.

울지 마, 내가 검둥이를 꼼짝 못하게 할게, 준은 검둥이를 꼭 껴안았다. 검둥이는 잠시도 가만있지 않았다.

엄마 있는 데 갈 테야, 소녀가 훌쩍훌쩍 울면서 말했다.

너의 엄마가 어디 있는데, 옥이 누나가 물었다.

죽었어, 소녀가 다시 울기 시작했다.

아냐, 안 죽었어, 하고 옥이 누나가 말했다.

죽었어, 하고 소녀가 다시 말했다.

검둥이가 길게 짖었다.

저리 가, 검둥아, 옥이 누나가 검둥이 잔등을 찰싹 때렸다.

우리 엄만 아주아주 먼 데 있어, 옥이 누나가 말했다.

준은 검둥이 등에 얼굴을 대고 있었다. 볼이 촉촉하고 부드러운 개의 코에 닿자, 검둥이가 혓바닥으로 준의 얼굴을 핥았다.

우리 엄만 죽었어, 소녀가 슬프게 말했다.

그런 말 하면 못써, 할아버지한테 이를 테야, 옥이 누나는 눈물을 글썽했다.

우리 엄만 죽은걸,

우리 엄만 아주 멀고 먼 데 있어,

왜 너의 엄만 먼 데 가 있니,

아빠와 같이 있으려니까 그렇지 뭐,

그럼 왜 너의 엄만 어제 아빠와 함께 안 왔어,

엄만 아파, 아파서 차를 못 타, 옥이 누나는 흐느껴 울고 있
었다.

준은 왠지 눈물이 나서 검둥이 등에 얼굴을 묻었다. 검둥이는
움직이지 않았다.

우리 엄마는 아파서 죽었어, 너희 엄마는 죽은 거야, 소녀는
다시 슬프게 울었다.

아냐, 그렇잖대두, 옥이 누나가 파래지며 소리쳤다.

왜들 그러냐, 할아버지가 사랑방에서 내다보셨다. 얘가 먼저
저희 엄마한테 가구 싶다구 했어요, 하고 옥이 누나가 소리쳤다.

너희들이 뭐라 그랬구나,

아냐요, 제가 먼저 저희 엄마가 죽었다구 그랬어요, 그리고
우리 엄마도 죽었대요.

그런 말 하는 게 아니다. 다신 누구든지 그런 말 하면 야단맞
을 줄 알아라.

할아버지 너머로 사랑방에 손님들이 앉아 있는 게 보였다. 그
러나 지난밤에 집으로 돌아오신 아버지의 모습은 보이지 않았
다. 할아버지가 뜰로 내려와서 소녀의 눈물을 닦아주고 머리를

쓰다듬어주었다.

할아버지, 나 엄마 있는 데 데려다주세요, 네, 하고 소녀가 말했다.

거긴 멀어서 우린 못 가지 그치, 할아버지, 하고 옥이 누나가 말했다.

어제 같이 온 아저씨가 데려다주실 거예요.

그래, 아저씨가 오면 데려다 달라 하자,

아저씬 지금 안 계세요,

그래,

어딜 가셨는데요,

아주 먼 데야,

언제 돌아오세요,

글쎄,

돌아오시지요, 꼭,

그럼,

할아버지가 먼 하늘을 바라보았다.

돌아오시면 절 꼭 데려다줄 거예요,

암, 그때까지 할아버지랑 여기서 살자 응,

네, 하고 소녀가 가벼운 얼굴로 말했다.

그럼 가들 놀아라,

아이들은 나무 그늘 밑에서 놀았다. 밤나무와 복숭아나무 밑은 이끼와 같은 해묵은 냄새가 났다. 그리고 눅눅하면서 시원했다. 땅을 파면 등이 번들번들한 까만 벌레가 기어 다녔고, 굼벵이도 나왔다.

그런 짓 말래두, 하고 옥이 누나가 말했다.

벌레는 준의 손바닥 위에서 어디론가 자꾸 기어 도망치려고 했고, 손가락 끝에서 되돌아와서는 결국 손바닥 위에서 뺑뺑 기어 다니고 있었다. 소녀가 웅크리고 가만히 들여다보고 있었다.

아이 이뻐, 잔등이 파랗구, 하고 소녀가 말했다. 준이 쳐다보자 소녀가 방긋 웃었다.

징그러워, 옥이 누나는 뒤로 물러나 앉았다.

준은 벌레를 옥이 누나 어깨에 올려놓았다.

싫어, 싫어, 옥이 누나가 파래지며 몸을 털었다.

딱정벌레는 땅바닥을 빨리 기어가고 있었다. 준이 벌레를 잡아서는

손을 벌려봐, 하고 소녀에게 말했다. 소녀가 준 앞에 손바닥을 폈다. 준이 딱정벌레를 소녀의 손바닥에 올려놓으려 하자, 소녀는 급히 손을 거둬들였다.

난 못 하겠어, 하고 소녀가 말했다.

준은 일어나서 뭐를 쫓고 있었다.

그쪽으로 가지 마, 옥이 누나가 소리쳤다. 뛰던 소녀가 돌아보았다.

거긴 가면 안 돼, 뱀이 나와,

밤나무 그늘 밑에 앉은 옥이 누나가 풀이 우거진 사랑채 뒤뜰

을 가리켰다.

뱀이, 하고 소녀가 뙤약볕에 맥을 못 추고 있는 무성한 잡풀 쪽을 바라보았다.

준도 이리 와, 옥이 누나가 다시 소리쳤다. 소녀가 겁을 먹고 옥이 누나에게 뛰어갔다.

내 앞에서 그렇게 뛰지 마, 가슴이 아파지잖아,

왜 가슴이 아파, 소녀가 물었다.

내 앞에서 뛰면 안 돼, 가슴이 아파지니까,

내가 뛰는데 왜 네가 아프니, 몰라, 그냥 아파지는데 뭘,

그럼 넌 어떻게 뛰니,

난 못 뛰어, 뛰면 난 죽을 거야, 난 뛰어도 안 죽어,

난 아파서 그래, 넌 학교에 다니니,

응, 여기 오기 전에 다녔어, 학교가 좋지, 그지, 나도 학교가 좋아,

넌 서울 학교 다니지,

난 학교 안 가,

왜,

난 아파서 학교 못 다녀, 선생님이 우리 집에 오셔, 그렇지만 현 오빠는 학교에 다녀, 조금 있으면 준도 학교 갈 거야, 너의 오빠두 학교 가니,

그럼, 기철 오빠가 얼마나 공부 잘한다구, 일본 애들보다 잘해,

아이 좋아, 나두 우리 선생님이 공부 잘한댔어,

시원한 바람이 밤나무 밑으로 불어왔다. 담장 잎들이 살랑대었고, 잡풀들이 뱀이 지나가듯 굽이쳤다.

현 오빠가 돌아왔나 봐, 옥이 누나가 말했다. 대문 흔드는 소리가 들렸다.

준아, 가서 문 열어줘.

준이 뛰어가 발돋음을 하고 대문 빗장을 풀었다. 대문을 밀고 순사가 안으로 들어왔다.

아, 너희들이구나, 아버지 계시지, 하고 순사가 묻고 있었다.

준은 뒤로 물러나 대문에 꼭 붙어 서 있었다. 순사가 기웃이 사랑채 쪽을 보고 있을 때, 준은 누이가 있는 곳으로 급히 달려갔다.

무서워할 것 없다, 하며 순사가 그들 쪽으로 다가왔다. 순사는 모자 창 밑으로 그늘진 눈은 보이지 않고 입만 웃고 있었다.

할아버지 집에 계시냐,

준은 꼭 다물고 고개만 끄덕였다.

아버지도 계시고, 그렇지,

준은 아니라고 머리를 흔들었다.

어제 아버지가 오셨지,

준은 순사 얼굴만 빤히 쳐다보고 있었다. 파래진 옥이 누나의 옆얼굴이 보였다.

이 애는 누구지, 동네 친군가,

소녀가 눈을 크게 뜬 얼굴을 하고 있었다.

거, 김 순경인가,

어느 결에 왔는지 할아버지가 뒷전에 서서 말씀했다.

아, 안녕하십니까.

순경이 엉거주춤하며 허리를 폈다.

그래 왜 또 왔나, 할아버지 목소리는 노여움이 눌려 있었다.

집안에 별고 없이 평안하신가 하곱죠, 그게 제 일이라서,

덕분에 평안만 하겠나,

실은 자제분이 돌아왔다는 정보가 있어서요,

아들은 집에 없소,

여하튼 오긴 왔었지요,

그건 말할 수 없소,

좋습니다. 지금 당장 말씀 안 하셔도, 그럼 다음에 또 들르지요, 안녕히 계십쇼,

순경이 비스듬히 허리를 꼬았다가 대문 밖으로 나갔다. 햇볕에 할아버지 수염이 하얗게 빛났다.

창밖은 어둠이 깊었다. 전등불 빛을 받아 유리창 너머로 정원수가 컴컴한 모습을 드러내고 있었다. 소나무는 잎 하나 까딱 않고 어둠 속에 묵묵히 서 있고, 밤나무와 복숭아나무들은 앙상한 가지를 보이고 있었다. 지금 그들 밤나무와 복숭아나무 밑에는 지난가을 낙엽의 썩은 훈훈한 냄새를 풍기고 있을 게고, 또한 아무도 모르는 사이에 새로운 순을 준비하고 있을 것이다.

준은 그의 아버지가 앉아 있던 방에 그의 아버지처럼 앉아 있었다. 준의 아버지의 또 아버지의 그 아버지가 있던 방에 준은 그 모든 아버지처럼 앉아 있는 성싶었다. 그리고 지금 준은 손님으로 앉아 있었다.

"어저께 선생님이 오셨죠. 음악회 끝나고 집에 오니 막 돌아가셨다잖아요. 죄송합니다."

나미라는 소녀가 소파에 걸터앉아 활발하게 지껄이고 있었다. 두 자매가 나란히 소파에 준과 마주하고 앉아 있었다. 체격이 길쭉한 수미에 비해 동생 쪽은 대체로 동글동글한 생김새였다. 나미가 그 동그란 얼굴에 장난스러운 눈을 빛내고, 말끝에 고개를 까딱 숙여 보이며 생긋 웃었다.

"성규 오빠, 이렇게 부르면 좀 이상하지만, 제 형부 되실 것 아시죠. 선생님은 성규 오빠와 친하세요?"

나미의 맑은 목소리가 거침없이 흐르고 있었다. 준은 수미 쪽을 건너다보았다. 잠시 두 사람의 시선이 마주쳤다. 수미가 먼저 엷은 미소를 지은 채 시선을 찻잔으로 떨구었다. 그러고는 차를 한 모금 조용히 마시고 있었다. 이렇게 수미는 긴 두 다리를 포개고 소파에 깊숙이 앉아서 무릎 위에다 찻잔을 올려놓고 어딘가 나른한 듯 조용히 하고 있었다. 준은 다시 수미 너머로 어두운 창밖을 바라보았다.

"공부는 천천히 시작해요. 저는 이제 갓 3학년이 된걸요. 1년 열심히 하면 제가 가고 싶은 학교 가게 되겠죠?"

이러며 소녀의 초롱초롱한 눈이 똑바로 준을 바라보고 있었다. 소녀가 다시 말했다.

"정치과를 지망할 생각이에요. 미술대학 다니는 언니완 사뭇 다르죠? 정치과 어떻다고 생각하세요?"

"글쎄, 그 방면은 잘 몰라서."

"여자가 그런 데 간다니 달갑잖게 생각하시는군요."

"난 정치는 잘 모르지."

"거짓말, 제 말이 비위에 안 맞으시는 거죠."

"저 버릇 좀 봐."

수미가 테이블 건너쪽에서 말했다. 그녀는 여전히 두 다리를 포개고 앉아서 차를 천천히 마시고 있었다.

"절 가르쳐주실 건데, 그런 정돈 알려드려야죠."

이러며 나미가 앞에 그대로 있는 찻잔을 한번 휘젓고 스푼을 놓았다. 그러나 마시지는 않았다.

"오늘부터 공부 시작해요?"

하며 나미가 다시 준의 얼굴을 쳐다보았다.

"그럼 우리 안채로 들어가 시작해요"

하고 나미가 말하고 있었다.

우리 안채로 들어가 얘기하자,고 할아버지가 말씀하셨다.

아버지가 돌아오신 거지, 아버지가, 옥이 누나가 말했다.

쉬, 조용들 해라, 할아버지가 말씀하셨다.

준아, 아버지가 돌아오셨지, 돌아오신 거지, 옥이 누나의 얼굴이 파랗게 상기했다. 준은 오랜만에 보는 아버지에게 수줍고 부끄럽기만 했다. 그런데 옥이 누나는 안 그랬다.

그래 알았다. 떠들지는 말아라, 할아버지의 수염이 등불 밑에 움직이며 그림자를 던졌다.

아버지가 할아버지 앞에 절을 했다. 그런 다음 현 형이 앞으로 나가 아버지한테 절을 하자, 옥이 누나와 준도 뒤를 따라 아버지에게 절을 했다. 아버지는 어두운 밤에 어디선가 새까만 자동차를 타고 오랜만에 집에 돌아오셨고 자동차 안에 자고 있던 낯선 두 아이와 함께 내렸던 것이다.

아버님, 이 남매가 바로 강 동지의……

오 그래,

이번에 어머니마저 잃었습니다.

할아버지는 한숨을 쉬셨다. 그리고 말없이 앞에 나란히 앉아 있는 남매를 바라보셨다. 팔다리가 비슷하게 긴 두 남매는 선잠을 깨고 불안한 빛으로 앉아 있었다.

얘들아, 할아버지께 인사드려라, 하고 아버지가 말했다.

남매가 일어나서 할아버지 앞에 절을 했다.

제 이름은 강기철이고, 동생은 소희라고 부릅니다, 하고 오빠 쪽이 또렷하게 말했다.

참 그놈, 할아버지는 측은한 빛으로 웃으셨다.

동생이 어리고 귀엽게 생겼구나, 할아버지가 다시 말씀했다.

아버님 손주들이 될 겁니다, 하고 아버지가 말씀했다.

암, 그래야지,

이 남매를 맡아 아버님 폐가 더 큽니다.

무슨 소리야, 손주야 많을수록 좋지, 그렇다고 네가 손수 올
게 뭐냐,

너무 염려는 마십시오, 왜놈들 눈이 많다면, 우리도 그놈들
못지않게 있으니까요,

그래도 애들은 누굴 시켜 보내도 될 게 아니냐,

강 동지의 마지막 소원이었고, 아버님께도 오래 적조했고,

나는 항상 여전하다, 이후에도 그리 알아라,

아버님 덕이 큽니다,

자, 그럼 우리 안으로 들어가 얘기하자, 사랑방에 앉은 할아
버지가 다시 말씀했다.

그러실 것 없어요. 준을 무릎에 안고 아버지가 말씀했다,

조심한다고 나쁠 것 있나,

그렇게 한다구 뭐 다른가요,

당장 그놈들이 여길 들이닥쳐 봐라, 무슨 짬이 있겠나,

놈들이 내가 온 줄 알기나 하려구요,

그렇다고 모른다고도 할 수 없지,

제 집에 들어와서 방에 턱 앉아 있는 꼴을 보여주고 싶기도
한데요,

알 수 없지,

그놈들이 지금도 자주 집에 드나듭니까,

이젠 마치 우리 행랑살이 같아, 아버지가 웃으며 말씀하셨고,
애들이 몰라보게 컸는걸요, 했다.

이젠 제법 어른 다 됐구나,

현 형은 수줍은 듯 아버지 앞으로 나와 앉았다.

그래 학교생활이 어떠냐,

학교에서 아버지 얘기들을 해요, 상급생들이 아버지 얘기를
하며 저한테 물어요, 현 형은 무릎을 꿇고 앉아 얘기했다.

그놈들이 널 귀찮게 구는구나, 아버지가 웃으시며 말씀했다.
그리고 아버지가 다시 말씀하셨다.

무슨 소리도 들은 척 말구 넌 공부만 해라, 공부해야 한다는
걸 잊지 않아야 한다.

현은 조용하고 차분한 애니까 애비 말대로 될 게다, 고 아버지
가 말씀했다.

기철이도 여기서 학교 다니며 아무 생각 않고 공부만 하면 되
는 거다, 너희들이 어른이 될 땐, 무엇보다 이 땅에 공부한 사람
이 필요하다는 걸 명심해야 한다, 그리구 현, 너는 오늘부터 새
로 이 애들이 다 네게 동생이 되는 거니까, 잘 돌봐야 한다.

아버지, 하고 옥이 누나가 불렀다.

저 말예요, 하고 아버지 등 뒤로 목을 안고 있는 옥이 누나가
낯선 남매 쪽을 눈짓했다.

그래서, 하고 아버지가 말을 거들었다.

쟤네 말예요, 정말 우리 집에 함께 있게 되는 거야요,

그럼, 이제부터 우리 다 한집 식구가 된 거다, 그렇지 소희야, 이제부터 함께 여기서 사는 거다, 하고 아버지가 소녀의 등을 쓰다듬어주었다.

쭉이요, 하고 옥이 누나가 물었다.

그럼 쭉이지,

그런데 쟬 뭐라고 불러야 해요,

아버지가 웃으셨다.

소희 말이냐, 네겐 언니지, 소희 언니라고 불러야지,

언니요, 정말 언니가 되는 거예요,

그럼,

아이 좋아, 나두 이젠 언니가 있게 된 거지요, 그리구 오빠도 둘이 되고, 현 오빠하구 또……

기철 오빠다, 하고 아버지가 말씀했다.

고개를 숙이고 앉아 있는 소년의 목덜미가 붉어졌다.

하, 옥이는 아버지보다 영리하단 말야,

계집애라 역시 자상하지, 하고 할아버지가 웃으시면서 말씀했다.

나만 그런가요 뭐, 이젠 준도 형님이 둘 하구 누나두 둘, 그렇게 된 걸요 뭘, 그렇지 준아,

준은 수줍게 남매를 바라보았다.

앞으로 다들 친해야 한다,고 아버지가 말씀하셨다.

그럼, 그래야지, 하고 할아버지가 말씀했다.

옥이가 늘 좀 염려되더군요,

하고 아버지가 말씀했다.

왜요, 제가 아파할까 봐요,

그래,

난 안 아플래요,

그럼, 그래야지,

하고 아버지가 말씀했다.

애들이 먼 길에 고단하겠다,고 할아버지가 말씀했다.

그래, 그만 너희들은 들어가 자거라,고 아버지가 말씀했다.

난 안 졸려요. 옥이 누나가 말했다.

아버지, 언제 또 가십니까,

하고 현 형이 물었다.

왜,

아버지, 우리도 다른 집처럼 아버지가 집에서 같이 살았으면
좋겠습니다.

할아버지가 마른기침을 했다.

우리도 그럴 때가 있겠지, 하고 아버지가 말씀했다.

난 안 잘 테야, 하고 옥이 누나가 말했다.

언제나 우리가 잘 때 아버진 가버리는걸 뭐,

아이들은 나무 그늘 밑에서 놀고 있었다. 날씨가 더워지자,
할아버지는 지난해처럼 툇마루를 밤나무 밑으로 내어놓았다.
소희 누나는 툇마루에 엎드려 옥이 누나의 그림책을 보고 있었

다. 소희 누나의 얼굴이 웃었다가 찡그렸다가는 또 한참 가만히 그림책을 들여다보곤 했다. 준은 옆에서 소희 누나의 얼굴만 올려다보고 있었다. 준은 그 책 속의 그림을 죄다 알고 있었다. 소희 누나보다 먼저 옥이 누나와 함께 보고 보고 한 그림책이었다. 그림책을 보던 소희 누나가 다시 웃었다.

재미있어, 하고 준이 물었다.

응, 소희 누나가 책을 들여다본 채 대답했다.

뭔데,

공주야,

공주가 뭐가 재미있어,

응,

공주가 좋아,

응,

이뻐서,

응,

준은 소희 누나 옆에서 일어났다. 기철 형이 포도나무 아래 앉아서 긴 대나무를 가지고 무엇인가 만들고 있었다.

그거 매미채 만드는 거야 형,

하고 준이 말했다.

아니야,

그럼 뭐야,

낚싯대 만드는 거다,

뭘 하는 건데,

고기 잡는 데 쓰는 거다,

어디 가서 고기 잡아, 바다에?

옥이 누나가 가만가만 걸어와서 물었다. 기철이 형이 옥이 누나를 바라보았다. 옥이 누나는 희다 못해 파란 얼굴을 하고 더위에 몹시 숨이 가빠했다.

어디로 고기 잡으러 가는 거야, 하고 옥이 누나가 다시 물었다.

여기선 몰라, 안 가봤으니까,

매미가 밤나무에서 계속 시끄럽게 울고 있었다. 준은 밤나무 밑으로 가서 기어올랐다.

떨어지려구, 하고 옥이 누나가 말했다.

올라가지 마, 하고 소희 누나도 말했다.

떨어진대두, 내려와, 하구 옥이 누나가 다시 말했다.

준은 나뭇가지 사이에 올라서서 위를 올려다보았다. 무성한 나뭇잎 틈으로 햇볕이 스며 들어오고, 햇볕이 스며든 잎들이 참 아름다웠다. 매미는 여전히 소리만 들리고 보이지 않았다.

내려오래두, 하고 옥이 누나가 다시 말했다.

내버려둬, 하고 기철이 형이 말했다.

더 올라가지만 말아라, 내려오지 못 할 테니,

정말 안 내려오면, 할아버지한테 이를 테야, 하고 소희 누나가 말했다.

매미 잡아 소희 누나 준대두, 하고 준이 말했다.

싫어, 그런 것, 안 가져, 하고 소희 누나가 말했다.

내려갈게, 준은 땅으로 내려왔다.

다시 그러면 정말 할아버지한테 일러 야단맞게 할 테야, 하고
소희 누나가 말했다.

안 그럴게,

소희 누나가 준의 바지를 치켜올려주었다. 매미는 계속 극성
스럽게 울고 있었다. 기철 형은 다시 낚싯대를 만들고 있었다.

거진가 봐, 하고 옥이 누나가 말했다.

뭐가, 하고 기철 형이 물었다.

누가 자꾸 대문 틈으로 들여다보잖아,

언제부터,

아까부터 웬 사람이 밖에서 왔다 갔다 하면서 들여다보기만
하구,

기철 형이 낚싯대를 땅에 놓고 일어났다. 그리고 대문 밖으로
가서 문을 열고 밖을 내다보았다. 그런 다음 돌아와서,

아무도 없는데, 하고 말했다.

있었어, 정말, 하고 옥이 누나가 말했다.

누가 집을 찾고 있었던 게지, 하고 기철 형이 말했다. 그러고
는 낚싯대를 들고 집 안으로 들어갔다. 사랑채 쪽에서 손님들이
돌아가는 기척이 들렸다. 나무 사이로 사랑채 뜰에 흰옷들이 어
른거리고 있었다.

나무 그늘 밑에서 소희 누나가 다시 그림책을 보고 있었고,

그들은 모두 머리를 맞대고 그림책을 들여다보고 있었다. 준에게 옥이 누나의 빠른 숨소리가 들렸고, 소희 누나는 눈을 깜짝일 때마다 긴 속눈썹이 섬벅이고 있었다. 매미는 바로 머리 위에서 극성스럽게 울어대었다. 바람 한 점 없는 뜨거운 대낮에 사방은 참 조용했다. 잡풀은 가만히 고개를 숙이고 있었고, 담장 잎은 까딱 않고 벽에 착 달라붙어 있었다.

이젠 정말 거지가 왔나 봐, 하고 옥이 누나가 말했다.

누가 대문을 쾅쾅 두들겼다. 행랑에서 기척이 나고 대문 열어주는 소리가 들렸다.

순경 셋이 안으로 뭉쳐 들어왔다. 행랑아범이 순경들 앞에서 잠시 엉거주춤하고 있더니 사랑채 쪽으로 황급히 뛰어가는 게 보였다.

아이쿠, 야단났어요, 행랑아범이 외마디 소리를 했다.

무슨 일이냐, 할아버지가 사랑방에서 내다보셨다. 할아버지는 뜰에 서 있는 순경들을 보았다. 그리고 할아버지는 그대로 순경들을 한참 바라보고만 계셨다.

무슨 일로 왔소, 할아버지가 꼿꼿이 말했다.

춘부장께 좀 물어볼 게 있어 왔습니다,고 순경 중 하나가 말했다.

그럼 이리로 들어오시오, 할아버지는 그렇게 말하면서 움직이지 않았다.

그게 아니라, 우리와 함께 가야겠습니다,고 말하던 순경이 다시 말했다.

어디로,

서까지입니다, 한 순경만이 쭉 얘기했다. 그 외는 묵묵히 서
서 지켜보고 있었다.

할아버지가 모시 두루마리를 입고 나오셨다.

할아버지, 하고 애들이 할아버지 앞으로 모여들었다.

조용들 해라,고 할아버지가 말씀했다.

할아버지 가지 마, 옥이 누나가 말했다.

괜찮다,고 할아버지가 말씀했다.

아이들이 다시 할아버지 앞을 막아섰다.

자, 갑시다, 하고 순경이 말했다.

할아버지가 앞장서고, 그 뒤를 순경들이 할아버지를 에워싸
듯 하고 대문으로 걸어갔다.

아이구, 이를 어쩌나, 서방님도 안 계신데, 하고 어멈이 말했다.

그동안 어멈이 애들을 잘 보아주오, 하고 할아버지가 말씀했다.

잠깐만, 하고 대문 앞에서 한 순경이 말했다.

도망갈 사람은 아니니까 수갑은 필요 없소, 하고 할아버지가
말씀했다.

무서워, 할아버지, 하고 옥이 누나가 말했다.

저저, 옥을 누가 붙잡아라,고 할아버지가 소리쳤다.

사르르 주저앉는 옥이 누나의 몸을 누군가 잡았다.

옥이 누나는 파랗고 하얬다.

아범은 박 의사를 부르구, 냉수를 가져와, 하며 할아버지는 수갑 찬 손을 휘두르셨다.

어멈에 앞서 기철 형이 안으로 뛰어 들어갔다. 할아버지가 아범과 함께 옥이 누나를 부축해서 툇마루로 옮겼다.

이것 좀 푸시오, 하고 할아버지가 소리쳤다.

안 됩니다,고 순경이 말했다.

뭐라고, 할아버지가 몸을 홱 돌리셨다.

이놈들,

이제 그만하면 집안 식구에게 맡기고 갑시다,고 순경이 말했다. 순경들이 할아버지 등을 떠밀었다.

이놈들, 하고 할아버지가 다시 호령하셨다.

할아버지가 대문으로 순경들에게 떠밀려 나가셨다. 안에서 주전자를 들고 나오던 기철 형이 주전자를 땅에 놓고 몸을 홱 달렸다. 그래서 기철 형이 할아버지를 떠밀고 있는 순경들 뒤로 덤벼들었던 것이다. 할아버지가 돌아보셨다.

기철아, 하고 할아버지가 부르셨다.

그런 짓 하면 안 된다, 알겠니, 할아버지는 몹시 조용히 말씀했다.

기철 형은 땅바닥을 노려보고 서 있었다.

자, 어서 옥이한테 가봐라, 할아버지는 볼일 보면 올 테니까, 하고 할아버지가 말씀했다. 그래서 할아버지는 몸을 돌려 다시 돌아보지 않고 대문 밖으로 나갔던 것이다.

할아버지, 하고 옥이 누나가 기운 없는 소리로 불렀다. 옥이 누나의 흠뻑 물에 젖은 머리칼이 이마에 착 달라붙어 있었다. 박 의사 뒤에서 애들이 훌쩍이고 있었고, 어멈은 소릴 내고 울고 있었다.

울지들 말아라, 괜찮다,고 박 의사가 말했다.

안 죽을까요, 하고 기철 형이 말했다. 기철 형도 땀으로 얼굴이 온통 젖어 있었다.

죽었어, 하고 소희 누나가 엄마가 죽었다고 하며 울 때처럼 슬프게 울었다.

죽긴 왜, 하고 박 의사가 말했다.

죽은 것 같은데, 정말 안 죽을까요, 하고 기철 형이 말했다.

할아버지, 하고 준은 할아버지를 부르며 울었다.

참 할아버지 일이 걱정이다,고 박 의사가 말했다.

현은 학교에서 늦니, 하고 다시 박 의사가 말했다.

할아버지, 하고 애들이 다시 울음을 터뜨렸다.

아이들은 나무 그늘 밑에서 놀고 있었다. 옥이 누나는 아침부터 밤나무 밑 툇마루에 나와 누워 있었다. 담장 넝쿨이 바람에 살랑대었고, 윤이 흐르는 잎이 그럴 때마다 햇볕을 받아 빛났다. 사랑채 쪽에 손님이 왔다 들어가는 모습이 보였고, 할아버지가 안 계신 사랑방에서 남은 손님들의 얘깃소리가 바람을 타고 간간이 들려왔다. 할아버지가 오늘은 돌아오실까, 하고 옥이 누나가 말했다.

저녁때 오실 거야, 하고 준이 말했다.

네가 어떻게 알아,

기철 형이 학교 가면서 그렇게 말했잖아,

그건 그렇게 말해본 거야,

현 형도 그러던데,

다들 그래 보는 거야,

지금 할아버진 어디 계실까,고 옥이 누나가 하늘을 바라보고
누워서 말했다.

순사한테 꼭 잡혀 있지 뭐,

그런 말 하면 못써,

하고 옥이 누나가 말했다.

왜 순산 할아버질 잡아갔을까,

하고 옥이 누나가 다시 말했다.

그냥 잡아갔지 뭐,

왜 그냥 잡아가,

몰라, 그냥 잡아간 거야,

순산 힘이 세지, 할아버지보다,

응,

우리 아버진 순사보다 힘이 세지,

그럼,

우리 아버진 순사한테 이길 거야, 아버진 왜 안 오실까, 아버
지가 좀 오시면 좋겠다.

그럼 순사한테 할아버지 데려오시잖아,

준아, 아버지 보고 싶지,

응,

할아버지도,

응, 소희 누나 학교에서 빨리 왔으면 좋겠다.

오빠들도 왜 빨리 집에 안 돌아오는지 몰라,

어멈이 점심을 먹으라고 안에서 나와 불렀다.

난 점심 안 먹을래,

하고 옥이 누나가 말했다.

자꾸 그럼 쓰나, 어멈이 밤나무 밑으로 왔다.

난 밥 먹기 싫대두,

하고 옥이 누나가 다시 말했다.

그럼 뭘 좀 먹을까, 어멈이 안고 갈게, 도령님도 따라와요,

난 안 들어갈래,

하고 옥이 누나가 말했다.

여기서 어떻게 점심을 먹우,

난 여기서 오빠들이랑 소희 언니가 돌아오는 걸 기다릴 테야,

안으로 들어가 점심을 먹고 있으면 돌아올 텐데 뭘, 안 들어
간대두,

그럼 여기루 상 가져 나올 테니까 점심을 먹우, 그리고 있으
면 다들 곧 돌아올 텐데,

소희 누나가 먼저 학교에서 돌아오고, 다음 기철 형이 집으로

돌아왔다. 현 형은 아직 돌아오지 않았다. 그들은 모두 가방을
툇마루에 놓았다.

할아버지 봤어, 하고 옥이 누나가 말했다.

난 학교에서 오는 거야, 하고 기철 형이 말했다.

할아버지한테 왜 안 갔어,

내가 할아버질 어떻게 만나,

왜 못 만나, 할아버지 있는 데 가면 되지,

할아버지가 어디 계신 줄 알고,

찾으면 되지, 찾지도 않고,

옥이 누나가 울먹였다.

가만있어, 난 할아버지 만나보러 갈 거야, 하고 기철 형이 말
했다.

나도 갈 테야, 하고 옥이 누나가 말했다.

넌 숨차 못 가, 하고 기철 형이 말했다.

우리가 데려가면 되지, 하고 소희 누나가 말했다.

너희들은 다 집에 있어, 하고 기철 형이 말했다.

난 갈 테야, 옥이 누나가 다시 말했다.

옥이 누난 숨차 걷지도 못하면서, 하고 준이 말했다.

내가 업고 갈 테야, 하고 소희 누나가 말했다.

소희 누나가 어떻게 업어, 하고 준이 말했다.

나한테 업혀, 하고 기철 형이 말했다.

난 걸어갈 테야, 하고 옥이 누나가 말했다.

자, 빨리 업히래두,

싫어, 싫어,

그럼 안 데려갈 테다,고 기철 형이 말했다.

아이들은 대문 밖으로 나가 비스듬히 경사진 골목길을 내려가고 있었다.

뛰지 마, 하고 옥이 누나가 말했다.

기철 오빠가 넘어질까 봐 겁나지, 하고 소희 누나가 웃었다.

떨어뜨리지 않을게 걱정 마, 하고 기철 형이 말했다.

할아버진 어디 계실까, 하고 옥이 누나가 말했다.

우리 과자 가게 옆 파출소에 가봐, 하고 준이 말했다.

거긴 안 계셔, 내가 학교 갈 때 올 때 봤는걸, 하고 소희 누나가 말했다.

그럼 큰길 건너 파출소에 가보자, 하고 준이 다시 말했다.

아이들은 담 너머로 경찰서 건물을 넘겨다보고 있었다. 그러나 창이 많은 경찰서 안은 들여다볼 수가 없었다. 아이들은 건물 입구를 지켜보고 서서 순경들이 문으로 드나들고 있는 것을 바라보고만 있었다. 그러나 그들에게 눈에 익은 순경의 얼굴은 보이지 않았다. 순경들이 계속 문으로 드나들며 아이들을 거들떠보지도 않았다.

여긴 할아버지가 계신 데가 아닌가 봐, 하고 옥이 누나가 말했다.

그럼 아랫동네 파출소로 가보자, 하고 준이 말했다.

아이들은 아랫동네 파출소 앞에 기웃거리고 서 있었다.

무서워, 하고 옥이 누나가 말했다.

그들은 파출소로 다가가 유리창 너머로 안을 들여다보았다. 방 안에는 네 명의 순경이 있었다. 하나는 책상 앞에 앉아서 전화를 받고 있었고, 나머지는 한 여자와 얘기를 하고 있었다. 그러나 그들 순경들도 아이들의 집에 왔던 얼굴은 아니었다. 여자와 얘기하던 한 순경이 아이들을 보더니 밖으로 천천히 걸어 나왔다. 아이들이 도망치려고 했다.

애들아, 무슨 구경 왔니, 하고 순경이 빙글빙글 웃었다.

모두들 잠자고 있었다.

그럼 누굴 찾아왔니, 하고 순경이 다시 말했다.

여기 우리 할아버지 안 계세요, 하고 옥이 누나가 말했다.

누구,

우리 할아버지 말예요, 하고 이번엔 소희 누나가 말했다.

할아버지가 왜,

순사가 잡아갔어요.

무슨 짓 했는데,

그저 그냥이에요. 아무 일도 안 했어요, 하고 소희 누나가 말했다.

순사가 웃었다.

여긴 그런 할아버지 안 계신다, 다른 데 가봐라, 하고 순사가 또 웃었다.

아이들은 슬며시 돌아섰다.

그런데 얘들아, 하고 순사가 불렀다.

아이들이 모두 돌아보았다.

그렇게 다 큰 앨 왜 업구 다니니,

갈겨줄까 보다, 기철이 형이 다시 돌아서면서 말했다.

아이들은 다른 파출소를 찾아서 자동차 길을 따라 걷고 있었다.

나 걸어갈래, 하고 옥이 누나가 말했다.

기철 형은 들은 척도 않고 걷고만 있었다.

내려줘, 걸어간대두, 하고 옥이 누나가 다시 말했다.

옥이 누난 못 걸어, 하고 준이 말했다.

내려줘,

기철 형은 옥이 누나를 길에 내려놓았다. 옥이 누나를 가운데 두고 모두 한길을 느릿느릿 걸었다. 옥이 누나는 햇볕 아래 투명하게 푸르고 하얗다. 얼마 채 못 걸어서 옥이 누나는 푸르게 상기되면서 가쁜 숨을 몰아쉬었다. 옥이 누나가 길바닥에 쭈그려 주저앉았다.

그것 봐, 집에 있으래니까, 하고 준이 말했다.

기철 형이 다시 옥이 누나를 등에 업었다.

나 집에 갈래, 하며 옥이 누나가 훌쩍훌쩍 울기 시작했다.

순경들은 다 나쁜 사람들이야, 하고 소희 누나가 말했다.

옥이 누나는 그래도 울고 있었다. 그래서 기철 형의 등은 눈물과 땀으로 젖어 있었던 것이다.

안뜰은 청마루부터 불빛이 비치고 있었다. 뜰 가운데 앵두나무와 석류나무 사이로 석등이 마치 묘비처럼 그림자를 던지고 있었다. 준은 나미의 뒤를 따라 안뜰을 지나가고 있었다. 저게 제 방이에요, 하고 나미가 불이 켜진 방을 가리켰다. 수미는 그들과 함께 오지 않았다. 한쪽으로 불빛이 없는 집 안은 인기척 없이 조용했다. 그들은 넓은 대청마루로 올라섰다.

쉬 조용해, 하고 소희 누나가 말했다. 소희 누나는 빈 약그릇을 들고 할아버지 방에서 나오고 있었다.

할아버지 많이 아파, 하고 준이 말했다.

응, 하고 소희 누나가 약그릇을 마루에 놓고

이리 줘, 하고 준의 책가방을 벗겨주었다.

오늘도 공부 잘했니,

받아쓰기는 내가 젤 잘했어,

어멈이 부엌에서 약탄광을 들고 나왔다.

도련님이 벌써 학교에서 돌아왔구먼, 그렇게 시간이 됐나, 하고 어멈이 말했다.

이리 와, 하고 소희 누나가 말했다.

소희 누나가 가방을 들고 소희 누나 방으로 준을 데리고 들어갔다. 소희 누나 방에도 탕약 냄새가 났다.

옥이 누난 어디 갔어, 하고 준이 말했다.

옥이 누난 선생님이 오셔서 지금 공부해,

소희 누나도 벌써 학교 갔다 온 거야,

오늘 난 학교 안 갔어, 하고 소희 누나가 준의 얼굴에 땀을 닦아주고 바지를 추켜주었다.

왜, 할아버지가 아파서,

응, 이제 할아버지 방에 가봐,

할아버지 방에 누가 있어,

지금은 박 의사님밖에 없어,

소희 누나도 같이 가,

난 어멈한테 가봐야 돼,

같이 가,

그래 같이 가자,

그들은 할아버지 방 앞으로 가서 가만히 문을 열고 안으로 들어갔다. 방 안에는 탕약 냄새와 할아버지 냄새가 났다. 할아버지 머리맡으로 박 의사가 앉아 있었다. 할아버지는 잠든 듯이 눈을 감고 누워 계셨다. 할아버지를 들여다보던 박 의사가 고개를 들고 방으로 들어서는 아이들을 돌아보았다. 할아버지가 눈을 뜨셨다.

준이구나, 벌써 학교에서 돌아왔니, 하고 할아버지가 약한 목소리로 말씀했다.

네, 준은 할아버지 머리맡으로 앉았다.

오늘두 선생님 말 잘 듣고 공부 잘했더냐, 하는 할아버지 말엔 힘이 없었다.

네,

할아버지는 다시 눈을 감으셨다. 뼈대가 드러난 넓은 이마 밑에 깊숙이 팬 눈이 그늘져 어두웠다. 가쁜 숨소리와 함께 계속해서 할아버지 가슴이 들먹이고 있었고 땀이 이마에 배어났다. 소희 누나가 가만가만 할아버지 얼굴에 땀을 닦았다.

소희가 수고하는구나, 하고 할아버지가 눈을 감은 채 말씀했다.

할아버지, 약을 많이 잡수시고 빨리 나으세요.

암, 그래야지,

박 의사님, 우리 할아버지 빨리 나으실까요,

그럼, 곧 나으시고말고,

현과 기철은 아직 안 돌아왔니, 하고 할아버지가 말씀했다.

이제 곧 올 거예요, 하고 소희 누나가 말했다.

방문을 살며시 열고 옥이 누나가 들어왔다.

기철이냐, 고 할아버지가 말씀했다.

아니, 저예요, 하고 옥이 누나가 말했다.

옥이 선생님은 돌아갔니, 하고 할아버지가 말씀했다.

네, 그런데 선생님은 매일 나만 보면 공부 잘한다구 해요,

그건 옥이가 영리하니까 그런 거다, 하고 박 의사가 말했다.

아녜요, 난 안 그래요,

혹 갑자기 내게 무슨 일이 있어도, 앞으로 계속 옥을 돌봐달라고 부탁드려야겠소, 하고 할아버지가 말씀했다.

그런 염려 지금 할 때가 아닙니다. 아무 걱정 마세요, 하고 박 의사가 말했다.

박 선생, 난 언제나 저 애가 걱정스럽단 말예요,

하고 할아버지가 말씀했다.

네, 압니다, 고 박 의사가 말했다.

현 형과 기철이 형이 집으로 돌아왔다. 저녁때였다. 모두 할아버지 방에 있었다.

현아, 기철아, 하고 할아버지가 불렀다.

이리 좀 가까이 앉아라,

현 형과 기철 형은 할아버지 얼굴 가까이 몸을 굽혔다.

내일 아버지를 만나러 가겠니, 하고 할아버지가 말씀했다.

아버지한테요, 하고 옥이 누나가 울었다.

할어버진 아파서 어떻게 가,

하고 준이 말했다.

할아버진 아프셔서 못 가셔요,

하고 옥이 누나가 말했다.

할아버지가 안 가면 형들이 어떻게 감옥엘 가, 어른도 아닌데,

하고 준이 말했다.

이놈, 그런 말 하면 못쓴다,

하고 할아버지가 말씀했다.

소희 누나가 하얀 비단 수건으로 할아버지 얼굴을 닦아드렸다.

내일 행랑아범이 데려다줄 게다, 라고 할아버지가 다시 말씀

했다.

할아버지 대신 네가 가봐라,

네, 하고 현 형이 대답했다.

기철, 너두 아저씨한테 가봐라, 할아버지가 오래 못 가봤으니,

나도 갈 테예요, 하고 준이 말했다.

너는 다음에 가거라, 하고 할아버지가 말씀했다.

왜 우리 아버진 매일 그런 데만 가 있는 거예요, 집엔 없고, 하고 준이 말했다.

테이블에 마주 앉아서 준은 나미에게 영어를 가르치고 있었다. 나미는 영문을 우리말로 번역하고 있었다. 한 문장이 끝날 때마다 맞았는가 어떤가 하는 얼굴로 준을 쳐다보았다. 나미가 고개를 숙일 때마다 단발머리가 볼로 흘러내렸고, 까만 눈은 열심히 깜짝이고 있었다. 제 해석 어땠어요, 하고 소녀가 번역이 끝나자 물었다.

우리말 쉽지, 하고 소희 누나가 말했다. 소희 누나가 준에게 한글을 가르쳐주고 있었다.

응, 하고 준이 말했다.

응이라니, 아주 쉽게 대답하는데,

할아버지한테 한문 배울 때보다 쉽지 뭐,

학교 숙젠 옥이 누나한테 가 봐달라구 그래, 난 이젠 할아버지한테 가봐야 해,

준은 소희 누나 방에서 나가 옥이 누나 방으로 갔다. 옥이 누

나가 일본말 받아쓰기를 도와주었다.

넌 우리말보다 일본말을 더 잘 쓰는구나, 하고 옥이 누나가 말했다.

학교에서 배우니까 그렇지,

한글도 똑같이 잘해야 해,

형들이 빨리 왔으면 좋겠다,고 준이 말했다.

아버지도 같이 오실까,

아니, 못 오실 거야, 감옥에 갇혀 있으니까, 하고 옥이 누나가 말했다.

왜 감옥에 갇혀 있는 거야, 아버지는 나쁜 사람인가,

아버지는 훌륭한 사람이야, 아버지를 잡아간 일본 사람이 나쁘지,

훌륭한 사람을 왜 잡아가,

일본 순사는 훌륭한 한국 사람을 다 잡아갔어,

그럼 우린 훌륭한 사람 안 되는 게 좋겠네,

그래도 훌륭한 사람이 돼야 해,

형들이 빨리 돌아왔으면 좋겠다.

아이들은 나무 그늘 밑에서 기다리고 있었다. 밤나무 밑에서 현 형과 기철 형이 돌아오기를 기다리고 있었다. 여름날의 길고 긴 해가 기울어질 때, 현 형과 기철 형이 아범과 함께 집으로 돌아왔다.

아버지는 안 오셔, 하고 옥이 누나가 물었다.

응, 하고 기철 형이 대꾸했다. 아버질 만났어, 하고 다시 옥이 누나가 물었다.

응, 하고 다시 기철 형이 대답했다.

아버진 정말 감옥에 계셔, 하고 또 옥이 누나가 물었다.

아무도 대답이 없었다.

아버진 언제 돌아오신대,

몰라, 하고 기철 형이 말했다.

아버질 못 만난 거야, 하고 옥이 누나가 계속 묻고 있었다.

봤어, 하고 기철 형이 말했다.

그럼 얘기해봐, 처음부터 끝까지 죄다 말야,

말하기 싫어,

말해봐, 말해보란 말야,

현 형은 한마디 말도 없이 어두워가는 밤나무 밑에 서 있었다.

방문에 노크 소리가 들렸다. 나미가 책에서 고개를 들고 준을 쳐다보았다. 그러고는

"누구야! 난 지금 공부 중이야"

하고 나미가 앉은 채로 문을 향해 소리쳤다.

"나 좀 들어가도 되겠니?"

하고 여자의 목소리가 들렸다.

"난 또 누구라구."

목소리보다 젊어 보이는 부인이 방으로 들어왔다. 슈츠를 입은 간단한 차림인데 아름답기도 하려니와 어딘가 첫눈에 화려

한 인상을 주고 있는 여자였다.

"우리집 내무장관님 이제 귀가이십니까?"

하고 나미가 말했다.

"저 까부는 것."

"어머니, 제 선생님이세요."

"그래 수미한테 들었다. 나미 땜에 앞으로 수고가 많겠군요"

하고 소녀의 어머니가 말했다.

"첨 뵙겠습니다."

하고 준이 말했다. 준은 방 안에 이 집 여주인과 마주 서서 한순간 깊은 눈으로 상대방을 바라보았다. 그러나 소녀의 어머니는

"성규의 친구분이 된다고요?"

하고 친근하게 웃었다.

"네."

"반갑군요. 그리구 고맙기두 하구, 앞으로 나미를 위해 수고 좀 해주세요."

나미의 어머니가 이렇게 사근사근하게 말하고 있었다. 부인은 사교적으로 아주 능숙한 것 같았다. 부인은 잠시 서서 가벼운 형식적인 말을 하면서 활발하게 위엄을 차리고 있었다.

"난 그만 안으로 들어갈 테니, 넌 선생님 말 잘 듣고, 똑똑히 공부 좀 해라."

"그저 엄마라구 한마디, 누가 공부 안 하나."

"쟤는 저렇다니까요."

이러며 부인이 언제나 그렇게 당한다는 듯이 준을 돌아보고 웃었다. 부인이 방을 나가자,

"우리 엄마 이쁘죠? 다들 그렇게 말해요"

하고 나미가 장난스러운 얼굴을 빛내며 준을 쳐다보았다. 그러나 준이 대답이 없자,

"하지만 난 엄마 쪽 안 닮았어요. 언니가 더 많이 닮았지, 그렇죠? 아주 언니와 비슷하죠?"

하고 소녀가 눈을 깜짝거렸다.

누렇고 움푹 꺼진 할아버지 얼굴과 부황에 뜬 아버지 얼굴과는 어딘지 비슷했고, 젊어서 죽은 삼촌은 아버지를 닮았다고 했다. 아버지가 집에 돌아오시던 날, 아이들은 지난해 여름처럼 나무 그늘 밑에서 놀고 있었다. 그러나 그날은 아무도 뛰어놀지도 않았고, 큰 소리를 내어 말하지도 않았다. 모두가 학교도 가지 않고 아침부터 밤나무 밑에 모여 앉아 있었다. 그리고 사랑에서도 손님들이 한방 앉아 있었다. 박 의사가 지난밤에 집으로 와서 아버지가 돌아오신다고 말했던 것이다. 그런데 아버지가 몹시 아파서 감옥에서 데려가라고 했다는 것이다. 박 의사와 아범이 새벽에 떠났고, 그래서 그들과 함께 아버지가 집으로 돌아오시기를 기다리고 있었다. 소희 누나만이 아침부터 찔끔거리고 우는 어멈을 도와 집안일을 거들고 있었다.

아이들이 점심을 끝내고도 아버지는 돌아오시지 않았다. 사

랑에 손님들이 계속 찾아들며 연방 들락날락하고 있었다. 나중에는 현 형과 기철 형이 대문 밖으로 마중을 나갔다. 준은 따라 나서지 않았다. 그러나 거리로 나간 현 형과 기철 형마저 좀체 나타나지 않았다. 그날 오후도 늦어서 집 밖으로 자동차가 와서 대문 앞에 멎는 소리가 들렸다.

자동차 소리에 준은 벌떡 툇마루에서 일어났다. 순간 준은 어디론가 도망쳐서 숨고 싶은 충동을 느꼈다. 그러나 준은 다만 소희 누나의 등 뒤로 서 있었다. 자동차에서 내린 아버지는 박 의사와 아범한테 한 팔씩 잡혀 집 안으로 걸어 들어왔다. 손님들 사이로 현 형과 기철 형이 눈이 빨개져서 따라들어오는 게 보였다. 노랗게 부은 얼굴에 흰 바지저고리를 입고 휘청휘청 걷고 있는 아버지는 옛날의 아버지 같지가 않았다. 어멈이 달려나오며 울음보를 터뜨렸고, 아이들이 아버지를 잡고 울기 시작했다. 준은 그들의 뒷전에 서서 울지 않으려고 이를 악물고 있었다. 눈물이 나오는 게 어쩐지 부끄러웠다.

자 자, 안으로 들어가자,고 아버지가 먼저 말했다. 사람들이 아버지를 부축해서 함께 사랑으로 들어갔다. 사랑방으로 들어가신 아버지가 커다란 할아버지 사진에 절을 했다. 절을 하고 있는 아버지 몸이 위태롭게 움직였다. 두번째 절을 하고 난 아버지는 그대로 방바닥에 엎드려서 아버지, 하고 크게 부르며 통곡하고 우셨다. 아버지가 우시자 모두 다시 슬프게 울었다. 준은 방문 밖에 외면하고 서서 울지 않으려고 하면서 눈물을 삼키고 있었다.

자, 이제 그만두시오, 몸도 성치 않은데, 하며 누군가 아버지를 일으켜 세웠다.

얼마 안 있자 벌써 무슨 소문을 듣고 또 새로 아버지 손님들이 찾아왔다. 다음 계속 손님들이 찾아와서 방 안엔 가득 손님이 웅성거렸다. 그중에는 할아버지 손님도 많았다. 아버지는 할아버지 보료 위에 누워 계셨고, 아버지가 무슨 말을 하자 손님들의 웃음소리가 들렸고 또 어떤 때는 아버지 얘기를 듣다가 손님들이 한숨을 쉬든가 죽일 놈들, 천하에 죽일 놈들, 하고 큰 소리로 호통을 치고 있는 소리가 들렸다. 할아버지가 돌아가신 후로 다시 사랑방에 할아버지 살아 계실 때처럼 손님들이 모여들고 있었다.

손님들이 다 돌아가고 난 뒤, 박 의사는 새까만 병원 가방을 열어놓은 채 아버지와 얘기를 하고 있었다.

자네, 내 말 좀 듣게, 자넨 당분간 자신의 건강 문제만 생각해야겠어, 그것도 자신이 추구하는 문제만큼 열중해서, 알겠나,

아, 그런가, 하고 아버지가 미소했다.

이번만은 내 말 꼭 들어야 하네, 자네 건강은 아주 위태롭단 말야.

아, 그럴지 모르지, 하고 아버지가 다시 웃으셨다. 그러더니 아버지가 계속 말씀했다.

그런데 자네, 정말 문제를 피할 수 있다고 생각하나, 우린 분

명 약하지만 그렇다고 결코 꺾이진 않네, 우리가 저항할 수 있는 데까지 우리는 사는 거지, 문제를 피할 수 없으니까, 두고 보게, 우린 조만간 독립하고 말 것이네, 자네 안 믿나,

믿지, 내가 살아 있는 한 세상의 무엇이든 믿지,

자넨 좀 우습게 들리는 모양이군,

여보게, 자네 자신의 목숨이 없곤 무엇이라는 건가,

내 한 목숨이 나 하나에서만 끝나는 것일까, 아니지, 난 그렇게 생각 안 해, 지금 이 순간에도 무수한 생명이 고통을 당하고 있든가 고문대 밑에서 쓰러져가고 있거든, 그러나 또 동시에 새로이 같은 생명이 돋아나고 있어서 그 생명은 무섭게 끈덕지게 질기거든, 이 눈에 보이지 않는 저항 정신은 이 나라에 독립이 올 때까지, 더 나가서는 이 민족이 이 지구상에서 멸망하기 전까지 결코 중단되지 않을걸세, 그런데 도대체 나 하나 목숨이 무슨 문제라는 건가,

자네 얘긴 안 듣겠네, 그런 사람은 끝판이 훤하게 보인단 말야,

그래 이런 얘긴 그만두지, 자네 얘기도 알겠고, 자네가 내게 대한 불만도 알겠구, 응, 안 그런가, 또 오늘 시작한 얘기두 아니구, 하여간 자넨 부러운 친구야 행복한 친구기두 하구,

오늘은 너무 피로했어, 좀 자게 해줄까,

그만둬, 그럴 필욘 없어,

애들아, 내일부터 아버진 실컷 보고 오늘은 아버지를 좀 주무

시게 해주자 웅, 하고 박 의사가 말했다.

네, 하고 아이들이 대답했다.

아이들이 너무 의가 좋아 보기가 되레 측은하이, 자네 아이들은 좀체 싸울 줄을 몰라, 아이들은 그런 게 아닌데, 하고 박 의사가 말했다.

자넨 참 고마운 친구야, 하고 아버지가 말했다.

준은 집으로 달려오고 있었다. 햇볕이 쨍쨍 비치는 대낮에 어디서 줄곧 매미 우는 소리가 들렸다.

저 땀 좀 봐, 하며 소희 누나가 준의 책가방을 벗겨주었다.

아버지 사랑에 계셔, 어디 안 갔어, 준은 조심스럽게 거푸 물었다.

응, 하며 소희 누나가 땀 흘린 준의 얼굴을 씻겨주고 손발도 말끔히 씻겨주었다.

이제 가봐, 아버지한테, 하고 소희 누나가 말했다.

또 손님들이 많이 사랑방에 있나,

아니, 지금은 아버지하구 의사 선생님밖에 없어,

소희 누나도 같이 가,

난 닭장에 갈 거야, 아버진 계란을 좋아하시잖아,

준은 사랑방 문 앞에 서 있었다. 더운데 방문이 닫혀 있었다.

엇 뜨겁다,고 아버지가 소리쳤다.

몹시 뜨겁습니까, 하고 낯선 남자의 목소리가 말했다.

괜찮아, 하고 아버지가 말했다.

처음엔 다 좀 뜨겁다가 곧 시원해지지요,

엇 뜨겁다,고 다시 아버지가 소리쳤다.

조금만 참으십시오,

걱정 말구 어서 해요, 그 정도야 못 참을라구, 왜놈들 사람 잡아다 하는 짓 보면⋯⋯ 내가 소릴 질러도 염려 마시오, 정말 못 참아서 그런 게 아니니까,

참 화가 크십니다, 곧 회복되셔야 할 텐데,

거 문에 누구냐, 하고 아버지가 말했다.

준은 문을 열었다.

준이구나, 벌써 학교에서 돌아왔니, 하고 아버지가 말씀했다. 웃통을 벗고 보료 위에 엎드려 누워 있던 아버지가 일어나려고 했다.

이리 온, 하고 아버지가 엎드린 채 준을 보고 불렀다.

준은 방으로 들어가 아버지 앞에 앉았다. 방 안에는 쑥냄새와 향나무 냄새, 살 타는 노리끼한 이상한 냄새가 났다.

엇 뜨겁다, 하고 다시 아버지가 말했다.

벌거벗은 아버지의 등에서는 군데군데 연기가 나고 있었고, 낯선 의사가 동그랗게 만 쑥 덩어리를 아버지 등에 올려놓고 불로 태우고 있었다. 작은 쑥 덩어리가 타 들어가 살에 닿으면 아버지가 몸을 비틀다 엇 뜨겁다고 소리치곤 했다. 아버지의 살이 까맣게 탔고, 도장만 한 크기의 상처가 생겨 있었다. 이렇게 도장만 하게 탄 상처가 등에서 두 줄로 허리로 내려가고 있었다.

그런데 부황에 떠서 누렇게 부어 누워 있는 아버지와 움푹 팬 얼굴을 하고 누워 있던 할아버지와 똑같이 닮았었다.

그래 오늘도 선생님 말 잘 듣고 공부 잘했더냐, 하고 아버지가 웃는 얼굴로 준을 쳐다보았다.

네,

그럼 누나들한테 가 놀아라,

준은 일어나 사랑방을 물러나왔다. 등 뒤에서 다시 또 아버지가 뜨겁다고 하며 신음 소리가 일어났다. 준은 방문에서 뒤를 돌아보았다. 아버지가 누워 있고, 벗은 등 뒤에 허리를 굽히고 있는 의사가 보였다. 준은 밖으로 나오자 마당을 달렸다. 준은 부끄러웠고 알 수 없는 분노를 느꼈다.

어딜 가니, 하고 소희 누나가 준을 불러 세웠다. 소희 누나는 닭장 속에 닭들과 함께 들어 있었다.

이리 와봐, 하고 소희 누나가 말했다.

얼른 들어와, 닭들이 못 나가게, 하고 말했다.

준은 닭장 안으로 들어갔다. 닭들이 푸드덕거렸다.

이것 좀 봐, 소희 누나가 계란이 든 바구니를 보여주었다.

참 이쁘지, 하고는 소희 누나가 준의 손을 잡고 닭의 둥지 쪽으로 갔다.

저 속에도 또 계란이 있어, 가 집어봐라, 참 따뜻해,

그러나 준은 움직이지 않고 서 있었다.

왜 그러니, 어디 아파, 하며 소희 누나가 준의 머리를 만져보

았다. 준은 소희 누나의 허리를 감고 울음을 터뜨렸다.

왜 그러니, 왜, 하고 소희 누나가 말했다.

아버지가 아파, 많이 아파, 하고 준은 그렇게밖에 말을 못했다.

닭장에 닭들이 놀라서 푸드덕거리고 있었다.

"언니, 선생님 가셔"

하고 준의 뒤를 따라 나오던 나미가 소리쳤다.

정원에 있는 양관 도어가 열렸다. 작업복을 입은 수미가 문 앞에 나타났다. 수미는 그림을 그리고 있었던 것 같았다. 수미가 작업복에 손을 쓱쓱 문질러 닦으면서 밖으로 나왔다. 그녀의 뒤로 불빛의 환한 넓은 화실 안이 보였다.

"전 벌써 돌아가신 줄 알았어요"

하고 수미가 준을 보고 생글 웃었다.

"우리 집 내무 장관은 벌써 쿨쿨이신가"

하고 나미가 말했다.

"아무리 벌써, 테레비 보실 거다."

"그럼 인사는 이하 생략."

"좀 들어오세요"

하고 수미가 준을 보고 말했다.

"아니, 좋습니다."

"좀 들렀다 가세요, 바쁘지 않으시면, 제가 커피를 한잔 맛있게 끓여드릴 테니까요."

"커피는 다음 부탁하고, 오늘은 그만 가보겠습니다."

"그럼 안 나가겠어요. 안녕히 가세요."

수미가 여전히 작업복에 손을 문지르며 문 앞에 서서 말했다.

"선생님, 안녕히 가세요."

나미가 대문 앞에 서서 말했다.

준은 코트 깃을 세우며 싸늘한 밤공기 속으로 내디뎠다. 끽하고 준의 등 뒤에서 대문 닫히는 소리가 들렸다. 아, 망령들이여, 허깨비들이여, 세월이여, 강물이여, 그러나 만세를 부르다 젊어서 죽은 삼촌은 죽은 게 아니라 오히려 시작이라고 했다. 그리고 아버지는 새까만 양복을 입으시고 어디론가 다시 떠나셨던 것이다. 그러면서 독립은 오고야 말 것이라는 것이다. 민족은 천성이기 때문에 문제의 해결을 피할 수가 없고, 그래서 별안간 저항의 꽃을 피우고 젊어서 죽어간 삼촌의 죽음은 끝난 게 아니라 영원히 시작이라고 했다. 그런데 준이 보지 못한 삼촌은 항상 열아홉 살이었다. 그리고 삼촌은 영원히 열아홉 살로 살아 있을 것이다. 열아홉 살. 기철 형도 그랬다. 기철 형도 열아홉 나이로 그의 생을 끝맺고 있었다. 옥이 누나 역시 열아홉이었다. 그리고 지금은 없는 현 형은, 아버지는, 그런데 그들을 끌고 간, 그들의 핏속에 영원히 지배되는 것은 무엇이었을까. 준은 큰길로 나와서 인파 속으로 천천히 걸어 들어갔다.

봄

3. 슬픈 계절

　오후에 성규는 등록을 하려고 학교에 갔다. 그가 탄 버스가 학교 앞에 가까워지자, 차창 너머로 보이는 캠퍼스에 학생들이 군데군데 모여 서서 얘기들을 하고 있는 모습하며, 아직 등록 창구 앞에 줄을 짓고 서 있는 학생들의 모습도 보였다. 성규는 줄지어 기다려야 할 것을 피해서 오후 느지막이 온 것이다. 버스가 학교 앞 정류장에 멈추고, 성규처럼 늦게 등록을 하러 오는 학생들이 내렸다. 그들의 뒤를 따라 성규가 학교로 들어가자니까,

　"야, 오랜만이다"

하고 한 친구가 성규를 불러 세웠다. 교문 앞에 모여 있던 학생들 가운데 친구가 있다가 성규 앞으로 왔다.

　"등록하러 나타나는구나"

하고 친구. 그들은 악수를 했다.

"넌 끝났어?"

하고 성규.

"아니, 난 아직 못했어, 천천히 하지 뭘."

"언제 올라왔어?"

"며칠 됐지."

"그래 방학 동안 쭉 집에 내려가 있었구."

"그럼 어디 방학에 비싼 밥 사 먹으며 앉아 있을 형편이냐, 그래 넌 방학 동안 재미 어떠냐."

"재미야 시골 간 네가 좋았겠지."

"말 말아, 시골은 개떡이다. 개떡."

"무슨 소리야."

"선거다 뭐다 시골은 개떡이야. 그럼 가서 일 끝 마치고 와."

성규는 다시 악수를 했다. 시골 친구는 먼저 얘기하고 있던 학생들 쪽으로 가고 성규는 그들 옆을 떠나 교문으로 들어갔다. 매번 등록 때마다 등록 안내판이 내걸린 수위실을 지나 학생들이 줄지어 선 건물 쪽으로 가는데, 건너편 잔디밭에 모여 앉아 있는 학생들 가운데 누군가 성규를 향해서 손을 흔들었다.

성규는 임시로 등록 장소가 된 강의실 건물로 가서 차례로 번호가 나붙은 창문들을 거쳐서 여러 장의 등록 카드를 타내었다. 바람이 부는 날이어서 창문 턱마다 쌓인 등록 용지 위에 작은 돌멩이를 올려놓고 있었다. 마지막 창 앞에선 세찬 바람이 불어와 등록 카드가 강의실 안으로 하나 가득 날아들었고, 지키고 앉아 있던 여자 직원이 소리를 질렀다.

등록을 하는 건물 앞마당에는 책상 대신으로 내놓은 여러 대의 탁구대에 학생들이 촘촘히 붙어 서서 등록 카드를 적고 있었고, 벤치에 자리를 못 잡은 남학생들이 땅바닥에 주저앉아 책가방을 받치고 카드를 쓰고 있기도 했다. 한 남학생이 등록 카드를 바람에 날리고 종이를 따라가면서 줍는 게 보였다. 성규는 등록 장소를 떠나오던 길을 다시 돌아가서 아까 누가 부르던 잔디밭 쪽으로 건너갔다. 성규를 부르던 학생들은 보이지 않았다. 그는 잔디밭에 엎드려서 여러 장의 카드에 이름, 학과, 주소를 적어놓은 다음, 다시 등록 장소로 가서 탁구대에 있는 인주를 묻혀서 이름 쓴 아래 일일이 도장을 찍고, 끝으로 단과대학 별로 된 등록금 내는 창구로 찾아갔다. 단과대학 별로 여러 개의 줄이 늘어서 있었고, 한 창구 앞에서 차례를 기다리고 있는 줄 사이로 같은 과의 친구가 있다가 성규를 불렀다.

"야 성규, 여기다."

성규는 친구들 옆으로 가서 악수를 했다.

"너 왜 인사하는데 안 받았어"

하고 옆 친구가 말했다.

"몰라봤어."

성규는 두번째 악수를 했다.

"몰라봤다구, 이젠 네 애비도 몰라보게 됐구나."

"넌 또 버릇을 다 잊어버렸구나"

하고 성규.

"서로 만나자마자 너무 섭섭해들 말어, 잠깐들 서로 잊었다고 해서 뭘 그래"

하고 먼저 친구.

"저놈은 제 애비를 다 잊어버렸다는데"

하고 다음 친구.

"잊어버리는 건 좋은 거야, 특히 너 같은 애비를 잊어먹음 더욱 좋고"

하고 먼저 친구.

"그래 방학엔 뭣들 했니?"

하고 성규.

"내 아들은 뭘 했니?"

"뭘 하긴 분명히 했는데, 잊어버렸지. 그렇지?"

먼저 친구가 말했다.

"그렇지, 방학은 좋았지, 기막히게 좋았지, 그런데 뭐가 좋았는지 잊어버렸는걸."

이러고들 지껄이고 있자니까, 그들 앞에 등록 차례가 왔다. 앞 친구가 먼저 등록 카드 위에 돈뭉치를 바쳐서 창구 안으로 밀어 넣었다.

"원 야속도 하지. 이렇게 주기적으로 진통이 올 게 뭐람"

하고 앞 친구가 말했다.

창구 앞에 앉아 있는 여자가 친구를 힐끔 쳐다보았다. 은행에서 나온 그 여자 직원은 돈을 받아 세고는 서류의 숫자와 맞추어보고 다 센 돈을 옆 테이블로 밀어놓자 테이블을 맞대고 앉아 있는 남자 직원이 영수증을 해서 창밖 친구에게 쪽지를 내주었다. 다음 친구도 카드와 돈을 내고 영수증을 받았다. 성규 차례에 카드와 수표 한 장을 밀어 넣자 영수증과 함께 거스름돈이 나왔다.

"그 정도면 맥주쯤 한번 수수하게 마시겠는데"

하고 친구가 말했다.

등록을 마친 그들은 등록 장소를 뒤로하고 천천히 교정을 걸어 나왔다. 바람이 부는 교정에 휴지가 굴러다니고 있었다.

"저기, 김형주 아닌가"

하고 친구가 말했다.

성규는 고개를 들었다. 형주가 바람에 밀크빛 바바리 자락을 펄럭이며 캠퍼스를 가로질러 가고 있었다. 그것은 틀림없이 형주였고, 1년 전과 거의 다름없이 보였다.

"학교에 다시 나올 생각인가."

"등록을 하는 모양인데."

친구들이 얘기를 주고받고 하는 동안, 형주는 여학생들이 앉아 있는 벤치로 가서 자리를 잡고 앉더니, 등록 카드를 쓰기 시작했다.

"그럼 죽은 사람은 죽은 사람이지."

"제딴엔 지독했겠지, 갑자기 영호가 그렇게 됐으니 차라리 좀 앓다가도 죽었다면 죽었다는 실감이 날 게 아냐."

"정말 저 영호 애인 다시 학교 다닐 작정인가 보다."

"죽은 놈 이름 부르지 말어."

묵묵히 친구들 애기를 듣고 있던 성규가 생각보다 거칠게 말했다.

"왜 반갑지 않아, 난 역시 우리 과 여학생이라 반가운데."

"그래 우리 가서 환영 좀 해주자, 여학생이 부족한 우리 과를 위해서도 말이지."

"고작 넌 그렇게밖에 더 생각 못 하게 생겨먹은 놈이야."

이렇게 친구들이 지껄이고 있는데, 형주는 여학생들 틈에서 계속 고개를 숙이고 있었다.

성규는 걸음을 멈추었다. 친구들이 형주가 있는 벤치 쪽으로 걸어가고 있었다.

"왜, 안 가볼래?"

앞서가던 친구들이 돌아보았다.

"너희들이나 가봐."

성규는 바람을 피해 담뱃불을 붙이고 있었다. 성냥불이 켜졌다가 담배에 채 붙기 전에 바람에 꺼졌다.

"그러지 말고 가봐, 서로들 잘 지내지 뭘 그래."

"너희들이나 가봐, 난 안 가겠어."

"네가 영호와 좀 친했다고 해서 이제 와서 김형주를 시기할 이유는 없잖아."

"난 도서관에 좀 들러봐야겠어"

하고 성규는 친구들에게 돌아섰다.

친구들과 헤어진 성규는 게시판 옆을 지나 도서관으로 갔다.
그는 입구의 돌층계를 뛰어들면서 무엇인가 급해지는 마음이었
다. 건물 안은 그늘져 어둡고 냉기가 돌았다. 그러나 그는 아무
도 없는 그늘 가운데 있으면서 마음이 가라앉는 게 아니라 모든
것이 더욱 뚜렷해졌다. 성규는 지금 형주를 다시 봄으로써 이미
잊었다고 생각했던 것이 생생하게 되살아오며 가슴을 흔들고
있음을 알았다.

그는 이층으로 올라가서 도서관 문을 밀고 들어섰다. 천장이
높다란 방 안에 학생들이 공부를 하고 있었고, 창가에 문 쪽을
등지고 앉아 있는 준의 뒷모습이 보였다. 성규는 안으로 들어갔
다. 융단이 깔린 방 안이 발소리를 죽였다. 성규가 친구의 옆에
다가서자 준이 책에서 고개를 들고 쳐다보았다. 그러자 준은 책
을 덮고 의자에서 일어났다. 성규가 돌아서 나오고 준이 뒤따라
나왔다. 둘은 밖으로 나와 도서관 문을 뒤로 닫았다.

"왜 그래?"

준이 말했다.

"아니, 네가 여기 있을 것 같아서."

"학교에 왔었니?"

"응, 너 등록했니?"

"아니, 아직 못했어."

"또 추가 등록이냐."

"그렇겠지, 넌 했니?"

"응, 지금."

"그런데 무슨 일이야."

"그저 만나봤을 뿐이야."

"싱겁긴, 무슨 할 말이 있는 것 같은데."

"술 먹으러 갈까 하는데, 가자."

"누구들 하구."

"등록 날이라 애들 만났어."

"등록 후라 돈도 남았겠고"

하고 준이 웃었다.

"가서 가방 들고 나와."

"난 안 되겠어, 이제 가르치러 가야 해."

"아주 열심인데, 그래 수미도 좀 만나보나."

준은 대답은 않고 성규를 쳐다보았다.

"요즘 수민 집에서 뭘 해? 집엔 붙어 있나."

"왜 만나지 않나."

성규는 대답 않고,

"웬만하면 우리와 같이 가지, 가방을 가져와."

"이번엔 너희들끼리 가봐, 다음에 만나고."

"저녁엔 〈전원〉에 있겠지?"

"응."

"그럼 그때 만날 수 있으면 만나자."

"그러지."

준은 다시 도서관 문을 열고 들어갔고, 성규는 아래층으로 내려와서 밖으로 나왔다. 친구들이 도서관 앞의 돌난간에 걸터앉아 있다가 성규가 나오는 것을 보고 일어났다.

"뭣하고 다니는 거야" 하고 친구가 말했다. "우리를 따라와볼 것이지."

"김형주가 아주 반가워하던데."

"아주 쌀쌀해하고 말이지. 너도 학교에 나왔다 하니까 새촘해지던데, 아직 입맛이 쓴 모양이야."

"네가 주책이지 뭐냐, 왜 영호 얘기를 건드리냐 말야."

"나도 서운했지. 영호하고 형주는 우리의 꽃이었잖아—비둘기처럼 나란히 붙어 다니는 걸 보면 흐뭇해지고 했는데 말야."

"묵은 소리 집어치워."

"지금부터 우리 슬슬 술이나 먹으러 갈까"

하고 성규는 얘기를 막았다.

"그야 썩 좋은 생각이지."

그들은 교문을 향해 걸어갔다. 성규가 교정을 가로 건너며 보니 형주의 모습은 보이지 않았다. 그녀와 함께 있던 여학생들도 보이지 않고, 그녀들이 앉아 있던 벤치는 비어 있었다. 이제 등록소 근처에 복잡거리던 학생들도 한물 빠지고, 교정에 서성거리던 학생들도 어디론가 돌아가버린 후였다. 빈 정원을 통해서 바람이 불어왔다. 그들은 교문 밖으로 나왔다.

"어디로 갈까?"

하고 친구가 말했다.

"어디 슬슬 걸어가보지."

그들은 학교 앞의 차도를 건넜다.

바람이 다시 불었다. 기온이 저녁으로 변하면서 더욱 바람이 불었고, 아스팔트 위를 쓸어대며 먼지와 모래를 일으켰다. 모래 알이 날라와 얼굴에 닿자 뺨이 따가웠다.

"올해는 봄부터 고약하단 말야, 아주 고약해—선거는 사람을 죽여가며 해야 하구 말야"

하고 친구가 투덜거렸다. 자동차가 지나가면서 다시 먼지를 일으켰다.

"그래도 좋다는데, 당선 축하를 하고 만만세를 하는 데는 어째."

"대통령 투표율 92퍼센트라, 그런 숫자가 어디서 나오느냐 말야."

"나왔는데, 100퍼센트 아닌 게 유감이었을걸."

"92란 숫자가 무엇을 말하느냐 말야."

"뻔하지, 100퍼센트라고 안 할 만큼 그들도 조금쯤은 유식하다는 걸 알아줘야지."

이러며 그들은 학교 근처의 술집으로 들어갔다. 이미 그들보다 먼저 온 학생 손님들이 테이블을 몇 차지하고 앉아 있었다.
모두 그들처럼 방학 동안 보지 못한 친구들이 다시 만나고들 있
었다.

"참 오랜만에 보겠수."

술집 주인 여자가 성규를 보고 알은체를 했다.

"네, 오랜만입니다"

하고 성규.

"개학을 하니 여길 안 올 수 없죠. 이제 또 시작입니다"

하고 옆에서 친구가 한마디 했다.

"그래야지."

"아주머니, 이 친구들 또 개근할걸요 뭘"

하고 다른 친구가 또 거들었다.

"그러면 쓰나."

이렇게 말하면서 술집 주인 여자가 술을 내오며 안주를 준비
해주는 동안, 성규와 친구들은 처음 몇 잔째를 말없이 마시고들
있었다. 옆 테이블에서 학생들이 떠드는 소리가 들려왔다. 그들
은 마산 얘기를 하고 있었다. 요즘 어딜 가나 마산 얘기들이었
다. 투표날 마산에서 군중과 경찰이 충돌한 끝에 마침내 경찰의
발포로 사망자를 낸 이래 세상은 저마다 각기 다른 소리를 하고
있었다. 검찰 측이 경찰의 발포 여부와 배후 조종 유무 등을 추
궁할 방침이라 하자, 여당은 야당의 사주라고 했고 야당은 가담
한 적이 없다고 응수하고 있었다. 그러나 또 치안당국은 그쪽대

로 아직 지령했단 증거 없으나 공산 수법과 비슷하다는 엄청난 발표를 하고 있었다. 그 가운데 정·부통령 당선 공고를 하는가 하면, 야당은 선거 무효 선언을 했다. 게다가 사망자 수가 네 명이라던 당국이 다음 세 명을 더 추가 발표했고, 야당은 사망자 열여섯 명의 명단까지 들고 나왔다. 그러나 아직도 알 수 없는 많은 행방불명자. 뉴스는 좋지 못했다. 계속 아주 좋지 못했다. 몇 테이블의 학생들은 이러한 얘기를 제 나름대로 계속하고 있었다.

"오늘 신문엔 마산에 국회 조사단이 왕림하셨다는데"

하고 성규의 옆에서 얘기를 듣고 있던 친구가 말했다.

"이제서 무엇을 조사한다는 게냐."

다른 친구가 말했다.

"조사할 게 있을 게 뭐야, 뻔하지. 그걸 이제 모를 놈이 어디 있어."

"조사고 뭐고가 없지, 부분적인 건 안 돼, 모든 걸 죄다 다시 시작하지 않으면"

하고 친구들 얘기를 듣던 성규가 말했다.

"그렇지, 그래. 모든 건 다시 시작이다. 무엇보다 우선 이 엉터리 선거부터 다시 해야지"

하고 친구가 맞장구를 쳤다.

"아니지 아냐, 그것보다 먼저 살인한 경관놈을 잡아 죽여야 한다!"

하고 갑자기 옆 테이블에서 한 학생이 일어나며 소리쳤다.

"그건 너무 쉽지"

하고 성규가 나직이 말했다. 그러나 그 학생은 성규의 말을 못 듣고

"살인한 경관놈은 죽여야 한다!"

하고 다시 소리치고 있었다.

"너무 심한데, 그건. 살인한 경관놈은 살인죄뿐이지"

하고 친구가 말을 받고 있었다.

"무슨 잠꼬대야, 사람 죽인 놈은 죽어야 하는 거다."

"피에는 피라는 게냐."

"그렇지, 거기엔 이론 같은 건 필요 없다."

"다들 그만두자"

하고 성규가 말을 했다.

"뭐 그만두라구, 그래 언제까지 그만두고 있나 보자. 언제까지나 참고 가만히 있게 되나 보잔 말이다. 국민을 철없이 우롱한단 말야, 우리가 그렇게 맘이 좋단 말이냐 엉."

이렇게 여전히 그 학생들이 큰 소리로 지껄여대며 그와 함께 앉아 있는 친구들의 의자 사이를 비척비척 빠져나와 성규 테이블로 왔다. 꽤 마신 모양이었다. 성규가 술잔을 건넸다. 그러자 학생이 받아 마시고는

"이번은 내가 내지요"

했다.

"우린 다 마셨는데요"

하고 성규가 말했다.

"그럼 어디 가서 다시 시작합시다."

이렇게 해서 그들은 그날 저녁 학교 근처의 술집을 몇 군데 돌아다녔다. 새 친구는 결국 좋은 사람이었고, 그들과 같은 생각을 했고 불만도 같고 같은 일에 분개를 하고 있었다. 끝판에 그들은 늦게 〈전원〉으로 들어갔다. 층계를 삐걱대며 흔들거리는 몸들을 하고 이층으로 올라가 의자에 주저앉았다.

성규는 방 안을 한 바퀴 훑어보았다. 손님의 거의가 학생들로 남녀가 혹은 남자끼리 모여 앉아 있었다. 준은 보이지 않았다. 성규는 벽시계를 보았다. 이미 준은 수미의 집에서 돌아온 시간이었다. 이제 친구들은 얘기에 지치고 술에 취해서 마치 성난 사람들처럼 시무룩히 앉아들 있었다. 아무리 밤새 지껄여봐야 가시지 않는 알 수 없는 울분으로 침울해하고 있었다. 그것은 마치 무엇엔가 호되게 배반당한 듯하면서도 이렇다고 설명할 수 없는 좌절감에 오는 버림받은 기분이었다. 성규는 자리에서 일어났다.

"어딜 가려구?"

하고 한 친구가 말했다.

"집에. 안 가겠어?"

"벌써."

"그럼 난 먼저 가겠어."

성규는 친구들을 뒤로 남겨두고 다방을 내려갔다. 밖으로 나오자, 버스 정류장을 향해서 천천히 걸었다. 밤거리는 낮의 바람도 자고 조용했다. 길 건너 건너다보이는 학교의 도서관 창과 교수들의 연구실 창에서 불빛이 새어 나오고 있었다. 가로등이 캠퍼스를 쓸쓸히 비치고 교정의 수목들이 어둠에 무겁게 잠겨 있었다. 학교 앞의 정류장에 오자 늦게 도서관에서 돌아가는 학생이 무거운 가방을 들고 버스를 기다리고 서 있었다. 성규는 잠시 걸음을 멈추었다가 버스 정류장을 지나쳐 다시 걷기 시작했다.

성규는 종묘 쪽으로 빠지는 길로 접어들었다. 그래서 종묘의 높은 담을 따라 걸었다. 그는 서늘한 밤공기 속을 걷고 있자니, 머리가 말짱해지는 기분이었다. 그의 앞에 아무도 보아주지 않는 신문사의 뉴스판이 횅하니 우뚝 서서 불빛만 환하게 밝히고 있었다. 그는 걸음을 멈추고 밤사이에 나왔을 임시 뉴스를 들여다보았다.

마산 현지 조사한 특별 성명이라고 붉은 줄을 친 아래.

"폭도 빨갱이로 몰아 말할 수 없는 처지."

성규는 붓으로 휘갈겨 쓴 굵직굵직한 글씨를 훑어보았다. 그리고 다음으로 그의 시선이 뛰어넘었다.

"마산 소요 사건은 국민이 정부에 대한 평소의 불신과 이번 부정 선거로 인하여 자연 발생적으로 일어난 국민의 봉기요 경찰의 무모한 발포로 인하여 다수의 인명을 살상한 경관 및 그

지휘자는 살인죄로 엄중 처단할 것이며, 경찰이 다수의 피의자를 공공연히 고문 자행한 것을 가차없이 이를 검거하여 엄단하라."

성규는 발길을 돌려 뉴스판 앞을 떠났다. 그는 다방에 앉아 있을 친구들 얼굴이 떠올랐다. 그러나 그들은 별수 없이 무기력하게 꼼짝 않고 앉아 있을 게다. 그는 어두운 밤하늘을 바라보았다. 불현듯 그는 왠지 알 수 없게 이 거리, 이 나라 모든 것에서 떠나고 싶은 충동을 느꼈다. 그는 걸으면서 잠시 수미를 불러낼까 생각했다. 그러나 그만두었다. 만나보았자 뻔한 것이다. 둘이 붙어 쏘다녀보았자 결국 마찬가지다. 무엇인가 종내는 이렇다 할 이유는 붙일 수 없는 불만이 차올라와 어설픈 기분이 되어버리고 만다. 그들은 서로 더 없는 행복을 느껴야 하는데 말이다. 두 사람에게 그밖에 무엇이 존재하는가. 그리고 그들에겐 모자라는 것이 없다. 모자라는 것이 도대체 무엇일까. 그는 계속 길을 걸으면서 이 봄이 어딘지 잘못되었다고 생각했다.

그러나 결국 성규는 수미의 집을 향해 가고 있었다. 그러자니 그는 처음부터 집으로 돌아갈 생각이 아니고, 수미를 찾아가기 위해서인 것 같아졌다. 자동차가 지나갈 때마다 헤드라이트가 일순 환히 길을 비추었고, 성규는 어두운 길을 걸으면서 수미를 어둠과 같이 느꼈다. 수미는 어둠처럼 낯선 것 같았고 동시에 어둠 속에 익숙해지고 마는 상태와 같았다. 결국 그들이 만난다 해도 그런 익숙함, 결국 지금 같은 기분으로 언젠가 이 길을 걸었고, 다시 걷는, 이 어두운 길을 수미와 함께 걸었던 숱한 밤들이 하나 같기도 했다. 이 되풀이되는 감정 속에 그러면서 생소함을 느낌은 도대체 무엇일까.

성규는 수미의 집 골목으로 들어섰다. 인적이 없는 조용한 골목, 집집마다 창에서 불빛이 비치고 마침내 수미의 화실에 불빛이 보였다. 그는 불 꺼진 수미의 화실 창을 바라보고 있자니 다시 관자놀이가 욱신거리기 시작했다. 그는 대문의 벨을 누르고 잠시 개 짖는 소리를 듣고 서 있었다. 대문이 열렸다.

"필동 오빠 오세요."

심부름하는 계집애가 얼굴을 내밀고

"수미 언니 있어요"

하고 묻지도 않는 말을 했다.

성규는 어두운 정원을 지나 별채의 화실로 갔다. 뒤따라오던 계집애가 수미의 화실 앞에 와서.

"수미 언니, 필동 오빠 오셨어요"

했다. 잠시 방 안에 아무 기척이 없었다. 수미의 그림자가 창문에 비치더니 도어를 열고 수미가 내다보았다. 둘은 잠시 마주서서 가만히 쳐다보고 있었다. 먼저 수미가 아무 말 없이 문 앞에서 비켜 섰다. 들어오라는 의사 같았다. 성규는 말없이 방 안으로 들어섰다. 수미가 의자를 성규 쪽으로 밀어놓았다.

"뭘 해?"

성규는 앉을 생각은 않고 먼저 입을 열었다.

"그림을 그렸어요."

성규가 묻지 않아도 방 안을 보면 알 수 있었다. 커다란 캔버스를 벽에 기대놓은 앞에 붓이니 물감통 기름통들이 방바닥에 흩어져 있었다. 그리고 방 안의 네 벽에 아무렇게나 걸려 있는 그림들과 석고상들, 게다가 여러 가지 병이니 상자갑하며 책, 잡지 등이 잡다하게 양탄자 위에 나뒹굴고 있었다.

"아주 큰 걸 시작했는데."

"내가 해낼 것 같지 않아요."

"힘들겠어, 커서."

"네, 물감도 많이 들고."

그들은 캔버스 쪽을 바라보고 서서 얘기하고 있었다. 빨강, 흰, 노랑, 초록색을 주로 많이 쓴 그림은 완성되지 않은 채 불안감을 주고 있었다. 성규는 그러한 화폭을 보고 있자니 또다시 관자놀이가 욱신거리는 것을 느꼈다.

"그래 그동안 좀 그렸어?"

"선생님이 개인전 한번 하라구 하시더군요."

"그래 해볼 생각이야?"

"자신이 없어요. 술 많이 하셨어요."

"왜?"

하고 성규는 수미를 돌아보았다. 손질 안 한 생머리칼을 하고 작업복을 입고 있는 수미는 불빛 아래 다소 파리하게 보였다.

"커피나 설탕물을 좀 타다 드릴까요?"

수미의 아무 생각 없는 까만 눈이 그를 바라보고 있었다. 갑자기 성규는 수미의 어깨를 잡고 흔들었다.

"아무 말 말자, 우린 이런 식으로 말하면 안 되는 거야."

수미는 아무 반응 없이 흔드는 대로 가만히 있었다. 생명 없는 풀잎처럼 표정 없는 얼굴이 더욱 창백했다. 그러자 성규는 팔에 힘이 빠졌다. 쓸데없는 짓이다. 수미를 놓고 그는 창가로 가서 섰다. 시가지의 불빛이 멀리 반짝이고 있었다.

"괴로워하시는 거예요."

수미가 등 뒤로 와서 나직이 말했다.

"저 때문이라면 괴로워하지 마세요."

수미는 자신이 무슨 얘기인 줄도 모르면서 지껄이고 있었다. 성규는 수미의 손을 더듬어 잡았다. 물감이 묻은 손이 끈적였다. 그리고 그들은 나란히 창가에 붙어 서서 밖을 내다보고 있었다.

"전 아무것도 아니에요. 정말 하잘것없는 존재예요. 그러기 땜에 누구나 자기 자신에 고민하는 게 아니에요."

"항상 수민 자신의 문제는 자기 혼자에 머물러 있는 게지."

"네, 그건 알아요. 그러기 땜에 또 그림도 그리는지 모르겠어요. 그림을 그리고 있노라면 그래도 행복이 가까이에 있는 듯한 착각이 들어요. 그런데도 제 그림에 가능성이 있게 보여요."

"나한테 물을 건 아니지."

"회장 아저씬 제 그림을 암만 봐도 모르겠다는군요"

하고 수미가 슬쩍 화제를 돌렸다.

"아버지가 언제 오셨소."

"아까 낮에 오셨댔어요."

"뭣 하러."

"모르겠어요. 그리구 어머니와 함께 나가셨어요."

"준은 지금 나미한테 있나?"

"아뇨, 전에 돌아갔어요."

"이제 가봐야지."

성규는 문 쪽으로 걸어 나왔다. 언제나 이렇게 되는 것이다.

"오늘 술 안 마셨음, 여기 안 온 거죠?"

하고 수미가 뒤에서 물었다.

성규는 잠시 수미를 쳐다보았다.

"이제 개학이니 우린 학교에 나가야지"

하고 성규는 밖으로 나왔다.

강의가 시작된 것도 2, 3일이 지나서였다. 성규는 등록 후 처음으로 학교에 나갔다. 강의실을 찾아들자니까 이미 강의가 시작한 후였다. 복도로 강의를 하고 있는 교수의 음성이 들려오고 있었다. 성규는 가만히 강의실 뒷문을 열고 들어가 맨 뒷자리로 가서 앉았다. 그러한 성규를 잠시 교수가 강의를 하면서 눈으로 좇고 있었다. 한동안 성규는 강의를 받고 있는 학생들 뒤에서 교수가 하는 얘기를 듣고 있었다. 그렇게 얼마 동안 물리학 교수의 강의를 듣고 있으려니까, 한 프로필에 성규의 시선이 멈추었다. 형주였다. 약간 튀어나온 넓은 이마 밑에 속눈썹이 짙어 깊게 보이는 눈을 하고, 형주가 입을 쫑긋이 해서 열심히 강의를 듣고 있었다. 전보다 다소 마른 얼굴에 오똑한 콧날이 약간 날카로운 인상을 주고 있었다. 그러한 형주의 얼굴을 보고 있으려니 성규는 가슴이 다시 서서히 어지럽기 시작했다. 등록날 형주의 모습을 먼발치로 잠깐 본 후로 잊고 있을 만치 잊고 있었던 것이다. 형주는 여전히 밀크빛 바바리를 입고 앞쪽의 창가에 앉아 계속 한눈도 팔지 않고 강의를 듣고 있었다. 그러한 모습을 보고 있자니 형주와 그 사이에 일어났던 일들이 이상하게 여겨졌고, 하나도 사실 같지가 않았다.

그것은 이상한 가운데 일어났던 것이다. 그리고 그 모든 게 갑자기 영호가 죽었기 때문이었다. 1년 전 어느 날 친구 영호는 심장마비로 젊은 나이로 어처구니없이 죽어갔던 것이다. 사람이 젊어서 죽는다는 것은 아주 이상했고 무엇인가 비현실적이기도 했다. 누구나 다 아는 영호 애인 형주는 울지도 못하고 하얗게 질렸었고, 한 번은 히스테리컬하게 깔깔 숨도 못 쉬게 웃기까지 했다. 모든 게 현실감이 없었다. 게다가 모두가 그 비현실감에 넋을 잃고 진공 상태처럼 정신을 빼놓고 있었다. 그러면서 성규가 죽은 친구 일로 뛰어다니는 곁에 형주가 멍청히 그림자처럼 따라다니고 있었다. 그것이 왜 성규에게 화가 나게 했는지 몰랐다. 성규는 친구를 땅에 묻고 돌아오는 길에 형주에게 난폭한 행동을 저질렀던 것이다. 그날 밤 처음으로 형주가 울음을 터뜨리고, 정말 아주 무섭게 울었던 것이다. 숲속에서 이름 모를 짐승처럼 형주는 짐승의 소리를 내고 울었던 것이다. 그리고 형주는 사라졌고 지금 다시 나타난 것이다.

그러나 지금 창가에 앉아 있는 얼굴은 그때와는 전혀 딴판이었다. 전혀 딴사람 같았다. 그녀의 내부에 체념의 조용한 힘이 떠바치듯 표정 없는 얼굴이 지적이고 어딘가 영악하고 딱딱하게 보이기조차 했다. 성규가 알고 있는 형주는 그런 것이 아니었다. 전에는 그 잘도 웃던 쾌활한 울음이며, 부드럽던 표정은 사라지고 있었다. 성규는 그러한 형주의 얘기를 친구와 하고 싶었다. 그때 성규는 정신이 들었다. 이 세상에서 가장 가깝던 친구의 하나, 생명의 하나, 그와 세상에 인연이 있던 사람이 다시는 이 세상에 존재할 수 없다는 것을 다시금 깨달았다. 아직 친구와 해야 할 이야기가 남았는데. 죽은 사람은 마땅히 그에게 책임이 있어야 하는 것이다.

강의가 끝났다. 교수가 책을 꾸려 강의실을 나가자 뒤이어 책가방을 든 학생들이 주루룩 자리에서 일어나 나갔다. 성규에게 커다란 키의 준이 문으로 나가는 게 보였다. 남학생들의 뒤를 따라 몇 안 되는 여학생들이 나가고 있었다. 형주는 그들과 함께 있었다. 잠시 후 성규도 빈 강의실에서 일어나 나왔다. 복도에는 강의실마다 강의가 끝난 학생들이 쏟아져 나오고 있었다. 성규는 학생들 뒤를 따라 건물 밖으로 나왔다.

성규는 잠시 현관 문턱에 서서 교정을 바라보고 있었다. 이제 그는 점심시간 후에 강의가 들어 있었다. 테니스 코트에서 학생들이 정구를 하고 있는 게 보였다. 학생들이 벤치에 앉아 있기도 했다. 그러면서 그들은 다음 강의 시간을 기다리고 있기도 했다. 그러나 성규와 함께 강의를 들은 친구들은 보이지 않았다. 다음 강의실을 찾아갔는지, 이미 다 어디로 가버린 후였다. 성규는 도서관으로 갈까, 연구실로 가볼까 하다가 연구실로 가보기로 했다.

성규가 연구실 쪽으로 가고 있는데, 교정의 한쪽에 좀 전에 강의실에서 나간 여학생들이 모여 서 있는 게 보였다. 그중에 형주가 있다가 성규를 쳐다보았다. 그들은 시선이 마주쳐서 잠시 서로 바라보고 있었다. 그동안이 성규에겐 긴 시간으로 느껴졌다. 형주는 물끄러미 그냥 표정 없이 그를 쳐다보고 있을 뿐이었다. 성규가 먼저 시선을 돌리고 지나가려 하자 형주가 여학생들 옆을 떠나 성규를 보고 걸어왔다. 시선을 피하는 빛도 없이 곧장 그를 쳐다보고 조용히 다가오고 있었다. 그동안 성규는 걸음을 멈추고 서 있었다. 형주가 앞으로 오자 성규는 웃으려고 했다.

"어딜 가세요. 오늘 강의 다 끝난 거예요?"

형주가 다가서며 마치 지나가는 말처럼 물었다. 마치 늘 만나는 사람에게 던지는 듯한 말투였다.

"연구실에나 가볼까 하구."

"강의 시작하구 학교 오늘이 처음이죠?"

형주가 먼저 걸음을 옮겼다.

"학기 초부터 열심인 모양인데요."

"안 그럴 수가 있어요. 1년이 뒤늦었는데."

성규는 말이 없었다. 할 말이 없었다. 이제 와서 성규는 전혀 형주에게 할 말이 없었던 것이다. 그러나 나란히 걷고 있으니 성규는 평소와 같이 자연스러워지는 기분이기도 했다. 전과 같이 형주와 자주 교정을 잠시 그냥 같이 걷는 것 같았다. 이렇게 형주의 덤덤하게 맑은 분위기가 그에게까지 번져오고 있었다.

"성규 씨는 애인이 있어요?"

불쑥 형주가 말했다. 성규는 형주를 돌아보았다. 그러나 형주는 앞을 향한 채 무심한 시선을 던지고 있었다.

"애인이 있나 없나는 상관없지만, 그 애인이 결혼해야 할 애인이냐는 거지요."

여전히 형주는 앞을 바라보고 걸으면서 말했다.

"그렇잖으면 우리가 결혼했으면 해요."

성규는 걸음을 멈추었다. 형주는 그저 조용히 그를 올려다보았다.

"너무 복잡하게 생각하지 마세요. 어차피 누구나 언젠가는 결혼하는 게 아녜요?"

학생들이 큰 소리로 지껄이면서 그들의 옆을 지나갔다.

"좀 걸읍시다."

그들은 교정을 지나 교문으로 나왔다. 학생들이 교문 앞의 돌난간에 걸터앉아서 얘기들을 하며 그들 앞에 오가는 사람들을 바라보고 있었다. 성규는 그들 앞을 지나 학교 앞 차도를 건넜다. 형주가 옆에 말없이 천천히 따라오고 있었다.

"그동안 시골집에 가 있었습니까?"

하고 성규가 말했다.

"아뇨, 서울에 그냥."

"그럼 왜 소식을 주지 않고."

형주가 잠시 성규를 바라만 보았다.

"먼저 하숙에 가보니 옮겼더군요"

하고 성규가 다시 말했다.

"하루는 성규 씨를 길에서 보았겠죠. 몹시 반갑더군요. 마치 죽은 사람을 본 듯했어요. 그래 전 울어버렸어요."

잠시 침묵이 있었다.

"왜 그때 부르지 않았습니까?"

"그렇게 되면 전 못 견딜 것 같았어요. 전 그때만 해도 몹시 고독하고 비참했거든요. 모든 게 힘에 겨웠고."

그러나 이렇게 말하는 형주의 음성에는 도무지 억양이란 게 없었다. 그런 말을 하면서 그녀는 남의 얘기를 하듯이 아주 동떨어진 얼굴을 하고 있었다. 다른 여자가 된 것이다. 커다란 고뇌가 덮친 뒤에 놀랄 만한 힘으로 평정된 정온일까. 그들은 학교 맞은편 다방의 〈전원〉 앞에 와 있었다. 성규는 형주에게 먼저 들어가게 했다.

"아뇨."

형주가 걸음을 멈추었다. 성규는 그녀를 바라보았다. 그런데 갑자기 형주의 얼굴이 변해서 한순간 재빨리 전의 형주의 표정이 생생하게 되살아나고 있었다. 이 모든 게 아주 짧은 순간에 일어난 일이었다. 성규는 가만히 그러한 심한 변화를 지켜보고 있었다.

"전 못 들어가겠어요."

한순간 후에 다시 형주가 말했다.

학생들이 다방에서 나오고 있었다. 형주와 그는 다방 앞에서 되돌아서서 걸었다.

"그건 어리석은 생각 같지만, 제겐 쉽지가 않아요."

이렇게 말하는 형주도 어이없는 듯했다. 그러나 성규는 거기까지 미처 생각을 못 했던 것이다. 형주는 죽은 영호와 바로 거기서 그들의 날을 보냈던 곳이다. 한 클래스메이트인 형주와 영호는 자연히 학교가 그들 생활의 일부분처럼 학교 앞에 있는 다방도 역시 마찬가지였다. 영호의 생전에 그들 둘은 제집 드나들듯이 참 자주 〈전원〉에 드나들고 있었던 것이다. 성규와 형주는 얼마 동안 말없이 차도를 따라 걸었다. 자동차가 그들 옆으로 계속 지나가고 있었다. 음향관제 구역인데 자동차들이 소리를 내고 치달리고 있었다.

"아깐 무슨 얘기였습니까?"

마침내 성규가 말했다. 순간 형주는 어리둥절한 얼굴을 했다.

그녀가 하던 얘기는 잊고 있는 듯했다.

"결혼하자는 것, 공갈로만 안 들리면 액면 그대로예요."

형주가 다시 무심하게 억양 없이 말했다. 다시금 방심한 가운데 메마르고 아주 삭막한 모습을 하고 있었다. 그러나 장난이 아니었다. 처음부터 너무 가볍고 단순한 태도였을 뿐이었다. 그들은 다시 말이 없었다. 다시 그들은 교문 앞으로 와 있었다. 형주가 저만큼 맞은편의 교문을 바라보며,

"정말 너무 복잡하게 생각지 마세요. 전 이제 강의가 있어요"
했다. 그러고는 그에게 몸을 돌려 홀연히 차도를 건너가기 시작했다.

성규는 뒤에 남은 채 잠시 길 가운데 서 있었다. 형주가 차도를 건너 곧장 교문으로 들어가고 있었다. 그러한 형주의 뒷모습을 보고 섰다가 성규는 발길을 돌렸다. 그리고 그는 걸어서 다시 〈전원〉으로 들어갔다. 낮의 다방은 조용하고 아직 아는 얼굴은 없었다. 성규는 창가에 앉아서 거리를 내려다보았다. 가로수 사이로 차들이 달려 오가고, 학생들이 가로수 밑을 걷고 있었다. 개나리꽃이 파들파들 떨고 있는 울타리 너머로 교정의 학생들 모습이 보이기도 했다. 계속 다방의 창가 너머로 손 하나 꼼짝 않고 앉아서 성규는 언젠가 이 같은 장면이 있었던가 하고 멍하니 생각했다. 그러나 지금껏 수만 번 그러한 장면이 의식 속으로 스쳐 지나간 것만 같았다. 잎 없는 플라타너스는 피곤하고 지쳐서 거리에 무겁게 버티고 있는 듯했고, 얼굴을 돌리면

언제나 같은 권태의 무력한 얼굴들, 그리고 힘없이 미소하는 얼굴들 혹은 찡그린 얼굴들이 거기에 있었다.

성규의 앞 빈자리에 한 친구가 와 앉았다. 언제나 그렇다. 아는 얼굴이 있게 마련이었다. 친구는 털썩 자리에 주저앉은 다음 담배를 꺼내 피우기 시작했다. 그리고 그는 한동안 말없이 그저 성규와 마주 앉아서 나른하게 담배를 피우고 있었다. 그런데 그 친구는 무슨 일이 일어나도 놀랄 게 없다는 듯한 얼굴을 하고 있었다. 다만 게으르게 기대고 앉아서 담배 연기만 뭉클뭉클 허공에 올리고 있었다.

"형주 봤나?"

친구가 생각난 듯이 노곤히 말했다. 성규는 친구의 얼굴을 보고만 있었다.

"다시 학교에 나오더군, 지겨운 일이야"

하고 다시 친구가 말했다.

성규는 자리에서 일어났다.

"왜, 가려나?"

"난 강의 시간이야."

친구는 아, 그런가 하는 얼굴. 다시 천장을 보고 담배 연기를 품고 있었다.

그러나 성규는 밖으로 나오자 학교로 다시 들어갈 마음이 없었다. 그래서 그는 학교 앞을 그대로 지나 걷기 시작했다. 학생들이 그와 반대로 학교로 오고 있었다. 오후의 강의를 들으러 오는 학생들이 계속 앞으로 와서 그를 지나갔다. 무거운 가방을 든 학생들. 그는 대학가를 걷는 동안 두 번 악수했다. 하나는 고등학교 때 동기였고 그런데 다른 하나는 그로서 누군지 기억이 없었다. 날씨는 봄날 오후였다.

성규는 대학가를 빠져서 종로로 나왔다. 그러나 막상 갈 곳이 없었다. 거리는 사람들로 혼잡했다. 버스 정류장을 지나는데, 사람들이 욱 몰리며 길을 막았다. 버스가 멈추는 듯싶더니 다시 급히 내달리고 있었다. 사람들은 다음 버스로 계속 욱욱 몰려들고 있었다. 자동차가 거리로 넘치고, 군중이 인도를 따라 빽빽이 흘러가고 있었다. 세상은 여전히 바쁘기만 했고 사람들은 사뭇 무엇엔가 쫓기듯이 따뜻한 봄날 오후도 아랑곳 않고 알 수 없는 흐름에 밀려갈 뿐이었다. 성규도 그 흐름에 따라 버스의 한 구역을 걸었다. 그러나 이럴 게 아니라 버스를 타고 버스가 가는 대로 내맡겨두자, 어디 아무 데나 종점이든 아니면 강바람이나 쏘여보자고 생각했다. 정류장에 잇달아 멈추는 버스 가운데 성규는 승객이 적게 보이는 버스 하나에 올라탔다.

버스는 출퇴근 시간이 아니어선지 비어 있었다. 성규는 빈자리로 가 앉았다. 그는 맞은편에 앉아 있는 여자의 얼굴은 보지 않은 채 말쑥한 다리의 곡선을 보고 있으려니까 버스가 멈추는 듯하며 정류장도 아닌데 길 한옆으로 비켜나고 있었다. 승객이 웅성거리며 창에 매달려 밖을 내다보았다. 느릿느릿 움직이던 버스는 결국 앞의 여러 대 자동차가 잇대어 움직이지 못하면서 완전히 멈추었다. 앞에 가던 자동차들도 인도 쪽으로 나가 멈추었다. 또 어떤 위대한 분의 행차로 교통이 막히는 것일까. 순경이 호각을 불어대며 백차를 몰아가고 있었다. 그런데 곧 어떤 정체가 나타날 듯 요란을 떨면서도 좀체 지나가는 기척이 없었다. 성규도 차창 밖으로 목을 빼어 내다보았다. 자동차들이 교통 두절로 꽉 잠겨 있고, 길 위쪽에 모여 있는 인파가 보였다. 그리고 길을 가던 사람들이 인도에 서서 무엇인가 구경을 하고 있었다. 차츰 승객이 내리더니 잠시 후에 완전히 빈 버스가 되었다. 버스는 쉬 움직일 것 같지 않자 성규도 버스에서 내렸다.

길을 막고 있는 것은 시위 군중이었다. 야당이 부정 선거 규탄 데모를 감행하겠다더니 지금 그들이 거리로 나서고 있었다. 성규가 그쪽으로 걸어가는데 앞서가던 사람들을 경찰이 돌려세우고 있었다. 경찰은 시위자들에게 사람들이 조금도 접근을 못 하게 막고 있었다. 성규는 인파를 피해서 빌딩 사이로 끼어들어 갔다. 높은 건물 아래 골목은 한적했다. 골목 모퉁이에 공중전화 부스가 보였다. 성규는 이럴 게 아니라 수미를 불러내자고 생각했다. 그는 수미의 집에 전화를 걸었다. 아직 학교에서 돌아오지 않았다는 것이다. 그는 다시 길을 걸으면서 다행인 듯싶었다. 수미가 집에 있다 해서 전화로 무슨 얘기를 할 수 있겠는가. 또 만난다고 해서 할 얘기가 있을 것 같지도 않았고, 만나야 할 일도 없을 것 같았다. 그는 골목이 끝나는 곳에서 다시 큰길로 나왔다. 그러자 그는 갑자기 수미를 만나자고 생각했다. 그렇게 생각하니 마음이 급했다. 그는 택시를 잡아타고 수미의 학교로 달렸다. 택시는 중심가를 벗어나며 달리고 있었다. 그래서 얼마 후 택시가 여자 대학교가 있는 길 입구로 들어섰다. 길 양쪽으로 여자 물건을 내건 화려한 쇼윈도가 보였고, 여자 대학생들이 그 길을 재잘대며 끊임없이 떼 지어 오르내리고 있었다. 성규는 교문 앞에서 택시를 내려서 교문 안으로 들어갔다. 그리고 구내를 지나 약간 언덕진 길인 미술 대학의 건물을 향해서 올라갔다. 넓은 교정은 조용했고, 멀리 벤치 여기저기 앉아 있는 여학생들의 모습이 희끗희끗 보였다. 그는 현관으로 들어가 화실이 있는 이층으로 올라갔다. 그러나 성규는 잠시 이층 복도에서 망설였다. 강의실은 문마다 다 닫혀 있고 복도에는 아무도 보이지 않았다. 성규는 창가로 걸어가서 교정을 내려다보았다. 그러자 누가 등 뒤에서 문을 열고 나오는 기척이 들렸다. 성규는 돌아서서 층계를 내려가려는 여학생을 붙들고 수미를 불러달라고 부탁했다. 여학생이 다시 되돌아서 강의실로 들어가고 수미가 나타났다. 수미는 가운 차림이었다.

"어머, 난 또 누구라구!"

이러며 수미는 놀란 눈이지만 밝게 웃었다. 아까 여학생이 그들 옆을 지나 층계로 내려갔다. 성규가 여학생에게 목례를 했다.

"웬일이세요? 여길 다"

하고 수미가 다시 말했다.

"왜 여긴 내가 못 올 곳인가."

"글쎄 무슨 일이세요?"

"아무 일도 아냐, 언제 안 와봤다구."

"잠깐 계세요. 손은 씻구 올게요."

"그래도 되나, 나올 수 있어?"

그러나 수미는 대답을 않고 다시 화실로 들어갔다. 성규는 층계의 중간까지 내려와서 창밖을 내다보고 섰자니 수미가 오는 소리가 들렸다. 그가 돌아보자, 가운을 벗은 수미가 하늘색 옷을 입고 하늘하늘 내려오고 있었다. 참 수미가 아름다웠다. 그들은 같이 층계를 내려와서 밖으로 나갔다. 그들은 잠시 현관에 서서 하늘을 쳐다보았다. 그리고 그들은 약속이나 한 듯이 건물 후면의 언덕진 잔디밭으로 걸어갔다.

"이리 오세요."

수미가 잔디에 앉으며 말했다. 성규는 그녀 옆으로 가서 잔디에 비스듬히 기대앉았다.

"날씨가 참 좋죠."

수미가 다시 밝은 미소로 말했다. 그러나 성규는 아무 말 없이 잔디에 아주 누워버렸다. 그는 하늘을 보고 누워서 무엇인가 수미와 함께 있으면 조용해지고 친근한 안정감이 오는 자신을 깨달았다. 잠시 후 수미가 그의 옆으로 엎드리는 기척이 들렸다. 그리고 얼마 동안 그녀는 학생들이 지나가고 있는 교정을 내려다보고 있는지 잔디에 엎드린 채 잠잠했다. 그러자 수미가 옆으로 고개를 돌려서 성규의 얼굴을 건너다보며,

"무슨 일이 있었죠?"

했다.

"그건 왜?"

성규는 하늘을 바라본 채 말했다.

"그런 얼굴을 하고 있으니까."

"무슨 얼굴?"

"무서운 얼굴을 하고 있잖아요."

"정말 무서운 얼굴인가."

여전히 성규는 하늘을 바라본 채 말했다.

"보통 때완 다르니까, 정말 있었지요?"

성규는 옆으로 돌아누우며 수미를 바라보았다. 그러나 수미는 엎드린 채 교정을 내려다보고 있었다. 성규는 다시 수미의 허리를 베고 누워서는,

"그래 있긴 있었군, 누가 나더러 결혼하자고 하더군"

하고 시큰둥하게 말했다.

"여자가 말예요?"

"물론 남자는 아니지."

"이뻐요?"

"밉진 않지."

"그래 솔깃해지던가요?"

"암, 끌리던데."

"그것 참 좋군요."

성규는 수미의 얼굴을 볼 수가 없었다. 그는 수미의 허리를 베고 누워서 온통 시야가 파란 하늘로 둘러싸인 채 다만 그의 목덜미 밑에서 수미의 배가 오르내리는 것을 느낄 수 있었다. 그는 갑자기 벌떡 일어나며,

"이런 얘기 그만두자"

했다. 수미는 햇볕에 눈이 부신 듯 눈을 감고 있었다. 여학생들이 재잘대며 개나리 울타리 너머로 지나가는 소리가 들렸다.

"왜, 화나셨어요?"

수미가 눈을 뜨고 방긋이 웃었다.

"화는, 재미없다뿐이지."

"왜 재미없어요."

"수민 재미있나?"

성규가 일어나서 언덕 아래로 걸어갔다.

"어딜 가세요?"

"매점에, 무엇 좀 사 오지, 먹을 걸."

"제가 갈게요."

"나두 매점은 알고 있어."

잠시 후 성규가 다시 돌아와 보니 수미는 그가 갔을 때와 같이 누워 있었다. 수미는 그대로 엎드린 채 성규가 가까이 오는 것을 웃으며 바라보고 있었다.

"확실히 여자들은 먹는 걸 좋아하나 보지. 재잘대기 위해서도 학교 오는 것 같구."

"왜요?"

"학교 매점이란 게 먹을 것으로만 가득 찼거든, 그 속에 재잘 거림이라니."

수미가 깔깔 웃었다. 그들은 먹고 마시며 실없는 얘기를 하며 웃었다. 여학생들이 연방 재잘대며 울타리 너머로 지나다니고 있었다. 한번은 한 떼의 여학생들이 그들이 있는 언덕으로 올라 오다가 성규를 보고 놀란 얼굴을 하며 물러났다. 그래서 수미가 또 깔깔 웃었다. 곧 짧은 봄날이 기울고 잔디밭이 서늘해왔다. 개나리 울타리 너머로 다니던 발소리도 뜸해졌다. 그들은 일어 나서 언덕길을 내려왔다. 그들은 학교를 나서 택시를 잡아타고 시내로 들어왔다.

"어디로 갈까, 집으로 간다."

택시 안에 앉아서 성규가 말했다. 그러나 그들은 택시에서 내 려서 그들이 종종 드나드는 다방으로 갔다. 그들은 따뜻한 차를 한 잔씩 마시고 거리로 나오니 날이 어둡고 있었다. 그러나 헤 어지기는 아직 아쉬운 시간이었다. 그들은 밤거리를 천천히 걸 어서 성규의 집으로 왔다.

그러고는 그들은 둘이서만 식당에서 식구들 식사가 다 끝난 후에 저녁밥을 먹었다. 식당은 밝고 아늑했다. 얼마 후 그들은 이층의 성규 방으로 올라가서 날라다 주는 커피를 마시고 다시 성규가 냉장고에서 깡통 맥주를 꺼내 왔다. 레코드를 들으면서 찔끔찔끔 마셨고, 시간이 늦어서 성규는 방에 불을 끄고 수미를 집으로 데려다주려고 다시 거리로 나왔다.

그날 성규는 오전 첫 시간부터 강의가 있었다. 그는 오전 중 네 시간을 꼬박 강의실을 찾아가서 강의를 들었다. 그런 후 그는 준과 함께 구내식당으로 가서 점심을 먹었다. 다음 그들은 강의가 없는 오후에 도서관으로 갔다. 그런데 그들은 도서관 앞에서 지나가던 형주와 마주쳤다. 형주는 그들을 보고 약간 미소를 지어 보인 채 그대로 지나쳐갔다. 그러나 형주는 요즘 강의 시간은 빼놓지 않고 꼬박꼬박 들어오면서 도서관에는 전처럼 나타나지 않았다. 강의만 끝나면 곧장 집으로 돌아가는 모양인지 그녀의 모습은 학교 근처에서 눈에 띄지 않았다. 그리고 간혹 강의실 같은 데서 성규와 서로 마주치면 그저 목례만 하고 지나갔다. 그러한 형주는 전에 그에게 한 얘기 같은 건 언제 했던가 싶게 담담했다.

오후 내내 성규는 도서관의 한자리에 꼼짝 않고 앉아 있었다. 준은 나미를 가르치러 가서 없었다. 성규는 보던 책을 그대로 펼쳐놓은 채 밖으로 나왔다. 그는 교문으로 나와서 학교 앞의 다방 〈전원〉으로 가서 커피를 마시고, 담배를 피우며 한 30분 앉았다 나왔다. 거리는 짙은 석양에 불그스름하게 물들고 있었다. 그는 다시 도서관으로 향했다. 그가 걷고 있는 길 앞에 택시 한 대가 멈추고 얼마 동안 안에서 우물거리는 성싶더니 어린애를 싸안은 여인이 내리고 있었다. 그런데 그것이 형주였다. 형주가 땅에 내려서서 거스름돈을 부자연스러운 팔로 받아 들며 고개를 드는 순간, 그녀가 성규를 보았다. 택시가 떠나고 형주는 아직 한자리에 서 있었다. 형주는 낮에 학교에 왔던 옷차림 그대로였다. 형주는 성규가 앞으로 가까이 다가오는 것을 쳐다보고만 있었다.

"어딜 가는 길입니까?"

성규가 먼저 말했다.

"병원에 갔다가."

"누가 아픕니까?"

"애기가 좀."

"대단합니까?"

"아니 좀."

그들은 말을 그쳤다 형주가 걷기 시작했다.

"집이 여기 어디입니까?"

"네."

"등잔 밑이 어둡다구, 바로 학교 옆에 살면서 눈에 안 띄었군요."

"여기로 이사 온 지 얼마 안 되니까요."

그들 사이에 다시 침묵이 있었다.

성규는 팔에 어색하게 안겨 있는 어린아이를 바라보았다. 어린애는 폭 싸여 자고 있는지 잠잠했다.

"동생입니까?"

형주가 그를 쳐다보았다. 그리고 한순간 후에,

"그렇게 보여요?" 하고는 이어,

"아뇨, 제 아이예요"

하고 나직이 뇌었다.

성규는 급히 여인을 보고 다시 어린아이를 보았다. 어린아이는 태어나서 처음 외출한 아이 같이 햇볕에 눈을 꼭 감은 채 팔에 안겨 있었다.

"당신 아이라구요?"

성규는 무슨 말인지 못 알아들은 사람처럼 되풀이하고 있었다.

"네, 성규 씨 아이기도 하지요."

형주가 다시 말했다.

성규는 걸음을 딱 멈추었다. 그는 한 대 심하게 얻어맞은 사람 같았다. 형주는 그런 성규를 조용히 바라보고 있었다. 다음 순간 성규가 형주의 팔을 움켜쥐고 있었다.

"내 아이라구."

성규는 멍청히 혼자 입속으로 중얼거리고 있었다. 형주는 그러한 성규를 계속 가만히 응시하고 있었다. 성규는 팔을 놓았다. 그러자 형주가 앞으로 걸어 나왔다. 성규는 우뚝 한자리에 못 박은 듯이 서 있었다. 그러나 형주는 아무 일도 없었다는 듯이 앞을 향해 걸어가고 있었다. 그리고 한 번도 뒤돌아보지 않은 채 골목으로 접어들고 있었다. 성규는 그러한 형주의 뒷모습을 마치 먼 곳을 바라보듯 쳐다보고 있었다. 그러자 갑자기 성규는 정신을 차리고 형주의 뒤를 따라갔다. 형주는 큰길 쪽으로 인접한 한 집 앞에 와서 대문 앞으로 사라졌다. 성규는 형주가 들어간 대문 앞을 지나쳐가다가 다시 돌아서 큰길로 나왔다.

성규는 차도로 나와 잠시 걸음을 멈추고 서 있었다. 그는 담배를 피워 물며 아, 그랬었구나, 그래서 학교를 쉬었구나 하고 멍청한 머릿속에 그런 생각이 스쳐 지나갔다. 그는 천천히 학교로 돌아와서 도서관으로 들어갔다. 그리고 자리에 앉아서 보던 책을 계속 보려 했다. 그러나 책을 읽어도 무슨 소린지 몰랐다. 그는 일어나 책 정리를 하고 도서관을 나왔다. 학교가 끝난 빈 교정에 나무들만이 묵묵히 서 있었다. 그는 교문을 나와 저녁 거리를 천천히 걸어 내려갔다.

성규는 학교 근처의 한 술집 앞을 지나가고 있었다. 그는 얼핏 그 속에 친구들이 있을까 하는 생각이 났다. 그는 돌아서 술집으로 들어갔다. 아는 얼굴은 아무도 없었다. 아직 술 마실 시간이 아니었다. 그는 들어온 김이니 마시자고 생각했다. 그래서 그는 텅 빈 술집에 혼자 앉았다. 그가 나오려 할 땐 이른 술손님 한둘이 들어오기 시작했다. 그는 다시 거리를 걸으면서 좀 장난스러운 생각이 들었다. 그래서 그는 집으로 돌아가는 길에 한 집도 빼지 않고 그가 지나가는 술집마다 들어가보기로 했다. 그러나 그것도 재미없어지자, 그는 수미의 집 앞에 와 있었다. 동시에 그는 대문에 발길질을 하고 있었다. 대문이 열리고 누가 얼굴을 내미는 것 같더니 잠시 후에 수미가 나왔다. 수미는 대문에 의지하고 서 있는 성규 앞에 와서 잠시 바라보고 있었다.

"들어가세요."

수미가 가만히 성규의 팔을 잡았다.

"아니. 아니야. 여기가 좋아."

이러며 성규는 마치 누가 끌어가기라도 할 듯이 대문을 떠나 비척비척 걸어갔다. 그러고는 멀찌감치 가서 돌담에 기대고 섰다. 수미가 따라와 옆으로 섰다. 그래서 그들은 담에 나란히 등을 지고 서서 잠시 동안 어두운 밤하늘을 바라보고 있었다. 가끔 사람들이 지나가며 그들을 쳐다보았다.

"약혼 같은 건 시시한 거지, 정말 우습게 시시하지, 그래 그런 건 그만 집어치우자."

성규가 혼자 중얼거리듯 말했다. 수미도 잠시 가만히 있었다. 그러고는

"정말 왜 그런 생각이 들었는지 모르겠어요"

했다. 잠시 침묵이 흘렀다. 그런데 갑자기 성규가 밤하늘을 향해서 큰 소리로 껄껄 웃기 시작했다. 그것은 밤공기 속에 이상하게 소름끼치는 텅 빈 웃음소리였다. 그러자 돌연 성규가 웃음을 뚝 그치고,

"아무도 우릴 떼어놓을 수 없어, 또 무엇이든"

했다. 수미는 잠자코 있었다. 성규는 수미에게 말하고 있는 것 같지 않았다. 그저 혼자의 생각에 갈피를 못 잡고 있는 듯한 중

얼거림이었다.

"수미는 내 꺼다. 전에도 그랬지만 앞으로 언제까지."

이렇게 계속 성규는 어두운 하늘을 향해서 독백처럼 공허하
게 뇌고 있었다.

"아아, 그런 생각이 든 이상 아무래도 안 되는 거예요."

수미는 수미대로 또 안타깝게 말했다. 그러나 성규는 수미의
말을 못 들은 것 같았다. 아무 말도 못 들은 것 같았다. 수미가
옆에 있다는 것도 모르는 것 같았다. 다시 침묵 속에 성규는 밤
하늘을 멍멍히 바라보고 있을 뿐이었다. 골목으로 택시가 올라
오며 헤드라이트를 비쳐오고 있었다. 성규가 무겁게 벽에서 몸
을 떼더니 걸어가기 시작했다.

"어딜 가세요?"

하고 수미가 말했다.

"돌아가야지."

"집으로 돌아가는 거예요?"

"그럼, 수미를 보았으니까."

성규는 몸을 돌리고 위태로운 자세로 걸어가고 있었다. 수미
가 따라왔다. 성규는 팔을 내흔들며 수미에게 돌아가라는 몸짓
을 했다. 그러나 수미가 따라 걷자 두어 번 그러고는 내버려두
고 잠잠해졌다. 수미가 골목 입구에서 택시를 잡자 성규는 택시
를 그대로 지나쳐 갔다. 수미가 다시 뒤따라왔다. 얼마를 가다
수미가 다시 빈 택시를 잡고 성규 앞에 택시 문을 열고 섰다. 그

러나 성규는 여전히 택시 앞을 그대로 지나쳐 갔다. 그러자 수미가 단념을 하고 옷깃을 곧추세우며 말없이 옆에 따라 걷고 있었다. 성규는 헛다리를 짚고 비틀대지 않으려고 애를 쓰고 있었다. 그러면서 수미에게 부딪치지 않으려고 온 힘을 들이고 있었다. 그러나 성규는 때때로 수미의 몸에 부딪쳤다. 성규는 수미와 일정한 간격을 두고 걷기를 애쓰면서 수미에게 가까이 가지 않으려는 그의 마음속에 수미를 아껴야 하며 현재 두 사람 사이에 무엇인가 소중히 간직해야 할 것이 있다고 생각했다. 그들은 성규 집까지 오는 동안 내내 침묵하고 있었다. 수미는 옆에서 그림자같이 따르고 있기만 했다. 성규는 차츰 술이 깨이며 정신이 말짱한 기분이었다. 집이 보이자 이번엔 성규가 수미를 바래다주겠다고 했다. 수미는 길에 나가 택시를 타면 된다고 했다. 그러나 성규가 다시 골목을 돌아서 나오려 하자 수미가 재빨리 성규의 집에 가서 아버지의 차를 타고 가겠다고 했다.

그래서 그들은 성규의 집으로 왔다. 대문 앞에 자동차가 멈춰 있었다. 아버지가 들어와서 곧 다시 나갈 모양인가. 그런데 운전수가 보이지 않았다. 성규가 운전수를 찾으러 안으로 들어가자니까 운전수가 마주 나왔다.

"박 씨, 수고 좀 해야겠어요."

성규가 말했다.

"어딜 가려구요?"

"안녕하세요?"

수미가 뒤로 와서 말했다.

"혹 안국동 댁으로 가려는 게 아닙니까?"

"네"

하고 수미가 대답했다.

"그럼 갑시다."

"아녜요. 전 길에 나가 택시를 타면 돼요."

"아니 마침 잘됐습니다. 그렇잖아도 지금 어머님께 회장님의 심부름을 가려던 참인데."

이러며 운전수가 두 사람 앞에 자동차 문을 열어주었다. 수미가 오르고 운전수가 문을 연 채 성규 쪽을 바라보았다. 운전수는 성규도 함께 가는 줄 아는 모양이었다. 성규는 말없이 한 걸음 차 앞에서 물러섰다. 그러면서 차 안에 앉은 수미를 가만히 바라보고 있었다. 두 사람은 서로 잠시 마주 보고 있었다.

"안녕."

수미가 언제나처럼 가볍게 작별 인사를 던졌다. 운전수가 성규 앞에서 자동차 문을 닫은 다음 그도 차에 올랐다. 자동차가 집 앞을 떠났다. 성규는 돌아서서 집 안으로 들어갔다.

"성규냐!"

성규가 응접실 앞을 지나는데 안에서 아버지가 불렀다. 성규는 응접실 문을 열고 들어갔다. 아버지는 혼자였다. 소파에 깊숙이 앉아서 성규를 쳐다보려고도 않았다.

"누가 왔니?"

"수미예요."

그리고 성규는 말없이 서 있었다.

"그래 수미는?"

안 씨가 고개를 들고 성규를 바라보았다.

"돌아갔어요. 지금 운전수하구."

"그래 오자마자 갔니."

성규는 대답 없이 창가로 가서 방을 등지고 섰다. 그리고 어두운 창밖을 내다보고 있었다. 안 씨는 더 말이 없었다. 다시 자기 생각에 빠져 있는지도 몰랐다. 한참 방 안에 침묵이 있었다. 그러자 성규가 다시 몸을 돌렸다. 안 씨는 소파에 묻혀 앉아서 방바닥을 응시한 채 골몰한 얼굴을 하고 있었다.

"아버지, 결혼해야겠습니다."

불쑥 성규가 말했다.

"뭐라고 그랬니? 지금."

안 씨가 천천히 고개를 들고 성규를 바라보았다.

"결혼해야겠습니다."

"뭘 그러니, 새삼스럽게."

안 씨가 신통찮은 얼굴을 했다.

"그럼 파혼하겠어요."

"갑자기 그건 또 왜?"

"이래서는 싫습니다."

성규는 몸을 똑바로 서 있을 수가 없었다.

"그런 건 세상이 좀 조용해지거들랑 생각해보자, 그래도 늦지 않아."

"세상이 어떻다는 거예요."

"마산이 또 시끄럽다. 아니?"

"그러니 세상이 좀 좋아요. 무엇인가 금방 푹 터질 듯 시끌시끌하구 위태위태하구, 때는 꼭 제때죠. 아버지께서 돈 쓴 보람이 있지요."

"너무 지나치게 썼지."

이렇게 말하는 안 씨는 화도 내지 않고 시무룩해 있었다. 그리고 그는 다시 생각에 몰두해서 깊은 침묵에 잠겨들고 있었다. 성규는 아버지의 그런 태도를 보자 돌아서 응접실을 나왔다.

그래서 성규는 자기 방으로 올라가지 않고 다시 거리로 나왔다. 그리고 낮에 걸었던 길을 다시 걷고 술집도 다시 들르고 있었다. 그런데 그는 저녁에 왔던 골목에 서 있었다. 그러자 그는 몸으로 어느 대문을 밀어내고 있었다. 낯모를 노파가 나오고 뒤에 형주가 서 있었다. 잠시 노파 뒤에서 내다보던 형주가 앞으로 나섰다.

"어떻게 여길?"

"아, 형주 씨구나!"

대문에 몸을 지탱하고는 성규가 반가운 듯이 소리쳤다.

"웬일이세요?"

"결혼하러 왔습니다"

하고 성규는 혼자 한바탕 껄껄 웃고는,

"난 참, 오늘 느닷없이 한 방 얻어맞았어요. 맹랑하고 아주 우스꽝스럽게 말이지요"

했다. 형주는 말이 없었다. 그리고 잠시 후,

"돌아가세요. 늦기 전에"

하고 형주가 말했다.

"우리 얘기 좀 합시다."

이러며 성규는 대문의 주춧돌에 걸터앉았다. 그런데 몸이 차츰 기울어지고 있었다. 형주가 좀 망설이다 성규의 어깨 밑에 팔을 집어넣었다.

"일어나세요."

"아, 난 갑니다. 상관 마세요."

성규가 형주의 팔을 뿌리치며,

"난 좀 취한 것 같아요. 내일이면 이 이상한 꿈도 깨겠지" 하며 비척비척 일어났다.

"변소가 어디요, 좀 토해야겠소."

그리고 성규는 다시 그대로 주저앉아버렸다.

성규는 아침에 갈증으로 잠이 깨었다. 물 마시러 일어나기 귀찮아하며 쿵하고 돌아누웠다. 그러나 물컹한 그의 침대 속이 아니었다. 스프링이 기분 좋게 출렁거리는 낯익은 움직임이 아니었다. 그는 갑자기 완전히 어수선한 잠에서 깨었다. 날이 밝아오고 있었고, 그는 전혀 낯선 방에 혼자 자고 있었다. 일순간 그는 어느 술집에서 그대로 쓰러져 자고 있구나 하고 생각했다. 그러자 동시에 어젯밤 일이 떠올랐다.

그는 술을 마음 놓고 흠뻑 마시고 수미에게 심한 말을 한 것 같기도 하고 끝판에 형주를 만나 심한 말을 한 것 같기도 했다. 그렇다면 지금 자기는 형주의 집에 누워 있는 것일까. 빈 벽에 그의 양복저고리가 얌전히 옷걸이에 걸려 있었다. 그리고 그는 머리맡에 놓인 물그릇을 보고 마셨다. 그러나 그는 잠을 깨게 한 것이 갈증만이 아닌 것을 알았다. 날은 아직 완전히 밝지 않고 있었다. 그는 손목시계를 보고 펄쩍 뛰었다. 정오가 가까운 시간이었다. 그는 자리에서 일어나 창의 커튼을 제쳤다. 눈부신 햇볕에 어질하며 구역질이 났다. 창밖으로 늙은 정원수가 몇 그루 보였다. 손질을 안 해서 멋대로 자란 가지가 서로 비스듬히 얽혀 있었다. 왜식의 목조 건물도 그것처럼 낡고 비스듬히 주저앉아 있었다. 그렇게 그는 머리가 흔들리는 현기증을 느끼며 한동안 방 안에 우두커니 서 있다가 벽에 걸린 윗옷을 걸쳐 입었다. 그 외는 그는 옷을 입은 채 자고 있었다. 그러고는 또 잠시 가만히 방 안에 서 있었다. 그러나 여전히 집 안에 사람 소리 하나 안 들리고 아주 조용했다. 그는 방문을 열고 밖으로 나왔다. 그래도 사람 기척이 없었다. 그가 현관에 신발을 신고 있으니까 지난 저녁의 노파가 방문을 열고 내다보았다.

"아니, 가시려구, 아침두 안 자시구"

하며 노파가 마루로 걸어 나오며,

"난 아직 안 일어나신 줄 알았지, 어서 그 신발 벗구 올라오시우"

하고 성규 가까이 다가와 섰다.

"전 괜찮습니다. 어제는 그만……"

"그러지 말구 한술이라두 아침을 뜨구 가시구려. 학생 어멈은 일찌감치서 학교에 갔다우."

학생 어멈이라, 형주의 얘기다. 성규는 머리가 아파오며 또다시 현기증을 느꼈다. 그는 황급히 인사를 하고 도망치듯 집을 나왔다.

성규는 길을 나서서 사람이 살지 않는 듯하던 그 텅 빈 집 생각이 떠올랐다. 휑하니 빈집은 실제보다 크고, 이상한 하나의 텅 빈 그늘 같았다. 그것은 사람이 사는 집이 아니라 일종의 침침하고 썰렁한 그늘을 연상시켰다.

성규는 쇼윈도에 비치는 자신의 모습을 보고 길가의 이발소로 들어갔다. 면도를 하고 이발소를 나와서 학교로 갔다. 교정으로 들어가기 전에 〈전원〉으로 가서 커피를 두 잔 거푸 마셨다. 교수가 두 분 보였고, 학생들이 몇 명 앉아 있었다. 다방 공기는 아직 깨끗하고 성규는 담배를 피우며 신문을 읽었다. 아침 신문은 큼지막한 뉴스를 싣고 있었다. 그는 읽어 내려갔다.

"11일 밤, 마산시엔 미증유의 중대 사태가 발생하였다. 이날 상오 제일차 데모 당시 행방불명된 소년 시체가 발견됨으로써

홍분된 시민이 마산 도립병원에 집결, 시체를 인도할 것을 요구하였으나 거절되자, 오후부터 일대 데모를 개시, '시체를 내놓으라' '살인선거 물리치자'는 구호를 외치는 시민의 수는 급증, 군중은 마침내 도처에서 관공서를 파괴하기 시작, 폭력화하였다."

다음 성규는 큰 활자를 훑어보았다.

"걷잡을 수 없는 마산 공기."

"무슨 사태 벌어질지 모르는 형세."

성규는 엽차를 한 모금 훌쩍 마셨다. 그래 이렇게 될 것이었다. 아버지는 알고 있었구나, 이미 아버지는 어제저녁 모든 걸 알고 있었던 것이다. 혼자서 어젯밤 힘없이 앉아 있던 어버지. 그러면서 또 한편으로 달리 빠져나갈 궁리에 골몰하던 아버지. 결코 쓰러질 줄 모르며 단념을 모르는 모습이었다. 그것도 이제는 알겠다. 그러나 일은 이미 일어나고 있었던 것이다.

성규는 신문을 손에 쥔 채 다방을 한 바퀴 돌아보았다. 그래서 그런지 모두가 묵묵히 앉아 있는 모습이었다. 성규는 창밖을 내다보았다. 학생들이 여전히 캠퍼스에 오가는 모습이 보였다. 그는 다방을 나와서 학교로 갔다. 강의실로 가는데 친구가 옆으로 와서 그들은 함께 걸어갔다.

"신문 봤니?"

하고 친구가 말했다.

"그래."

"어떻게 될까?"

대답은 없었다.

그들은 강의실로 들어갔다. 그래서 성규는 학생들 뒤로 가 앉았다. 교수는 아직 와 있지 않았다. 교수가 왔다. 형주가 앞쪽에 앉아 있는 게 보였다. 그는 형주가 그 강의 시간을 같이 듣는 것을 알고 있었다. 형주는 언제나처럼 앞쪽에 앉아서 강의에 열중한 모습이었다. 아무런 번거로움도 없는 사람처럼 그저 강의에만 열중한 모습이었다. 그러한 형주를 보고 있자니 성규는 그녀에게 경탄을 하고 있는 자신을 깨달았다. 강의가 끝나자 성규는 복도로 나가는 형주 옆으로 따라섰다. 형주가 돌아보고 가볍게 웃었다.

"전 학교 못 나올 줄 알았는데요."

형주가 말했다. 그는 형주를 바라보다가

"왜 그렇습니까?"

하고 그저 말했다.

"취했으니까, 그렇게 흠뻑 취하구두 지금 멀쩡히 다닐 수 있는 게 좀 우습잖아요."

"어제는 좀 취했습니다."

"언제나 그렇게 마시세요?"

"정말 할 말이 없습니다. 사과합니다."

"아니 그런 말 들으려고 그런 건 아녜요."

형주가 정색을 했다. 그러자 다시 형주가 말했다.

"그런데 언제나 그런가요. 흠뻑 마시구 다시 금방 멀쩡해질 수 있구, 참 신기하잖아요. 남자들은 그럴 수 있으니 참 좋겠어요."

"점심시간이니 점심이나 먹으러 가지요."

"아침으로 뭘 좀 얻어먹었어요? 할머니한테."

"이제 먹지요."

"인심 사납게 됐군요. 아침두 안 주구."

성규가 구내식당 쪽으로 가려 하자,

"아뇨, 전 집에 갔다 올 거예요"

하고 형주가 말했다. 성규는 형주를 바라보다가 그녀를 따라 걸었다. 그래서 그들은 교문으로 나오고, 형주가 집으로 걸어갔다. 성규는 잠시 교문 앞에 섰다가 택시를 타고 집으로 가서 점심을 먹고 책을 가지고 좀 늦어서 강의실에 도착했다.

그날 오후 마지막 강의 시간이 끝나고 쭉들 나오는데, 캠퍼스에 석양이 길게 물들고 있었다. 성규는 준과 형주와 셋이 걷고 있었다. 도서관 앞에서 준이 안으로 들어갔다. 나머지 둘은 계속 말없이 교정을 걸어 나왔다. 그래서 학교 앞 길을 걷다가 〈전원〉 앞에 와 있었다. 성규가 걸음을 멈추자 형주가 그를 잠시 쳐다보았다. 그래 며칠 전 형주가 이 앞에서 당황했었지. 그러나 형주는 아무 말 없이 성규의 뒤를 따라 들어왔다.

〈전원〉은 낮보다 만원이었다. 성규는 낮에 앉았던 테이블로 가 앉았다. 형주에게 마담과 레지들이 인사가 야단스러운 동안,

성규는 황급히 담배를 피우고 있었다. 성규가 밀크를 주문하자니까 어디서 그들을 보고 한 친구가 와서 그도 밀크를, 했다. 그러고는 형주의 옆으로 앉으면서 점잖게 통성명을 했다. 전 홍갑수라고 합니다, 하고 친구. 네, 하고 형주가, 오늘로서는 초면이니까 하고 받았다. 성규는 친구에게 얼마나 마셨는가 물었다. 친구가 얘기가 안 된다는 듯이 떠나자, 마담이 다시 손수 차를 들고 왔다. 마담이 형주 옆으로 앉으며 형주의 손을 잡고서 얘기를 하며 측은한 얼굴을 했다. 그동안 형주는 가만히 미소만 짓고 있었다.

다방으로 한 과의 친구가 들어오다가 그들을 보고 다가왔다. 그 친구는 형주를 보고 뜻밖인 얼굴을 했다. 형주가 다시 전처럼 그곳에 나와 앉으니 새삼스러운 모양이었다. 마담이 웃음을 띠고 일어나서 친구를 앉혔다. 친구가 형주 옆으로 앉아서 코를 벌름거리며 반가워하면서 그러면서 그도 죽은 얘기를 하고 있었고, 형주가 다시 또 가만히 어색한 웃음을 짓고 있었다. 그러자니까 건너편에서 누가 친구를 보고 손을 흔들고 있었다. 친구가 그쪽으로 건너갔다. 그러자 한 남학생이 옆 테이블에서 고개를 빼고서는 형주에게 왜 요즘 통 볼 수가 없느냐고 하고 있었다. 그러면서 일요일에 산에나 가자고 하고 있었다. 성규는 모르는 학생이었다.

성규는 창밖을 보았다. 날이 어둡고 있었다. 가로등이 교정을 비치고 있었고, 자동차가 헤드라이트를 밝히고 차도로 연신 꼬리를 물고 지나가고 있었다. 그런데 누가 어 이거 웬일이요 하고 다방 전체에 말하듯 소리치고 있었다. 성규가 돌아보자, 성인환이가 지나가다가 그들 앞에 서 있었다. 그는 성규와 악수를 하며 형주 옆으로 앉았다. 그러는데 그는 뒷 테이블로 팔을 뻗쳐 누구인지에게 악수를 하며 한동안 바삐 지껄이더니 결국 그는 친구들이 기다리는 테이블로 건너갔다. 그러면서 그가 성규에게 뭐라고 말하는데 알아듣지를 못했다. 친구가 다시 건너와서 담배를 얻어 가지고 되돌아갔다. 그러자 성규에게 열심히 지껄이고 있는 친구의 옆모습이 보였다. 그러는가 싶더니 친구가 다시 건너와서 커피도 이쪽으로 하며 앉아서 연신 담배를 피우며 차를 마시는 꼴이 대단히 분주했다. 그러더니 형주에게 영호 얘기를 시작했다. 그는 영호와 고등학교부터 동기였다. 그러나 지난 얘기들이란 실없기 마련이었다. 그런 것도 있고 그렇잖은 것도 있고, 성규는 그만 갑자기 더 못 견딜 것 같은 느긋한 불쾌감을 일으키고 있었다. 뒷자리의 일행이 나가면서 친구를 데려갔다.

둘만이 남게 되자 그들은 다시 말없이 앉아 있었다. 성규는 형주를 앞에 놓고 전혀 할 말을 모르고 있었다. 형주는 누가 아는 척을 하면 웃고, 말을 걸으면 대답하고 그렇잖으면 그저 방심하며 성규 앞에 앉아 있었다. 정말 이 여자가 한 아이의 어머니일까, 알 수 없는 일이다. 도무지 믿을 수 없는 사실이었다. 아, 그만두자 생각을 한 순간에도 수차 헤아릴 수 없이 되풀이 되는 생각이었다. 그런데 성규가 할 수 있는 것은 무엇이며 도대체 어떻게 해야만 한다는 것일까. 그러나 다만 성규는 이렇게 한마디 말했을 뿐이었다.

"늦지 않습니까?"

하고 형주는 그것에 대답 않고,

"음악은 여전하군요. 사람도"

했다. 다방 안에 새로 한 곡이 들리니까 형주는 누가 들어와 앉았는지 돌아보지 않아도 알겠다는 것이다. 한 학생이 다방에 올 때마다 그 한 곡을 신청하자 이제 으레껏 그 학생이 나타나기만 하면 전축에 판을 올려놓는 것이 버릇이 되어버렸던 것이다. 형주가 그렇잖느냐는 듯이 성규를 바라보며 장난스러운 얼굴을 했다. 어디 정말 이 여자가 한 어린아이의 어머니 같으냐 말이다. 어머니 같은 냄새조차 없었다. 그저 사물에 무관심한 철부지 여자일 뿐이었다. 그런데 이 여자가 그렇게 무심히 철부지 짓을 저지르고 있었다. 그리고 이 여자가 저지른 일은 얼마나 엄청나게 무책임한 것인가. 모든 게 이 여자에겐 그런 식인지 몰랐다. 성규는 한동안 그저 물끄러미 형주를 바라보고만 있었다. 그러자 형주가,

"언젠가 한번은 겪어야 할 것이에요."

홀연히 말했다. 성규는 순간 무슨 말인지 몰랐다. 그러나 그렇다면 이제까지 형주는 지난날들을 연상시키며 낯익은 다방 분위기 속에 단순히 젖어 있지만 않다는 것일까. 남들의 가벼운

172

애깃거리 위에 놓여 있는 짓궂은 자신을 속으로 죽여가며 참고 있었던 것일까. 그러면서 지난날들에 대한 세금을 치르듯이 앉아 있었는지 몰랐다.

옆 테이블에서 우루룩 일어났다. 그리고 여학생 하나를 앞세우면서 나갔다. 그러는데 그들과 엇갈려 준이 올라오고 있었다. 준이 성규의 테이블로 다가오면서 형주를 보고 의아한 얼굴을 했다. 그러나 준은 성규의 옆으로 앉으면서 아무 말이 없었다. 준이 온 걸 보니 시간이 제법 늦었겠구나 하고 성규는 생각했다. 준은 지금 수미의 집에서 돌아오는 길인 것이다. 그러나 성규는 자리를 뜰 생각을 못 했다. 형주가 여전히 무심한 얼굴을 하고 앉아 있는 게 보였다.

다시 성규의 자리에서 가까운 한 패가 나가고 있었다. 그래서 카운터 쪽으로 그들만이 남았다. 그러나 방 저쪽에서 아직 몇 패가 테이블을 차지하고 앉아 있었다. 홍갑수가 친구들 틈에 앉은 채 자고 있는 게 보였다. 그 뒤쪽 테이블에서 아까부터 한 남학생이 혼자서 앉아 있었다. 살찐 옆얼굴이 낯익고 어디서 본 얼굴인가 하고 성규에게 막연한 생각이 떠오르고 있었다. 그러니까 짝달막한 한 남학생이 다방으로 들어오면서 그 살찐 학생 옆으로 가 앉았다. 그래 저 둘이 언제나 함께 붙어 다니던 학생들이었다. 그들 중에 혼자 따로 있으니까 몰라 본 것이다.

성규네는 한 레코드의 앞 판이 끝나는 걸 보고 자리에서 일어났다. 그들이 나올 때 뒷판이 계속 시작되고 있었다. 그래서 그들이 다방을 나왔을 때는 밤이 꽤 늦어서였다. 밖은 밤공기가 의외로 찼다. 꽃샘을 하는 것일까. 성규는 준과 형주와 셋이서 나란히 걷다가 중간에서 형주가 골목으로 헤어져 들어가고 나머지 둘은 계속 걸었다. 한동안 둘이 말없이 걷다가 성규가 달리 할 말이 없는 듯,

"마산이 어떻게 될까?" 했다. 준이 잠시 후에 대답했다.

"모르지."

마산 사태는 연 사흘째 군중의 시위가 계속되고 있었다. 그런데 이틀 후 성규는 다시 형주의 집으로 갔다. 그는 대문의 벨을 찾아 누르고 잠시 서 있었다. 곧 안에서 인기척이 나고 이번에도 노파가 문을 열었다. 형주가 정원에 있다가 대문 쪽으로 웃는 얼굴로 고개를 돌렸다. 형주가 어린아이와 함께 햇볕에 나와 앉아 있었다.

형주가 어린아이를 노파에게 건네고는 여전히 웃는 얼굴로 성규를 보고 다가왔다.

"학교에서 오는 길이세요?"

하고 형주가 쾌활하게 말을 던졌다.

"들어오세요."

이러며 형주가 앞장서서 성규를 안으로 데리고 들어갔다. 정원을 지나는 동안 성규는 어린아이 쪽은 안 보려고 했다. 노파가 흰옷에 싸인 아이를 안고 개나리가 활짝 핀 꽃더미 옆에 서

있었다. 형주도 그런 어린아이를 성규에게 보이지 않으려고 의식적으로 피하는 태도였다. 형주가 어린아이 옆을 그대로 지나치면서 곧장 집 안으로 들어가 성규를 이층으로 데리고 올라갔다. 그래서 한 널찍한 방으로 들어갔는데, 가구와 의자가 어수선하게 꽉 들어찬 방이었다. 사람이 쓰고 있는 방 같지 않았고 여전히 집 안에 식구가 보이지 않는 커다란 빈집이었다.

"앉으세요."

형주가 성규 앞에 있는 의자를 가리키면서 사근사근하게 말했고, 그러면서 형주도 맞은편 의자로 앉았다. 성규는 황급히 담배를 찾아 피우고 앉아서 잠시 말이 없었다.

"왜 그동안 학교에 안 나왔습니까?"

하고 성규가 입을 열었다.

"아, 그것 말예요. 그저 게으름 피우느라구요."

형주가 마주 앉아서 밝게 웃었다.

"하루 집에 있어보니까 다음은 영 밖에 나가기가 싫어지겠지요. 이 집은 저희 이모네 집이에요. 가족이 모두 외국에 가 있게 돼서 제가 집 봐주는 격이 됐어요. 제겐 아주 안성맞춤으로 좋게 됐어요. 그런데 왜 그런 얼굴을 하고 계세요?"

하고 형주가 느닷없이 말했다. 성규가 고개를 들어 바라보니 형주가 장난스러운 얼굴을 하고 쳐다보고 있었다.

"마치 또 결혼하자구 말할 것 같은데요. 그렇잖아요?"

"그런 것 같군요. 또 그렇게 되어야 하는 것 아닙니까."

성규는 불쑥 엉뚱한 말을 하고 있었다.

"그렇죠 네."

형주가 열렬히 받았다.

"그럼 저흰 의젓한 가정이 될 거예요. 정말 얼마나 좋아요."

성규는 말을 잃고 앉아 있었다. 형주가 계속 다시 말했다.

"정말 얼마나 좋아요. 그렇죠 네, 다른 건 걱정 마세요. 아무 것도 걱정 마세요. 정말 아무것도 걱정하진 않죠."

이러더니 형주가 돌연 자리에서 일어났다. 마치 성규의 손이 라도 잡을 듯했다. 그러나 형주는 창가로 걸어가서 밖을 내다 보았다. 형주는 제정신이 아닌 듯 이상했다. 성규는 그린 생각 을 하면서 형주의 뒷모습을 바라보고 있었다. 이렇게 한순간 형 주가 창밖을 향해서 성규에게 등을 보이고 서 있었다. 그러더니 형주가 창가에서 몸을 돌리면서 말했다.

"이제 그만둡시다. 이런 얘기."

"무슨 얘길?"

"거짓말은 그만둡시다. 값싸고 거짓된."

"왜 그렇게 생각합니까?"

"우린 거짓말을 하고 있어요. 서로가 말예요. 우린 단지 서로 가 다 미친개에게 물린 격에 지나지 않아요. 그 외는 아무것도 아니에요. 그러니 성규 씬 거기 그런 얼굴을 하고 앉아 있을 게 아녜요. 집에 오지 마세요. 부담 같은 건 성규 씨가 하등 가질 필 요도 없어요. 정말 저희 걱정은 마세요. 그래서 서로 각기 자신의 문제만 생각하기로 해요."

"설령 미친개에게 물렸다 쳐도 우선 치료를 해봐야지요. 서로가."

"어떻게요?"

하며 형주가 숙였던 고개를 들면서 성규를 바라보았다. 앞으로 흘러내린 머리칼을 쓸어 넘기며 팔을 머리 위에 놓은 채 계속 성규를 바라보고 있었다. 다시 형주가 말했다.

"게다가 성규 씨가 말인가요? 얼토당토않죠. 아니면 성규 씬 아이를 위해서 정말 결혼이라두 하겠다는 건가요? 그건 정말 우스운 얘기예요."

형주가 그렇잖느냐는 듯이 허심탄회하게 웃었다. 그녀는 창가의 기둥에 기대고 서서 계속 성규를 건너다보고 있었다.

"그럼 어쩌겠다는 겁니까? 이대로 해나갈 수 있다는 겁니까?"

"이제껏 해 나왔는데요."

"그런데 어린아이란 한시도 쉬지 않고 자라고 있겠지요. 그래도 언제까지 해나갈 수 있다는 겁니까?"

형주는 고개를 숙이고 있었다. 그래서 앞 머리칼이 다시 얼굴을 가리고 있었다.

"모르겠어요."

형주가 발끝을 내려다보고 서서 중얼거렸다. 그러고는 고개를 들고,

"허지만 미친개에게 물린 건 성규 씨도 마찬가지지요"
했다.

"우린 좀 현실적으로 돼야겠군요. 그래서 문제를 좀더 실제적인 면으로 생각해봅시다."

"그래서 무엇이 달라진다는 거예요."

이렇게 툭 형주가 말허리를 끊었다. 그래서 그 한마디가 그들의 분명한 현실을 더욱 뚜렷이 했고 이제까지 오고 간 말을 다 허사로 돌리고 있었다. 그러면서 형주는 단념한 사람처럼 웃음을 짓고 서 있었다. 그러더니 형주가 방을 천천히 걸어와서 다시 의자에 앉으며 말했다.

"다 소용없는 일이에요. 상처는 제 나름으로 아물며, 또 각기 제 나름으로 살아가는 방식을 배우게 되는 모양이에요."

형주는 의자에 웅크리고 앉아서 방바닥을 응시하고 있었다.

"전 한때 자살이 너무 쉽다고 생각할 때가 있었어요. 그땐 제 정신이 아니었어요. 차라리 죽은 사람은 행복했어요. 이미 모든 게 끝나버린 것 같은데 단지 목숨만 살고 있다는 건 생각만 해도 얼마나 무서웠는지요. 그래도 전 살고, 아직 세상과 채 못다 한 미련이 남아 있었던 게죠. 그러자 전 임신한 것을 알았어요. 그것을 안 순간 전 얼마나 감격했는지요. 누군지 또는 무엇을 향해선지 모르게 전 울면서 웃으면서 그 커다란 선물에 정말 얼마나 감사했던지요. 그것이 하느님이라면 저에게 빼앗지만은 안 한 거죠."

그렇다. 형주는 영호만을 사랑했던 것이다. 그래서 영호가 죽자 형주는 모든 것을 한꺼번에 잃었던 것이다. 그러자 형주는 한 기억 속에 살고 있었다. 기억의 방황 속에서만 형주는 기뻐할 수 있고 슬퍼할 수도 있는 것이었다. 그런데 그것은 진정 실재했던 것일까. 아니다. 실제로 그랬으면 하고 바라는 것이 그녀의 기억 속에 잘못된 꽃을 피우고 있을 뿐이었다.

"그러나 사실 난 무엇을 어떻게 해야 할지, 무엇을 의지해야 할지 전혀 몰랐어요. 그 사람 대신 주고 간 선물에 감사하는 것밖엔."

하며 형주는 여전히 방바닥을 응시한 채 생각에 잠겨 있었다.

"그러나 사실은 사실대로 봅시다."

"무엇을 말예요."

형주가 고개를 들고 성규를 바라보았다.

"영호는 아이 아버지는 아닙니다."

"아뇨, 그는 정말 아버지예요. 그가 주고 간 작은 생명에 미소가, 그걸 보고 있으면 전 행복해요."

형주는 어린아이의 미소를 연상하는 듯 얼굴이 빛났다.

"그런 생각은 위험합니다. 실제를 알고 있으면서 더욱 그렇지요."

형주가 잠시 의아한 얼굴을 하고 성규를 바라보았다.

"그렇다 해도 성규 씨와도 관계가 없는 얘기예요."

"그럼 왜 내게 알렸습니까? 결혼 얘기도 했지요."

성규도 여자를 따라 어리석게 지껄이고 있었다. 형주가 실소를 했다.

"제가 정말 결혼 생각을 했다면 아마 전 그런 말을 못 했을 거예요."

옳은 말이었다.

"난 알겠습니다. 당신을."

"무엇을 말예요?"

형주가 날카롭게 말했다.

"그것은 그의 실제가 아니라 당신 속에 있는 그의 기억이지, 또한 실제로 그랬으면 하고 바라는 상상이 만들어낸 그의 망령이지요."

"그래서 어쨌다는 거예요? 혹 그렇다 해도 전 그 사람 아이라고 믿을 거예요."

성규는 뻣뻣해졌다.

다음 날부터 형주는 다시 학교를 나오고 있었다. 성규는 점심시간 나머지를 친구들과 함께 교정의 잔디밭에 앉아 있었다. 그들처럼 많은 학생들이 벤치와 잔디밭에 나와 앉아들 있었다. 날씨는 화창했고, 교정에는 개나리와 벚꽃이 만발하고 있었다. 개나리 울타리 너머로 거리에 산뜻한 봄옷을 입은 사람들이 지나가고 있었고, 버스는 사람을 빽빽이 싣고 달려가고 있었다. 그런데 한 친구가 길에 나가 일찍 한 석간신문을 사 들고 들어와서 그들은 쭉들 머리를 맞대고 신문을 읽고 있었다. 성규는 친구들의 어깨 너머로 커다란 활자를 건너다보았다.

"천여 무장 경관 동원."

"삼엄한 경계 속의 마산."

"불안에 싸인 채 평온한 상태."

"난동자 의법 조치, 배후에 공산당 혐의 있어 조사 중."

신문을 펴 들고 있던 친구가 신문을 홱 내던졌다.

"도대체 이놈들은 앵무새란 말이냐, 공산당 공산당 하구 한 마디밖에 할 줄 모르니."

이러며 친구가 벌렁 잔디로 누웠다. 준이 다시 신문을 집어 들고 혼자서 들여다보았다. 그러나 다른 친구들은 시큰둥한 얼굴들이었다. 새로운 뉴스는 없었다.

"언제까지 공산당이라고 밀고 갈지 모르겠군"

하고 한 친구가 말했다.

"공산당으로 국민을 몰면 어쩌려는 건지"

하고 또 다른 친구가 말했다.

"도대체 대한민국에 공산당이란 합법 정당이라도 있다는 얘기냐, 그렇잖고는 어디서 난데없는 공산당이란 말이냐."

잔디에 누웠던 친구가 아무리 해도 화가 난다는 듯이 다시 일어나 앉았다.

"국민이 그들에게 반대한다고 공산당이란 거냐."

"그렇지, 그들에게 반대되는 건 다 공산당이지, 아주 쉽지."

"그래 그들에게 반대되는 건 무조건 공산당이다. 그들에게 반대하면 국민도 서슴지 않고 공산당이 되는 판이다."

"어째서 그들에겐 그런 생각이 드느냐 말야, 뻔한 사실을 가지고 공산당이니 뭐니 하며 얘기를 꾸며내고 말이지, 왜 걸핏하면 공산당을 들추어내는 거냐 말야."

"도대체 공산당이란 무엇이냐."

"그들에게 반대되는 건 다 공산당이지."

"그럼 또 반공은 뭐냐."

"그들이 없으면, 이를테면 소수의 국민의 지도자라고 지칭하는 자들 말이지, 그들이 있으면 국민이 모두 공산당이 되고 만다는 엉터리들이 즐겨 쓰는 말이기도 하지."

"그들은 마치 반공을 위해 사는 인생처럼, 더구나 반공을 위해 국가가 존재하는 것처럼 떠벌리고들 있지."

"반공을 안 하면 대한민국이 쓰러진다는 거지, 국민이 다 공산당이 되고 만다는 바보 생각이지."

"자, 너무 흥분하지 말어."

"흥분이 아니지, 그들의 그 좁은 소견에 국민이 언제까지 꽉 막혀 살아야 한다는 거냐, 그들에게 그럴 권리가 있다는 거냐."

"강의 시간이다."

이제까지 친구의 얘기를 듣고만 있던 준이 말했다.

"그래 강의를 듣고 보자"

하고 성규가 말했다.

강의가 끝난 오후였다. 준이 교정을 지나가는데 누가 부르는 것 같았다. 고개를 들자 활짝 수줍은 미소를 띤 수미가 앞에서 오고 있었다. 상큼한 키에 개나리꽃 색깔의 옷을 입은 수미는 주위에 가벼운 바람을 일으키며 걸어오고 있었다. 교정에 있는 학생들이 모두 그녀를 쳐다보고 있었다. 수미는 곧장 준의 앞에 와 서며 저으기 마음이 놓였다는 듯이 친밀하게 생긋 웃었다.

"남의 학교 들어오기 무척 힘들군요. 어찌나 다들 쳐다보는지."

"그건 수미 씨가 아름다우니까 그렇지요."

"어머, 막 놀리시네."

"그게 놀리는 건가요."

"여기 여학생들은 학교 다니기 힘들겠어요."

"그런데 웬일이십니까? 여길."

"그저 한번 놀러 와봤어요."

"성규는 오전 중에 강의실에 얼굴을 보이고 없어졌는데, 여기 잠깐 계십시요."

그들은 도서관 앞에 서 있었다. 준은 도서관 이층으로 올라갔다. 성규는 없었다. 준은 다시 아래로 내려와보니 수미는 핸드백과 책을 가슴에 안고 서 있었다.

"도서관엔 없는데요."

"아이 그냥 두세요. 꼭 만날 건 없어요. 학교 구경 좀 시켜주세요."

"뭐 볼 게 있을라구요."

그들은 교정을 한 바퀴 돌았다. 그래서 정원의 수목 밑을 지나 다시 잔디밭 사이로 걸어 나왔다.

"우리 여기 좀 앉아요" 하며 수미가 빈 벤치를 가리켰다. 그러고는 벤치에 앉으면서,

"오래된 학교라 틀리잖아요" 했다.

"맘에 듭니까."

"네 아주, 저의 학교에두 한번 놀러 오세요. 제가 구경시켜드릴 테니깐요."

"감사합니다."

"와 보셨어요?"

"아니요."

"그럼 한번 오세요."

"그래 보죠."

친구들이 벤치 앞을 지나 가다가 준에게 윙크를 했다.

준이 그들을 불러 세우자,

"야 준, 너 제법이구나"

하고 한 친구가 말했다.

"너, 성규 못 봤니?"

"왜 그래? 도서관에 있을걸."

준은 다시 수미 옆으로 왔다.

"성균 학교에 없는 모양인데요."

184

"아이 그만두세요. 꼭 만나리라고 생각진 않았어요"

하며 수미가 벤치에서 일어났다. 그들은 교정을 걸어서 교문으로 나왔다.

그래서 길을 걷다가 〈전원〉 앞에 와서 준이

"이 위에 좀 올라갔다 오지요" 했다.

"저두 가면 안 되나요"

하고 수미가 말했다.

"그저 다방인데요."

"네, 전 들어가보구 싶어요."

준은 수미를 앞세우고 다방으로 올라갔다. 방과 후에 학생들이 앉아 있는 모습. 성규는 없었다. 준이 문턱에 서서 방 안을 둘러보고 있는데 마담이 마주 나오며,

"오늘은 손님하구 오셨구려" 했다.

"이리 들어와요."

이러며 마담이 수미에게 상냥하게 말을 걸었다.

준은 수미를 돌아보았다.

"앉았다 가겠습니까?"

"아무렴, 오셨으니까 들어와 앉아야지."

마담이 대신 대답했다.

그들은 마담의 뒤를 따라 들어가서 테이블로 가 앉았다.

"성규 봤어요?"

"오전 중에 한 번 들렀지 아마."

이러며 마담이 떠나자 수미가,

"여기가 유명한 곳이군요" 했다.

"뭐가 유명합니까."

수미가 혼자 웃더니,

"우리 여자 동네 얘기예요. 여기 한번 왔다 간 여대생들은 말이 많거든요."

"그런가요. 그건 초문인데요."

"여기 자주 오세요?"

"그런 폭이죠."

"성규두요?"

"그렇죠. 학교가 가깝구 하니 자연 자주 들르게 되지."

"마담이 맘이 좋아 보여요."

"네, 그래서 학생들 간에 인기가 있지요."

그러는데 마담이 시키지도 않은 차를 날라왔다.

"이런 예쁜 아가씰 진작 데려올 것이지. 못써."

이렇게 마담이 차를 따르면서 말했다. 수미는 그런 찬사에 하나도 어색하지 않게 환한 미소를 짓고 있었다. 마담이 돌아가고, 그들이 차를 마시고 있으려니까 준과 한 클래스의 친구들이 다방으로 들어오고 있었다. 성규는 없었다. 친구들이 그들과 가까운 테이블로 앉았고, 그래서 친구들의 시선이 자주 그들 쪽을 쳐다보자, 수미가 가자고 했다. 그들이 일어나 나오며 준이 카운터 쪽으로 가자 수미가 앞으로 나서며,

"제가 내겠어요" 했다.

"내가 내지요. 찻값이 있으니."

준은 계산을 하고 그들은 밖으로 나왔다.

그들은 학교 앞길은 걸어서 버스 정류장에 걸음을 멈추었다.
잠시 준의 옆에 서 있던 수미가,

"우리 그냥 걸어가요"

하고 말했다. 정류장엔 학생들이 버스를 기다리고 있었다. 그들
은 정류장을 지나 다시 걸었다. 학생들이 그들처럼 걸어서 집으
로 돌아가고 있었다. 그들은 한동안 어느 두 남학생의 뒤를 따
라 걷다가 창경원 쪽으로 돌아들었다. 그리고 그들은 창경원 담
을 따라 걸었다. 창경원의 소풍객들이 그들 옆을 지나가고 있었
고, 날씨는 따뜻하고 한없이 밝은 봄날 오후였다. 창경원 담 너
머로 나뭇가지에 자라고 있는 잎들이 하루가 달라지고 있었다.

"우리 성규 씨께 귀여운 아드님이 있는 것 아세요?"

갑자기 수미가 말했다. 준은 잠자코 있었다.

"모르세요?"

"압니다."

"성규가 얘기하던가요?"

"네."

"전 그의 약혼녀거든요. 그런데 아이 같은 건 까맣게 몰랐거
든요."

"성규도 얼마 전까지 몰랐습니다. 수미 씨처럼."

"정말 그렇다더군요."

그들은 잠시 말없이 걸었다.

"그 여자 이쁜가요? 클래스메이트 말예요."

"형주는 우리 친구 중 하나와 좋아했었지요. 그런데 그 친구
는 죽었습니다."

"오 안됐군요. 죽은 사람을 무척 좋아했겠죠."

"서로 그랬지요."

"그런데 우린 약혼했구, 그 여자는 엉뚱한 사람 자식 가지고.
우리들 관계를 뭐라 부르나요. 참 세상이 우스꽝스럽지, 어처구
니없잖아요. 그렇잖아요?"

"일이 곤란하게 됐습니다."

"불쌍해죽겠어요 모두."

수미는 울고 있었다. 눈물이 소리 없이 볼을 타고 흘러내리고
있었다. 그리고 그녀는 얼마 동안 행인도 아랑곳없이 눈물이 흐
르는 대로 가만히 내버려두었다. 그러면서 그녀는 계속 얼굴을
쳐들고 활발히 걷고 있었다. 그녀는 그 순간 우는 데만 몰두한
여자 같았고, 동시에 그녀와 눈물과는 아무런 관계가 없는 것같
이 보였다. 이윽고 그녀가 눈물을 닦더니 준을 돌아보고 눈을
깜박거리며 생긋 웃었다.

"아, 우리 그런 얘기 그만두기로 해요. 얘기해봐야 뭐 신통할
게 없으니까, 뭣 다른 것 재미있는 것 좀 생각해보기로 해요."

그러나 수미는 다시 먼저 얘기를 하고 있었다.

"성규도 불쌍하구 그 여자두 불쌍하구, 그들을 불쌍해하는 나두 불쌍하구."

그들은 수미의 집 앞에 와 있었다. 수미가 대문의 벨을 누르고 잠시 서 있었다. 그러더니 대문의 묵직한 쇠고리를 땅땅 대문에 대고 두들겨대었다. 그러면서 수미가 준을 돌아보고 다시 생긋 웃었다.

준은 가만히 서 있었다. 그는 이 대문 앞에 서면 언제나 다소 긴장을 느꼈다. 안에서 문 열려고 나오는 소리. 문이 열리고 그들은 안으로 들어갔다. 그들을 보고 개가 반기고 있었다. 험상궂은 불도그의 그 커다란 덩치에 재롱이 어울리지 않았다. 수미는 정원에 놓인 탁자 위에 책을 내던지고는 개를 풀어서 장난을 했다. 나미는 아직 학교에서 돌아와 있지 않았다. 준은 탁자 옆에 앉아서 수미와 개가 장난치고 있는 것을 바라보고 있었다. 수미는 꼭 커다란 어린애 같았다. 얼마를 그렇게 개와 어울리고 있던 수미가,

"여기 앉아 계세요. 제가 안에 들어가 먹을 걸 좀 얻어올게요."

이렇게 준에게 말하고는 안채로 뛰어갔다. 개가 수미의 뒤를 기쁜 듯이 쫓고 있었다. 준은 개와 함께 뛰어가는 수미의 뒷모습을 바라보며 어디 고민이 있는 여자냐 싶었다.

정원에는 봄꽃이 피기 시작하고 있었다. 준은 그의 발 아래

피어 있는 개나리와 진달래를 바라보고 앉아서 어느 쪽이 더 봄을 상징하는 꽃일까 생각했다. 그런데 사랑뜰 앞으로 연못가에 서 있는 괴석과 그 너머로 있는 몇 그루의 반송은 변화가 있는 것이 이상하게 똑같은 영상을 주고 있었다. 그것들은 정원에 약간 멋을 풍기고 있기도 했다. 그러나 봄부터 개나리니 진달래니 모란, 철쭉, 목련 등이 피기 시작하는 정원은 일찍이 준의 할아버지가 거닐던 정원과 별 변화가 없었다.

준은 의자에서 일어났다. 그는 뜰의 잔디를 지나 바깥 정원 쪽으로 걸어갔다. 넓은 정원 입구에는 포도가 지난해의 마른 줄기만 얽혀 있었다. 그는 그 밑을 지나서 복숭아밭으로 걸어 나가다가 커다란 밤나무 아래 걸음을 멈추었다. 그는 담배를 피워 물고 앞을 내다보았다. 담을 따라서 복숭아나무가 꽃을 피우고 있었고 소나무 옆에 퇴색한 정자가 고색창연했다.

이 모든 게 일찍이 할아버지가 즐겼던 정원이었다. 손을 안 쓰고도 철이 되면 자연히 꽃을 피우고 열매를 맺는 꾸밈이 없고 가벼운 맛을 주는 조촐한 정원이었다. 지금의 이 집 주인도 그 것을 알았든지 혹은 무심하게 그냥 예전처럼 정원을 그대로 내 버려두었는지 몰랐다.

준은 담배를 피우며 계속 밤나무 곁에 서 있었다. 늙은 밤나무 둥치에 윤이 흐르는 연약한 새잎이 돋고 있었다. 여름에 아이들은 포도나무 아래보다 이 커다란 밤나무 아래를 더 좋아했었지, 준은 이런 낯익은 광경 앞에 서 있자니 마치 모든 나무들이 그에게 말을 건네는 듯했다. 그를 알아보고 그에게 말을 건네는 듯하면서 정다워 보였다. 누가 그들을 생명이 없다고 말할 것인가. 그들은 서로 묵묵히 서서 다정히 그를 맞이하고 있었고 그리고 그에게 지금 온갖 사연을 침묵으로 얘기하고 있었다.

준은 밤나무에 한 팔을 짚고 섰다. 아름드리 밤나무는 믿음직스러웠고, 그것은 마치 묵묵히 버티어온 세월의 증인과도 같았다. 그는 나무 둥치에 생긴 구멍을 바라보았다. 그것은 옛부터 거기에 뚫려 있었던 것이다. 그래서 그가 어렸을 적에 그 속에 무엇을 숨겨두던가 벌레를 잡아 넣곤 했었다. 그는 그 구멍을 바라보다가 언제나 그랬듯이 유모의 가슴에 손을 넣듯이 그 구멍 속에 손을 집어넣었다. 손에 무엇인가 잡혔다. 꺼내보았다. 하얀 돌. 주먹만 한 크기의 매끈하고 둥그런 돌이었다. 그는 하마터면 소릴 지를 뻔했다. 그는 입을 꽉 다물고 손 속에 돌을 꼭 움켜쥐었다. 그것은 어느 해 여름날이었다. 그가 아직 어린아이일 때 그들이 남산에 놀러 갔다가 오던 길에 주워온 돌이었다. 그러고는 그 구멍에 넣어두고는 잊고 있었던 것이다. 형수에게 보여주자, 얼마나 기뻐할까, 하고 순간 생각했다. 그러나 다음 순간 아니라고 생각했다. 형수에게 보여주어 공연히 마음만 산란케 할 것이 아니었다. 그는 돌을 주머니에 넣고는 다시 구멍 속에 손을 집어넣었다. 먼지와 낙엽 찌꺼기뿐 아무것도 없었다.

"거기서 뭘 하세요?"

수미가 부르는 소리가 들렸다. 그러고는 뒤로 다가왔다.

"보물이라도 찾아냈어요?"

"네, 보물 찾았지요."

"어디 봬주세요."

"안 되겠는데요."

"그러구 있으니 꼭 장난꾸러기 같애요."

이러며 수미가 소릴 내어 깔깔 웃었다. 그러나 준은 웃지 않
았다.

"오세요."

하며 수미가 앞장서 가고, 그들은 탁자 있는 데로 왔다. 탁자
위에는 먹을 것을 내다놓고 있었다.

"배고프잖으세요? 전 아주 배가 고파요."

수미가 탁자 앞으로 앉으면서 말했다. 그들은 의자에 앉아서
샌드위치를 먹고 차를 마셨다. 수미는 참 잘 먹었다. 수미의 접
시가 비길래 준이 남긴 접시를 밀어주었더니 수미는 웃으면서
그의 몫을 먹기 시작했다. 준은 샌드위치는 한 조각만 먹고는
커피만 두 잔 거푸 마시며 담배를 피우고 앉아 있었다. 수미는
준이 밀어준 접시까지 다 비운 다음 차를 마시고 의자 등에 기
대앉았다.

"바깥에 이렇게 나앉으니 기분이 좋죠?"

"네, 날씨가 좋습니다."

"정말 날씨가 참 좋죠. 너무 날씨가 좋으니까 슬퍼지잖아요.
참 이상해요. 날씨가 좋은데 슬퍼지다니, 안 그래요?"

"글쎄, 여기 앉아 있으니 그런 것 같군요."

"그렇죠, 슬퍼지죠. 그런데 여기가 맘에 안 드세요?"

"글쎄 이유가 있다면 그 반대 이유겠죠."

"그런데 왜요?"

"이런 집이 없었더라면 합니다."

"아니 왜요?"

"아닙니다."

수미는 이상한 얼굴을 했다.

"누가 뭐래도 전 이 집이 좋은데요."

이때 대문에서 벨 소리가 울렸다. 수미가 대문을 열어주려고 일어나 갔다. 대문으로 나미가 들어오는 모습이 보였다. 그리고 두 자매가 준이 앉아 있는 데로 걸어왔다.

"어머, 선생님이 기다리셨군요"

하고 나미가 말했다.

"나미두 제법 뻔뻔하지, 선생님을 기다리게 할 줄 알구."

언니 쪽이 이러면서 아까 앉았던 의자로 다시 앉았다.

"죄송합니다."

나미가 꾸벅 준에게 고개를 숙여 보이고는,

"오늘 학교에 일이 좀 있어 늦었어요. 학생들이 데모를 하겠다구 야단이에요" 했다.

"그래 너두냐."

하고 수미가 물었다.

"아직은 모르겠어요."

"자, 그만 안으로 들어가볼까."

이러며 준은 나미를 데리고 먼저 안으로 들어갔다.

준이 공부를 끝내고 집으로 돌아가려고 밖으로 나왔다. 그런데 수미가 아직 정원의 의자에 앉아 있었다. 수미는 아까 외출복 차림 그대로였다. 그렇다면 이제껏 쭉 정원에 앉아 있었는지 몰랐다. 이미 날은 완전히 어두웠고 정원에 나무들이 시커먼 그림자를 던지고 있었다. 창에서 새어 나오는 불빛을 받은 꽃들이 참 아름답게 보였다. 준이 대문을 열고 나오자 수미가 말없이 따라 밖으로 나왔다.

"어딜 가십니까?"

"그저 산보하려구요."

"이 밤에?"

"왜, 안 되나요?"

"너무 늦은 것 같아서, 그저 산보하기엔."

그리고 그들은 말없이 길을 따라 내려갔다. 규모가 큰 집들 사이의 골목은 인적이 드물고, 집 안의 불빛은 깊숙했고 골목은 불빛이 없는 창들로 어두웠다. 가로등만이 가끔 흐릿하게 길을 비추고 있었다. 수미의 힐 소리가 적막한 밤공기를 울렸다. 그들은 물이 고여 있는 옆을 지나갔다. 물이 불빛에 반사되어 번쩍이고 있었다. 그들이 큰길로 나오자 수미가 걸음을 주춤했다.

"성규에게 가렵니까?"

"네."

"집까지 바래다 드릴까요?"

"아뇨. 저 혼자 가겠어요. 오늘은 고마웠어요. 같이 있어주어서."

준은 잠시 수미를 바라보았다.

"오늘 같이 있어주어서 정말 고마웠어요."

"뭐 그런 건 아니지만, 그렇다면 다행입니다."

그들은 헤어졌다. 준은 잠시 수미가 가는 뒷모습을 바라보다가 돌아서 걸었다. 그러고는 그는 학교 쪽을 향해서 걸었다. 학교 앞으로 오자 도서관에 불빛이 보였다. 몇 안 되는 학생이 아직 앉아 있을 것이고 직원들은 돌아갈 준비를 하고 있을 것이다. 준은 학교 앞길을 걸어서 〈전원〉으로 들어갔다.

〈전원〉은 조용했다. 안쪽으로 학생들이 두 테이블 탁자 위에 책가방을 싸놓고 얘기들을 하고 있는 모습이 보였다. 그런데 성규가 한 친구와 함께 창가에 앉아 있었다. 그리고 그들 앞에 낯모를 여학생이 하나 앉아 있었다. 준은 모르는 여학생이었다. 그들은 얘기도 않고 그저 묵묵히 앉아들 있었다. 성규가 방으로 들어서는 준을 잠시 바라보더니 시선을 돌렸다. 준이 그들 테이블로 다가가자 친구가 아무 말 없이 여학생 옆으로 옮겨 앉고, 성규 옆자리를 비워주었다. 준은 성규 옆으로 앉았다. 성규는 담배만 피우고 앉아서 아무 말이 없었다.

"수미 씨가 집에 가던데."

준은 성규만 듣게 말했다. 그러나 성규는 아무 대답이 없었다. 여전히 담배만 피우며 창밖으로 시선을 던지고 있었다.

그날 밤 그들은 다방의 마지막 손님으로 자릴 떴다. 친구와는 다방 문 앞에서 헤어지고, 여학생이 그들과 함께 걷다가 여학생도 인사를 하고 골목으로 들어갔다. 그래서 둘만이 걷다가 그들도 헤어지려 할 때,

"우리 술 좀 할까"

하고 성규가 말했다.

"난 생각이 없는데"

하고 준이 말했다.

"조금만 하자."

"시간이 늦었어."

"시간이야 제때지."

"너무 늦었어."

"그럼 할 수 없지, 그만 돌아가자."

그러나 성규는 헤어질 생각을 못 하고 그의 집 방향이 아니고 준을 따라오고 있었다.

"술 할래?" 하고 준이 물었다.

"아니, 시간이 늦었어"

하고 성규가 말했다.

"뭘 조금만 하지."

"술 마신다구 뭐 별수 있나."

"정말 마시고 싶잖아?"

"아니, 난 술이 싫어, 아주 싫어, 난 가겠어."

이러고는 성규는 오던 길을 다시 돌아서 갔다. 그는 한 번도 뒤돌아보지 않고 가고 있었다. 취하지도 않았는데 휘청거리며 성규의 모습이 어둠 속으로 사라져갔다.

준은 집으로 가는 골목길로 들어섰다. 납작하게 주저앉은 집들의 창에서 흘러나오는 불빛이 좁은 골목을 비치고 있었다. 라디오 소리와 한데 섞여 어디선가 갑자기 여인의 날카로운 외마디 고함 소리가 들려왔다. 어느 집에선가 싸움이 일어나고 있었다. 여인이 날카로운 소리에 이어 굵은 남자의 소리가 외치고 있었다. 그러자 어린아이가 까무라칠 듯이 울어대기 시작했다. 그러나 여인은 여전히 계속 빽빽 날카로운 소리를 지르고 있었다. 준의 앞에서 한 여자가 대문을 열고 나와서 아직 빨갛게 불이 붙은 연탄재를 길에 버리고 들어갔다. 준은 언제나 밤늦게까지 문이 열린 세탁소 앞을 지나갔다. 어린 소년이 언제나처럼 칙칙 소리를 내며 다림질을 하고 있는 게 보였다. 세탁소 불빛이 거리 아래쪽까지 비치고 있었다. 준은 집으로 돌아와서 대문을 흔들자 주인 노파가 문을 열고 나왔다.

"에구, 이제서 학생이 오는구먼."

준의 방은 불이 꺼진 채 어두웠다.

"병원에 가보우. 은일이 엄마가 병원에 있다우."

준은 숨을 죽이고 있었다. 입을 열기가 무서웠다.

"나두 거기서 이제 막 돌아오는 길이구먼, 학생을 자꾸 찾더 구먼."

"죽었습니까?"

"아니, 그런 게 아니구 너무 놀라지 말우. 젊은 여자가 약하더 니만."

노파가 병원과 병실을 일러주고 있었다. 그동안 준은 멍청히 세탁소의 불빛을 바라보고 있었다. 그리고 칙칙 계속되는 다림 질 소리를 듣고 있었다. 준은 그 소리가 밤늦도록까지 들리곤 하던 생각을 했다. 다음 순간 준은 불 꺼진 방을 힐끗 다시 쳐다 보고 대문을 뛰쳐나왔다. 그리고 그는 아무 생각 없이 골목을 내달렸다. 큰길로 나와서 인파를 뚫고 내처 달렸다. 사람에 부 딪칠 적마다 그들의 불평 소리가 뒤로 들렸다. 여인이 비명을 질렀다. 준은 얼핏 택시 생각이 났다. 그는 계속 달리면서 빈 택 시를 찾았다. 손짓해 부른 택시가 서자 뛰어오른 다음 대학병원 으로 가자고 했다. 택시가 다시 움직이고 곧 차들의 행렬 틈에 끼어들었다. 그는 운전수에게 빨리 가자고 재촉하고는 곧장 앞 을 응시한 채 앉아 있었다. 속도는 기어가는 듯한 느낌. 차라리 뛰어가는 게 나을 뻔했다고 생각했다. 택시는 횡단도로에 두 번이나 멈추었다 뚫렸고, 전차를 앞질러 대학병원 문으로 달려 들어갔다. 그러자 왠지 준은 너무 빨리 온 것 같았다. 준은 택시 에서 내려서 잠시 병원 건물을 올려다보고 서 있었다. 그리 고 그는 병원 건물을 향해서 앞으로 걸어 나갔다.

현관 입구의 홀에는 불빛이 환한 속에 사람들이 서성거리고 있었다. 면회인인지 사람들이 의자에 웅크려 앉아 있기도 했다. 한 여자가 매점의 전화에 매달려 서서 소릴 치고 있었다. 준은 홀 안쪽으로 걸어갔다. 그의 앞으로 의사가 흰 가운 자락을 펄럭이며 지나갔다. 의사 옆을 환자의 가족인지가 급히 따라가고 있었다. 준은 안내인의 테이블로 가서 병실을 물었다. 안내인이 손으로 가리키는 대로 준은 안내인의 테이블 앞을 지나서 커다란 유리문을 밀고 안으로 들어갔다.

준은 병동과 병동이 쭉 연결된 복도를 걸어갔다. 복도는 텅 비고 불빛만이 긴 복도를 비추고 있었다. 복도의 유리창 밖으로 병원의 뒷 정원이 캄캄했고, 주위에 썰렁하고 넉넉한 병원 냄새를 풍기고 있었다. 준의 구둣발 소리가 보도의 마당벽에 울리고 준은 그 통로가 끝없이 길게 뻗쳐 있는 성싶었다. 그는 맞닿는 병동에 와서 이층으로 올라갔다. 이층의 간호원실에 환한 불빛이 보였고 유리 너머로 간호원이 전화를 받고 있는 모습이 보였다.

준은 번호를 찾아 한 병실 앞에 섰다. 그는 문을 열기에 주저하고 있었다. 그러자 김소희란 나무에 씌어진 명패를 보고 깜짝싶었다. 그래서 그는 다시 주저하고 있었다. 안은 조용했다. 하도 조용해서 문 열기가 더욱 힘이 드는 것 같았다. 준은 살며시 문을 열었다.

병실은 휑하니 텅 빈 방이었다. 방 안에 아무도 없고 좁은 병실 안에 환자가 혼자 침대에 누워 있었다. 처음에는 사람이 누워 있는 침대가 너무 납작해서 빈 침대 같았다. 준은 안으로 들어가 환자의 머리맡에 소리를 내지 않고 살그머니 앉았다. 모든 것이 조용해서 그는 자기가 온 것을 감히 알릴 생각을 못했다. 형광등 불빛 아래 하얀 시트에 싸인 형수는 전혀 딴사람 같았다. 이마에 붕대를 감고 형수는 백지장 같은 얼굴로 자고 있는지 혹은 의식이 없는지 마치 죽은 사람 같았다. 준은 시트에 나온 하얀 손을 잡아보았다. 생각보다 작고 말랐다. 그런데 불처럼 뜨거웠다.

환자가 눈을 떴다. 그리고 준을 보고 웃으려고 했다. 눈가에 주름살을 지었다. 그러자 평소의 형수 같았다. 눈만이 아직 살아서 초롱거렸다. 화장기 없는 얼굴에 생머리카락이 얼굴 위로 흩어져 있는 것이 소녀 같았다. 준은 머리카락을 쓸어 올려주었다. 형수는 눈가에 다시 주름살을 지었다. 준은 그런 형수를 보고 있다가 그만 침대에 얼굴을 묻고 울음을 터뜨렸다.

"아, 놀랄 건 없어요. 아무것도 아닌걸."

형수는 계속 얘기했다. 형수는 길을 건너고 있었다고 했다. 그런데 차도 한가운데서 사이렌을 울리고 달려오는 앰뷸런스 앞에 꼼짝 못하겠더니 그만 현기증에 쓰러진 모양이라고 했다. 그래서 앰뷸런스에 실려와 병원 신세를 지게 됐는데, 이렇게 있으니 정말 환자가 된 것 같다고 했다.

"자자, 아서요. 병두 아닌데."

준은 얼굴을 들었다. 형수의 웃는 눈도 젖어 있었다.

"걱정 말아요. 난 죽지 않아요."

그래 형수는 죽을 수 없었다. 준은 다시 슬퍼졌다.

"왜 좀더 일찍 알리지 않고 내게."

"그렇게 야단 떨 건 없잖우."

"얘긴 그만해요."

"그래 난 자꾸 졸음이 와요. 생전 안 자본 사람처럼 막무가내로 졸음이 쏟아지는지."

문이 열리고 은일이가 들어왔다. 은일은 수건을 빨고 링겔병에 물을 떠 들고 들어왔다. 은일이가 준을 보더니,

"삼촌, 엄마가"

하면서 울먹이는 얼굴이 되었다.

"그래 어머닌 괜찮다."

이러며 준은 어린아이의 손에 든 것을 받아 들었다. 형수가 손을 내밀고 수건을 달라고 했다. 준이 병의 물도 주니 마시고, 형수는 수건으로 얼굴을 닦았다. 열이 나는 모양이었다.

"은일은 삼촌하구 집에 가요. 그리구 삼촌은 가다 어디서 저녁을 사 먹구 들어가요. 난 여기 온 길이니 하룻밤만 자고 가겠어요."

"난 집에 안 갈래, 여기 엄마하구 같이 있을래."

"우린 가게 되면 가지요. 우리 걱정은 말구 자보세요."

얼마 안 있어 형수는 정말 잠드는 것 같았다. 조용히 고른 숨

을 쉬고 있었다. 은일은 어른처럼 의자에 앉아서 어머니를 지켜
보고 있었다. 준은 병실을 나와서 간호원실로 갔다. 준은 밤에
근무하고 있는 간호원에게 형수에 관해서 물었다. 형수는 넘어
지면서 가벼운 외상을 입었을 뿐이라는 것이었다. 그러나 다친
데가 뇌라서 이상이 없나는 하룻밤을 두고 봐야 안다는 것이다.
구역질을 하면 위험하다는 것이다. 그러면서 간호원이 준에게
형수가 폐병인 것을 알고 있느냐고 물었다. 형수는 폐병에 빈혈
이 심하다고 했다. 준은 다시 병실로 돌아왔다.

은일은 의자에 앉은 채 졸고 있었다. 형수도 계속 자고 있었
다. 준은 은일을 데리고 밖으로 나왔다. 그래서 준은 다시 간호
원실로 가서 먼저 그 간호원에게 아이를 집에 데려다주고 올 동
안 병실을 좀 봐줄 수 없겠느냐고 했다. 간호원이 상냥하게 그
러마고 했다. 준이 은일을 데리고 병원을 나오자 밖은 밤안개가
끼어 있었다.

병원 앞으로 불이 켜진 음식점을 보고 준이 안으로 들어가려
는데,

"난 저녁 먹었어, 아까 병원에서 엄마 것 내가 먹었어"
하고 은일이가 말했다. 그래서 준은 음식점 앞을 그대로 지나갔
다. 그들은 버스 정류장 앞으로 왔다. 마침 아직 버스가 다니고
있었다.

"삼촌이 버스 태워줄 테니까 혼자 집에 가겠니?"

"응."

은일이가 풀이 죽어 대답했다.

"삼촌은 집에 안 가?"

"삼촌은 어머니한테 가봐야 해."

"엄만 안 죽을까?"

"그런 말 하는 게 아냐."

버스가 왔다. 은일을 태우고 준도 탔다.

"삼촌두 가는 거야?"

"그래 같이 가자."

그들이 집으로 돌아오자 주인 노파가 문을 열어주면서 형수가 어떠냐고 물었다. 준은 먼저 방으로 들어가서 전등을 켜고 은일에게 잠자리를 펴주었다. 은일은 곧 잠이 들었다. 준이 집을 떠나며 주인 노파에게 은일을 부탁했다. 노파가 그런 걱정은 말라고 했다. 준이 다시 거리로 나왔을 때는 이미 버스는 끊겨 있었다. 준은 어두운 길을 따라 쭉 병원까지 걸었다. 병원 앞으로 가게가 아직 환히 열려 있었다. 준은 과일과 마실 것을 사면서 병원에 치를 돈 생각을 했다. 얼핏 성규가 떠올랐다. 성규에게 돈을 좀 꾸자고, 아니다, 수미의 집으로 하자. 가정교사비를 미리 받아보자고 생각했다.

병원으로 돌아오자 간호실에서 내다보던 간호원이 나오면서 형수가 자고 있다고 일러주었다. 준은 고맙다고 인사를 하고 병실로 들어갔다. 형수는 여전히 자고 있었다. 사방의 흰 벽과 흰 시트에 묻혀 있는 형수는 마치 시체 같았다. 준은 가져온 것을 내려놓고 침대 머리맡 의자에 앉았다. 준은 형수의 얼굴에서 땀을 닦아주었다. 그래도 형수는 몰랐다. 자그마한 핏기 없는 얼굴, 그렇게 누워 있으니 형수는 마치 어린애 같았다. 그런 형수를 지켜보고 앉아 있으려니 준은 뜨거운 것이 목구멍을 치밀며 다시 서러운 생각이 들었다.

준은 일어나서 창가로 걸어갔다. 그러고는 한동안 어두운 창밖을 내다보고 서 있었다. 그런데 무슨 기척이 들리는 것 같았다. 준은 몸을 돌려서 침대 쪽을 바라보았다. 그러나 형수는 여전히 꼼짝 않고 자고 있었다. 그렇게 계속 준은 창가에 서서 형수를 가만히 건너다보고 있었다. 그러고 있자니 병실은 하나의 무덤과 같이 보였다. 형수는 지금 지쳐 쓰러졌다. 그리고 형수는 폐병이었으나 무관심했다. 그것이 모든 대답이었다. 기다림이라는 것은 속임수 같은 것이었다. 형수는 허망한 기다림을 안고 살아야만 하는 일종의 자기 희망의 포로였다. 어디선가 살아 있을 남편, 언젠가는 다시 만나게 될 남편을 형수는 단지 기다려왔을 뿐이었다. 그 연약한 체구 속에 강인하게 버티어온 것은 실낱같은 희망의 끈질긴 기다림이었다. 그러나 이제 시간은 절망을 남긴 채 지나가버렸다. 비록 기다리는 사람은 과거에 머물러 있을망정 그러나 시간은 한순간도 쉬지 않고 흐르고 있었다. 그때 와지끈 두 어깨를 짓누르는 피로.

준은 방에 불을 껐다. 복도의 불빛이 방 안으로 스며들고 있었다. 준은 의자를 창가에 끌어다놓고 앉아서 밖을 내다보았다.

병원 뜰로 앰뷸런스와 지프차가 멎어 있었고, 불빛이 환한 수위실 안에 수위가 앉아 있는 게 보였다. 밤이 깊어짐에 따라 사방이 조용했다. 그러나 병원은 완전히 잠들지 않은 채였다. 병실 어디선가 문 여닫히는 소리, 멀리서 우는 아이 울음소리, 전화벨 소리, 복도를 지나다니는 발자국 소리는 밤새도록 끊이지 않았다. 병원의 어딘가는 여전히 깨어 있었다. 맞은편 병동에 밤새 불이 켜진 창과 어두운 창들이 흑백의 바둑판을 이루고 있었고, 커튼이 없는 유리창으로 방 안에 사람들이 서성대며 밤새 잠들지 못하고 있는 게 보였다. 간호원이 안에서 움직이고 있는 모습도 보였다. 새벽에는 옆방의 여인의 앓는 소리가 좀더 높게 계속되고 있었다. 그러나 형수는 아직 조용히 자고 있었다. 형수는 밤에 두어 번 깨서는 간호원에게 침대를 얻어다 자라고 준에게 일렀다. 형수가 기침으로 몸을 뒤척였다. 그러나 돌아누워서 다시 잠드는지 잠잠했다. 형수는 간호원이 말한 구역질 증상은 없었다. 정원의 가등은 희미해지고 탑시계 바늘이 5시 20분을 가리키고 있었고, 잠시 후 날이 완전히 밝아졌다. 파자마 차림의 남자들이 병원 뜰을 거닐고 있는 모습이 보였다. 준은 담배를 피우러 밖으로 나왔다.

준이 다시 병실로 돌아와보니 간호원이 와 있었다. 그래서 준이 다시 문 앞에서 물러 나오려 하자, 간호원이 들어와도 괜찮다고 했다. 밤사이의 간호원이 아니었다. 밤에 일하던 간호원은 자러 돌아간 모양이었다. 형수는 침대에 일어나 앉아 있었다.

형수는 체온계를 입에 물고 있다가 준을 보고 눈에 주름을 잡았다. 새로운 간호원이 침대를 매만지고는 체온계를 빼어 들고 눈금을 들여다보았다. 그런 다음 차트에 온도를 적어 넣고 체온계를 털었다.

"이분 솜씨가 참 얼마나 좋은지 무엇이든 샅샅이 알고 있어요."

형수가 수줍게 말했다.

"간호원은 누구나 다 그렇게 하는걸요. 누우세요."

간호원은 형수의 태도가 재미있는지 웃었다. 간호원의 말에 따라 형수가 침대에 누우면서,

"그런데 또 얼마나 친절하구 잘해주는지"

하고 말했다. 형수는 정말 시중을 들어주는 간호원이 황송한 듯했다.

"제 직업인걸요 뭐."

이러며 간호원이 형수 머리의 상처를 들쳐보았다. 붕대 밑에 상처에 머리칼과 피인지 약인지가 한데 엉켜 있었다. 간호원이 상처를 닦고 새 붕대를 감았다.

"어떻습니까?"

하고 준이 말했다.

"이만하길 참 다행이에요."

"괜찮을 것 같습니까?"

"네, 현재로선 아무 이상이 없는 것 같아요. 그런데 그것보다

몸이 너무 약하세요."

처음 보는 간호원인데 환자에 대해서 알 건 다 알고 있었다. 간호원이 약 쟁반을 챙겨들었다. 준이 간호원에게 문을 열어주었다.

"감사합니다."

"뭘요. 제 직업인걸요."

새로 온 간호원은 좀 우스운 데가 있었다. 뭐든지 툭 말끝마다 직업이라는 대답이었다.

간호원이 나가고, 준이 막 문을 닫고 돌아서는데 한 떼의 흰 가운을 입은 사람들이 병실로 들어섰다. 학생들을 거느린 의사의 아침 회진이었다. 형수는 그 많은 사람이 들이닥치는데 어쩔 줄 몰라서 턱까지 시트를 끌어 덮으며 벽을 향해 외면을 했다. 그러나 의사는 침대로 다가서서 붕대를 감은 환자의 머리를 만져보았다. 형수가 움찔하는 게 보였다.

"머리가 아픕니까?"

의사가 의례적으로 물었다.

환자는 잠자코 있었다.

"구역질 같은 건 안 나던가요?"

"네."

의사는 더 묻지 않고 잠시 환자를 바라보고 있었다. 그동안 형수는 벽을 향해 외면한 채 꼼짝 않고 누워 있었다.

"저, 혹 이현 씨를 아십니까?"

별안간 의사가 물었다.

형수가 화들짝 놀라서 얼굴을 돌렸다.

"저를 모르겠습니까?"

형수는 엉거주춤 일어나 앉았다.

"신 선생님이 아니세요?"

"아, 역시 부인이셨군요. 살아 계셨군요."

이와 동시에 의사가 덥석 형수의 손을 잡았다. 그렇게 두 사람은 마주 손을 잡은 채 한동안 말을 잃고 서로 얼굴들만 바라보고 있었다. 제자들이 문을 열고 나갔다. 그러나 의사는 모르고 있었다.

"이렇게 살아 계셨군요."

얼마 후에 이렇게 의사가 다시 말했다. 그러고는 재빨리 방안을 돌아보며 창 쪽에 서 있는 준을 쳐다보았다.

"현, 현의 동생이 아니오?"

"네."

"현을 꼭 닮았어."

이러며 의사가 준의 손을 꽉 움켜잡았다.

"나를 알아보겠소?"

"집에 자주 오시지 않았습니까."

"기억하구 있군."

의사가 준의 손을 잡은 채 형수 앞으로 가서 의자에 앉았다. 그래서 준도 옆에 따라 앉았다. 그런데 의사가 다시 형수를 향

해서,

"현은 어떻게 된 겁니까?"

하고 묻고 있었다. 잠시 후에 형수가 말했다.

"모르겠어요. 이북으로 간다고 하고는 전혀 모르겠어요."

잠시 동안 침묵이 흘렀다.

"현의 아버님께서 이북에 계시다는 건 압니다."

의사가 말했다.

"네."

"무슨 소문 같은 것도 없습니까? 현에 대해서."

"네."

다시 침묵이 흘렀다.

"신 선생님 댁은 다 안녕하세요?"

하고 이번엔 형수가 물었다.

"네."

"신 선생님두 여전하시게 봬요."

"네, 저야 늘 그렇지요. 그런데 그동안 어머님이 돌아가셨습
니다. 그래서 저 혼자가 됐습니다."

"가족은요?"

의사가 웃었다.

"아직 장가를 못 갔습니다."

"아직 그러셔요?"

"이리저리 외국에 돌아다니다 보니까 늦었다고 변명을 하고

있지요" 하고는 의사가

"그래 그동안 어떻게 지내셨습니까?"

하고 물었다. 형수가 그저 웃었다.

"자네는 꼭 형님을 보고 있는 것 같아."

의사가 준의 손을 다시 잡아보며 말했다. 형수가 준을 향해 미소했다. 그러며 형수는 침대 위에서 시트로 잔뜩 몸을 여미고 앉아 있었다.

"이렇게 병원에서라도 만나게 되어서 기쁘다고 할까, 그런데 그 다치신 데는 아무것도 아니구…… 다른 데가 나쁩니다. 알고 있습니까?"

형수가 다시 가만히 웃었다. 준이 집에 좀 다녀와야겠다고 하면서 일어났다. 은일이가 학교에 갔는지 모르겠다고 형수가 말했다. 그러자 의사가

"그렇지요. 은일이도 몰라보게 컸겠지요" 했다.

"네" 하고 형수가 대답하고 있었다.

준은 의사의 다녀오라는 소리를 뒤로 들으며 나왔다. 병원 밖으로 나오자 거리에 인파와 자동차들. 세상은 여전히 변함없이 흘러가고 있었다. 준은 앞으로 지나가는 신문팔이 소년에게 아침 신문을 사서 걸어가면서 읽어보았다.

첫머리에 이 대통령의 사진과 함께 담화문이 실려 있었다. 마산 사태에 거듭되는 담화문이었다. 준은 다음을 보았다.

마산 사건 국회조위 오늘 현지 도착.

지사 증언에 공산당 배후 조종 암시.

마산 제2사건의 폭동 구상이 민주주의 국가에서 볼 수 없는 오열의 수법과 흡사하다는 의혹을 느끼게 한다고 했다. 치안국장은 공산당 개인 혐의 근거로 모종의 중대 정보는 아직 밝힐 수 없다고 하고 있었다.

준은 신문을 접어 들었다. 그러면서 준은 아마 공산당은 이승만 정권의 신과 같은 존재일지도 모른다고 생각했다. 공산당이란 것으로 이 정권은 만사를 해결하려고 들고 있었다. 그들은 양단된 나라의 약점과 통일에 대한 국민의 염원을 잘 알고 있었다. 그들은 이 나라의 약점을 이용하고 있었다. 위정자들은 국민의 원망을 툭하면 공산당으로 돌리고 있었다. 모든 부작용은 공산당 때문이라는 식이었다. 이렇게 만사를 그런 식으로 국민을 기만하다 보니 필경 그들 자신도 그렇게 믿게 되고 만 모양이었다. 그러나 공산당에 대해서는 양단된 이 나라의 피할 수 없는 현실이며, 또 어쩌면 통일을 볼 때까지 이 나라에서 공산당은 어쩔 수 없는 마술과 같은 존재일지도 몰랐다.

준은 잰걸음으로 버스 정류장을 향해 걸어갔다.

여름

4. 혼탁한 시대

기철은 한길 쪽을 계속 지켜보고 있자니, 해가 부셔 눈앞이 캄캄해져왔다. 후끈대는 한길 바닥, 어지간히 퍼부어대는 태양, 등줄기를 간지럽히는 땀방울, 줄기찬 늦더위에 숨이 막혔다. 더위가 짙어감에 따라 태양은 점점 커가는 중이었고, 그 태양과 죽음이 맞대고 헐떡이는 것이었다.

기철은 계속 윤이 탄 자동차가 나타나기를 기다리고 있었다. 윤이 자동차는 이리로 곧장 골목길을 빠져나올 것이다. 골목길을 나와 로터리를 돌 때 차의 속도가 늦어질 게고, 그때 권총을 쏘아야 했다. 얼마 전에 윤을 실은 자동차가 그 골목으로 들어 갔으니, 곧 다시 나나탈 것이다. 그들이 지키고 있는 길목 아니고는 다른 길이 없었다. 자동차가 달리 빠져나갈 염려는 없었다.

기철은 차가 오는 것은 자신이 직접 지켜보고 싶었다. 김 동지는 로터리 맞은편 약간 후면에 배치시켰다. 자동차가 보이면 기철이가 신호하고, 먼저 총을 쏠 것이다. 이어 자동차가 멎을 것이고, 그러는 사이에 김 동지가 앞으로 나와 차 안에 대고 확인 사격할 것이다. 만약 자동차가 멎지 않으면 김과 함께 따라가며 쏘아 붙일 것이다. 로터리만 돌면 차가 속력을 낼 수 있고, 곧 파출소가 있어서 실패할 가능성이 있었다. 기철의 제 일탄이 명중시키지 못할 경우, 차를 멈추고 경호원들이 차에 접근 못하게 마구 쏘아 갈길지도 몰랐다. 게다가 환한 대낮이라 여간 불리한 게 아니었다. 그러나 인적이 드문 한길이라는 점과 좁은 여러 골목으로 빠질 수 있다는 점이 있었다. 기철은 김과 로터리 앞에서 빨리 헤어졌던 것이다. 때가 때인 만치 가까이에 있는 파출소하며 주위에 신경을 쓰고 있는 것이다. 김이 플라타너스 밑을 오락가락하고 있는 모습이 보였다. 기철은 그러한 김의 모습이 눈에 띌 적마다 조바심이 났다. 김은 너무 긴장해서 자제심을 잃고, 억제할 수 없는 불안감에 젖는 성싶었다. 그러나 어차피 그들은 죽음을 각오했고, 그리고 마땅히 윤도 죽어야 했다. 그런데 마치 기철은 윤을 죽이기 위해서가 아니라 자기 자신이 죽기 위해서 이렇게 기다리고 있는 성싶었다.

기철이가 있는 길 쪽에는 책방이 하나 있었다. 그것은 어린 학생들을 위한 책 가게였다. 기철은 책을 살 듯이 기웃거렸다. 책방 주인이 느릿느릿 걸어 나와서 무슨 책을 찾는지 문턱에서 지켜보았다. 기철은 진열된 책은 안중에 없었다. 그래도 책방 주인은 움직이지 않고 문턱에 서 있었고, 기철에게는 책방 주인의 후줄근한 바짓가랑이만 보였다. 기철은 힐끗 용기를 내고 얼굴을 올려다보았다. 빼빼 마른 중년 사내가 모든 것을 알고 있다는 듯한 노곤한 얼굴을 하고 있었다. 기철은 그의 앞을 지나가게 안으로 들어섰다. 정말 책을 살 것처럼. 살 생각도 없이 어물쩍거린다는 것은 결국 의심스럽게 만드는 것이다. 기철은 자신의 의구심으로 밀고 나가는 것이었다.

그러는 동안 기철은 온 정신은 길 쪽에 있었다. 그리고 온갖 소음 가운데 오직 자동차 소리만을 듣기를 원했다. 책방에서는 자동차가 나타날 길 위쪽을 볼 수 있었고, 윤이 탔나 자동차 속을 확인할 충분한 거리가 있었다. 맞은편 위쪽에 있는 지물포 상점 마루에 두 늙은 영감이 한가하게 장기를 두고 앉아 있는 모습이 보였다. 기철은 길 쪽에 얼굴을 향한 채 손에 잡히는 대로 책을 집어 들었다.

"그걸로 하겠습니까?"

하고 책방 주인이 말했다.

"네."

기철은 여전히 길 쪽을 내다보고 눈으로 김을 찾았다. 김이 이제는 움직이지도 않고 기철이가 있는 길 위쪽을 노려보고 있었다. 김은 그가 책방으로 들어간 것을 알 것이고, 기철의 모습이 다시 길에 나타나면 긴장을 다소 가라앉힐지 몰랐다.

"싸드릴까요?"

하면서 책방 주인이 기철을 노곤히 쳐다보고 있었다.

"네."

기철은 얼른 생각이 나서 손에 들고 있는 책을 내주었다. 그것은 어린애의 그림책이었다. 기철은 자기 손에 쥐고 있는 책을 멍하니 바라보다가,

"꼬마가 좋아해서요"

하고 막연히 말했다. 책방 주인이 또다시 알 수 없는 노곤한 웃음을 지으며 책을 받아 들고는 포장을 하려고 느릿느릿 들어갔다.

기철은 또 급히 거리를 살폈다. 광주리를 머리에 인 행상인들이 담 모퉁이를 돌아서 골목길로 걸어 나오고 있었다. 그 뒤로 어린아이 하나가 좁은 골목에서 한길 쪽으로 나타났다 다시 골목 안으로 뛰어들어갔다. 다음 또 다른 아이가 뛰어나왔다. 같은 골목 안으로 사라졌다. 뜨거운 대낮, 조용한 주택가에는 어린애들만이 길에 나와 놀고 있었다. 광주리를 인 두 행상인이 로터리를 지나갔다. 멀리서 외치는 아이스케키 장사의 외침이 들려오고 있었다.

"여기 있습니다."

책방 주인이 포장한 책을 내밀었다.

"네?"

한순간 기철은 책방 주인의 얼굴을 쳐다보았다. 그런 다음 기철은 그의 앞에 내민 책을 재빨리 받아들었다. 그러나 급히 왼손으로 바꿔 들었다. 오른손은 비워두어야 했다. 권총을 쏘기

위해서. 권총은 오른쪽 손아래 혁대 밑에 감춰 있었다. 문득 기철은 돈을 치러야 한다는 생각이 들었다.

"얼마지요?"

오른쪽 바지 주머니에서 돈을 꺼낼 때, 손끝에 둔중한 권총 무게를 느꼈다. 돈을 받아 쥔 주인이 안쪽으로 몸을 돌리자, 기철은 흘끔 자기의 몸을 내려다보았다. 허리 속에 찬 권총은 보일 리가 없었다. 더구나 그 위에 겉옷자락으로 덮여 있었다. 기철은 그만큼 하고 책방을 나와야 했다. 너무 오래 우물쩍거리다간 무슨 낌새를 잡힐지 몰랐다. 기철은 거리 위쪽을 살피며 책방을 나왔다.

"여보시오!"

기철은 순간 몸을 휙 돌렸다. 책방 주인이 거스름돈을 들고 있었다. 기철은 돈을 뺏듯이 받아 쥐고 주머니에 쓸어 넣었다. 책방 주인이 다시 가게 안으로 느릿느릿 들어가는 것을 보고 기철은 책방 앞에서 돌아섰다. 그는 다음 순간 왼손에 든 책을 어떻게 할까 생각했다. 그러나 웬일인지 오른손 하나로도 충분히 해낼 것 같아졌다. 그가 해야 할 일은 재빨리 아주 쉽사리 끝날 것 같았다. 아주 어처구니없이 간단히 끝날지도 몰랐다. 기철은 권총이란 단순한 기능과 자기 자신의 정확한 성격을 잘 알고 있었다. 그러자 바로 그 순간 골목을 돌아 나오는 자동차 소리가 들렸다. 고개를 들었다. 나타났다. 윤의 승용차였다. 모퉁이를 돌아 막 차체를 드러내고 있었다. 기철은 반사적으로 허리에 찬 권총을 꽉 움켜쥐었다.

자동차는 굉장히 빠른 속도로 달려오고 있었다. 수채를 파헤쳐놓은 길을 달리자니 차체가 몹시 흔들렸다. 경호원이 운전수 옆자리에서 몸을 흔들고 앉아 있는 게 보였다. 그놈이 눈치채기 전에 자동차가 좀더 앞으로 다가와야 했다. 윤은 늘 뒷좌석에 탔고, 아직 보이지 않았다. 신중을 기해야 했다. 경호원이 있다 해도 혹시 빈 차로 나오는지 몰랐다. 보인다. 윤이 타고 있었다. 그런데 윤의 옆에 웬 소녀일까. 난데없는 이 마당에 뛰어든 소녀는, 틀림없이 도중에서 싣고 나오는 것일 게다.

자동차가 기철의 앞을 지나갔다. 윤은 현의 아버지를 집으로 찾아올 때처럼 뒷좌석에 깊숙이 기대 앉아 있었다. 머리만이 의자 뒤로 나와 있었다. 자동차의 뒤창으로 해서 한 발로 명중시킬 수 있을 게다. 안전장치를 풀고 한 발 발사하는 데 1초가량이면 되었다. 시간은 충분했다. 마음의 여유도 있고. 기철은 총을 겨누었다. 그 순간 소녀의 웃고 있는 옆얼굴이 스쳐갔다. 소녀가 낮게 앉은 윤을 내려다보며 웃고 있었다. 활짝 미소 띤 얼굴이 유리창으로 하나 가득하게—그에게는 생각되었다.

기철은 웃음이 멈추기를 안타깝게 기다리며 멍한 기분이었다. 자동차는 쉬지 않고 달리고 있었다. 이미 쏘기에는 권총 거리를 넘고 있었다. 기철은 자신의 모든 의지와 떨리는 신경에 대응해서 이 한적한 거리를 진동시킬 명확한 순간을 계획하여 왔던 것이다. 그러나 아무 소리도 들리지 않았고, 더욱이 아무 일도 없다는 듯이 그의 수중에서 빠져나간 자동차는 이미 로터리 쪽으로 달려가고 있었다. 땀이 온몸에 흥건히 배어났고, 권총을 쥐고 있는 손이 땀으로 미끈거렸다. 그동안 줄곧 열을 평평 퍼붓고 있는 태양의 열기에 다만 멍한 취기만이 있었다.

바로 그 찰나, 로터리 쪽에서 총성이 들렸다. 연발되는 두 발의 총소리, 김이 쏜 것이다. 짧은 간격을 두고 쏘는 총성 다음, 쌍방이 서로 마주 쏘아 붙이는 총성이 일어나고 있었다.

기철은 달리다가 멈췄다. 로터리에 윤의 승용차가 서 있고, 경호원이 자동차에 몸을 가리고 권총을 갈겨대고 있었다. 로터리의 파출소에서 나온 순경 한 명이 허리를 굽히고 엄포를 놓으며 자동차에 접근하는 중이었다. 김은 어느 가게 모퉁이의 담벽을 의지하고 쏘고 있었다. 아직 살아 있구나, 그러나 김에게는 전부가 아홉 발의 총알이 있을 뿐이고, 이제 새로 다른 두 명의 순경이 파출소서 뛰어나오는 중이었다. 파출소 안엔 순경이 더 있을 수도 있었다. 이미 먼저 한 명은 자동차에 접근하고 있었다. 여전히 검은 벽에 붙어 쏘고 있었다. 행인들이 희끗희끗하게 거리의 처마 밑으로 붙어 서 있는 모습이 보였다.

"도망쳐라!"

하고 기철은 소리쳤다. 김이 잽싸게 돌아보았다. 속절없다는 눈초리였다.

갑자기 기철은 한 골목으로 뛰어들며 공중에 대고 권총을 발사했다. 곧 뒤에서 쫓아오는 발자국 소리가 들렸다. 기철이가 돌아보자, 사람들이 몰려오다가 주춤 물러섰다. 경관은 아직 그들 가운데 보이지 않았다. 기철은 계속 앞으로 뛰면서 또 한 방 쏘았다. 뒤에서 쫓는 둔한 구둣발 소리가 들렸다. 기철이가 다시 돌아보자, 권총을 빼든 두 명의 경관이 추격해오고 있었다. 사람들은 이제 골목 입구에 서서 따라오지 않았다.

"뛰면 쏜다!"

하고 경관이 소리쳤다.

기철은 방향을 바꾸어 더 좁은 옆 골목으로 뛰어들었다. 그대로 뛰자니 길이 막힌 막다른 골목이었다. 그는 한 대문 앞에 멈춰 섰다. 뒤에서 가까워진 발소리가 들렸다.

낯선 대문이 기철 앞에 닫혀 있었고, 안에선 인기척이 없었다. 기철은 권총을 허리에 찌른 다음, 담에 매달리자 훌쩍 뛰어넘었다. 쿵하고 자신이 땅에 떨어지는 소리에 기겁을 했다. 그가 일어나며 집 안을 살피자니 창에서 내다보던 한 여인이 입을 딱 벌리고 서 있었다. 기철은 그 집 뒤라고 생각되는 곳으로 달려가서 다시 담을 뛰어넘었다. 그것은 어느 집 뒤뜰이었다. 이제 그는 집 안을 살필 생각도 않고 곧장 집 앞으로 가서 담 밖으로 뛰어내렸다. 골목길이었다.

누군가 벽에 서 있다. 화닥닥 앞으로 내달렸다. 기철도 몸을 일으키는 동시에 도망치려 했다. 그러면서 얼핏 낯익은 것, 김이었다. 도망칠 수 있었구나, 기철은 다시 주저앉았다.

"나야, 김!"

기철은 나직한 소리로 불렀다. 그래도 김은 뛰고 있었다.

"서! 김, 나라니까"

하고 다시 한번 소리치자, 여전히 뛰는 자세로 김이 돌아보았다.

김은 한동안 멍청이 기철을 바라보더니 그제서야 누구인지 알아본 것 같았다. 그러자 뒤에 있는 담벽에 비실비실 기대고는 넋 잃은 사람처럼 하고 있었다. 기철이가 후딱 몸을 일으켜서 김에게 뛰어갔다. 김은 아직 권총을 손에 쥔 채였다. 기철은 권총을 채뜨려 씨근덕거리고 있는 김의 허리춤에 집어넣었다. 그동안 김은 하는 대로 몸을 맡기고 있었다.

"용케 따돌릴 수 있었군."

기철은 긴장한 신경을 조이는 가운데 무언가 말을 해야 할 것 같았다. 그러나 김은 몸을 벽에 붙인 채 움직일 기색이 없었다.

"괜찮은가?"

입을 벌리고 김이 고개만 끄덕였다.

"여기까지 어떻게 오긴 왔는데, 여기 와서 딱 멈추자 다신 움직일 수가 없었어."

김은 말을 더듬거리고 있었다.

충분히 알 수 있었다. 정신없이 도망치다 보니 갑자기 사방이 조용하고, 점차 적막에 꼼짝달싹 없이 사로잡혔으리라. 가공할 만한 공포로 어쩔 수 없이 그랬으리라.

둘은 벽에 기댄 채 꼼짝 않고 서로 마주 보고 서 있었다. 얼굴은 땀에 번들번들하고, 어깨로 숨을 몰아쉬고 있었다. 세포

마다, 아주 작은 세포 하나하나마다 열을 품고 있듯이 확확 단 몸뚱이를 하고 그들은 대낮의 정적 속에 잠겨가고 있었다. 마치 그들 주위에 시공이 정지하듯, 사방은 진공 상태인 양 그들은 둥둥 떠 있는 성싶었다. 더위의 막바지인 한 대낮에 열 도가니가 된 취기로 근육들이 느른해지고 휘청댔다. 기철은 김의 넋나간 듯한 얼굴로부터 고개를 돌렸다. 낯선 청년들이 우두커니 서 있는 모습은 이 한적한 거리에 어울리지 않는 것이었다. 어물거리고 있을 때가 아니었다.

"가자."

그들은 서둘러 골목을 떠났다. 우측으로 걷고 있자니 십자로가 나왔다. 다시 우측의 뒷골목으로 접어들어 걷고 있는데 로터리 근처로 향하고 있었다. 다소 경사진 주택지 언덕길 위로 로터리가 내려다보였다. 사람들이 아직 로터리 근처에 몰려 웅성거리고 있는 게 보였다. 윤의 자동차는 보이지 않았다. 그들은 잠시 걸음을 늦추었다가 로터리 반대쪽으로 부지런히 걸어 내려가기 시작했다.

"왜 쏘지 않았나? 신호도 않고"

하는 김은 아직 후들후들 떨고 있었다.

기철은 잠시 대답을 않고 있다가,

"쏠 수가 없었어" 했다.

"자네가 실패를 하다니."

"소녀가……"

하다가 기철은 입을 다물었다. 김이 의심스러운 듯 힐끗 기철을 쳐다보았다.

"아니야, 다시 시작해야지."

기철이가 이렇게 말하자, 순간 김이 거부하는 듯한 몸짓을 하며 상대방을 쳐다보았다. 그러나 곧 다시 김이 땅으로 고개를 떨구었다. 맥 풀린 몸짓 속으로 오늘까지의 모든 계획을 다시 한번 상기하지 않을 수 없는 것 같았다. 그래서 다시금 불안과 신경을 죄어오는 긴장감이 고개를 들기 시작하는 모양이었다. 기철은 최소한 설명을 하려 했다. 그러나 소용없는 짓이었다.

기철 자기 계획의 잘못은 어디 있는가. 다시금 소녀의 웃는 얼굴이 떠올랐다. 예기치 못한 소녀의 미소. 기철은 처음부터 다시 시작해야 한다고 생각했다. 일체를 처음부터 다시. 그러나 치밀한 계획에 계획이 없는 그런 일이 다시 일어난다면, 아니다, 좀체로 순간적인 우연한 실수란 두 번 다시 거푸 일어날 수 없는 것이다.

그들은 인적이 드문 주택가를 묵묵히 재빨리 걷고 있었다. 어느 담 밑을 지나는데 안에서 아이들이 떠들고 있는 소리가 들렸다. 거기를 지나니 다시 조용해졌다. 그들은 점차 팽팽히 죄어든 신경이 맥이 풀리면서 더욱 침묵 속으로 깊이깊이 빠져들고 있었다. 기철은 담 모퉁이에서 쓰레기통이 보이자 이제까지 총 무게와 함께 느끼던 그림책을 쓰레기통을 열고 집어넣었다. 포장지가 찢기고 그동안 아주 헌책이 되어 있었다. 그는 다시 걸으면서 생각에 골몰했다. 계획을 처음부터 바꾸고, 첫째 완전하게 하기 위해서는 다음엔 자기 혼자서 해야겠다고 생각했다. 그것이 더욱 간단하고 쉬운 것이다. 둘은 넓은 차도로 나왔다. 그리고 서서히 인파에 휩쓸려 들었다.

얼마 후에 그들은 한 적산 가옥에 도착했다. 둘은 이층 계단을 밟아 올라갔다. 햇볕 속에서 갑자기 안으로 들어가자 캄캄했다. 그들은 좁은 복도를 지나 굽어 돌아든 어느 방문 앞에 섰다. 방 안엔 아무 소리도 들리지 않았다. 그러나 벌써 조심스러워질 필요는 없었다. 기철은 깊은 생각에 잠긴 채 마치 눈앞에서 문이 열리기를 기다리는 듯 잠자코 서 있었다. 김이 앞으로 나가 문을 열었다.

휑한 마루방이었다. 천장에 덩그러니 알전구가 매달려 있고, 방 안엔 테이블과 의자가 널려 있는 것 외는 아무 장식도 없는 빈 방이었다. 세 명의 동지가 앉아 있다가 일제히 문 쪽으로 고개를 돌렸다. 그리고 문 앞에 장승처럼 우뚝 서 있는 기철을 쳐다보았다. 그들은 긴장해서 날카로운 얼굴들이었다. 아무도 입을 열지 않았다. 기철은 그들을 보자 다시 실패감이 강렬히 떠올랐다. 기철은 방으로 들어섰다. 양철 지붕의 후끈 단 방, 담배 연기로 매캐했다. 방 안에 우두머리격인 최가 조용한 몸짓으로 일어났다. 그들은 알고 있구나 모든 걸, 하고 기철은 생각했다.

"아, 무사했군, 둘 다"

하고 최가 말했다.

"못 처치했어"

하고 불쑥 기철이가 내뱉었다.

 "알고 있어, 그래 어떻게 빠져나올 수 있었나."

 "그들도 겁을 내고 있었지, 우리 쪽을 파악 못 했기 때문에."

 "원 그렇게 애써서 놓치다니."

 최가 불안한 듯 몸을 가만있지를 못 했다.

 "경계가 심해서, 자동차가 너무 빨리 달렸어"

하고 김이 말했다.

 "뭐든 틀림없는 자네가 실패를 하다니, 그것도 성공 바로 앞
에서 말이지"

하며 최가 기철 앞으로 몸을 돌리고 있었다. 이렇게 방 안 사람
들이 다 기철을 향하고 있었다. 그러면서 그들은 기철에게 말을
시키고 있었다. 기철은 설명하려 했다. 그러나 또다시 그만두었
다. 실패란 성공보다 어려운 것이다. 기철은 아무것도 설명할
수 없었고, 자기는 지금 그들과 아주 동떨어진 존재 같았다. 그
는 자기가 실패했다는 것에만 사로잡혀 있었다. 어디까지나 실
패는 자기 일이었다. 그들과는 아무 상관이 없었다. 더욱이 실
패했다는 것으로 해서 그 일이 전적으로 자기 혼자의 일로만 여
겨졌다. 기철은 마룻바닥에 시선을 떨군 채 서 있었다. 구둣발
로 짓이긴 담배꽁초가 지저분한 마룻바닥에 널려 있다.

 "처음부터 다시 시작하겠어"

하고 기철은 자신에게 들려주듯 말했다.

"좀 기다려야지"

하고 최가 말했다.

"내일이라도 당장 해치우겠어."

"그건 안 돼, 그들은 신경이 곤추섰을 거란 말야."

"그놈은 하루가 급해."

"그래도 안 돼."

"윤과 같은 놈이 아직 살아 있다는 것만 해도 조국의 수치야."

"알아, 우린 지금 자네가 오기를 기다리고 있었던 것이야. 이젠 여기 있는 것조차 위험해. 우린 당분간 조심해야지. 서로 만나지도 말고, 움직이질 말아야 해."

긴장한 방 안의 사람들은 불안하고 울적한 얼굴들이었다.

"무사히 도망쳤다 해도 알 수 없거든"

하고 다시 최가 말하고 있었다.

기철도 동감이었다. 붙잡히기까지 과히 오래 걸리지는 않으리라, 기철은 그들 옆을 떠나 창가로 가 등을 지고 섰다. 그러나 기철은 이미 그의 목숨을 내맡기고 있었다. 조국의 자주독립을 위해서 일신은 아무래도 좋았다. 해방 한 돌을 맞은 이 땅, 이제 조국은 새로운 건국 도상에 있었다. 그러나 그동안 이 나라에 우후죽순처럼 쏟아져 나온 애국자나 지도자는 어떠했던가. 그들은 민족의 분열 상태를 초래하면서까지 자기 주장과 자기 세력 확보에만 급급했고, 그들의 갈등 속에 정국은 날이 갈수록 더욱 혼란해져만 가고 있었다. 이 조국은 얼마만에 되찾은 조국이냐, 이처럼 주어진 조국의 건국 앞에 배반되는 자는 누구를 막론하고 용서치 못했다. 욕된 과거는 과거로만 충분했다. 그리고 조국의 건국을 방해하고 있는 윤, 그는 마땅히 조국이 용서치 못했다. 기철 그가 살아 있는 한 윤은 죽어야 했다.

누가 문을 노크했다. 모두가 화들짝 놀랐다. 방 안에 잽싸게 부딪치는 시선들, 기철은 창가에서 몸을 돌려 문을 노려보았다. 방 안의 하나가 대답했다. 드르륵, 문이 반쯤 열리고 현이 기웃이 안을 들여다보았다. 홀쭉 큰 키에 안경알이 번쩍였다. 방 안 사람들은 현을 기철의 형으로 알고 있었다. 그러나 불안해진 얼굴들이었다. 평소 현을 알고 있는 김마저 멍청한 얼굴로 바라보고만 있었다. 김은 연락차 기철을 집으로 찾을 때 여러 번 현을 보았던 것이다.

"웬일입니까……"

하고 기철도 약간 쉰 소리로 덤비고 있었다.

"아니, 그저……"

이러며 현은 그 커다란 몸으로 둔중히 문간에 서 있었다. 그는 방 안에 깔린 긴장된 공기에는 무심했다.

"집에 무슨 일이 있습니까?"

"지나다 좀 들러본 거야, 있을까 하구."

기철은 꼼짝 않고 물끄러미 현을 쳐다보고 있었다. 그러고 있더니 한참 만에 기철은 무슨 말인지 알아들은 모양이었다.

여전히 현의 넓은 어깨가 열린 문 사이를 막고 있었다. 기철은 뚜벅뚜벅 현 쪽으로 갔다. 현은 방 안의 누구에게 인사를 하는 건지 안 하는 건지 모르게 고개를 숙여 보인 다음 몸을 돌려 걸어갔다.

기철이가 따라 나가려 하는데,

"이봐, 강 형!"

하고 방 안에서 기철을 불러 세웠다.

"자네 소지품 두고 나가게"

하고 최가 나직이 말했다. 권총을 놓고 나가라는 말이었다. 기철은 아무 말 없이 다시 몸을 돌렸다.

"괜히 실수한단 말야."

계속 최가 하는 말을 뒤로 들으며 기철은 방을 나왔다.

현은 층계참에서 담배를 붙이고 있었다. 현은 기철이가 걸어오는 것을 보자 먼저 층계로 내려갔다. 기철은 앞서 내려가는 현의 약간 휜 듯한 둥근 어깨를 바라보았다. 커다란 체구의 다소 느린 듯한 몸짓이 항상 조용했다. 둘은 잠자코 계단을 내려와서 집 밖으로 나왔다. 굉장한 햇볕이었다.

"여기 있는 것 같아서 지나가다 들러봤어"

하고 현이 햇볕에 얼굴을 찡그리고 좀 전에 한 말을 다시 했다.

"집에서 나온 길입니까?"

기철도 얼굴을 찡그린 채 말했다.

"응."

둘은 다시 잠자코 지저분한 시장 골목을 빠져서 점차 길로 나왔다.

"저들의 정체를 모르겠단 말야"

하고 현이 불쑥 말했다. 기철은 힐끗 현을 쳐다보았다. 그러나 현은 고개를 숙인 채 옆에서 걷고만 있었다. 현은 무언인가 다른 생각을 하고 있는 모양이었다.

"아무래도 무슨 배후가 있는 허깨비들 같아."

"말했잖아요. 청년 그룹이라구."

"글쎄, 표면에 나타난 것처럼 그렇게 순수하거나, 단순하지만 않을지 모르지."

이렇게 말하고 있는 현을 기철은 다시 힐끔 쳐다보았다. 현은 여전히 땅만 보고 걷고 있었다. 기철은 아무 대꾸도 않고 옆에서 따라가고 있었다. 기철은 현이 그저 무심히 지껄이고 있는지, 그렇잖으면 확실히 무엇인가 짚여서 하는 말인지를 몰랐다.

"이 길루 다른 일 없으면 집에 가봐, 요즘 네가 안 보이니까 아버님이 찾으시더라."

"그러죠."

"정말 넌 요즘 뭐가 그리 바쁘니? 아니면 집에 들어가기 싫어서냐."

"전 아무것도 안 바빠요."

"그럼 무슨 집에 들어가기 싫은 핑계라도 만들고 있는 게냐."

기철은 대답 않았다.

"세상이 어수선하니까 밖으로 나돌면 아버님이 걱정되시는 모양이야."

기철은 계속 말이 없고 그들은 얼마를 그늘을 따라 걷고만 있었다.

"호외 봤어?"

하고 갑자기 현이 물었다.

"못 봤어요, 왜요?"

"또 저격 사건이야, 누가 윤이 탄 자동차에 대고 쏘았지. 범인은 도망치고 애꿎은 경관만 하나 부상 입었지. 어디 그런 식으로 해서 이 땅에 무엇을 가져오겠다는 건지, 난관을 타개하는 방법이 틀렸거든. 폭력으로 안 돼. 혼란한 현실을 더욱 혼란케 할 뿐이지."

"누가 그 혼란의 원인과 요소인데요."

"누구 때문이 아니지, 우린 지금 혼란한 시대에 놓여 있는 거야. 그래 윤을 없애버리자고 하자. 다음 또 윤과 같은 놈이 나올 게 아냐, 없다곤 할 수 없겠지. 그땐 또 어떻게 하나, 그렇다고 또 죽여야 하나, 암살이 무슨 해결 같애?"

"확실한 최단의 방법이죠. 우린 지금 이 이상 어물거리고 있을 때가 아니잖아요."

"확실한 거니 결단성이니 하는 것은 과오일 수도 있어."

"제가 확실한 것이라는 건 우리가 더 이상 기다릴 수 없다는 거죠."

"모두가 그런 생각 때문이야. 성급하면 안 돼. 기다릴 땐 기다려야지. 오늘의 혼란을 뚫고 나가려면, 기다릴 줄도 알면서 좀 신중들 했으면 좋겠다는 거야."

"신중하죠. 그리고 조국을 위해선 무섭도록 냉정하구."

"그래 모두가 그저 사랑할 줄밖에 몰라. 정열에만 사로잡혀서 말야. 그런데 성급한 사랑은 오히려 일을 그르칠 수도 있거든. 이럴 때일수록 성급한 사랑이나 정열보다 냉정한 객관적인 태도가 필요한데. 삼팔선을 놓고 보더라도 그래. 삼팔선 철폐 문제만 하더라도, 전국적인 운동으로 벌이면서 한편 국제 정세에 호소해야 돼. 결국 동서 세력의 냉전에 낀 부산물이니까. 우리끼리만 가지곤 안 돼. 그러면서 새로운 통일 방안을 찾아내야지. 그리고 새로 이룩한 국가는 적어도 모든 사상을 허용돼야해, 좌우익을 막론하고. 그래야 튼튼하고 건전한 국가가 될 수 있지."

"전 이 나라의 좌우익을 다 함께 찬성할 수 없어요. 그렇게 되면 통일이란 점점 어렵게 되니까요."

"바로 그거야. 그렇다고 죽여야 되나, 이념에 오는 차이를 가지고."

"이념을 위해서가 아닙니다. 조국을 위해서지."

"그렇진 않지. 우린 어디까지나 이념에 사는 거야. 조국이야말로 무엇보다 확실한 이념이고."

"글쎄, 그것을 이념이라고 한다면, 우리는 현재 모두가 앞날의 약속된 조국을 꿈꾸고 있습니다. 완전 자주독립을 말입니다. 지금의 반독립 반자유 상태가 아니고요. 헌데 이 나라 일부 지도자들이란 어떻습니까. 가까운 장래에 어떤 약속을 주는 척하면서 그 실은 교묘한 수단으로 기만, 어물쩍하면서 혼란만 시키고 있는 게 아닙니까, 아직도 그들은 정신을 못 차렸거든요. 그래도 우린 그저 보고만 있고, 그들에게 조국을 내맡겨야 합니까. 어렵도 없지요. 국민은 그리 어리석진 않아요."

"그래 우리 민족은 오랜 저항으로 많이 각성되었어. 국민은 계속 판단력을 키우며 자라나고 있지. 그리고 아마 조국의 발전에 대해서 개개인의 의사를 훨씬 뛰어넘은 자기 스스로의 성장에 맡겨두어야 하는 건지 모르지. 성급한 산파역은 오히려 자연스러운 성장을 방해할 우려가 있지 않을까. 시대를 역류해서."

"자연스러운 성장이라고요? 이 나라엔 이미 자연스러운 성장을 잃은 지 오래잖아요. 그러면서 게다가 또 자연스러운 발전을 기다리라고요. 안 될 말이에요. 그것보다 지금 우리에겐 차라리 죽음처럼 확실한 행동이 절실할 때예요."

"아니지, 그럴수록 우리는 신중히 기다려야지. 서두르면 금물이야, 오히려 상처가 클 뿐이지. 우린 지금 혼란한 시대에 놓여 있는 것이고, 한동안 이 나라에 있어서 혼란은 불가피한지 모르지. 우린 오랜 억압에서 갓 놓여났으니까, 그래서 지금의 혼란한 시기를 인정하고 들어가야 할 거야."

기철은 아무 대꾸도 하지 않았다. 기철은 현과 다르다고 생각

231

했다. 현은 평화적이며 다시 말해서 온건 노선으로 여유있게 한 발 물러나 바라보고 있는 것이다. 그러나 기철은 그럴 수가 없었다. 그의 불타는 젊은 정열 앞에 미온적인 태도는 있을 수 없었다. 기철은 다만 강한 신념으로써 곧장 자기를 요구하는 현실로 뛰어들어 오직 자기의 피를 흘리며 조국을 위해서 바칠 각오였다.

두 사람은 갈림길 앞에 나와 있었다. 현이 주춤 걸음을 멈추었다. 순간 기철이가 긴장해서 현을 쳐다보았다. 그러나 현은 담배를 찾아 피워 물고는,

"집으로 가겠니?"

하고 기철을 쳐다보지도 않고 물었다. 그러고는 현은 길 앞을 바라본 채 서 있었다. 기철은 현이 그에게 무슨 다른 할 말이 있다고 생각했다. 그러나 현은 그 커다란 몸을 한길에 세우고 덤덤할 뿐이었다. 그 옆에서 기철의 깡마른 체구가 대조적이었다. 깡마른 기철은 긴장해서 날카롭고 섬세하기조차 했다.

"집에 가봐"

하고 다시 현이 말했다. 그는 여전히 앞을 바라본 채였다.

"형은?"

"난 좀 들를 데가 있어서."

이러며 무슨 말을 할 듯하던 현이 몸을 돌려 기철과 반대 방향으로 성큼성큼 걸어갔다.

기철은 곧장 집으로 향했다. 집을 생각하자 마음이 서둘러졌다. 다시는 가지 못할 잃어버린 집을 되찾듯이. 그러나 집에 가까워질수록 또다시 낯익은 절망감이 엄습했다. 집 앞 골목길을 걷는 걸음이 차츰 느려졌다. 옥은 그를 보고 아무 말 없이 그저 웃기만 할 것이고 언제나처럼 그가 돌아오는 소리를 놓치지 않을 것이다. 그리고 현의 아버지가 그에게 할 말도 알 것 같았다. 기철은 자기 집 담 너머로 우뚝 솟은 밤나무를 보고 섰다가 다시 오던 길을 돌아서 나왔다.

기철은 큰길로 나와서 인파가 많은 거리를 골라 걸었다. 그가 인파에 밀려 가고 있자니까, 앞에서 사람들이 모여 서 있었다. 신문사 벽보판 앞이었다. 사람들이 먹글씨로 급히 휘갈겨 쓴 벽보를 읽고 있었다. 기철에게는 붉은 잉크로 군데군데 줄친 것이 보였다. 틀림없이 윤의 얘기리라. 기철은 그것을 읽을 생각도 없이 사람들을 피하며 지나갔다. 그러나 얼마 안 가서 다시 신문사 벽보판이 나왔다. 거기도 사람들이 모여 있었다. 기철은 이번엔 사람들 틈으로 들어서서 읽어보았다. 오전에 있었던 윤의 저격사건이었다. 질주하는 윤의 자동차에 괴한이 권총 발사, 인명 피해는 없고, 뒤쫓던 경관 한 명을 부상시키고 범인 도주, 범인 누구라고 짐작하는가에 대해서 경호원은 누구인지 어느 계통의 사람인지 짐작할 수 없다는 것이다.

기철은 그 자리를 떠났다. 그는 다시 인파 속에 서서히 밀려 가면서 권총 무게를 느꼈다. 다시금 소녀의 환한 미소가 떠올라왔다. 자동차 유리창 문을 가득 메우던 소녀의 미소가. 실패란 성공보다 어려운 것이다. 쓸쓸한 게 아주 좋지 못했다. 그러면서 그는 군중 속에서 혼자 동떨어진 존재처럼 느꼈다. 그런데 대체 이 무수한 인파는 어디로 가고 있는 것일까.

기철은 강물이 흐르는 곳까지 나와 있었다. 그는 채소밭 둑에 앉아 수면을 내려다보고 있었다. 강물은 흰 백사장을 끼고 소리 없이 흐르고 있었다. 그리고 그것은 알 수 없는 곳으로 흘러가고 있었다. 기철은 젊어서 죽은 아버지를 생각했다. 아버지는 일찍이 조국의 이름 밑에 하나의 젊은 생명으로 이름 없이 죽어갔던 것이다. 그리고 지금 기철 자신도 목숨을 내던지고 있었다. 그는 조만간 잡혀 죽든지, 싸우다 죽을지도 몰랐다. 그런데 죽음을 초월해서 부단히 목숨을 던지기를 불사하는 것, 그것은 대체 무엇일까. 그것은 인간사의 어리석음과 헛된 노력이 아닐까. 그러나 그들은 부단히 도전하며 젊은 목숨을 잃어갔던 것이다. 대체 그것은 무엇일까.

강바닥으로부터 시원한 바람이 불어왔다. 멀리 돛단배가 떠 있었다. 그리고 강 건너 마을이 뜨거운 대낮에 조는 듯 침묵에 잠겨 있었다. 기철은 더 이상 시간을 지체치 말고 집으로 돌아가야겠다고 생각했다. 집을 생각하자 그는 다시 절망감과 분노가 왔다. 그러나 그는 집으로 돌아가야만 했다. 그러자니 속히 집으로 가고 싶은 마음으로 성급해졌다.

요행히 기철은 문 안으로 들어가는 빈 택시를 잡았다. 아마 물놀이하러 나온 손님을 싣고 온 자동차리라. 기철은 안으로 들어가며 안국동으로, 하고 이르고는 문을 꽝 닫았다. 자리에 앉으니 미처 몰랐던 피로가 일시에 내리 눌렀다. 기철은 쿠션에 깊숙이 기대었다 언뜻 조용한 운전수 쪽을 보자, 백미러로 그를 관찰하고 있는 것을 알 수 있었다. 기철은 서둘러 포켓을 뒤져 손수건을 찾아내서 얼굴의 땀을 안전하게 닦기 시작했다. 운전수에게 수상쩍게 보이면 좋지 않았다. 인가도 없는 들에서 난데없는 승객, 운전수를 겁나게 해서 어리석은 짓을 저지르게 해서는 안 되었다. 파출소 앞이든가 순찰병 앞에 무슨 짓을 할지 몰랐다. 그렇다면 차라리 강도로 오인받는 쪽이 괜찮으리라. 그런데까지 신경을 쓰다니.

택시가 들판을 지나 차량이 많이 왕래하는 도심지로 나왔다. 택시는 다른 자동차들 틈에 끼어 달리고 있었다. 택시가 집 앞 골목길로 접어들자, 기철은 집에서 멀찌감치 내렸다. 그러나 거의 희망은 없었다. 대문 앞에 자동차 멈추는 소리가 안 나더라도 옥은 그가 돌아오는 소리를 놓치지 않을 것이다.

대문이 잠겨 있어서 기철은 행랑채 창을 두들겼다. 잠시 후에 안에서 신을 끌고 나오는 소리가 들리고 큰 대문짝이 삑 소리를 내고 열렸다.

"에구, 도련님이시구만."

부스스한 얼굴을 하고 행랑아범이 말했다. 기철은 말이 길어질까 봐 대답 없이 안으로 들어갔다. 사랑채 쪽은 아무도 없는

지 조용했다. 그러나 기철이가 사랑채를 비켜서서 안채로 들어
가려 하는데,

"거, 기철이냐!"

하고 사랑방에서 현의 아버지가 불렀다.

"네."

대답하고 기철은 잠시 멈춰 서 있다가 사랑 쪽으로 갔다. 사랑
방에는 현 아버지 혼자였다. 책을 보고 있다가 고개를 들었다.

"이제 들어오니?"

하며 현의 아버지는 끼고 있던 안경을 벗었다.

"바쁘지 않으면 거 좀 앉거라."

"바쁘지 않습니다."

기철은 마주 앉았다.

"요샌 얼굴 보기가 힘들구나, 그렇지."

이러며 현 아버지가 눈가에 주름을 짓고 기철에게 묻듯이 바
라보았다. 잠시 침묵이 흘렀다.

"무슨 책을 보십니까?"

기철은 침묵에 힘이 들어 입을 열었다.

"난 공부를 다시 시작하기로 했네, 자네도, 이번에 들어앉아
공부나 할 생각 없나?"

기철은 대답을 못 했다.

"세상이 자네에게 공부하게 내버려두지 않나?"

"네, 그런 것 같습니다."

"아니지, 할 수 있어. 조국이 진통을 겪는데 틀어박혀 있다고 비겁자는 아냐, 꾹 들어박혀 공부하는 것도 애국이지."

기철은 다시 할 말이 없었다.

"안 그렇다고 생각하나?"

"그럴 수 없는 것 같습니다."

또 잠시 침묵이 흘렀다.

"오늘 바깥이 시끄러웠지? 누가 또 윤 선생을 노렸더군"

하며 현 아버지가 기철을 마주 보았다. 기철은 시선을 피하지 않으려고 필사적이었다.

"그런데 윤 선생을 죽였다고 하자, 그렇다구 일시에 이 혼란한 시국이 가라앉는 것도 아닌데, 안 그런가."

"비애국자는 마땅히 죽어야 합니다."

"그건 좀 과격한 생각 같군, 과거엔 윤 선생도 애국자였어. 그땐 이 나라에 애국자 아닌 사람이 없었던 거야. 조국이 위기에 있으면 애국자가 안 될 수 없거든. 그러나 지금부터는 달라. 그리고 앞으로 누가 애국자가 될지 모르고, 이젠 새 주인이 일어설 때야."

"아저씨만 해도 그래요. 싸울 땐 싸우고 물러날 땐 물러나고. 아저씬 그것을 알고 계시잖아요. 허지만 애국자였다는 대부분의 사람들이 어떻습니까, 과거에 애국자였다는 이름을 내걸고 참 한심스러운 짓들을 하고 있잖아요. 그들은 지금 나라가 어찌됐든 누구나 정권 욕뿐예요."

"다 그렇다고 할 순 없겠지만, 또 오늘의 대부분의 젊은이들이 자신도 모르는 사이에 그들 속에 휩쓸려들어 조종된다고 생각되진 않나?"

"그렇기 때문에 이 나라에 그런 요소를 하루 속히 제거해야 합니다."

"그런데 바로 그 청년들의 정열을 이용하고 있는 것이 금일의 정치가들이야. 그러면서 아마 오늘의 이 나라 청년들은 배후에 얽힌 정치가들의 세력 틈바귀에서 고민하면서 분명 크겠지. 그리고 지금 그들 앞에 주어진 개척지인 새 조국에 대해서 젊은 정열만 앞서고 너무나 정치적 훈련이 없다는 것도 인정해야 하고. 그러나 무엇보다도 이 정치적 혼란은 우리가 독립은 되었으나 양대 세력의 미묘한 상황에 놓여 있고, 게다가 새로운 개척지를 끌고 나갈 이 나라에 강력한 주체 세력이 부재하다는 거야."

방 안엔 잠시 무거운 침묵이 흘렀다.

"그래 자네, 나와 같이 들어앉아 공부할 생각은 없나, 우리는 앞으로 얼마 안 가서 곧 안정되고 정상적인 국가가 될 거야. 그때 이 황무지를 개척할 인재가 필요하게 돼. 몽매한 국민을 교육할, 또 자라나는 어린 일꾼을 키울 의무가 있어, 이 나라의 교육 문제가 무엇보다 급선무로 커다란 문제로 남아 있어."

"그때를 위해서 지금은 지금대로 그냥 보고 있을 수는 없잖습니까."

다시 침묵이 오고, 현 아버지는 안타까운 듯, 기철을 쳐다보았다. 그러고는 현 아버지는 긴 담뱃대에 담배를 담아서 피웠다. 현의 할아버지 같다고 기철은 생각했다. 현의 아버지가 하얀 모시 저고리를 입고 앉아서 긴 장죽을 물고 있으니 천상 생전의 할아버지 같았다.

"그런데"

하고 현의 아버지가 담배 연기를 품으면서 말했다.

"난 이젠 조용하게 살고 싶다. 가족들과 함께 단란하게 지내고 싶어."

그러면서 현 아버지가 장죽을 입에 물고 뻐끔뻐끔 빨고 있었다. 담배에 불이 꺼져서 다시 성냥을 켜대었다. 그러고는 고개를 들고 기철을 쳐다보더니,

"현과 소희를 혼인시키고 싶은데, 자네 의견은 어떤가?"

하고 물었다. 기철은 현 아버지를 쳐다보았다. 다음 기철의 시선이 책이 널려 있는 방바닥을 헤맸다.

"자네도 아다시피 소흰 오래 주부가 없는 이 집에 이젠 없어서는 안 될 존재고, 그리고, 자네 선친을 생각해서도 그렇고, 무엇보다 소희를 남의 집으로 내보내기 싫다. 그런데 자넨 어떻다고 생각하나?"

"전…… 둘은 알고 있습니까?"

"그래, 둘 다 과히 불평은 없는 것 같아."

"그렇다면 좋군요. 저도 좋습니다."

"그렇다면 다행이군, 자네한테 먼저 말을 했어야 하는 건데, 자넬 볼 수가 있어야 말을 하지. 그리고 자네도 마땅한 자리에 장가를 가야지."

"제 걱정은 마십시오."

"사람은 남녀를 불문코 한 번은 결혼해야 하는 거다. 인륜이지, 그리구 장가는 젊어서 가는 게 좋아."

"전 아직 그런 생각이 없습니다."

"아니 그러다 보면, 사람은 행복해질 수도 있는 거야, 또 사랑할 수도 있고."

"전 그런 행복을 원치 않습니다. 그런 사랑도."

"아니야, 사람은 누구나 그 양쪽을 다 가질 권리가 있는 거다."

"저에겐 있으나 없으나 마찬가지입니다."

"알아, 자네 맘속에 끔찍이 생각하는 옥을. 허지만 그건 안 될 말이야, 그 애는 오늘 어떨지 내일 어떨지 모르는 거고, 그리고 그건 살아 있는 목숨이라고 할 수 없지, 옥은 옥의 생명이 아니지."

기철은 눈을 크게 떴다.

"걱정 말아, 사랑은 감출 순 없는 거다. 남자는 한번쯤 사랑하지, 그리고 있을 수도 있어."

기철은 주먹을 꽉 쥐고 앉아 있었다. 그러면서 그는 이유를 알 수 없는 한없는 분노에 떨고 있었다.

"어느 땐가 한번 얘기해야 할 것이었어, 온전치 못한 딸을 가진 죄가 크구나."

현의 아버지는 슬픈 눈길로 기철을 바라보고 있었다. 그런데 그에게는 또한 딸을 사랑하는 아버지의 슬픔이 있었다.

"고단하게 보인다. 그만 안으로 들어가봐라."

기철은 그의 방으로 돌아왔다. 그리고 그는 자기 방을 정리하기 시작했다. 그와 이 세상에서 관련됐던 물건들, 그리 많지도 않은 소유물을 조용하고 재빨리 조사하고 있었다. 그러나 새삼 없애야 할 것은 그리 많지 않았다. 그는 이미 전에 대충 정리를 보았던 것이다. 자기 때문에 타인이 피해를 입지 않게, 이 세상에서 그와 알고 지냈던 그리 많지 않은 사람들에 대한 관련물을, 특히 편지니, 비밀결사 팸플릿이니, 강령, 연락 쪽지 등은 이미 없애버린 후였다. 그것은 마치 매 순간마다 자살을 감행하는 것처럼, 조금씩조금씩 그는 이 세상과 일체의 인연을 끊어나가고 있었다. 그러고는 테이블 서랍이니 책장 등하며 그는 다시금 방 안을 훑어보고 있었다. 그는 어렸을 때 그를 그린 옥의 그림을 찢으려다 그만두었다. 옥의 마스코트 인형은 바지 주머니에 집어넣었다. 복부에 차고 있는 권총은 이미 그의 몸 일부같이 느껴졌다.

일이 끝나자 기철은 침대에 벌렁 쓰러져 누웠다. 삽시에 사지를 때려눕히는 피로, 그는 꼼짝 않고 가만히 누워 있었다. 집 안은 그지없이 조용하고 따라 그의 방에 탁상시계 소리만 더욱 또

렷이 들리고 있었다. 기철은 그 시계 소리를 듣고 있자니 이상한 생각이 들었다. 그가 방에 없는 동안 시간은 무심히 가고 있었고 영원히 그가 안 돌아와도 시간은 흘러갈 것이다.

방문 앞에 사람이 서 있다고 생각했다. 기철은 여전히 꼼짝 않고 누워 있었다. 그러나 공기가 달랐다. 기대와 절망이 가득 찬 공기에 숨이 막히는 듯했다. 그러자 또다시 분노와 같은 일종의 저항을 느꼈다.

"들어오지 왜 그래."

한순간 아무런 기척이 없었다. 그러는데 옥이 조용히 아주 조용히 방으로 들어왔다. 달밤에 핀 박꽃 같다고 기철은 생각했다. 모시옷을 입은 옥은 한 겹 피부 밑까지 투명하게 흰, 그래서 차라리 파리한 얼굴에 물기를 머금은 새까만 눈을 크게 뜨고 있었다. 옥은 창백하게 굳은 어딘가 부자연스러운 얼굴을 하고 있었다. 그렇게 옥은 잠시 침대에 누워 있는 기철을 지켜보고 있었다.

"어디 아파요?"

하고 옥이 나직이 물었다.

"아니."

"점심 어떡했어요?"

기철은 대답이 없었다.

"안 먹었음 이리 가져올까요?"

"그만둬."

"부끄러워서, 소희 언닌 나올 수 없는 모양이에요. 아버지한 테 얘기 들었죠?"

기철은 누운 채 천장을 응시하고 있었다.

"좋죠, 좋잖아요. 우린 벌써 그렇게 될 줄 알고 있었죠. 어렸을 때부터 그랬죠. 소희 언니는 현 오빠 부인될 거라구"
하며 옥은 방 안을 가만가만 걸었다. 그러나 기철은 계속 꼼짝 않고 천장을 바라보고 있었다. 옥이 다시 말했다.

"우린 벌써부터 그렇게 될 줄 알고 있었죠. 어렸을 때부터, 그런데 그건 기철 오빠였죠?"

옥은 다시 기철 앞에 와서 걸음을 멈추고 있었다.

"오늘 윤 선생님을 쏜 것 말예요."

이러며 옥은 창백한 얼굴로 몹시 허덕이고 있었다. 그런 말을 입 밖에 내는 것도 무서운 듯이. 기철은 침대에서 몸을 일으켜 세우고, 그래서 두 사람은 혼뜬 사람처럼 멍하니 서로의 눈 속을 응시하고 있었다. 그러나 기철은 거짓말 같은 건 소용없었다. 결국 옥은 그의 모든 것을 알고 말았다. 옥이 현기증 나듯 옆에 있는 의자에 가만히 주저앉았다. 그러고는 벽의 한 곳을 넋 잃은 듯 응시하고 앉아 있었다. 기철은 침대서 일어나 이번에는 그가 방 안을 왔다 갔다 하고 있었다.

"난 온종일 무엇엔가 또는 누구에겐가 빌었어요. 나 같은 건 당장 죽어도 좋다고, 기철 오빠만 무사히 집에 돌아온다면, 하고요"

하고 옥이가 벽을 응시하고 앉은 채 말했다. 기철은 홱 몸을 돌려 창 쪽으로 걸어갔다. 옥에게 아무것도 숨길 수 없다는 사실을 가지고 다시 분격하고 있었다.

"왜 그래야만 해요? 왜 자기 목숨 같은 건 아무렇지도 않다는 건가요?"

"조국을 위해서라면."

"조국이라고요? 어떤 조국 말예요? 자기가 없는 미래의 조국을 말예요?"

"그럴지 모르지, 미래의 조국이지, 허지만 차라리 미래 같은 건 생각지도 않아."

"그럼 미래도 없이 더욱 그런 일을 왜 해요?"

"현재가 그래야만 하니까, 현재에 살려면 미래도 동시에 살아야 하는지 모르지."

"정말 나 같으면 언제 죽어도 좋다고 생각해요. 이제까지 산 것만 해도 기적 같은 거니까."

"마찬가지야, 우린 미래란 없는 거야."

"아니에요, 기철 오빠는 틀려요."

그럴까, 하는 듯 기철은 옥을 쳐다보았다. 미래가 없는 삶. 그러나 그는 분명 미래의 조국을 위해서 죽을 각오를 하고 있었다. 미래에 살 수 없는 그가 죽지 않고 어떻게 살 수 있을 것인가. 그러면서 그가 바라는 것은 조국이란 정열 앞에 죽음을 불러들이며, 무엇보다 명철한 의식 밑에 자신의 완벽한 죽음을 택하는 것인지도 몰랐다. 그것은 그가 미처 의식하지 못하는 가운데 숙명적으로 죽음에 친근하게 익어온 것인지 몰랐다.

옥은 계속 말없이 방 안을 서성대고 있는 기철을 눈으로 좇고 있었다. 그 눈초리를 의식하면서 기철은 저항을 느꼈다. 미칠 것 같은, 결국 소리치고 싶은 충동을 억제하기에 정신이 멍해지며 온몸에 땀을 흘리고 있었다. 마침내 그는 참을 수 없이 방을 뛰쳐나가려 했다. 그러자 옥이 벌떡 따라 일어나며,

"나가려면 그걸 두고 가세요"

하고 말했다. 순간 기철은 주춤 걸음을 멈추었다. 그러다 그는 다시 문 쪽으로 걸어가기 시작했다.

"제발 그걸 놓고 가세요."

옥이가 다시 기철의 등 뒤에서 말하고 있었다. 기철은 무서운 기세로 돌아섰다.

"무슨 소리야!"

"날 줘요. 권총을."

"그런 건 없어."

"하아……"

옥은 파랗게 질려서 숨을 몰아쉬었다. 까무러칠 듯했다.

"자 자, 그런 건 없어."

"권총을"

하고 옥이가 다시금 뇌고 있었다. 기철은 너무나 절망적인 옥에 부딪치자 자신도 모르는 사이에 권총을 꺼내 옥의 앞에 내밀었

다. 옥은 시커먼 총신을 보자 질겁해서 내밀던 손을 움츠렸다. 그러고는 그가 다른 생각이 들기 전에 뺏듯이 옥은 권총을 집어 들었다. 권총을 손에 쥐자 옥은 금방 어떻게 될 듯 몹시 겁내고 있었다. 총신을 괴물처럼 들여다보고 있었다. 기철이가 다시 총신을 뺏어 들자 옥은 순순히 놓아주었다. 그래서 기철은 그것을 옷장 속에 집어넣을까 하다가 열쇠가 있는 테이블 서랍에 넣고 자물쇠를 잠갔다.

기철이가 집을 나왔을 때는 한낮이 기울고 있었다. 하늘엔 먹구름이 낮게 드리우고 소나기가 한바탕 쏟아질 듯이 후텁지근했다. 기철은 모든 것을 처음부터 다시 시작하기 앞서 너무 시간을 허비했다고 생각했다. 그는 다시금 윤의 집이나 당 본부 근처 아니면 그가 잘 다니는 길목 등을 살피며 새로운 계획을 세워야 했다. 그러나 지금쯤 윤은 집엔 없을 것이다. 집에 있을 법한 시간이 아니었다. 기철은 곧장 윤이 영도하는 당사로 가기로 했다.

한적한 골목을 지나 기철은 종로로 나왔다. 윤의 당 본부에 가까이 오자 당 건물 앞 길가에 자동차 한 대가 멈춰 있는 게 보였다. 그러나 윤의 자동차는 아니었다. 기철은 바짝 건물 앞으로 다가가서 지나가는 척하며 슬쩍 출입구를 들여다보았다. 현관 문턱에 수위가 앉아 있었고, 그 안 복도로 한 청년이 지나가고 있었다. 그것만으로 윤이 그 건물 안에 있는지 알 수가 없었다. 기철은 당사 앞 차도를 건넜다. 그래서 그는 차도 건너서 기다리기로 했다. 윤이 그 건물 안에 있어서 나올지 또는 어디서 오며 나타날지 모르지만.

기철은 쇼윈도를 들여다보던가, 그 근방을 오락가락하며 줄곧 당 건물의 출입구를 지켜보고 있었다. 거기엔 여러 모습의 사람들이 계속 드나들고 있었다. 대부분 정객들과 젊은 청년들이었다. 그리고 간혹 기철에게 낯익은 얼굴도 보였다. 신문의 사진으로 익거나 현의 아버지 사랑을 찾던 사람들이었다. 얼마를 거기 그러고 있으려니까, 건물 입구로 흰 양복에 모자를 쓴 댓 명의 신사들이 나와서 한길에 세워둔 자동차에 올랐다. 윤을 만나러 온 다른 정당의 당수들인지 몰랐다. 그렇다면 아마 윤은 안에 있을지 몰랐다. 그들은 윤을 만나고 돌아가는 길일 수 있으니까. 두 명은 타지 않고 자동차가 움직였다. 남은 두 명이 자동차가 떠나는 것을 보고 잠시 한길에 섰다가 다시 건물 안으로 들어갔다.

그런데 앞으로 나가던 자동차가 방향을 돌려서 둥글게 회전하더니 기철이가 서 있는 길 앞을 지나갔다. 언뜻 보자니까 낯익은 얼굴이 띄었다. 윤이었다. 눌러쓴 모자 밑에 숨겨진 얼굴, 그러나 윤은 여전히 뒷좌석 오른쪽에 깊숙이 앉아 있었다. 자동차는 순간적으로 지나갔다. 배짱이 있는 놈이라고 기철은 생각했다. 아까는 혼났을 텐데 여전히 거리를 나돌아 다니고 있었다. 비록 그동안 자동차나 옷을 바꿨다 하더라도 말이다. 기철은 윤을 알아본 순간, 권총이 있었다면 쏘았을까. 힘 안 들이고 정확하게 쏠 수 있는 거리였고, 계획 같은 번거로움도 없이 행할 수 있는 절호의 기회였다. 그러나 그는 권총이 없었다.

기철은 자동차가 사라진 쪽을 따라 걸었다. 그것은 윤의 집 방향이었다. 기철은 종로에서 극장 옆으로 접어들어 윤의 집을 향해서 전찻길을 따라 걸었다. 그는 오전에 총격전을 벌이던 파출소가 보이기 시작하자, 자연 걸음을 늦추고 있었다. 거기에 그를 기억하고 있는 경관이 있을지 몰랐다. 그도 그동안 윗옷만이라도 바꿔 입고 있었다. 그리고 권총을 갖지 않아 다소 안심되긴 했다. 그는 파출소 동정을 살피며 계속 천천히 걷고 있었다. 그런데 그때 그의 뒤로부터 전차가 소릴 내고 오고 있었고, 전차와 함께 나란히 자동차가 달려왔다. 그가 무심히 차도로 고개를 돌렸을 때, 기철은 차 안의 윤의 시선과 마주쳤다. 순간 기철은 맞부딪친 시선을 뗄 수가 없었다. 시선이 맞부딪친 순간, 홱 돌려 피하려는 필사적인 충동에도 불구하고. 그러나 윤은 기철을 알아보는 것 같지 않았다. 무심히 창밖으로 시선이 멎었던 듯했다. 윤이 먼저 고개를 돌렸다. 그리고 동승자와 얘기를 계속하고 있었다. 기철은 그 순간이 무척 오랜 것 같았고, 그 긴장이 더 오래 계속되었다. 어떡했을까. 권총이 있었다면 쏘았을까. 마주 응시하는 시선에 대고 사람을 하나 가득 실은 자동차는 전차 옆으로 나타나서 나란히 달리는 듯하다가 급히 전차를 앞지르고 쏜살같이 앞서 나가고 있었다. 그러나 쏠 수만 있다면 안성맞춤이었다. 자동차는 기철이가 걷고 있는 동안 어디서 사람을 더 태운 모양이었다. 자동차가 유유히 파출소 앞을 지나 로터리를 돌고 분명히 윤의 집으로 가고 있었다.

기철은 급히 집으로 돌아오고 있었다. 무슨 일이 있어도 권총을 가져 나와야 했다. 이제 그는 미리 예정된 저격 장소 생각 같은 건 완전히 집어치우고 있었다. 단지 그는 윤의 동정과 윤의 통과를 지켜보면서 본격적인 기회만 노리면 되었다. 그래서 우연히 맞닥뜨린 장소는 어디든 막론하고 기회만 얻기만 하면 되었다. 그렇게 되면 오히려 성공적일지 몰랐다. 언제 어디서 행동하게 될지 모르기 때문에 저격 후의 도망칠 준비 같은 것도 필요 없게 되었다. 더구나 계획에 따르는 여러 가지 번거로움도 한꺼번에 덜게 되는 셈이었다. 그는 지금 그저 막연히 사후에는 권총으로 위협해놓고 혼란한 사이 골목 어디라도 뛸 생각이었다. 그러나 그는 무엇보다 오직 저격의 성공에만 몰두해서 집으로 향하고 있었다.

기철은 집으로 돌아와서 곧장 그의 방 쪽으로 걸어갔다. 사랑채를 지날 때 뜰에 신발들이 즐비하게 놓여 있었다. 현의 아버지는 현 아버지대로 세상이 가만히 있게 놓아두지 않는 모양이었다. 현 아버지가 바깥출입을 않는 대신 이렇게 세상에서 사람들이 모여들고 할 뿐이었다. 기철은 발소리를 죽여 안채로 들어갔다. 그가 현의 방 앞을 지날 때, 열린 문 사이로 안에 현의 모습이 보였다. 현은 문 쪽으로 등을 지고 테이블 의자를 창가에 끌어다 놓고 밖을 내다보고 앉아 있었다. 테이블 위에는 책들이 펼쳐진 채였다. 그렇게 현은 지금 무슨 생각에 잠겨 있는 것일까. 그도 그 나름대로 공부에만 몰두할 수 없는 무슨 생각에 팔려 있는 것일까. 기철은 현의 방문 앞을 그냥 지나쳐 갔다. 그런데 기철 자신은 왜 온 집 안을 이렇게 발소리를 죽여가며 걷고 있는 것일까. 기철은 그의 방문을 열고 들어갔다.

기철은 책상 서랍을 열고 권총을 찾아서 허리춤에 찼다. 권총을 간직하며 보니 속셔츠가 땀에 흠뻑 젖어 있었다. 그는 젖은 옷을 벗고 옷장에서 다른 셔츠를 꺼내 갈아입었다. 그러는데 옥이가 와 있었다. 옥은 문턱에 가만히 서 있었다. 그런데 저 눈빛은 어쩌자고 저렇게 빛나고만 있는 것일까.

"방금 돌아왔지요?"

옥은 참 오랜만에 만나듯이 말했다. 그러면서 옥은 가만가만 방 안으로 걸어들어와서는 창턱에 걸터앉았다. 그러고는 그저 가만히 창턱에 걸터앉은 채 창밖을 내다보고 있었다. 그러더니 옥은,

"내가 나쁜가 봐, 온종일 나쁜 생각만 하고 있겠지, 아주 고약한"

하고 창밖을 내다본 채 중얼거리고 있었다.

"무서운 생각만 들고"

하고 다시 옥이 멍하니 뇌고 있었다.

"무슨 죽음의 예감이라도?"

옥이 홱 돌아보았다.

"농담할 때가 아냐요!"

"그럼 뭐가 무서워? 내가 말인가?"

"몰라, 모든 게 온통 다 그래. 다신 안 돌아올 것 같아서, 기철 오빠가 나갈 땐 다신 안 돌아올 것 같아."

"정말 내게 죽음의 냄새라도 나는 모양이군."

"약속해, 약속해줘요. 죽지 않겠다고."

"그래 난 곧 죽게 될지 모르지."

기철의 잔인한 힘이 그대로 내닫게 했다. 옥은 소리 없는 비명을 질렀다.

"난 죽지 않겠어요. 절대로, 절대로 난 안 죽어요."

이러는데 옥은 하도 두려움이 컸기 때문에 울지도 못했다.

기철은 한동안 그가 어디에 있는지 몰랐다. 충혈된 눈 속에 분노를 씹으며 거리를 걷고 있었다. 옥은 선천적인 심장병으로 언젠가는 죽을 것이다. 그리고 살얼음을 딛듯이 아주 위태위태하게 살아온 것이다. 옥의 말대로 그것은 기적의 하나였다. 그러나 기적에만 의존해서 사람이 어떻게 살 수 있다는 것인가. 그리고 필시 옥은 옥의 숙명으로 해서 마치 꽃처럼 질 목숨이었다. 그런데 옥은 죽지 않겠다고 절규하고 있었다. 절규를—젊은 하나의 생명이 기적 같은 삶을 고집하고 있었다.

기철은 급히 거리를 걸었다. 그래서 그는 곧장 윤의 집으로 가고 있었다. 마치 윤이 그를 기다리고 있듯이 서둘러서. 그는 파출소 앞을 지날 때 거기에 이미 주의하지도 않았다. 그는 오전에 윤을 기다리던 곳도 지나쳐 계속 골목길로 올라갔다. 인적이 드문 한길은 언제나 다름없었다. 구름이 잔뜩 가라앉은 하늘은 더욱 무거웠다. 조용한 거리를 걷자니 관자놀이가 몹시 뛰는 소리가 났다. 그는 좀더 좁은 골목길로 꼬부라져 들어갔다.

그래서 기철은 윤의 집 앞을 그대로 지나갔다. 윤의 집은 길에서 약간 돌아서 앉아 있었고, 다소 비탈진 위에 있었다. 기철은 윤의 집 뒤쪽으로 돌아 올라갔다. 거기서 윤의 집을 내려다볼 수가 있었다. 윗길의 주택가에서 윤의 집 전모가 내려다보였다. 넓은 일본 집 정원에 수목들이 듬성듬성 서 있었고, 그러나 자동차는 보이지 않았다. 좀 전에 손님을 싣고 분명히 집으로 향한 자동차나, 윤의 까만 승용차조차 정원에나 집 앞 길에나 보이지 않았다. 그리고 집 안에 사람의 그림자도 없었다. 그러나 기철은 그 집을 내려다보며 거기 그렇게 오래 서 있을 수가 없었다. 그가 현재 무엇보다도 두려워하는 것은 일도 끝마치기 전에 붙잡힌다는 것이었다.

기철은 다시 윤의 집 앞을 지나 한길로 내려왔다. 그는 곧장 당사로 가보았다. 그러나 거기도 윤의 자동차나 손님을 싣고 가던 자동차는 보이지 않았다. 그래서 그는 다시 당사를 나와 윤이 잘 지나는 길목에 서성대며 기다리고 있었다. 그렇게 그는 숨 막히는 더위 속에 모든 차들을 눈여겨 지켜보고 있었다. 그

러나 윤이 잘 다니는 길목에도 장시간 있을 수 없었다. 오늘은
너무 자주 오르내렸던 것이다. 그는 동지들이 있는 곳으로 가보
기로 했다.

잠시 후 기철은 지저분한 시장 골목을 지나서 커다란 적산 가
옥에 도착했다. 층계를 올라 어둠침침한 복도를 지나갔다. 그리
고 잠시 한 방문 앞에 서서 방 안의 동정을 살폈다. 빈방처럼 안
에선 아무 소리도 나지 않았다. 그러나 방 안에 사람이 있음이
분명했다. 그의 발소리를 듣고 누군가 그를 기다리고 있을지 몰
랐다. 문 저쪽에서 동지 대신 낯선 자들이 난데없이 덮칠지도
몰랐다. 그는 조용히 문을 밀었다.

방 안엔 그래도 아직 동지 한 명이 남아 있었다. 박은 기철을
보다 무엇인가 급한 몸짓을 하며 앉아 있던 의자에서 벌떡 일
어났다. 그래서는 다시 자리에 주저앉더니 기철을 바보처럼 쳐
다보고 있었다. 누구를 기다리고 있는 사람처럼 옷을 꼭꼭 입고
있는 그의 콧등에 기름이 번지르하게 땀을 흘리고 있었다. 기철
은 그 얼굴을 보자 무슨 말이라도 한마디 해주고 싶었다. 그러
나 그는 방 안에 가만히 서 있을 뿐이었다.

"찾고 있었어"

하고 박이 말했다.

"지금까지 어디 있었어? 무얼 하구?"

"그래 무얼 한 것 같은가?"

기철은 반문했다.

"공연한 짓 하려는 건 아니겠지?"

"공연한 짓이라구?"

"그래서 무기를 반환하라는 거야."

기철은 대답 없이 장승처럼 우뚝 서 있었다. 그는 미처 거기까지 생각을 못 했다.

"그건 윤을 해치운 뒤의 얘기."

얼마 후에 기철이가 말했다.

"그런데 그러자면 다시 적당한 시기를 봐야 한다는 거야. 안전을 기하기 위해서 시간이 필요한 거지."

"결국 시간을 그들에게 주자는 말인데, 시간을 끌며 그들을 제멋대로 하게 내버려두자는 거군, 그럼 대체 우리가 하려는 일의 의미는 무엇이란 말인가."

"하여튼 난 지령에 따르는 게 좋다고 생각해."

"그럼 자네도 그들에게 시간을 주어도 좋다는 생각이군. 윤은 한시도 쉬지 않고 움직이고 있는데 말야, 그래서 날로 윤의 세력은 퍼져만 가서 깊이 곪아가고 있는데, 헌데 우린 그저 보고만 있으라는 거군. 그렇잖아도 우린 너무 오래 기다렸던 판야, 거기에 또다시 기다리라는 건가? 자네도 거기에 동의하고 있는 거고."

"내 얘긴 그런 게 아냐."

"그렇지 뭔가, 또 그렇지 않더래도 아무래도 좋아."

"내 얘긴, 다시 일을 시작하는 데 때를 맞추자는 거야, 그렇잖

254

으면 모든 게 수포로 희생만 따른다는 거야."

"마찬가지 얘기야. 우린 이미 그렇게 앞뒤가 꼭 맞아드는 얘기에선 떠나 있는 거야. 우리의 문제는 지금 조국의 배반자를 없애야 하는 것, 오직 그것뿐이야. 그 외엔 아무것도 필요 없어. 세상이 우리의 암살 행위를 어떻게 생각하는가도 이미 새삼스런 게 아닐 게고, 그리고, 죽음을 각오한 건 모든 것을 요약해. 아무 설명할 것도 없고, 말할 필요조차 없게 되지. 난 지금 그런 얘기를 새삼 길게 지껄이고 싶지 않아. 무엇보다 일을 성공시키지 않고는 무기를 내놓을 수 없다는 거야."

이미 기철은 점점 지껄일수록 말이 소용없음을 알고 있었다. 죽음의 각오 앞에선 말이든 다른 일체의 아무것도 전혀 소용없었다. 그러면서 그는 다만 자신과 끝없는 싱갱이를 하고 있을 뿐이었다. 그의 비인간적으로 긴장한 모습에는 어딘가 병적인데가 있었다. 어딘가 미친 사람 같은, 암살에 대한 일념을 굽힐 줄 모르는 그는 무엇인가 자신의 죽음에 끈덕지게 도전하고 있는 것 같았다.

"정말 자넨, 암살과 자네 인생을 맞바꾸자는 건 아닌가. 암살 행위를 일종의 종교에 대한 희생처럼 여기며."

"내게 만약 종교가 있다면, 조국이 종교야. 지금처럼 반독립 반자유가 아니라, 우리 손으로 완전 자주독립된 순수한 조국이 말야."

"그런데 시기로 보아서 자네 고집이 끝까지 옳다는 건가. 허나 난 모르겠어, 내 생각에 자네 계획은 조국을 위해서라기보다 일종의 자살 행위야."

기철은 아무 대꾸 없이 방 안을 걸어 다니고 있었다. 방 안은 아미 저녁 그늘이 지고 있었다. 창으로부터 한 조각 흐릿한 잿빛 하늘이 내다보였다. 박은 얼마를 눈앞에 테이블 바닥을 노려보고 꼼짝 않고 앉아 있었다. 기철이가 걸어 다니는 발소리만이 방 안의 침묵을 채우고 있었다. 그러자 박이 일어나서 방 안을 치우고 돌아갈 준비를 했다. 그래서 두 사람은 말없이 방 밖으로 나왔다. 그런데 방문에 자물쇠를 채우며 박이,

"피해야겠어, 최가 누구한테 언질을 받은 모양이야. 그 말을 하려고 기다리고 있었지"

했다. 기철은 잠시 박을 묵묵히 바라보았다. 그리고 그들은 층계를 밟고 집 밖으로 나왔다. 그리고 두 사람이 악수를 했다.

기철은 박과 헤어져 다시 당 본부를 들러서 곧장 윤의 집으로 갔다. 낮에 왔던 언덕에 서서 윤의 집을 내려다보았다. 집 안은 불이 켜져 있었다. 바깥은 아직 완전히 어둡지 않았다. 흐릿한 불빛이 창으로 새어 나오고 있었다. 그러나 나무 사이로 정원에는 사람 그림자도 보이지 않았고, 자동차도 보이지 않았다. 뜰은 조용했다. 얼마를 그렇게 지켜보고 있자니, 젊은 듯한 여자가 나타나 집을 돌아서 뒤쪽으로 가는 모습이 보였다. 누굴까. 혹시 낮에 자동차 속에서 웃던 소녀일까. 여자의 모습이 집 뒤로 사라지자 다시 정원이 비었다. 기철은 그가 서 있는 위치

를 조금 옮겼다. 그러자 자동차가 보였다. 까만 자동차가 담 밑
으로 바싹 붙어 있었다. 기철은 집 밖에 세워둔 자동차를 보자,
다시 한번 집 안의 동정을 살피며 몸을 돌렸다. 그래서 그는 윤
의 집 반대편으로 해서 언덕을 내려갔다. 그는 걸음을 서둘렀
다. 집 안에 넣지 않은 자동차는 분명 다시 거리로 나올 것이다.
그는 길목에 가서 차를 기다릴 참이었다. 그가 거리에 도달하
기 전에 자동차가 지나칠까 봐 조바심이 났다. 그는 윤의 집으
로 올 때 윤의 집 앞을 지나치지 않았기 때문에 자동차가 있는
것을 알아채지 못했던 것이다. 그는 낮과는 달리 더욱 조심하고
있었다. 박의 말도 있고 해서. 박이 들은 정보라면 틀림없이 믿
을 만한 소식통이었다. 그러나 기철은 윤을 죽이기 전에는 붙잡
힐 수도 없고, 죽을 수도 없는 몸이었다.

　기철은 다시금 윤을 기다리던 로터리를 지났다. 경찰서도 지
나쳐서 훨씬 멀리 자리를 잡았다. 그것은 전찻길로 넓은 차도였
다. 행인도 많았다. 따라서 그가 얼마 동안 근방을 배회한다 해
서 얼른 눈에 띄지는 않을 것이다. 그는 자동차가 나올 방향의
인도를 일정한 간격을 두고 오르락내리락하고 있었다. 채 10분
도 안 되어서 등 뒤에서 자동차 소리가 들렸다. 윤의 차라고 느
낀 순간, 딱 굳은 몸을 돌리는데 무섭게 힘이 들고 오랜 시간이
지난 것 같았다. 까만 자동차가 저만큼 앞에서 유유히 달려오
고 있었다. 그러나 자동차 안은 아무도 타지 않은 빈 차였다. 순
간 그의 몸은 누가 알아볼 만큼 으스스 떨었다. 자동차가 천천

히 지나갔다. 윤을 마중 가는 길이구나, 하고 즉각적으로 그의 머리에 떠오른 것과는 달리 다음 그의 행동을 계획하기에는 시간이 걸렸다. 윤은 자동차와 함께 집에 있었던 게 아니었다. 지금 자동차가 어딘가 윤을 데리러 가는 중이었다. 그리고 조만간 윤은 분명 집으로 돌아올 것이다. 귀로엔 틀림없이 윤을 잡아야 했다. 그러자면 방향을 바꾸어야 했다. 기철은 맞은편으로 차도를 건넜다. 그쪽은 기다리기에 반대편보다 더욱 적당한 장소가 못 되었다. 그러나 좀더 거리를 내려가면 길이 두 갈래로 갈라져 어느 쪽으로 빠질지 몰랐다. 그러나 모든 게 마찬가지일 것이다. 그가 하는 일에 적당한 장소는 없을 것이다.

그가 서 있는 길옆으로 커다란 이발소가 있었다. 그는 그 이발소 앞을 서성거리고 있었다. 창문들을 열어놓아 환한 안이 들여다보였다. 맞은편 벽에 붙은 커다란 거울에 그가 서 있는 뒤쪽 거리가 환히 비치고 있었다. 그는 종종 걸음을 멈추고는 거울 속을 들여다보았다. 뒷길은 전차나 자전거가 지나가고 그가 기다리는 자동차는 나타나지 않았다.

그러자 빈 차가 사라지고 채 20분도 못 되어서였다. 까만 자동차가 그의 시야에 멀리부터 나타났다. 윤을 기다리던 중 가장 빠른 시간에 다시 만난 것이다. 자동차가 천천히 위신을 차리듯 달려오고 있었다. 저런 속도라면 이번은 틀림없었다. 자동차의 느린 속도와 함께 그의 마음에 이상한 자신과 여유가 생겼다. 자동차가 권총을 쏠 수 있는 가장 적당한 거리 안에 들어오기 전에는 서두를 것이 없었다. 운전수 옆의 경호원 자리에 사람이 탄 모습이 보였다. 경호원이 탔구나, 그렇다면 윤이 탄 것도 분명했다. 자동차가 사람을 알아볼 수 있는 거리 안에 들어왔다. 그러나 경호원 대신 의외의 인물이 앉아 있었다. 운전수 옆자리에 앉아 있는 사람은 한 외국인이었다. 운전수와 외국인뿐, 뒷좌석은 비어 있었다. 기철은 운전수 앞에 얼굴을 피할 생각도 않고 차 속을 노려보고 있을 뿐이었다. 그런데 그 외국 남자는 어디서 본 듯, 전혀 낯선 얼굴이 아니었다. 자동차가 기철 앞을 천천히 지나갔다. 차 안의 두 남자는 똑바로 앞만 내다보고 앉아 있었다. 오늘은 틀린 것일까 하고 기철은 생각했다. 윤은 조심해서 집 안에 꼼짝 않는 모양이었다. 저런 자까지 집 안으로 불러들이는 걸 보니. 차는 로터리를 돌아 사라졌다.

그렇다고 기철은 여기서 단념할 수 없었다. 지금 그만두고 집으로 돌아갈 수는 더욱 없었다. 그가 하고 있는 일은 중간에 그만두고 다음에 다시 시작할 수는 없었던 것이다. 그는 한시도 쉬지 않고 긴장에 사로잡혀 있었던 것이고, 이렇게 계속 긴장에서 놓여날 수 없는 그는 그것을 끈덕지게 미친 듯이 추구하는 길밖에 없었다. 그는 긴장에서 놓여날 수 없는 한 반드시 윤을 만나야 했다. 그 일밖에 없었다. 그의 집념은 다른 일체의 것을 허용치 않았다. 그것은 마치 중독 상태 같았다.

얼마 후 기철은 다시 윤의 집이 내려다보이는 언덕에 서 있었다. 자동차가 아까처럼 담 밑에 있었고, 집 안은 불빛이 더욱 밝았다. 가등은 정원에 나무 그림자를 던지고 있었고, 집 안엔 아무도 나오는 기척이 없었다. 하늘은 낮게 드리운 구름 떼가 잠시도 쉬지 않고 뭉클뭉클 움직이고 있었다. 갈라지는 구름 틈 사이로 아직 하루의 빛이 남은 희끄무레한 하늘이 트였다가 다시 가려지고 했다. 그래서 희미한 하늘이 청색으로 변하더니 급기야 어두워졌다.

현관에 사람의 그림자가 보였다. 다음 대여섯 명의 남자들이 정원으로 몰려나왔다. 환한 가등 밑에 그들의 모습이 드러났다. 깡마른 우뚝 키가 큰 외국인을 앞장 세운 옆으로 뚱뚱하고 짝달막한 신체가 좋은 윤, 그 뒤로, 몇 명이 따르고 있었다. 그들은 무엇인가 얘기하며 천천히 대문 쪽으로 걸어가고 있었다. 기철은 한숨에 언덕을 내달려서 대문으로 나서는 윤을 쏘아 붙일 수 있다고 생각했다. 그러나 저 외국인은 께름칙한 방해물이었다. 기철은 다시 한번 여유를 갖자고 생각했다. 이러한 여유는 윤과 그 사이에 아마 마지막일는지도 모를 테니까.

다음 순간 기철은 자신의 눈을 의심했다. 돌아가는 외국인을 배웅하러 나온 줄 안 윤이 외국인 뒤를 따라 자동차에 올랐던 것이다. 다음 두 명이 더 타고, 자동차는 헤드라이트를 켜고 집을 떠나고 있었다. 집 안으로 돌아서 들어가는 나머지 사람들 사이에 분명히 윤은 없었다. 기철은 됐다고 생각했다. 무엇인가 뭉클 안도감이 왔다. 지금 골목길을 빠져나가는 자동차는 따를 수 없다 해도 귀로가 있었다. 드디어 윤이 집에서 움직인 것이다. 바로 지금 윤은 그의 의사에 따르고 있는 것이다. 기철은 묵묵히 언덕을 내려왔다. 그래서 그는 좁은 골목을 빠져 널따란 차도로 나왔다.

기철 앞에 길게 뻗어 있는 어두운 밤거리가 점점 비어갔다. 여름밤에 서늘한 거리로 쏟아져 나온 사람들도 이미 집으로 돌아간 지금, 그의 시선은 줄곧 그 가로 깊숙이 빨려들고 있었다. 그러나 그의 앞에 펼쳐진 것은 길고 어두운 길뿐, 텅 빈 적막한 밤거리가 무심하게 비치고 있었다.

후끈한 바람이 불어왔다. 시꺼먼 구름 떼가 갈라졌다 합치며 이상한 형상을 그려냈다. 무겁게 내려 덮인 구름 사이로 맑은 하늘이 잠깐 보이기도 했다. 그럴 때마다 구름이 갈라진 틈바귀로 삐져나온 별들이 일별을 던지곤 했다. 구름은 잠시도 쉬지 않고 사뭇 뭉클뭉클 흘러가고 있었다.

다시 후덥지근한 바람이 불어왔다. 그러나 가로수는 잎 하나 흔들리는 것 같지 않았다. 윤이 자동차도 안 오고 끝내 비도 안 오고 말 것 같았다. 아까 윤을 놓친 것은 큰 잘못이었는지 몰랐다. 그러나 기철 자신은 윤이 틀림없이 죽을 것이라는 걸 알고 있었다. 그 자신이 살고 있는 한 윤은 죽어야 했다. 그 뒤에 그가 체포되든가 하는 것은 별문제였다. 그가 지금 분명히 알고 있는 건 그가 한번 뛰어든 세계에서 빠져나올 수 없다는 것이다. 그러면서 그는 윤을 암살하는 데 대한 신념은 한 번도 의문을 품은 일이 없었다. 뿐만 아니라 자신의 생각이 옳다는 확신을 더욱 굳게 하는 터였다. 그에게 조국의 자주독립은 지상 명령이었고, 조국은 신이었다. 그리고 그는 신에 바쳐진 제물이었던 것이다.

텅 빈 적막한 밤거리, 쥐란 놈이 차도를 줄달음쳐 건너가고 있었다. 아스팔트 위로 고궁의 담 너머로 불빛이 희미하게 비치고 있었고, 구름이 걷힌 하늘 한 귀퉁이로 별들이 총총 박혀 있었다. 기철은 어둠 속에 서서 일찍이 젊어서 돌아가신 어머니 생각을 했다. 그리고 어머니가 그에게 남긴 많지 않은 아버지에 관한 얘기를. 아버지를 찾아 만주 벌판을 헤매던 어머니, 일경에 쫓기는 아버지는 땀으로 흠뻑 젖어 있었다고 했다. 어머니가 마지막으로 본 아버지의 모습이었다. 그렇게 그들은 젊은 목숨을 내걸고 자유를 위한 투쟁 속에 일찍이 세상에 반항 의식을 심은 사람들이었다. 그런데 그것은 얼마나 고독한 길이었던가. 그리고 바로 지금 기철은 밝은 세계에서 멀리 떨어져 오직 그 누구도 건드릴 수 없는 절대적인 고독에 잠겨가고 있었다.

"이 어둠 속을 윤이 집으로 돌아오기를 겁내지만 않는다면" 하고 기철은 윤이 그와 정당히 맞대해주기를 원했다. 어디 친지의 집에 묵지 말고 집으로 돌아오기를 바랐다. 그렇잖으면 그는 온 밤을 놓여날 수가 없었고, 그 반대 이유로 해서 그는 암살의 정확성을 무엇보다 철저히 믿고 있었다. 인간 승리의 확신처럼.

마침내 나타났다. 윤의 차가 먼 앞에서 시커먼 정체를 드러내고 있었다. 순간 기철은 허리에 찬 권총을 꽉 쥔 채 잠시 망설이고 있었다. 그자를 보아야 했다. 다음 순간 기철은 그를 둘러싸는 적막에 숨이 막혔다. 그렇게 그는 아무 일도 일어나지 않을 듯한 미친 듯한 분위기에 짓눌렸다. 자동차가 그에게 좀체 접근하지 않을 것 같았고, 또한 그의 옆을 지나치지도 않았고, 벌써 자동차가 지나가 있을 듯했다. 윤의 차는 다행히 안에 불을 켠 채 달려오고 있었다. 있다. 뒷좌석에 깊숙이 앉아 있는 윤의 모습이 보였다. 7미터, 6미터, 5미터……

기철은 손에 총신을 꽉 움켜쥔 채 목표물을 향해서 겨누었다.

윤은 죽은 것과 다름없었다.

기철 그가 살아 있는 한.

봄

5. 다시 한 걸음

성규는 창밖을 보고 있었다. 그렇게 그는 봄꽃이 만발한 교정
과 학교 앞을 지나가는 차도를 내다보고 있었다. 이때 학교 앞
으로 신문사 마크를 단 지프차 한 대가 나타났다. 지프차는 학
교 앞길을 달려와서 잠시 멈추는가 싶더니 교문으로 들어섰다.
경찰관들이 그 지프차를 바라보고 있었다. 그들 10여 명의 경찰
관들은 일찍부터 한길 건너편에서 마주 교문을 지켜보고 서 있
었다. 그러나 학생들은 교정의 신록 아래 언제나처럼 등교를 하
고 있었고, 그중에는 아침부터 벤치에 앉아 있거나, 캠퍼스 여
기저기에 모여 지껄이고 서 있는 학생들의 모습이 보였다. 학교
앞 정류장에 버스가 와서 멈출 때마다 토해낸 학생들이 교문으
로 들어서며 강의실을 찾아 건물 속으로 사라지곤 했다. 그러나
채 학교 안으로 들어오지 않은 학생들이 교문 입구의 돌난간에

따라 쭉 걸터앉아들 있었다. 그들은 그렇게 계속 거리를 향해 앉은 채 한길을 마주하고 경찰관들과 서로 바라보고들 있었다. 교문 안으로 들어온 지프차는 캠퍼스를 한 바퀴 천천히 돌고 있었다. 그러는데 경찰관 한 명이 차도를 건너오는 게 보였다. 경찰관은 차도를 건너와서 돌난간에 걸터앉아 있는 학생들의 앞을 지나 곧장 교문으로 걸어 들어왔다. 돌난간에 걸터앉아 있던 학생들의 시선이 일제히 경찰관의 뒷모습을 좇고 있었다. 경찰관이 학교 수위실로 들어가더니 전화를 하고 있었다. 아마 경찰 본부와 무슨 연락을 하고 있는 모양이었다. 성규가 서 있는 이층 창에서 이 모든 게 한눈에 내려다보였다. 교정은 그런대로 아직 조용했다.

이제 학생 간부 회의가 끝나는 길이었다. 현재 이 자리에 성규처럼 모여 있는 단과대학의 간부들뿐만 아니라, 지금 이 시각을 통해서 서울 시내 각 대학의 간부들 간에 최종적으로 연락을 끝마친 길이었다. 이날 아침 등교 시간을 전후해서 데모 궐기의 사전 연락이 이뤄진 것이다. 각 대학 단위로 데모 개시 시간과 코스가 결정되었다. 그동안 부정 선거에 대한 전국에 그칠 줄 모르는 학생 데모에 이어, 지난 저녁 서울에 있었던 대학생 데모에 뒤따른 폭행 습격 사건을 더 이상 보고만 있을 수 없게 된 것이다. 데모 계획을 끝낸 간부들은 이미 오늘의 첫 강의를 받고 있는 학생들을 밖으로 나오게 하는 일이 남았다. 그러자 간부들은 각자 그들의 강의실을 향해 헤어져 갔다.

성규는 한 동료와 함께 가까운 강의실부터 들어갔다. 강의가 한창 중이었다. 성규가 먼저 교수에게 강의를 중단케 하는 데 양해를 얻는데, 동료가 단상 위로 뛰어올랐다.

"친구여! 오늘 우리는 더 이상 강의실에만 있을 수 없게 되었습니다!"

동료의 첫 말이 채 끝나기 전에 방 안에 함성이 일어났다. 동시에 공중에 모자가 날랐고, 학생들은 가방을 높이 치켜올리며 자리에서 뛰어 일어났다. 그런 그들에게 더 이상 말은 필요 없었다. 학생들은 이미 그들의 뜻을 알고 있었고, 학생들은 간부회의를 기다리고 있었던 것이다.

우루루 문으로 몰려 나가는 학생들 속에 성규는 다음 강의실로 갔다. 그것은 성규가 듣는 강의 중에 하나였다. 성규는 단상위의 교수에게 말을 하려 했다. 그러나 뒤따라 문으로 뛰어든 학생들이,

"자! 나가자! 나가!"

하고 소리쳤다.

삽시에 강의실 안이 술렁대기 시작했다. 성규는 방 안을 돌아보았다. 재빨리 부딪치는 눈과 눈들, 성규는 창가에 앉아 있는 형주의 눈과 마주쳤다. 곧장 형주는 그를 지켜보고 있었다. 그러나 표정 없는 형주의 시선에서 아무것도 분간해낼 수가 없었다. 성규는 먼저 고개를 돌렸다. 그리고 쭉 계속 낯익은 얼굴들을 훑어보았다. 열띤 시선들 가운데 전혀 무관심한 얼굴도 있

었다. 그러나 대체로 마르고 단단한 젊은 얼굴들이 긴장한 빛을 띠고 있었다. 그중에 이상하게 조용한 이준이 눈에 띄었다. 준은 무엇이나 좀체로 동요하지 않을 듯한 그 육중한 체구 속에 침착한 눈초리를 하고 있었다.

그때 다시 왁자지껄하게 학생들이 복도를 지나갔다. 모두가 책을 걷고 일어났다. 성규는 돌아 나오자 또 다음 강의실을 향해 갔다. 성규가 다시 학생들과 함께 다음 강의실에서 나오는데 창가에 서 있는 이준이 보였다. 준은 복도에 서서 창밖을 내다보고 있었다. 학생들이 붐벼대는 복도에 그렇게 혼자 서서 창밖을 내다보고 있는 준은 어딘지 아주 동떨어져 보였다. 성규는 학생들에 밀리면서 준의 옆으로 갔다.

"자넨 안 나갈 텐가?"

이렇게 성규가 말을 건네며 준의 옆으로 다가서자 준이 고개를 돌리고 친구를 바라보더니 다시 창밖으로 시선을 돌렸다. 창 아래로 캠퍼스에 학생들이 모여들고 있는 게 보였다. 그런데 그동안 교문 밖에는 새로 경찰관들이 트럭에 실려와 있었다. 경찰관들은 교문 앞을 중심으로 하여 부동자세로 늘어서 있었다. 아마 그들은 아까 수위실에서 한 경찰관의 전화 연락을 받고 왔는지 모른다고 성규는 생각했다.

"불안해"

하고 준이 창밖을 내다본 채 말했다.

"뭐가?"

"뭔지 모르지만 불안해."

"그냥 밀고 나가면, 그들이 맞대놓고 우릴 어쩌지는 못할걸."

"아니, 그게 아냐."

그런 말을 하고 있는 준은 불안한 빛이라기보다 깊이 가라앉은 얼굴을 하고 있었다.

"염려 말게, 그리 심각한 건 아닐 테니까."

그럴까, 하는 듯이 준이 성규를 돌아보았다.

"자, 내려가자."

이러며 성규가 친구의 등을 툭 치며 싱긋 웃었다. 그러나 준의 조용한 얼굴은 여전히 흩어지지 않았다. 둘은 이삼 층에서 내려오는 학생들과 함께 아래로 내려가서 밖으로 나왔다.

이미 교정에는 많은 수의 학생들이 플래카드 아래 모여 있었다. 학생 하나가 임시로 만든 단상 위에 올라서서 결의문과 구호를 낭독하고 있었다. 학생들은 계속 그 앞으로 몰려들고 있었다. 그들은 모여드는 대로 플래카드를 선두로 해서 뒤로 꼬리를 이으며 줄을 짓고 있었다. 수가 적은 여학생들의 짤막한 줄도 한몫 끼어 있었다. 이렇게 그들은 행렬을 만들어 모두 교문을 향해 서 있었다. 그러나 이제 경찰관들도 그들이 타고 온 두 대의 트럭을 교문 앞으로 바싹 들이대며 입구를 막기 시작하고 있었다. 성규는 준과 함께 잠시 뒷전에 서서 앞을 바라보고 있었다. 단상 위의 학생은 계속 결의문을 읽어 내려가고 있었다. 그것은 어젯밤 미리 준비해두었던 것이다.

갑자기 성규에겐 단상 위의 친구 뒤로 불쑥 허공에 사람의 모습이 나타났다고 생각했다. 그러나 그것은 교문 기둥에 기어올라간 남자가 사진을 찍으려고 기둥 꼭대기에서 몸을 일으켰던 것이다. 성규는 신경이 날카로워져 있었다. 그는 주위를 돌아보았다. 수위실 앞에 두서너 명의 신문기자가 구경하고 있는 모습이 보였고, 학생들이 모여 있는 뒤로 텅 빈 캠퍼스와 건물들, 이제 학생들은 거의 다 밖으로 나온 모양이었다. 그런데 형주가 잔디밭을 돌아오고 있는 게 보였다. 형주는 성규를 보지 못한 채 가슴에 책을 안고 곧장 성규 쪽으로 걸어오고 있었다. 성규는 옆에 서 있는 친구를 돌아보았다. 준은 바지 주머니에서 손을 찌르고 서서 앞을 바라보고 있었다.

"난 가서 저 친구들을 좀 거들어줘야겠는데"

하며 성규는 친구의 옆을 떠나 앞으로 걸어갔다. 앞쪽에서 몇 명의 학생들이 즉석에서 플래카드 꾸미기에 바쁘게 움직이고 있었다. 그들은 땅바닥에 헝겊을 펼쳐놓고 글씨를 써놓고 있었다.

준이 멀찌감치 뒷전에서 단상의 학생의 거칠고 열띤 목소리를 들으며 혼자 남아 있으려니까,

"이준 씨는 안 나가세요?"

하며 형주가 준의 옆으로 와 섰다.

"형주 씨도 나갑니까?"

"네, 가보겠어요."

둘은 나란히 서서 앞을 바라보았다.

"저 친구, 오늘 꽤 애쓰는데요."

"누가요?"

형주가 발돋음을 하고 앞을 내다보았다. 성규가 플래카드를 깃발처럼 막대기에 잡아매고 있는 모습이 보였다. 형주가 가만히 내려서서는

"가방은 어쨌어요?"

하고 물었다.

"저요? 연구실에 뒀습니다. 다시 학교로 올 테니까."

"이준 씨는 꼭 구경꾼 같아요. 키가 커서 뒷전에서 슬슬 넘겨다보는 게."

주머니에 손을 찌르고 서 있는 준은 앞에 모여 있는 학생들보다 머리 하나 정도가 더 컸다.

"전 저쪽으로 가보겠어요."

형주가 미소를 지어 보이고 여학생들이 있는 앞쪽으로 갔다.

행렬의 선두가 움직이기 시작했다. 플래카드를 앞세우고 학생들은 서서히 교문을 향해 다가갔다. 성규는 길을 비켜 서 있었다. 데모에 참가한 학생 수는 예상보다 많았다. 이렇게 한자리에 대학생들이 모이기도 쉬운 일이 아니었다. 그것만으로도 오늘은 성공적이라고 성규는 생각했다. 그리고 그들은 성공할 것이다. 그들 행렬은 종로를 거쳐 국회의사당 앞에서 일단 해산, 다시 학교로 돌아오는 것이다.

긴 플래카드를 든 남학생 뒤로 손을 서로 맞잡은 여학생이 나

왔다. 성규 앞으로 서로 손을 잡은 형주가 지나갔다. 행렬 속에 낀 그녀는 아주 작고 가냘프게 보였다. 성규는 새삼 그녀의 존재가 연약한 데 놀랐다. 동시에 그녀가 당한 재난을 생각하고 연민으로 가슴이 뿌듯해졌다. 그러나 그녀는 그런대로 좋을지도 몰랐다. 약한 대로 그녀에게 살려는 의지가 있으니까. 성규는 고개를 돌려 다음 그가 인솔할 학생들의 행렬이 나오기를 기다렸다. 학생을 잃은 교수가 강의실 창에서 학교를 떠나는 그들을 지켜보고 있었다.

행렬 서두는 예상대로 경찰의 방해를 받았다. 사전 배치된 경찰관들은 어떻게 해서든지 학생들이 교문을 못 나서게 막고 있는 데 애를 쓰고 있었다. 그러나 얼마 안 가 수가 많은 학생들은 거리로 밀고 나갔다. 그러면서 학생들은 학교 앞길을 통해서 길목마다 기다리고 있던 단과 대학생들과 합쳐갔다. 수가 증가된 학생들은 넓은 길을 향해 걸음을 빨리하고 있었다.

이렇게 학생들이 종로로 향한 길목에 다다랐을 때 다시 경찰과 마주쳤다. 이번엔 한층 수가 많은 경찰대가 미리 길을 막고 그들을 기다리고 있었다. 행렬은 주춤 걸음을 늦추며 조심스럽게 앞으로 다가갔다. 그러나 완전 무장한 경찰관들은 길을 막은 채 요지부동으로 버티고 있었다.

성규는 손을 들어 행렬을 멈추게 했다.

"그냥 밀고 나가자!"

하며 한 동료가 성규 옆으로 뛰어왔다.

"부딪치자!"

학생들이 소리쳤다.

그러나 성규는 선두에 있는 친구들의 손을 양손에 잡았다. 그리고 경찰대와 마주 간격을 둔 채 길바닥에 앉았다. 대열은 선두부터 차츰 뒤로 밀리면서 길에 주저앉았다. 얼마 동안 쌍방이 서로 침묵 속에 마주 바라보고 있었다. 그러자 학생들이 구호를 외치고 다음 애국가를 부르기 시작했다. 노래가 끝나자 다시 침묵이 흘렀다. 경찰대는 여전히 만만찮은 자세로 학생들 앞에 버티고 있었다. 학생들은 더욱 무거운 침묵 속에 기다리고 있었다. 무엇이 금세 일어날 듯한 살벌한 분위기 속에 서로 상대방을 마주 노려보며 아무도 꼼짝하지 않았다. 몰려든 구경꾼들도 죽은 듯이 숨을 죽이고 무엇인가 기다리는 성싶었다.

이때 성규는 갑자기 한 여학생이 일어나 앞으로 나가는 것을 보았다. 두 손 높이 종이에 쓴 플래카드를 치켜들고 분명한 걸음으로 조용히 걸어 나가고 있었다. 머리카락이 어깨에 날리고 플래카드가 흔들렸다.

"우리의 시위는 평화적! 무력으로 막지 말라!"

하고 그녀는 맑은 음성으로 플래카드를 뇌었다. 그것은 형주였다.

"와!"

함성과 함께 주저앉아 있던 학생들이 일어났다. 그러자 동시에

272

"돌격!"

하는 경찰관의 외침이 들려왔다. 순간 성규는 언제까지 앞길을 막고 부동자세로 움직이지 않을 것 같던 경찰관들이 흩어지는 것을 보았다. 삽시간에 경찰관과 학생 들이 접근해서 길 한복판에 서로 뒤엉켰다. 그러나 학생들은 계속 밀고 나가고 있었다. 어깨동무를 하고 그들은 길을 메우며 계속 밀고 나가고 있었다. 그것은 흡사 물결 같았다. 파동 치는 사람의 긴 물결이었다. 앞선 물결은 뒤를 밀고 뒤는 앞을 밀고 있고 하였다. 경찰은 학생들을 해산시키려고 이제 필사적으로 경찰봉을 휘두르고 있었다. 여기저기서 비명 소리가 일어났다. 그러나 성규에겐 여전히 높이 치켜든 형주의 플래카드가 보였다. 바로 그때 제복을 입은 팔 하나가 플래카드를 잡아 찢었다. 다음 순간, 한 남학생이 잽싸게 형주를 낚아채듯 나잡고 뛰고 있었다. 이제 행렬은 뿔뿔이 앞을 향해 무작정 뛰고 있었다. 그제서 성규도 형주가 간 쪽으로 내달리고 있었다. 종로로 나온 그들은 쫓기면서도 차츰 모여들어 다시 행렬을 짓고 그대로 쉬지 않고 국회의사당을 향해 달렸다. 빌딩의 거리마다 하얗게 늘어선 시민이 박수를 보내고 있었다.

성규가 행렬과 함께 국회의사당에 도착했을 때, 먼저 온 학생들이 국회 정문 앞에서 형주를 공중에 던지듯 하늘 높이 치켜들고 만세를 부르고 있었다. 형주의 손에는 "불법으로 치른 3·15 선거 다시 하자!"고 급히 휘갈겨 쓴 종이쪽지가 들려 있었다.

신문 기자들이 미친 듯이 카메라를 들이대고 있었다. 카메라와 녹음기를 둘러메고 뛰어다니고 있는 외국 기자도 보였다. 학생들이 다시 한번 형주를 높이 치켜올리려고 했다. 그러자 형주가 몸을 빼내어 재빨리 학생들 속으로 사라졌다. 형주의 모습이 여학생들 틈으로 내려가 땅에 주저앉는 게 보였다. 그러자 그 자리에 학생 대표 하나가 선언문을 낭독하기 시작했다. 그는 다시 '3·15 선거 불법성'을 강조하고 격문 낭독과 구호를 외쳤다. 남녀 학생들은 땅바닥에 주저앉아 구호를 받아 외쳤다.

"우리는 평화적 데모로 우리의 요구 조건을 국회와 정부에 알린다!"

"3·15 선거를 불법으로 감행한 책임자를 이 자리에 불러내라!"

"공개투표 합법이라는 3·15 선거의 설명 듣자!"

그런데 이때 성규에게 시청 광장 쪽으로부터 다른 대학의 한 집단이 나타나는 게 보였다. 그들도 의사당 앞으로 밀어닥치고 있었다. 먼저 도착한 성규네는 함성으로 호응했다. 곧이어 다시 또 다른 대학의 행렬도 도착했다. 시내 여러 대학에서 연달아 의사당 앞으로 속속들이 도착하고 있었다.

이 무렵 거리는 완전히 시위의 물결로 휩쓸렸다. 국회의사당 앞에서 세종로에 이르는 길에는 학생과 시민 들로 뒤덮였고, 그 일대의 교통은 완전히 마비되었다. 학생 데모대는 머리도 없고 꼬리도 없이 태평로 일대를 뒤덮고 경찰은 슬금슬금 방관 상태로 후퇴하게 되었다. 이렇게 터질 듯 밀려든 데모대는 서서히 광화문을 거쳐 중앙청 쪽으로 움직였다.

"저래선 어쩌자는 건지 모르겠군."

안은 눈 아래 벌어지고 있는 광경을 보며 생각했다. 학생들의 커다란 집단이 거리를 메꾸며 몰려오자, 그들 앞을 경찰이 막아섰다. 그런데 경찰은 길허리를 자르고 서서 어쩌자는 것일까. 저렇게 막고만 있으면 된다는 것일까. 더구나 어쩌자고 저런 꼴을 하고 거리에 나타난 것일까. 가스 마스크를 쓴 경찰은 괴상하다 못해 낯선 괴물 같았다. 정렬해 있는 그들은 산 사람이 아니라 흡사 로버트같이 보였다. 그래 그들은 꼭 저런 꼴을 하고 시민 앞에 나타나야 한단 말인가. 그들은 오히려 시위자들에게 효과를 주자는 것인가. 안은 분통이 터졌다. 그들 주위에 신문기자들이 제때를 만난 듯이 뛰어다니고 있었고, 건너편 외국 기관 빌딩 창구에 외국인들이 구경을 하고 있었다. 길이 막힌 차들이 줄을 짓고 길 옆에 서 있고 사방에 쏟아져 나온 구경꾼들로 거리는 혼잡을 이루고 있었다.

안은 창가를 떠났다. 그리고 그는 자기 방문을 열고 사무실로 나왔다. 사무실은 테이블을 텅 비우고 사원들이 창가에 매달려 있었다. 그들은 안을 보고도 창가에서 떠날 생각은 않고 오히려 그에게도 와서 보라는 얼굴을 했다. 안은 그들은 그냥 버려둔 채 사무실을 나와 여러 회사들이 들어 있는 호텔의 복도를 지나서 엘리베이터를 타고 위층으로 올랐다. 그는 이번 선거 기간을 통해서 선거 자금의 조달 본부로 돼 있는 방으로 갔다. 그것은 그의 사무실과 한 호텔에 있었다.

안은 노크도 않고 한 방으로 들어갔다. 방 안에 담배 연기와 침울한 공기가 떠돌고 있었다. 안은 안으로 들어가며 아는 얼굴에 그저 눈으로 인사를 했다. 재계의 인사들이었다. 그들은 아침부터 이 방에 연달아 찾아오던가, 안처럼 번질나게 드나들고들 있었다. 그들은 폭신한 의자에 앉아서 지난 저녁 깡패들이 대학생 데모대를 때려눕혔기 때문에 그렇잖아도 심상찮던 판인데 불에 기름을 부은 격이 되고 말았다던가, 서울 시내 전학생들이 들고일어난 데 대한 한없는 소식들을 주고받으면서 여전히 그들은 이번 사태가 어떻게 돌아갈 것인가 토론하고 있었다. 이 방의 주인 격인 윤 총무만이 아무 말 없이 고개를 빼고 방 안을 오락가락 서성대고 있었다.

안은 창가로 가 섰다. 그의 방보다 높은 이곳은 시야가 넓었다. 이제 학생들이 경찰대에 바싹 접근해서 싱갱이를 벌이고 있는 게 보였다. 학생들은 계속 앞길을 뚫으려고 줄기차게 밀어닥치고 있었다. 그러자 이때 갑자기 소방차가 요란한 사이렌을 울리며 학생들 앞으로 내달릴 듯 발동했다. 학생들은 얼마간 뒤로 밀렸고 일시 혼란을 일으켰다. 이 틈을 타서 경찰이 수발의 최루탄을 터뜨렸다. 연기에 싸여 학생들이 갈팡대고 있었고, 다른 한편에서는 학생들이 앞을 향해 돌을 던지고 있었다. 소방차의 유리가 깨지며 운전수가 차에서 뛰어내리는 게 보였다. 학생들이 소방차 틈으로 빠져나가기 시작해서 장애물처럼 거리에 밀려 있는 차량들 사이를 누비며 힘차게 앞으로 치달리고 있었다. 그러자 데모 대열의 일부가 길 건너의 청사 정문을 넘어 안으로 쏟아져 들어가며 유리창을 깨며 정원에 주차하고 있는 세단차를 뒤엎고 있었다. 그것은 이미 데모가 아니라고 안은 생각했다. 사이렌 소리에 놀라서 창 너머로 이들을 바라보던 얼굴들이 창백해 있었다.

방 안의 전화벨이 울렸다. 모두가 전화통을 돌아보았다. 안의 옆에 서 있던 윤 총무가 창가를 떠나서 얼굴을 굳힌 채 전화를 받고 있었다. 모두가 창가를 떠나 전화통 옆으로 모였다. 윤 총무가 수화기를 놓자, 그를 쳐다보고 있는 얼굴들과 마주 서서,

"데모대 태평로 전체를 뒤엎고, 경찰은 방관 상태!"

하고 전화를 되뇌듯 퉁명스럽게 한마디 던졌다. 그가 몸을 돌리려는데 다시 전화가 걸려왔다. 그는 거의 신경질적으로 수화기를 낚아채었다.

"중앙청 앞 쇄도, 경찰은 방관 상태!"

그는 다시 뇌었다. 그러더니 그는 수화기를 든 채 다이얼을 돌렸다. 그는 잠시 저쪽에서 사람이 나오기를 기다리며 허공에 시선을 주고 있었다. 그는 말하기 시작했다. 그는 좀더 상세한 뉴스를 알고 싶은 것 같았다. 그러다가

"경찰은 뭘 하나! 무엇 땜에 너희가 있는 건데"

하고 소릴 치고 있었다.

"......"

"경찰력을 강화하면 될 것 아냐!"

그는 호통을 치고는 성마르게 수화기를 내던졌다. 그러고는 아무도 쳐다보지 않고 얼굴을 문질러대며 방 안을 헤매기 시작했다.

전화 주위에 모여 서 있던 자들이 하나둘 다시 의자에 주저앉았다. 그러자 그들에게 군대의 출동 얘기가 나왔다. 치안의 유지를 군대에 맡기자는 것이다. 이렇게 되자 급격히 얘기가 진전했다. 군대 출동은 해가 지기 전에 하느냐 아니면 밤에 하느냐가 논의 대상이었다. 군대 동원은 신중을 기해야 했고, 그래서 그들은 시민이 군대를 보지 않을 때가 좋겠다고들 했다.

안은 불안해하고 있는 이 재벌들을 경멸했다. 그런 자기도 그들과 같은 신세였다. 평소에 그들은 그와 동업자거나 혹은 경쟁자며 적이었다. 그러나 지금 입장으로서는 같은 운명이었다. 그들은 모두가 이번 선거에 운명을 걸고 있었다. 그리고 그들의 운명은 누구보다 여기 모여 있는 그들 자신이 너무나 잘 알고 있었다.

안은 윤의 옆을 지나면서 손을 내밀었다. 그 손이 보들보들하고 촉촉한 게 과히 기분이 좋지 않았다. 안은 악수를 하고 방에서 나갔다. 그는 방 안에만 있을 게 아니라, 자기가 망해야 할 것이라면 망하는 꼴을 직접 보고 싶었다. 그는 다시 엘리베이터를 타고 아래로 내려갔다. 자기 방을 들렀다가 곧장 호텔을 나와서 자동차가 있는 데로 갔다.

안은 거리를 따라 달리게 했다. 차창 밖으로 인파가 쉴 새 없이 지나가고 있었다. 거리에 꽉 들어찬 군중은 왈칵왈칵 앞으로 내닫고 있었고, 그들은 마치 잔칫날처럼 활기를 띠고 자꾸만 한쪽으로 몰려가고 있었다. 안은 얼핏 이대로 어느 여자 집에 푹 파묻혀버릴까 생각했다. 그러면 그동안 이 소란도 가라앉겠지. 그러나 안은 군중들이 가는 쪽으로 계속 달리게 했다.

안은 자기 사업이 위험에 빠져 있는 지금, 사업의 운명이 어디까지 왔나 너무 잘 알고 있었다. 그리고 치명상까지도. 이번 선거는 행정 조직을 통한 철저한 부정 선거였다. 그리고 무엇보다 부정부패는 정치 자금에서부터 비롯된 것이다. 이번 선거는 역대 선거 중 가장 많은 돈을 썼고, 그 막대한 자금의 출처에 큰 비중을 차지하고 있는 것은 두말할 것도 없이 이 나라 재벌들이었다. 재벌들은 적든 많든 간에 거의 전부를 바치고 있었다. 그만큼 그들에겐 당연히 선거 후의 여러 이권이 약속되어 있었던 것이다. 안은 자기 사업을 키우기 위하여 재벌이 재벌로서 부득이 정부와 손을 잡지 않을 수 없었다. 그것은 이 나라 경제가 너무나 정치에 영향을 받기 때문이었다. 원조불 처분권, 융자 특혜 등 그 처분권은 정부가 마지막 열쇠를 쥐고 있었다. 재벌은 그때그때의 정권과 밀접한 관계가 있다. 이렇게 해서 결국 이 나라 경제는 정치인과 야합한 소수인의 자본가에 의하여 독

점되어왔던 것이다. 그러나 안은 이 나라 경제계가 걸어온 길을 따르면서 군소리 없이 돈더미를 쌓기에 여념이 없었다. 그리고 그는 이번 선거에 운을 걸고 있었다. 이권의 약속 중에 정부의 막대한 사업을 자기가 맡도록 되어 있었다. 그는 정부를 업고 내자와 외자를 끌어들여 이 나라에 다시없는 공장을 건설할 계획이다. 그렇게 누구도 추종을 불허할 재력을 쌓을 생각이었다. 그런 다음 신문사 하나 사든지 만들어서 여론까지 자기 쪽으로 끌어들여 드디어 이 나라의 실질적인 제일인자로서 군림하는 것, 만사는 순조롭게 되어가고 있었다. 그런데 그 꿈이 지금 송두리째 무너지려 하고 있었다.

자동차가 멎었다. 길이 인파에 막혀 더 나아갈 수 없게 되었다. 사람들은 천천히 그러나 쉴 새 없이 자동차 곁을 앞질러 나가고 있었다. 운전수가 자동차를 돌려서 좁은 골목으로 들어갔다. 그러나 다시 넓은 거리로 나서자 그곳도 역시 사람들이 꽉 들어차 있었다. 안은 군중 뒤에서 움직이지 않는 자동차 속에 꼼짝 않고 멍청히 앉아 있었다. 그렇다, 그는 생전 처음으로 이 엄청난 군중 앞에 갇혀 있는 것이었다. 그는 이 군중의 흐름을 이끌고 있는 자의 정체를 알고 싶었다. 그는 자동차에 내려 군중 속으로 걸어 들어갔다.

중앙청 앞 광장은 완전히 시위의 물결에 덮여 있었다. 군중들이 사방으로 꽉 들어차 와글대고 있었고, 안은 눈 속이 뜨거워졌다. 경찰이 광장에서 밀려나며 터뜨렸을 최루탄으로 그 일대에 매운 공기가 떠돌고 있었다. 그러나 계속 몰려드는 인파가 뭉클뭉클 피어오르는 구름처럼 점점 빽빽이 광장을 메꾸고 있었다. 그리고 이들 무리의 일부는 효자동 모퉁이로 몰려가고 있었다. 그러나 플래카드를 깃발처럼 늘이고 대학생들은 중앙청 정문 앞에 끈덕지게 버티고 앉아들 있었다. 그들의 일부는 머리띠를 두르고 있었다. 아무 표시도 없이 수도 헤아릴 수 없는 학생들이 그 뒤로 쭉 연달아 웅크린 채 앉아들 있었다. 그들은 리더들이 선창하는 구호를 외치며 질서 있는 시위를 하고 있었다.

이때 요란한 사이렌을 울리며 지프차의 선두로 헌병을 실은 여러 대의 트럭이 광장에 도착했다. 곧이어 소방차와 시내버스에 탄 경찰의 증원 부대가 나타났다. 안은 우루루 주저앉아 있던 학생들이 몰려 일어나는 것을 보았다. 다음 순간 그들은 도착하고 있는 트럭 쪽으로 밀어닥쳤다. 안은 그 사나운 기세를 보고 당혹했다. 헌병들이 트럭에서 뛰어내리며 집총을 했다. 그러나 선두에 섰던 지프차의 유리가 빗발치듯 나는 돌팔매에 산산조각 났다. 그러자 집총하며 정렬하던 헌병들이 다시 트럭에 오르더니 삼청동 쪽으로 빠져나갔다. 학생들은 트럭이 떠난 자리에서 함성을 외치고, 이들을 바라보던 군중들이 박수갈채를 보내고 있었다. 안은 바로 자기 옆에서 일어나는 박수 소리와 저 학생들의 미친 듯한 소용돌이 속에서 그의 절망적 운명이 마디마디 뒤끓고 있는 성싶었다. 그러나 이 엄청난 군중의 힘 앞에서는 무력하기 이를 데 없었다. 학생들은 다시 먼저 자리로 몰려들며 의기양양하게 그들의 리더들이 선창하는 구호를 외치며 먼저 자리로 다시 모여들고 있었다.

별안간 안은 저놈이, 하고 소리쳤다. 옆에 서 있던 사람이 안을 돌아보았다. 안은 학생들 속에 성규를 보았다. 성규는 데모 대열의 앞에 서서 자기를 떠난 학생들에게 제자리에 와 앉게 하고 있었다. 그러한 성규를 보자 안의 눈에 불이 났다. 가뜩이나 아픈 눈에 치미는 울화로 거의 눈물이 날 지경이었다. 학생들이 성규의 앞으로 와 앉고 성규는 구호를 외치고 있었다. 그러자 학생들은 힘차게 받아 외쳤다.

안은 성급한 걸음으로 앞으로 나갔다. 그는 마치 학생들의 외침을 막고 싶은 듯이 서둘렀다. 무거운 몸이 뒤뚱거렸다. 안은 땅바닥에 주저앉아 있는 학생들 옆을 지나 곧장 아들이 서 있는 쪽으로 갔다. 성규가 앞으로 다가오는 안을 보았다. 성규는 이상하게 허둥대고 있는 아버지의 모습을 잠시 쳐다보았다. 그러더니 성규가 학생들 앞을 비켜나서 안쪽으로 왔다

"아, 너⋯⋯"

안은 헐떡이며 말을 잇지 못했다. 그러나 아들은 아버지를 보고 놀라지 않았다.

"아버지, 웬일이십니까?"

"웬일이냐구?"

"어딜 말예요."

"집에, 널 방 속에 처넣어두겠다."

"저 혼자 말예요?"

"못 가겠니?"

"저만 그렇게 하면 된다고 생각하십니까?"

"닥쳐, 네가 여기 있어야 할 게 뭐냐, 저놈의 미친 떼들 속에."

"왜요, 아버지 돈은 이런 날을 위해서 쓴 건 아닙니까, 보세요. 아버지가 어떻게 돈을 벌어 어떻게 썼나를."

"난 장사꾼이야, 장사꾼은 돈을 버는 데 수단 방법을 가리지 않는 거야."

"허지만 아버지, 아버진 한번이라도 싸워보셨어요. 단 한번이라도 아버지 생애에 있어서 순수한 목적을 위해 싸워보셨느냐고요."

둘은 잠시 말을 잃고 마주 바라보고 있었다. 그들은 서로 한 치도 물러설 것 같지 않았다.

갑자기 총소리가 울렸다. 공중에 대고 쏘는 수발의 총소리가 효자동 쪽에서 들려왔다. 총소리에 "와!" 하고 앉아 있던 학생들이 일어났다. 성규가 그쪽으로 달려갈 듯이 몸을 돌렸다. 아버지가 아들의 팔을 움켜쥐었다.

"이놈, 죽고 싶으냐!"

안이 거친 소리로 말했다.

"공포예요."

성규는 팔을 잡힌 채 학생들 쪽을 바라본 채 대답했다.

"쏠 게다. 못 쏠 줄 아니?"

"쏘진 못 할걸요."

싱규는 여진히 학생 쪽을 바라보고 있었다.

"잊었니? 그들은 쏴보았어."

이제 연좌데모를 하고 있던 학생들의 대열이 총소리가 난 쪽을 향해서 움직이고 있었다. 성규는 그들을 지켜보고 있었다.

"수미가 널 찾더라."

성규가 잠시 아버지를 쳐다보았다. 그러고는 아무 말 없이 학생들이 가고 있는 쪽으로 달려갔다.

학생들은 총소리가 난 쪽으로 가고 있었다. 군중들이 학생들 앞에 길을 비켜주고 있었다. 성규는 그들 행렬 뒤로 따라갔다. 성규가 뒤를 돌아보았을 때, 안은 아직 그 자리에 서 있었다. 아버지는 그 커다란 몸으로 마치 버림받은 사람처럼 우두커니 서 있었다. 그러자 곧 인파에 휩쓸려 아버지의 모습이 보이지 않게 되었다. 성규는 행렬을 따라가면서 수미, 하고 생각했다. 그는 수미를 상처처럼 느꼈다. 수미가 행복에 대한 향수를 갖듯이 그녀는 그에게 못다 한 향수를 남겨놓았다. 그것은 아물 수 없는 상처처럼 언제까지나 그에게 아물 수 없이 남아 있으리라. 그리고 어느 순간 불쑥불쑥 향수처럼 상처가 입을 벌리리라. 그러나 이러한 생각이 성규에게 어쩐지 아득하게 느껴지는 것이었다. 그의 눈앞에 밀접해 있는 이 군중과 수미는 아무 관계가 없었다.

성규의 옆으로 여학생들의 행렬이 지나가고 있었다. 그들은 서로 손을 맞잡고 곧바로 앞을 향해 가고 있었다. 성규는 무심코 그들의 행렬을 바라보고 있었다. 형주가 여학생 줄에 끼어 오고 있었다. 형주는 한 손으로 옆 사람의 손을 잡고 다른 손에 책가방을 들고 있었다. 성규는 순간 형주 쪽으로 몸을 향했다. 형주가 그를 바라보았다. 그러자 성규는 걸음을 멈추었다. 그도 아버지처럼 말하고 싶은가. 여긴 위험하니 집에 돌아가라고. 그런 말을 형주에게 하고 싶은가. 형주는 잠시 그를 쳐다보더니 앞으로 지나갔다. 성규는 뛰어서 행렬 선두로 갔다.

성규는 선두에서 효자동 모퉁이로 접어들었다. 공기는 더욱 매워지고 있었다. 먼저 온 시위자들에 의해서 깔려 있던 전주와 급조된 장애물이 걷어 치워져 있었다. 이 장애물을 돌파할 때 중앙청 후문에 포진해 있던 경찰이 위협 발사를 했던 것이다.

그러나 '三一당' 앞길을 가로질러 경찰은 다시 제이진을 싸고 있었다. 그들은 바리케이드에 의거해서 전투적인 사격 태세를 갖추고 있었다. 그들 앞에 먼저 와 있던 시위자들이 맞서고 있었다. 성규 일행은 일단 걸음을 멈추고 상황을 살피기로 했다. 그들은 모두 주저앉아서 다시 연좌데모에 들어갔다. 선두 뒤로 쭉 연달은 학생들은 매운 공기에 눈물을 흘리며 얼마 동안 그러고들 앉아 있었다.

그러자 이때,

"최루탄 쏜 놈 잡아라!"

외치며 먼저 와 있던 선두의 다른 대학 학생들이 전진을 시자했다. 그러나 경찰은 경찰대로 계속 최루탄을 던지고 소방차 호스로 물을 뿜어대고 있었다. 학생들은 투석으로 대항하며 쉬지 않고 바리케이드로 육박해 갔다. 경찰은 네 대의 소방차 엄호 밑에 데모 군중의 접근을 막으려고 필사적인 노력을 하고 있었다. 그러나 투석에 견딜 수 없었던지 소방차는 살수를 중지했고, 경찰대도 얼마간 뒤로 물러서고 있었다. 그들은 분명히 효자동 전찻길을 입추의 여지없이 뒤덮은 데모 군중에 위압을 받고 있었다.

성규는 한 청년이 길가의 담을 뛰어넘는 것을 보았다. 청년은 담을 넘어 바리케이드 뒤쪽으로 넘어가려는 것이다. 성규도 그쪽으로 대달렸다. 성규가 담에 매달렸을 땐 여러 명이 담을 뛰어넘고 있었다. 그때 담을 향해 수발의 실탄이 날아왔다. 뒤에서 그들을 지켜보던 시위자들이 아우성을 쳤다. 성규는 쿵하고 어느 가정집 정원으로 뛰어내렸다. 우당탕 담을 넘어오는 시위자들에 놀란 한 여인이 유리문으로 내다보고 있었다. 시위자들은 다시 담을 넘어 바리케이드 뒤로 뛰어들었다. 그들은 곧장 멎어 있는 소방차를 향해 몰려갔다. 성규 앞에서 한 청년이 운전대로 뛰어들었다. 성규는 반대쪽으로 가서 문을 열고 올라탔다. 운전대로 뛰어오른 청년이 난 운전을 못 해, 하며 분통을 터뜨렸다. 청년은 급한 마음에 무작정 덤벼든 것이다. 성규는 그 낯선 청년과 자리를 바꾸기 무섭게 소방차를 바리케이드 앞으로 내몰았다. 데모 대원들 앞에 길을 열어주어야 했다. 성규는 철조망의 바리케이드를 소방차로 밀어제쳤다.

물밀 듯 쏟아져 나오는 인파, 마치 홍수에 제방이 터지듯 바리케이드를 물리치고 밀어닥치는 인파의 물결. 그 기막힌 물결은 무서운 기세로 앞을 향해 치달려 나가고 있었다. 성규는 소방차의 방향을 돌렸다. 이미 다른 소방차들은 사이렌 소리를 요란히 울리며 경무대 쪽을 향해 달려가고 있었다.

바로 이때였다. 총성이 터졌다. 경찰이 뒤로 몰리면서 쏜 것이다. 뛰어가던 학생 하나가 성규의 소방차 앞에서 푹 쓰러졌다. 학생들이 사방으로 흩어지며 이리저리 뛰고 있었다. 성규는 소방차에서 뛰어내렸다. 그리고 넘어진 채 움직이지 않는 몸을 잡아 제쳤다. 엎드린 자리에 피가 흐르고 있었다. 총을 맞은 것이다. 허벅다리를 맞고 있었다. 성규는 그를 끌어 올렸다. 몸이 무겁게 축 늘어지며 신음 소리를 냈다. 그는 총에 맞고 넘어지는 순간 정신을 잃고 있었던 것이다. 소방차에서 뛰어온 청년이 성규를 거들었다. 그들은 부상자를 소방차에 실었다. 피 묻은 다리를 의자에 집어넣을 때 부상자가 비명을 질렀다. 청년이 운전대로 앉았다.

"운전할 줄 모르다고 했잖아."

"할 수 있어."

성규가 그 얼굴을 쳐다보니 아까 옆에 앉아 있던 청년이 아니었다. 청년은 재빨리 차의 방향을 돌려서는 사이렌을 울리며 병원을 향해 달려갔다. 성규는 잠시 멍청히 차가 떠난 자리에 서 있었더. 그는 피 묻은 손을 하고 땅바닥에 젖어 있는 피를 내려다보고 있었다. 그때,

"성규얏, 엎드렷!"

하고 외치는 소리가 들려왔다. 그와 동시에 총알이 성규의 앞 길바닥에 부딪쳤다. 그러자 성규의 귀에 다시 총소리가 들려오기 시작했다. 성규는 그를 부른 쪽을 돌아보았다. 학생들은 흩어져 길 양편 담을 의지하고 있었다. 그 가운데 성규를 보고 있는 친구의 얼굴이 보였다. 성규도 담 쪽으로 가자고 생각했다. 성규가 친구 쪽으로 가자니까 다시 총소리가 울렸다. 성규는 엎드렸다 일어나며 친구 옆으로 가 담에 붙었다.

"죽었어?"

친구가 물었다.

"쏘았어, 사람을 쏘았어."

성규는 헐떡이며 넋 나간 사람처럼 되풀이했다.

"사람을 죽여, 이놈들 이젠 마지막이다!"

이러던 친구가 앞으로 뛰어나갔다.

성규는 담에 기댄 채 서 있었다. 친구가 담을 따라 가고 있는 게 보였다. 경찰은 효자동 전차 종점을 등지고 계속 총을 쏘아 대고 있었다. 전투복으로 완전무장한 사격 병력은 약 삼 개 소대, 엠원, 칼빙에, 연막탄 최루탄을 연달아 터뜨리고 있었다. 그럼에도 불구하고 많은 학생들이 담을 의지하고 앞으로 나가고

있었다. 그러자 성규는 한 청년의 거동을 지켜보고 있었다. 선두에 다른 학생들과 뚝 떨어져서 혼자 맨 앞장서 가는 청년이 있었다. 그는 조심스럽게 몸을 굽히고 벽을 따라 재빨리 앞으로 전진하고 있었다. 총탄이 계속 나는 속에 두어 발 앞으로 나갔다가 앉고, 다시 총탄을 뚫고 몇 발 자국씩 앞으로 나가고 있었다. 그럴 때마다 한 치 한 치 경찰을 뒤로 밀고 나가는 것 같았다. 분명히 경찰은 뒷걸음 치면서 쏘아대고 있었다. 그가 다시 앞으로 나가려고 몸을 일으키는 순간 쓰러졌다. 청년이 담 옆에 꼬부린 채 주저앉았다. 맞은 것이다. 성규는 담에서 몸을 떼자 앞으로 내달리고 있었다.

성규 가까이에 다시 총성이 울렸다. 성규는 다시 담벽에 몸을 붙였다. 그의 옆에 한 여학생이 웅크리고 앉아 있었다. 그 여자는 얼굴을 감싸쥐고 울고 있었다. 총소리가 뜸해졌다. 성규는 소녀의 팔을 잡아 일으켰다. 그러나 소녀는 따라 일어나지 않았다. 움직일 수가 없는 것인지 몰랐다. 성규는 뛰어가면서 주위를 둘러보았다. 그 순간 성규는 소녀처럼 어디서 저러고 있을 형주를 생각했다. 소녀는 아직 그 자리에 그 모습으로 앉아 있었다. 그녀는 어떻게 여기까지 와서는 더 이상 꼼짝할 수 없이 되어버린 모양이었다.

이제 경찰은 효자동 전차 종점 모퉁이에 마지막 바리케이드를 쌓았다. 그러고는 경찰은 바리케이드 뒤로 들어가 포진했다. 발포는 더 심해갔고, 쓰러지는 학생 수가 늘어갔다. 그러나 학생들은 포기하지 않고 마지막 바리케이드를 향해 다가섰다.

성규는 여럿이 종점에 멈춰 있던 전차를 끌고 왔다. 그들은 빈 전차 두 대를 밀고 가며 총알을 피해 철조망 앞으로 다가갔다. 그러나 철조망은 어떻게 해볼 수가 없었다. 성규 옆에서 한 청년이 전차 뒤에서 몸을 내미는 순간 옆으로 나가떨어졌다. 성규의 몸이 비치자 다시 총알이 날아왔다. 성규는 팔을 내밀어 쓰러진 청년의 다리를 끌어당겨 전차 뒤로 숨겼다. 뒤에서 보고 있던 시위자들이 달려왔다.

"어떻게 됐어?"

시위자가 물었다.

"모르겠어."

성규는 전차에 기대서 있었다.

시위자들이 끌려오며 피를 흘린 몸을 바로잡았다. 흰 와이셔츠에 피, 피, 배를 맞은 것이다.

"빨리 차를 불러!"

시위자가 소리쳤다.

"이럴 수가, 이럴 수가 있어요."

이때 울먹이는 여자의 소리가 들렸다. 성규는 거의 시체가 된 청년에게서 시선을 돌렸다. 거기 울상을 하고 있는 한 여자와 함께 형주가 있었다. 형주는 옆에 있는 여자와는 달리 얼굴을 굳힌 채 말없이 피투성이 몸뚱어리를 내려다보고 있었다.

"형주!"

성규는 몸을 일으키는 동시에 세차게 형주를 잡았다. 형주는 한순간 그를 알아보지 못하는 것 같았다. 그녀는 초점 없는 시선으로 그를 쳐다보더니,

"아"

하고 말을 잇지 못했다.

"흔들리지 않게 해."

시위자들이 피를 뚝뚝 흘리며 부상자를 운반해 갔다.

"왜 이렇게 됐을까요? 왜?"

형주는 눈앞에 벌어진 참혹한 광경이 믿을 수 없다는 듯이 중얼거렸다.

"어쩌자구 여기까지 왔습니까?"

그녀는 질린 얼굴로 대답이 없었다. 그녀는 무서운 생각에서 깨어나지 못하는 것 같았다. 그러나 울고 있지는 않았다.

그때 성규 앞으로 시위자들이 어디선가 지프차 하나를 굴려 왔다. 그들은 그것을 밀어붙여 철조망을 뚫으려 했다. 그러나 철조망은 까딱도 않았다. 총소리가 다시 일어났을 뿐이었다. 성규는 형주와 나란히 전차에 바싹 몸을 붙이고 있었다. 그러고 있는 그녀는 아직 한 손에 책가방을 꼭 쥐고 있었다.

그러자 어디서 났는지 톱을 든 학생이 그들 앞을 지나갔다. 그 학생은 전차를 떠나 철조망 앞으로 기어 나갔다. 그는 철조망을 가린 나무 기둥을 베려고 하는 것이다. 그가 기둥을 베기 시작하자 전차 뒤에 몸을 가리고 있던 몇 명이 따라 나갔다. 이

들을 보고 총격이 쏠렸다. 바리케이드 못 미쳐 두 명이 쓰러졌다. 먼저 하나가 몸을 꿈틀거렸다. 이때 이를 바라보던 형주가 쏜살같이 앞으로 뛰어나갔다.

"형주!"

하고 성규가 소리쳤다. 동시에 총성이 울렸다. 그래도 형주는 멈추지 않고 달려 나가고 있었다. 그녀는 부상자들 앞에 도착해서 먼저 꿈틀거리는 하나를 끌어 일으켰다. 그것을 지켜보던 시위자들이 우루룩 앞으로 뛰어나가자, 다시 총성이 일었다. 모두 주춤하고 엎드렸다. 그러나 형주는 계속 부상자를 끌어오고 있었다. 성규는 그녀가 죽으려고 하는 것 같았다. 그러나 아니다. 그녀는 지금 이 순간을 통해서 열렬히 살기를 결의하고 있는 것인지 몰랐다. 이때 허리를 굽히고 뛰어나간 한 학생이 형주에게서 부상자를 받아 어깨에 들쳐 메었다. 그러자 다른 시위자들이 남은 부상자를 떠메고 돌아왔다. 부상자 앞으로 학생들이 까만 세단을 몰고 왔다. 아마 중앙청 뜰에 멈춰 있던 차일 게다. 시위자들은 부상자들을 담아 싣고 형주도 함께, 세단을 군중 사이를 누비며 몰고 갔다. 성규는 멀어져가는 자동차를 바라보며 그런데 저 순수한 용기를 가진 여자의 정체는 도대체 무엇일까 하고 한순간 생각했다.

이제 총성은 한 곳으로만 집중하고 있었다. 그러나 학생들은 한 자루의 톱에 끈덕지게 매달려 있었다. 톱질하던 자가 쓰러지면 대신 새로 다른 자가 톱자루를 잡고 들어섰다. 한 자리에 푹푹 계속 쓰러져가고 있었다. 흘러내리는 선혈 위로 소방차에서 내뿜는 거센 물이 마구 시체를 후려갈기고 있었다. 그러나 이윽고 그들은 계속 쓰러지면서 끝내 철조망을 끊어 던지고야 말았다.

"와!"

학생들은 물밀 듯이 터져 나왔다. 총격은 더 한층 심해졌다. 데모 선두는 맥없이 쓰러지기 시작했다. 앞으로 뛰어나간 성규는 소방차에서 뿜는 물에 비틀거리며 주저앉았다. 수백 명의 학생들이 잠시 앉아 있게 되자 총격도 잠시 잠잠해졌다.

시위자들은 다시 일어났다. 사격이 또 시작되었다. 목적지에 가까워지자 총탄은 미친 듯이 몰아쳤다. 비명과 아스팔트를 덮는 검붉은 핏줄, 이미 성규의 귀에는 총성 같은 건 들리지 않았다. 충혈된 눈에 경무대 입구가 어슴푸레 보였다. 성규는 그 길고 무심한 가로를 발견하자 순간 엄청난 분노에 아찔했다. 이제 올 곳으로 왔구나, 몇 걸음만 더 가면 우리는 알 수가 있구나, 왜 이렇게 되었나 알 수가 있다. 자 다시 한 걸음……

준은 텅 빈 버스 속에 앉아 있었다. 차창 밖으로 준의 시야에는 어디나 인파로 덮여 있었다. 거리 저편 끝까지 꽉 들어차 끊임없이 출렁이는 인파의 물결 위로 봄볕이 내려쪼이고 있었다. 준은 학생들과 함께 중앙청 앞까지 왔다가 돌아가는 길이었다. 마침 정류장에 승객을 몇 실은 버스가 멈춰 있었다. 준은 떠나는 버스냐고 물으며 올라탔다. 그러나 버스는 움직이지 않고 어느 틈에 몇 안 되는 승객마저 내려버리고 빈 버스였다. 눈앞에 차츰 늘어가는 군중들이 버스 앞으로 점점 빽빽이 들어찼다. 준은 운전수와 차장만 남은 버스에서 내렸다.

준은 인파를 뒤로하고 천천히 걸었다. 군중이 쉴 새 없이 그의 앞에서 엇갈려 가고 있었다. 순간 흥분과 기대로 뒤얽힌 얼굴들이 번득번득 달려갔다. 대학생들이 합승과 택시를 타고 의거해 호응해줄 것을 외치며 거리를 달리고 있었다. 그들의 행렬이 지나갈 때마다 군중 속에서 박수 소리가 일어났다. 시가지 여기저기서는 계속되는 시위자들의 함성이 들려왔고 그 가운데 시민들이 떼를 지어 밀려가고 밀려오는 거리는 사뭇 꺼질 줄 모르는 열기의 소용돌이 속에 들끓고 있는 듯했다. 준은 형수가 입원해 있는 병원으로 갈 생각이었다. 형수가 그를 기다릴 것이다. 그는 형수와 함께 조용히 이 소란이 가라앉기를 기다릴 생각이었다.

그때 준의 등 뒤에서 한 떼의 인파가 몰려와서 앞으로 내닫고 있었다. 효자동 쪽에서 뭉쳐 나온 그 커다란 무리는 가까이 있는 방공 회관 앞에 이르자

"민주주의 바로잡고 공산주의 타도하자!"

"3·1 정신으로 민주정신 이룩하자!"

하고 외치며 꾸역꾸역 건물 앞으로 몰리고 있었다. 그러던 그들이

"부정 선거에 협력한 대한 방공 청년단은 해체하라!"

하고 구호가 급격히 바뀌어가더니

　"때려 부셔라!"

　"불태워버려라!"

하고 제가끔 외치기 시작했다.

　준은 군중 앞에서 외치던 자들이 건물 안으로 몰려들어가는 것을 보았다. 청년 하나가 아래층 창문으로 뛰어들자, 그것을 보고 다른 자들이 우루룩 유리창으로 넘어 들어갔다. 뒤에서 군중이 와와 떠들고 있었다. 건물 안으로 뛰어든 자들의 모습이 잠시 이삼층 창으로 나타났다 사라졌다. 그리고 그들에겐 얼마 동안 아무 기척도 없이 잠잠했다. 바깥에서도 건물 속에서 무슨 일이 벌어지고 있는지 잠시 조용히 기다리는 듯했다.

　준은 담배를 피워 물었다. 그는 계속 군중 뒤에 걸음을 멈추고 서서 건물을 올려다보고 있었다. 그러면서 준은 이제 이승만 정권의 신이 쓰러지려고 하는구나 하고 생각했다. 반공은 나라가 양단된 이 나라의 현실이었다. 그래서 반공은 이 정권의 존재 이유 같은 것이 되었으며, 걸핏하면 그들이 떠받치기 좋아하는 신이 되었다. 그런데 이러한 그들은 반공이란 이름 아래 도대체 무슨 짓을 했던가. 그것을 방편으로 흔히 무고한 시민을 때려잡든가, 희생물로 삼기를 즐겨하지 않았던가. 반공이 그러한 사람의 방편의 우상이라면 서슴지 않고 쓰러지려무나. 무엇이든 참다운 정체를 알기에 국민은 오래 속지는 않을 것이다.

청년들이 후닥닥 건물 밖으로 뛰어나오는 게 보였다. 유리 창문으로 몸을 날려 넘어오는 자도 있었다. 그와 동시에 확 방 안에 불꽃이 이는 게 보였다. 이를 보고 시위자들에 환성이 일어났다. 창으로 연기가 천천히 꾸물거리며 흘러나오기 시작했다. 불길에서 솟구치는 연기는 계속 뭉클뭉클 피어오르며 무심히 이층에서 삼층으로 번져갔고, 급기야 휘발유에 젖은 건물은 불길을 확확 뿜으며 불타오르고 있었다. 주위가 코를 찌르는 불타는 냄새로 가득 찼고, 불꽃을 따라 건물의 파편 조각이 공중에 튕겨졌다 땅바닥으로 떨어지곤 했다. 때때로 시위자들이 불 속을 향해 돌팔매질을 했다. 이렇게 삼층 건물은 군중 앞에서 삽시간에 연기와 화염에 싸이고 있었다.

　이때 불길을 보고 소방차 세 대가 거리 저편으로 나타났다. 불길을 향해 소방차가 곧장 달려오자, 시위자들이 앞으로 몰려들며 길을 막고 섰다. 그러나 소방차는 불더미 앞에 군중을 헤치며 진화 작업을 하려 했다. 그러자 갑자기 시위자들이 흥분해서 소방차에 돌을 던졌다. 앞 유리가 깨지고 순간 준은 운전대에 납작하게 엎드리는 소방대원이 보였다. 시위자들은 일시에 소방차를 에워싸고 순식간에 소방차는 와글와글 몰려드는 인파에 덮여 꼼짝을 못 했다. 멀찍감치 그 광경을 바라보고 있는 준에게 그것은 마치 개미 떼가 먹이를 둘러싼 것 같았다. 시위자들은 차체를 몽둥이로 후려갈기며 뛰어올랐다. 두 팔로 머리를 감싸고 소방대원이 차에서 뛰어내리더니 사람들을 헤치고 도망치는 게 보였다. 학생들은 앞을 다투어 소방차에 뛰어올랐다.

"운전할 줄 아는 사람이 있거든 타라!"

"방향을 돌려라!"

어떤 청년의 말이 떨어지자마자 세 대의 소방차는 동시에 시위자들의 손으로 움직이기 시작했다. 수많은 시위자들은 거리가 떠나갈 듯 환성을 외치며 박수를 쳤다. 세 대의 소방차는 불길을 뒤로 둔 채 사이렌을 요란스럽게 울리며 중앙청 뒤쪽으로 담을 돌아갔다. 이즈음 불길은 완전히 건물 삼층까지 치솟았고 활활 타오르는 불바다 속에 환성이 계속되고 있었다.

이건 데모가 아니라고 준은 생각했다. 이미 데모 자체는 자신의 의지를 훨씬 뛰어넘고 있었다. 이것은 바로 혁명이다. 군중들은 지금 막 거리에 충천하는 불길 앞에 오랜 세월을 두고 짓눌려 쌓인 것들을 폭발시키고 있었다. 준은 사납게 날뛰고 있는 군중들을 바라보며 불현듯 할아버지를 생각했다. 할아버지는 늘 이렇게 말씀했었다. 이 나라는 약한 것 같지만, 오랜 역사 속에 끈질기게 언제까지나 자기 자신을 지켜왔다고, 따라서 이 나라 백성은 침략자나 어느 누구에게든지 오래 억눌려 살 수는 없다고 했다. 그래서 기필코 언젠가는 이 나라 백성은 그 억압에서 일어나고야 만다고 했었다. 그리고 지금 현재, 이 군중들은 같은 기억과 같은 뜻 아래 알 수 없는 힘으로 뭉쳐서 한번 반기를 들고 일어서자 잠시도 고삐를 늦추는 법 없이 걷잡을 수 없는 무서운 기세로 치솟고 있었다. 그런데 바지 포켓에 손을 찌르고 군중 뒤에 서 있는 준 자신은 왜 그리 조용하기만 한가. 왜 자기는 다른 많은 청년처럼 젊은이답게 군중 속에 뛰어들어 날 뛸 줄도 모르고 흥분할 줄도 모르는가. 그러나 군중들이 와글와 글 뒤끓고 있는 바로 곁에서 준은 피의 본능적 기억에 사로잡힌 채 계속 깊은 침묵에 잠겨 있었다. 준은 다시 담배를 피워 물었 다. 옆에서 구경하고 있던 한 늙은이가 준이 담배를 붙이는 걸 보고 담뱃불을 빌렸다. 준이 내미는 성냥불에 늙은이가 담배를 붙이더니 준을 보고 미소를 짓고 있었다. 순간 희열에 뜬 늙은 얼굴이 빛나고 있었다. 마치 그것은 늙은이에게 다시 젊어진 듯 한 기대의 떨림을 보는 듯했다. 준은 슬며시 외면을 했다.

이때 군중을 헤치며 오는 요란한 사이렌 소리가 들려왔다. 자 동차 한 대가 경무대 쪽에서 미친 듯이 달려오고 있었다. 하얀 앰뷸런스였다. 자동차 앞머리 양쪽에 매달린 학생들이 길을 비 키라고 팔을 내흔들고 있었다. 병원으로 달리는 구급차였다.

준은 담배를 내던졌다. 그러고는 총소리가 나고 있는 쪽으로 달렸다. 그것은 공포가 아니라 사람을 쏜 것이다. 준은 성규를 생각했다. 데모 선두에 악착같이 매달려 있던 성규를. 지금 성 규는 단지 싸우기만 하면 되었다. 그러나 거기에서 성규를 끌어 내야겠다. 성규는 책임 있는 몸이었다. 혼자의 몸이 아니었다. 다음 순간 준에게 형주의 모습이 떠올랐다. 그들은 지금 너무나 큰 도박에 몸을 맡기고 있었다. 그들은 현재 싸우는 것 외에 아 무것도 생각 못한다. 그리고 지금 그들에게 싸우는 것만이 있었다. 그러나 준은 그 후에 올 것을 너무 잘 알고 있었다. 준은 성규를 지금 같은 집념에서 빼내야겠다는 일념에서 계속 군중을 뚫고 나갔다.

준의 앞에 다시 구급차 한 대가 나타났다. 이번은 적십자 표시를 한 시발택시였다. 피 묻은 옷을 입은 학생이 문에 매달려 길을 트게 하고 있었다. 시발택시는 군중을 뒤로하고 달려갔다. 준은 계속 앞으로 달려가며 생각했다. 지금 이 백성들은 다시 그 옛날 이 거리에 자유를 찾아 백의에 피를 뿜던 먼 조상의 기억을 되살리는 것일까.

별안간 총성이 천지를 뒤흔드는 것 같았다. 수백 발의 일제 사격 소리였다. 준 앞으로 커다란 무리가 밀려오고 있었다. 준은 군중과 부딪치며 계속 앞으로 나갔다. 아주 가까이에 총성이 다시 일어났다. 군중들이 쫓겨오며 급히 아무 건물 속이나 마구 뛰어들어갔고, 사방으로 흩어지는 군중 앞으로 데모 선두가 보였다.

약 50미터 앞에 경찰은 병력을 정렬하고 있었다. 수백의 무장 경찰관이 앉아 총 자세로 장갑차까지 앞세우고 일제 사격을 하며 데모대를 공격하여 밀고 오고 있었다.

이렇게 해서 경찰병력은 사격을 계속하며 점차 데모 군중들을 한 걸음 한 걸음 몰아내기 시작했다. 그래서 경찰병력이 중앙청 앞까지 도달하자, 그들은 마이크로 "계엄령이 선포됐으니 돌아가라"고 했고, 잠시 무마연설도 했다. 그러나 거리에 여전히 데모 군중이 버티고 있자 또다시 집총 태세와 함께 일제 사격을 개시하여, 그들은 순식간에 세종로 광장까지 진압했다.

이 무렵 준은 한 떼의 군중과 함께 로터리로 쫓겨 들어갔다. 그러나 군중은 쉽사리 흩어지려고 않았다. 거리에 그냥 남은 채 미적미적 머물고 있었다. 이때 돌연 백차와 트럭이 나타나서 군중을 에워쌌다. 경찰관들이 트럭에서 뛰어내리며 군중 앞으로 밀어닥쳤다. 그들은 마구 곤봉을 휘두르며 군중 속에서 학생들을 가려내고 있었다. 학생이면 무조건 잡아내어 양손을 묶기도 하고 트럭에 실었다.

준은 가까운 골목 안으로 뛰어 들어갔다. 학생들이 우루룩 골목 안으로 도망치며 앞으로 뿔뿔이 내달렸다. 준이 다시 좁다란 골목길을 돌아서자 홀연 조용한 거리가 열렸다. 조용한 골목길에 아이들이 놀고 있었다. 준은 그들을 보자 신기한 생각이 들었다. 뒤에선 아무도 쫓아오는 사람이 없었다. 준은 잠시 아이들이 놀고 있는 것을 우두커니 서서 바라보고 있었다. 그러자 그는 될 수 있는 대로 빨리 여기를 떠나야 한다고 생각했다. 그는 골목을 얼마 안 가서 한 대문 앞에 섰다. 그는 포켓에 손을 찌른 채 몇 분 동안 서 있다가 이윽고 벨을 눌렀다. 지체 없이 대문이 열리고 수미가 나타났다.

"아"

하고 수미가 준을 쳐다보았다.

"어딜 나가는 길입니까?"

준이 안으로 들어서며 말했다.

"아뇨."

"나미 있습니까?"

"안 들어왔어요."

"학교에서 안 온 겁니까?"

"아, 그랬으면 좋겠는데."

그들은 잠시 말없이 마주 바라보고 있었다.

"성규는?"

하고 수미가 말했다.

"성규를 보셨어요?"

준이 앉아 있는 방으로 수미가 왔다 갔다 하고 있었다. 준은 정원의 등의자에 앉아 있었다. 그 앞에서 잔뜩 스웨터 앞자락을 감싸쥔 수미가 계속 오락가락하고 있었다. 수미는 그렇게 저녁 내 정원을 서성댈 것만 같았다. 날이 저물며 정원에 어둠이 내리고 있었다. 그때 온 시가를 울리며 사이렌 소리가 들려왔다. 순간 수미가 화들짝 놀란 듯이 걸음을 멈추었다. 사이렌 소리는 유난히 가깝게 들리는 것이었다. 그것은 7시 통금 시간을 알리는 것이다. 수미는 그 사실을 잊고 있는 듯싶었다. 사이렌은 길게 꼬리를 끌며 계엄령하에 있는 거리에 음산하게 퍼지고 있었다. 그러나 준의 뇌리에 어렸을 적에 들었던 사이렌 소리가 떠올랐다. 그것은 전쟁이 시작되고 마지막 수도를 철수하며 울렸던 사이렌 소리였다. 그때도 이렇게 긴 사이렌 소리를 울렸었지. 그날 밤 비가 내리는 속에 사이렌 소리는 끝없이 계속될 것만 같았다. 그리고 그 소리와 함께 준에게 예측할 수 없는 생활이 시작되었던 것이다.

갑자기 사이렌 소리가 뚝 그쳤다. 그러자 한 줄기 사이렌 소리가 쓸고 간 거리에 한순간 깊은 침묵에 떨어졌다. 그리고 마치 텅 빈 거리 위에 잿빛 하늘만이 끝없이 펼쳐 있는 것만 같았다. 그러자 사이렌을 신호나 삼듯 거리로부터 군중의 소음이 들려왔다. 그것은 노랫소리로 시작해서 차츰 아우성으로 변했다. 총소리가 울렸다. 군중의 혼란스러운 고함 소리가 일어났다. 졸지에 다시 거리가 소란스러워졌다. 그러나 통금에 미처 해산을 못 한 시위자들은 분명 거리 한쪽으로 몰리고 있었다. 이윽고 그 소란도 차츰 가라앉아 다시 침묵이 내려덮었다. 수미가 무서운 듯이 준 옆에 가만히 서 있었다. 그들은 그렇게 계속 숨을 죽이고 있었다. 침울한 대기 속에 건드릴 수 없는 적막이 내려눌렀다. 그때 집 안에서 울리는 전화벨 소리가 들려왔다. 준은 수미를 바라보았다. 그녀는 전화 소리를 들은 채 움직이지 않고 있었다.

집 안에서 심부름 하는 소녀가 뛰어나왔다. 수미가 소녀를 바라보고 있었다. 수미는 소녀가 먼저 말하기를 기다리고 있는 성싶었다.

"나미 언니한테 전화예요"

하고 소녀가 말했다.

"지금 어디 있대?"

"친구네 집에 있대요. 오늘 밤 거기서 자구 못 온대요."

"그래, 내가 가서 받지."

"전환 끊었어요."

잠시 수미는 말이 없었다.

"어머니한테 전화하라고 했니?"

"네, 나미 언니가 아주머니 사무실로 연락한댔어요."

수미는 다시 잠시 말이 없었다. 그러고 수미는 발끝을 내려다
보고 서 있었다.

"다른 전화는 없구?"

수미가 발끝을 내려다본 채 지나가는 말처럼 묻고 있었다.

"네."

"알았어, 가봐."

수미는 소녀를 쳐다보지도 않고 말했다.

"부엌 아줌마가 선생님하구 와서 진지 잡수시래요."

"그래, 알았어."

이렇게 말하고 있는 수미는 허공을 응시한 채 다른 생각에 잠
겨 있었다. 소녀가 돌아서 갔다. 준은 의자에서 일어났다.

"전 그만 가봐야겠는데요."

수미가 준에게 얼굴을 돌렸다.

"어딜요?"

"병원으로 가봐야겠습니다."

"이렇게 가신다구요. 못 가세요."

"골목으로 빠져서 가면 되겠지요."

"안 돼요."

수미의 어조가 강했다. 준은 수미를 쳐다보았다. 둘은 잠시 마주 바라보았다.

"병원으로 전화하세요. 길이 막혀서 못 가신다구."

이렇게 수미가 다시 말하고는

"이리 오세요"

하며 앞으로 걸어갔다.

"아니, 그만두죠."

"전화 안 하세요?"

"네, 그만두겠습니다."

"왜요?"

수미가 걸음을 멈추고 돌아보고 섰다.

"알리지 않겠습니다."

"형수님이 걱정하실까 봐요?"

대답이 없었다.

"너무 걱정 마세요. 형수님은 곧 좋아지실 거예요. 우리 가서 저녁이나 먹어요."

수미가 친근하게 말했다.

그들은 집 안으로 들어가서 불빛이 환한 방 안으로 들어갔다. 그들은 식탁에 마주 앉아 식욕 없이 음식을 대하고 있었다. 식사하는 동안, 둘은 말없이 묵묵히 앉아 있었다. 가끔 식모가 식사 심부름을 하면서 방 안을 드나들고 있을 뿐, 집 안은 한없이 조용했다. 이때 방 안의 전화가 울렸다. 순간 두 사람은 얼굴을 마주 쳐다보았다. 다음 거의 동시에 탁자 위에서 울리고 있는 전화통으로 고개를 돌렸다. 수미가 일어나 전화를 받았다. 준은 수미가 전화를 받는 소리를 듣고 이번에도 성규는 아니구나 하고 생각했다.

수미가 전화를 마치고 다시 상 앞으로 와 앉으며,

"회장 아저씨세요. 성규 아버지 말예요"

하고 고쳐 말했다. 그러고는 수미는 식탁을 내려다보고 잠시 가만히 있었다.

"성규가 여기 안 왔느냐고 물으시는군요."

수미가 시선을 떨군 채 말했다.

"어디서 피해 잘 있겠지요."

수미가 고개를 들고 정말 그렇게 생각하느냐는 듯이 준을 쳐다보았다. 둘은 말을 잃고 마주 쳐다볼 뿐이었다.

"저녁 잘 먹었습니다"

하며 준이 자리에서 일어났다.

이때 다시 전화가 울었다. 수미가 서둘러서 전화를 받았다. 그러나 이번에도 성규는 아니었다. 준은 창가로 가서 밖을 내다보았다. 그리고 서 있는 준에게, 나미 선생님이 와 계세요, 하는 수미의 말이 들렸다. 준이 고개를 돌리자 수미가 전화를 받으면

서 준에게 오라고 손짓을 했다. 준이 다가가자 수미가

"어머니예요. 전화 좀 바꾸시재요"

하며 준에게 수화기를 내밀었다. 준은 잠시 주춤하며 수화기를
받아 들었다.

"나미 선생님이세요?"

저쪽에서 애교 있는 여자의 음성이 들려왔다.

"네, 접니다."

"나미 소식은 들었는데, 성규 소식은 아무도 모르는군요."

"어디서 곧 연락이 오겠지요."

"그랬으면 오죽이나 좋겠어요. 그래 성규와는 같이 안 있었
다면서요."

"네."

"정말 성규는 어찌 됐는지 모르겠어요. 성규 아버님은 성규
를 길에서 한번 만나 봤다구 하면서 잔뜩 화가 나 계시고. 화만
내시고 계실 때가 아닌데, 정말 성규 땜에 어쩌면 좋을지 모르
겠어요. 수미에겐 좀 잘 말해주세요."

"네."

"나미 선생님이 오늘 우리 집에 오신 게 참 다행이에요. 이래
저래 말예요. 그런데 나미 선생님두 집에 못 간다구 연락하시구
우리 집에서 잘 생각해요. 밖에 나갈 생각은 아예 말구요. 민가
에까지 학생들을 찾는다니까, 나두 발이 묶여서 사무실 근처의
호텔에서 자겠는데, 나미 선생님은 내 방을 쓰든지, 수미가 알

306

아 해줄 거예요. 잘 때 수미더러 문단속 잘하라구 시키시구 나
미 선생님이 집 좀 봐줘야겠어요. 집에 무슨 연락이 있으면 전
화해요. 나두 할 테니까."

"네, 그러죠."

저쪽에서 먼저 전화 끊는 소리가 들렸다. 준은 수화기를 내려
놓았다. 수미가 그러는 준을 지켜보고 있었다.

"어머니가 뭐라세요?"

하고 수미가 물었다.

"성규 걱정을 하고 계시는군요."

잠깐 후에 수미가,

"병원에 전화 안 하시겠어요?"

하고 물었다.

준은 그 말엔 아무 대꾸도 없이 창가로 걸어갔다. 그러고는
창밖을 내다보고 서서 담배를 피우고 있었다. 그러는 준 옆에 수
미가 다가와 섰다. 둘은 아무 말 없이 나란히 서서 계속 어두운
창밖을 내다보고 있었다. 정원에 수목들이 어둠을 먹고 정적에
잠겨 있었고 밤하늘의 끝없는 침묵은 한없이 깊었다. 그것은 보
통 어느 때의 침묵과는 어딘지 다른 것 같았다. 가지 하나 흔들
리지 않는 나무마저 무엇인가 기다리고 있는 성싶었고 그것은
마치 대기 속에 온통 정밀한 기다림에 차 있는 것 같았다.

"우리 밖에 나가요. 방 안엔 못 있겠어요."

갑자기 수미가 무슨 생각 끝에 뒤숭숭해진 것처럼 말했다. 그

러고는 수미가 앞서 방문을 열고 나갔다. 방 안엔 수미가 먹다 만 저녁상이 그대로 식은 채 놓여 있었다. 준은 수미를 따라 밖으로 나왔다.

수미가 정원으로 걸어 나갔다. 그래서는 수미가 정원 가운데 걸음을 멈추고 시가지 쪽을 향한 채 잠시 가만히 서 있었다. 준이 옆으로 가자 수미가 돌아보더니 다시 앞을 향했다. 그러나 그들은 아무것도 볼 수가 없었다. 그들의 앞에 바깥세상은 높은 담으로 막혀 있었다. 다만 낮게 드리운 잿빛 하늘에 검은 연기가 몇 줄기 떠오르고 있을 뿐이었다. 사람 발길이 끊긴 텅 빈 거리에 여전히 파출소가 여기저기서 타오르고 있었던 것이다.

바람이 불어왔다. 수미가 추운 듯 몸을 움츠렸다. 그러나 바람은 훈훈했으며 싱긋한 봄냄새마저 풍기고 있었다. 수미가 가까이 있는 등의자에 마치 몸을 내던지듯 주저앉았다. 그러고는 준이 초저녁 때 하듯이 움직이지 않고 앉아 있었다.

다시 바람이 불어왔다. 그 바람결에 계엄령하에 있는 거리의 소음을 어렴풋이 싣고 왔다. 그것은 시가 한쪽으로 몰린 군중들이 꺼져가는 소리였다. 마치 그것은 멀리 들리는 파도 소리 같기도 했다. 그렇다고 준은 생각했다. 군중들은 지금 떼를 지어 강물의 흐름을 쫓아 내려가고 있었다. 그것은 일찍이 이 나라에 흘러 내려온 투쟁의 한 표현이었다. 할아버지는 민족이 천성인 것처럼 이 나라에 가장 귀한 조상의 유산은 정신적인 항거의 혼이라고 늘 말씀했다. 그리고 지금 군중들은 이 거리에 먼 조상의 피의 기억을 되살리며 자유와 생명을 되찾기에 큰 강물을 이루고 벅차게 흘러가고 있었다. 이렇게 눈에 보이지 않는 강물은 전과 다름없이 이 땅에 맥맥히 흐르고 있었다.

그러나 군중들의 마지막 동요의 온갖 소음마저도 사라져가고 있었다. 그것은 또한 준에게까지 와서는 그러나 그가 서 있는 땅속으로 속절없이 스며들고 마는 것이었다. 그 마지막 소음마저 멀리 사라짐으로써 사방은 더욱 적막이 내리눌렸다. 준은 무서운 고독에 잠긴 채 정원 가운데 움직일 수 없이 서 있었다. 담 너머 가로등이 정원을 흐릿이 비추고 있었고, 그 가로등 불처럼 인간들이 사는 세계는 담 너머로 있었다. 준이 서 있는 곳은 세상과 아무런 관계가 없었다. 그뿐더러 이미 세상에 잊혀진 지 오랜 세계였다. 그러나 또한 동시에 준에게는 잊혀질 수 없는 세계이기도 했다. 이렇게 준은 본능적인 기억에 사로잡혀 뜨거운 애정에 잠겨 있었다.

"무슨 생각을 하세요?"

하고 불현듯 수미가 말을 던졌다. 그러자 준의 날카로운 얼굴이 수미를 돌아보았다. 순간 준은 수미의 존재를 깨우친 데 노하고 있었다. 그러나 수미는 등의자에 앉아서 무심히 준을 올려다보고 있었다. 준은 수미를 잠시 쳐다보더니 잠자코 다시 고개를 돌렸다. 그러고는 여전히 바지 주머니에 손을 찌른 채 다시금 시선을 땅바닥으로 떨구고 정원에 서 있었다. 수미는 그러한 준의 모습을 등의자에 앉은 채 계속 가만히 지켜보고 있었다. 그

렇게 준은 저녁내 좀체 움직이지 않고 깊은 생각에 잠긴 채 묵
묵히 정원 가운데 서 있었던 것이다. 그러한 그에게 말할 수 없
는 고독감이 서려 있었다. 그런데 저 남자는 어쩌면 세상과 저
토록 초연히 멀리 떨어져 있는 것일까 하는 생각을 수미는 하고
있었다. 수미가 의자에서 일어나 준의 옆으로 다가갔다.

준이 돌아보았다. 수미는 준의 차가운 눈동자 속에 그러면서
도 따뜻함을 느꼈다. 그러나 준은 계속 수미를 쳐다볼 뿐 말은
한마디도 하지 않았다. 수미는 자신도 모르게 그의 허리를 안았
다. 잠시 동안 준은 가만히 서 있었다. 가슴에 찰싹 붙어 있는 수
미의 얼굴과 따뜻한 몸이 전해왔다. 순간 준은 마치 그 따뜻하
고 부드러운 생명을 부정하고 싶은 듯 난폭한 욕망이 사납게 덮
치고 있었다. 그러자 갑자기 준은 여자의 팔을 풀고 우뚝 버티
고 섰다.

"안 됩니다."

준은 자기 자신에게 들려주듯 말했다.

"왜요? 왜 안 돼요?"

수미가 무의식중에 중얼거리고 있었다.

"성규 땜에?"

준은 불쑥 몸을 돌려 걸어갔다. 그렇게 준은 한동안 여자 쪽
에 등을 보이고 서 있었다.

"제가 나빴나요?"

이렇게 수미가 다시 등 뒤에서 말하고 있었다.

준은 몸을 돌렸다. 수미가 정면으로 준의 눈 속을 들여다보았다. 그러나 준의 눈은 날카롭게 번들거려 사나웠으며 애정의 눈길은 아니었다. 순간 수미가 어리둥절한 채 어쩔 줄 몰라 했다. 그러더니 갑자기 수미가 몸을 홱 돌려 휘휘 앞으로 걸어 나가는가 싶더니 또 걸음을 뚝 멈추고 준 쪽에 등을 보이고서 망연히 서 있었다. 그러고는 앞에 있는 의자에 가만히 웅크리고 앉았다. 그렇게 한동안 수미는 앞을 응시한 채 까딱도 하지 않고 앉아 있었다.

"아마 난 늘 자기 꿈을 배반하나 봐요. 전 지금 왠지 아주 슬퍼요. 그런데 왜 울 수 없을까요? 전 이런 적이 없었어요. 슬프면 울었는데."

수미가 꺼칠한 소리로 말하고 있었다. 그런데 그것이 마치 먼 사람에게 들려주듯, 또한 혼자 자기 자신에게 말하듯이 들렸다. 여전히 그녀는 앞의 허공을 응시한 채였다. 준은 조용한 동작으로 다가왔다. 그러나 말은 없었다. 준은 아직도 자기 집념에서 벗어나지 못한 채 수미 앞에 와서 몇 분 동안 가만히 서 있었다.

"난 잃어버린 사람들을 생각했습니다. 내가 잃어버린 것에 대한 분노를, 그건데 그것은 당신이 아닙니다."

"소용없어요. 절 무슨 말로든 위로하려 들지 마세요. 전 지금 단지 울고 싶은데, 울 수가 없다는 것뿐이에요."

준은 성급한 빛도 초조한 빛도 보이지 않았다. 그저 꼼짝 않고 있었다.

"전 옛날에 이 집에서 태어났습니다. 바로 이 뜰에서 많은 시간을 보냈습니다. 그리고 이 집과 함께 많은 것을 잃었습니다. 가족과 함께 다른 많은 것을."

침묵이 흘렀다. 준은 한 곳을 응시한 채 수미의 일은 잊어버린 듯했다.

"얘기해주세요."

준은 수미를 바라보았다. 그녀의 극도로 놀란 긴장한 얼굴을 보자 준은 자신이 빠져 있는 생각에서 깨어났다.

"아니, 그만둡시다. 모두 부질없는 얘기입니다. 사람은 한 집에서 태어나서 그 집에서 죽는다는 건 드문 일이니까."

"얘기를 들려주세요."

준은 다시 수미를 쳐다보았다. 그러나 준은 아무 말이 없었다. 그렇게 준은 수미 앞에 가만히 서 있었다. 지금 그가 침묵에 잠겨 있는 데는 그만한 이유가 있을 터였다. 그런데 그러한 준은 마치 사람의 눈에서 피해 있고 싶은 듯, 또는 인간적인 접촉에서 도피하고 싶은 듯했고 그리고 바로 지금 이 순간을 통해서 그는 수미에게 묵묵히 도피하고 있었다.

"추워요"

하고 수미가 무심히 중얼거렸다.

준은 수미를 바라보았다. 수미는 멍하니 앞을 응시한 채 계속 꼼짝 않고 앉아 있었다. 그녀가 입고 있는 봄 스웨터는 깊어가는 야기에 너무 엷었다. 준은 점퍼를 벗어서 수미의 어깨에 둘

러주었다. 수미는 그가 하는 대로 내맡긴 채 여전히 앞만 보고
방심하며 앉아 있었다. 이 여자는 좁은 어깨에 얼마나 약한 생
명인가, 조그만 충격에도 그만 넋을 잃고 못 견디는구나, 하고
준은 생각했다. 그러자 이 여자도 약하다는 사실을 보고 준은
무서운 고독에서 서서히 빠져나오고 있었다. 그는 담배를 피워
물었다.

"전 가서 자야겠어요. 전 좀 어떻게 된 모양이에요."

수미가 이렇게 말하고는 움직일 생각을 않고 잠시 그대로 앉
아 있었다. 그러자 마침내 수미가 자리에서 일어나서 집 안으로
향했다. 그런데 점퍼를 어깨에 걸친 채 걸어가던 수미가 뒤를
돌아보고 준이 여전히 정원에 서 있는 것을 보자,

"오세요"

하고 말했다.

두 사람은 함께 집 안으로 들어갔다. 그들이 한 방문 앞에 이
르자,

"여기서 주무세요."

수미가 문을 열고 먼저 안으로 들어갔다. 그것은 집안 식구가
쓰지 않는, 그저 손님용으로 차려놓은 방이었다. 수미가 장에서
시트와 잠옷을 꺼내놓고 있었다. 그러며 준의 잠자리 준비를 하
고 있었다. 그러고는 재떨이까지 준비해주었다. 그러는 동안 수
미는 아무 말 없이 몸만 기계적으로 움직이고 있었다. 끝으로
그녀가 어깨에 걸친 점퍼를 벗어서 침대 위에 놓으면서

"무슨 일이 있으면 절 부르세요. 한 방 건너 제 방이니까요."

이렇게 수미가 준을 쳐다보지도 않은 채 말했다. 그러고는 몸을 돌려 조용히 문을 닫고 나갔다.

준은 한동안 담배를 피우며 방 안에 서 있었다. 그런 다음 웃옷만을 벗고는 불을 끄고 침대로 들었다. 그렇게 해서 그는 곧장 아무 생각도 않고 잠들고 싶었다. 그러나 좀체 잠들 것 같지 않았다. 얼마 후에 그는 다시 침대에서 일어나 스탠드 등에 불을 켜고 그가 벗어놓은 옷의 호주머니 속에서 담배를 찾아냈다. 담뱃갑과 재떨이를 침대로 들고 와서 그는 담배를 피우며 침대에 누워 있었다. 공교롭게도 지금 그가 누워 있는 방은 전에 그의 형님이 쓰던 방이었다. 그래서인지 남자가 없는 이 집 안에서 비어 있는 이 방은 가끔 자고 가는 손님이 찾아들 적에만 쓰고 있는 모양이었다. 그는 잠을 못 이룬 채 계속 가만히 침대에 움직이지 않고 누워 있었다. 그렇게 누워 있는 그에게 일찍이 이 집에서 일어났던 자질구레한 기억들이며 이 집에서 사라져 간 얼굴들이 흐릿한 영상을 이루고 그의 뇌리 속에 끊임없이 흘러가고 있었다. 게다가 그는 지금 병원에 누워 있을 형수를 생각했다. 그리고 형수는 오늘 일을 아무것도 모르고 있었으면 했다. 그러자 그는 그가 알고 있는 얼굴들을 차례로 떠올리고 있었다. 그는 성규를 생각했다. 형주도. 그리고 수미는 그녀 자신이 말하듯이 오늘 좀 어떻게 된 모양이었다. 그녀는 오늘 제정신이 아닌 것 같았다. 그러자 어디선가 멀리 심야에 총성이 한 방 울렸다. 그러나 군중의 소리는 이미 들리지 않았다. 밤은 한 없이 고즈넉했다. 집 안은 이미 오래전에 잠들었는지 사방이 조용했다. 이렇게 시간이 얼마나 흘렀을까. 소리 없이 방문이 열리고 잠옷 바람의 수미가 방문 앞에 나타났다. 준이 침대에서 반신을 일으키고 바라보았다. 수미가 조용히 방 안으로 걸어 들어왔다. 수미가 침대 앞에 걸음을 멈추고 두 사람은 잠시 마주 바라보고 있었다.

"주무셨어요?"

수미가 물었다.

한순간 후에 준이 대답했다

"아니오."

"저두 잠이 안 와서요."

정원에 아침 햇볕이 비치고 있었다. 준은 한동안 정원 가운데 서 있었다. 그러면서 그는 거리로 나서기 전에 시간이 좀더 흐르기를 기다리고 있었다. 아침 햇살이 점점 넓게 정원에 퍼져가고 있었다. 그리고 온 정원에 새잎을 피우고 있는 나뭇가지마다 봄날 아침의 밝은 빛을 받고 있었다. 준은 밤나무 곁에 서 있었다. 눈부신 햇살이 밤나무 가지 사이를 뚫고 연약한 새싹 위에 빛나고 있었다.

그런데 왜 이 늙은 밤나무를 이제까지 그냥 두었을까 하고 준은 생각했다. 결코 정원 가운데 두기에는 어울리지가 않았다.

한눈에 보기에도 무계획하게 불쑥 정원 한가운데 솟아 있었다. 잔잔한 여러 정원수 사이에 우뚝 버티고 있는 그 거대한 몸체는 어딘지 조화를 깨뜨리는 것이었다. 옛부터 그랬다. 그런데 지금의 주인은 왜 그것을 베버릴 생각을 못 했을까. 그러면서 준에겐 언제나 밤나무 밑에서 놀던 생각을 하며 다른 어느 것보다 그 밤나무에 더 많은 기억을 갖고 있었다. 세월의 연륜과 함께 소담한 둥치에 이상하게 애착을 느끼게 하는 게 무언지 몰랐다. 그렇다면 현재의 주인도 그런 것을 느끼고 있는 것일까. 그러나 현재의 주인은 그런 것엔 통 무관심한 것 같았다. 남자가 없는 집이라 그런지 정원은 전혀 방치되어 있었다. 사철나무만 해도 오래 손질을 안 해 멋대로 자란 가지가 휘고 비틀어져 마치 불구자처럼 꼬인 뼈대를 내보이며 이상한 모양을 하고 있었다. 이렇게 정원은 주인의 무관심으로 모든 것이 그대로 내버려진 상태였다. 그래서 더욱 옛날을 상기시키고 있는지 몰랐다.

정원은 아침 햇살을 담뿍 받고 한없이 밝았다. 지난밤의 어둠과 초조라든가 불안 같은 모든 것은 간 곳이 없었다. 지난밤은 이상한 밤이었다. 그리고 준에게는 어떻게 설명할 수가 없었다. 인간에겐 혹 어쩌다 그런 이상한 날이 있는 모양이었다. 집 안은 조용했다. 아직 아무도 깨나지 않는 모양이었다.

그러나 오래전부터 수미가 자기 방 창문 사이로 밖을 내다보고 있었다. 정원 가운데 햇살을 받고 서 있는 준. 넓은 잔디밭에 단지 혼자, 마치 목상처럼 서 있는 준은 고독하고 참 아름다웠다. 그러나 수미는 커튼 뒤로 몸을 가리고 서서 가슴이 뛰는 소리를 듣고 있었다. 그녀는 미소했다. 수미는 준을 바라보고 있는 것만으로도 충분히 행복스러웠다. 수미는 준을 사랑한다고 생각했다. 그런데 저 사람은 모르겠다. 점퍼를 단정히 입고 우두커니 정원 가운데 서 있는 그는 지난밤과 아무 관련이 없었다. 그러나 수미는 바지 주머니에 손을 찌른 채 넓은 등과 목덜미를 보이고 서 있는 준을 바라보며 다시 미소했다. 결국 준은 자기를 사랑하게 될 것이라고 수미는 생각했다. 아니 그는 이미 자기를 사랑하고 있는지 몰랐다. 수미는 얼굴 하나 가득 넘쳐흐르는 미소를 짓고, 침대로 뛰어가 얼굴을 침대에 묻었다. 수미가 다시 창가로 왔을 때 준이 소리 없이 대문을 열고 나가고 있었다.

준은 골목길을 걸어 내려갔다. 인적이 드문 골목길은 아주 조용했다. 길 양편으로 들어찬 커다란 집들은 마치 빈집처럼 인기척 하나 밖으로 새어 나오지 않았고, 이른 아침 시간, 아이들마저 놀지 않는 골목은 한없이 한적했다. 그러나 그것은 언제나처럼 낯익은 거리였다. 준은 계속 아스팔트 골목길을 따라 내려왔다. 축축한 아침 공기가 상쾌했다.

한 고등학생이 준과 마주 와서 서로 지나치며 둘이 잠시 시선이 마주쳤다. 부스스한 모습을 한 그 남학생은 친구네 혹은 그 학생 자신도 전혀 모르는 어느 집에서 밤을 지내고 집으로 돌아오는 길인 모양이었다. 가방을 들고 학교 방향이 아닌 주택가로 들어오고 있었다. 그들이 잠시 마주친 시선 속에 같은 처지를 주고받고 있었다. 그들은 서로 엇갈려 지나갔다.

준은 큰길로 나왔다. 그러나 넓은 거리도 역시 조용했다. 여느 때처럼 퇴근 시간에 빽빽이 쏟아져 갈 거리의 인파도 보이지 않았고, 등교 시간인 이 아침 시간에 학생들의 모습도 보이지 않았다. 전 시내 학교가 휴교를 했고, 시내버스에 금족령이 내린 거리는 이상한 적막이 깃들고 있었다. 점포의 대부분이 굳게 닫혀 있는 채 길을 걷고 있는 사람이 간혹 눈에 뜨일 뿐이었다. 그것은 마치 온 시내가 텅 빈 듯한 이상한 적막이었다. 준은 잠시 고궁의 높은 담 밑을 따라 걸었다. 담 넘어 들어찬 수목마저 침묵에 잠겨 있었다. 이 고요 앞에는 전날의 소란이 마치 꿈만 같았다. 그러자 고궁의 담이 끝나는 길모퉁이를 돌아가자, 길바닥에 돌멩이니 벽돌과 유리 파편들이 어수선하게 깔려 있고, 거리는 텅 비어 있었다. 그런데 전날에 이 거리를 메우며 사납게 밀려가던 그들은 다 어디로 갔단 말인가.

준은 길을 건너 불타버린 한 파출소 앞을 지나갔다. 경찰은 철수하고 없었다. 뼈대만 남은 건물 안에 타다 만 물건이 흩어져 있는 게 보였다. 이때 준이 걷고 있는 앞에서 군인을 가득 실은 트럭이 나타났다. 다음 몇 대의 트럭이 행렬을 짓고 준 옆을 지나갔다. 트럭은 먼 길을 달려온 모양인지 먼지를 쓰고 있었다. 군인들은 먼지에 햇볕에 그을린 얼굴을 하고 무표정하게 앉아들 있었다. 그들은 밤새 진주한 군대에 뒤이어 늦게 도착하는 일행인 모양이었다. 트럭은 시가 중심 쪽을 향해서 달려갔다.

준은 트럭이 가버린 반대쪽으로 걸음을 재촉했다. 그가 병원 가까이 왔을 때 저쪽 길모퉁이에 사람들이 모여 있는 게 보였다. 그들 앞에 어린아이들이 차도와 인도의 경계선에 쭉 따라 앉아들 있었다. 경찰서 앞이었다. 경찰서 건물 앞에는 기관총이 놓여 있었고, 그 앞길은 통행이 금지되어 있었다. 시민들이 그 것을 구경하고 있었던 것이다. 그러면서 사람들이 경찰의 동정을 살피며 아침 햇살 속에서 침묵에 잠겨 있었다. 마치 온 거리가 무엇을 기다리는 성싶었다. 준은 병원을 향해 총총히 걸어 갔다.

준은 병원으로 들어갔다. 수위실의 유리창 너머로 수위가 보였고, 준이 지나가는 옆에 앰뷸런스가 뜰에 멈추어 있었다. 사람들이 병원의 약간 경사진 길을 오르내리고 있었다. 병원은 여전했다. 준은 시계탑이 있는 건물 쪽으로 돌아갔다. 분수가 솟구치는 병원 앞뜰에 한 떼의 사람들이 모여 있었다. 그런데 그들은 병원에서 내붙인 입원자 명단 앞에 모여 있었던 것이다. 그것은 전날의 데모 사상자들의 명단이었다. 준은 앞 사람들의 머리 너머로 급히 명단을 훑어 내려갔다. 성규나 아는 이름은 없었다. 사람들이 계속 그 앞으로 모여들며, 서로 밀치고 있었고, 울음을 터뜨리는 사람도 있었다. 준은 그 앞을 떠나 건물 안으로 들어갔다.

준은 걸음을 주춤했다. 그는 경찰관의 모습을 보았다. 정복한 경찰관 두 명이 대합실 입구에 버티고 있었다. 준은 몸을 돌렸다. 그래서 그는 병원 안에 있는 의과대학 강의실 쪽으로 갔다. 거기서 병동으로 통하는 길을 알고 있었다. 강의실 옆을 지나며 보니 문이 열린 강의실이 텅 비어 있었다. 그는 강의실을 지나고 병동으로 통한 좁은 통로로 나왔다. 병원의 세탁소 앞을 지나 직원들의 식당을 지나갔다. 그러자 그는 깨끗한 복도로 나왔다. 거기는 아무도 없었다. 언젠가 한번 여기를 지나갈 때도 아무도 없었다. 텅 빈 낭하에 그의 구두 소리만 울리고 있었다. 마침내 형수가 있는 병동의 복도로 나왔다. 갑자기 사방이 소란스러워지고 병원의 온갖 소음이 들려왔다. 간호원들이 급한 걸음을 걷고 있었고, 환자를 실은 수레 뒤를 가족들이 울음을 터뜨리며 따라가고 있었다. 준은 이층으로 올라갔다. 그는 간호원실을 바라보고는 형수의 병실 문 앞에 걸음을 멈추고 잠시 가만히 서 있었다. 안에서 아무 소리도 들리지 않았다.

노크를 했다. 안에서 "네!"하고 굵은 남자의 음성이 대답했다. 준은 문을 열었다. 신병수 의사가 와 있었다. 형수는 침대 위에 앉아 있었다.

"아! 왔군"

하고 신병수가 말했다. 준은 신병수에게 인사를 했다. 형수는 안으로 걸어 들어오는 준을 바라본 채 말을 잃고 있었다.

"집에서 오는 길인가?"

하고 신병수가 말했다.

"아뇨. 친구 집서 잤습니다."

"그래? 하여튼 무사했군."

잠시 후에 신병수가 다시 말했다.

"오늘은 어디 거리에 나다닐 만하던가?"

"네."

"다행이군, 아주머니께서 몹시 걱정하시더군, 간밤엔 한잠 못 주무셨지."

준은 형수를 돌아보았다. 형수는 여전히 한마디 말도 않고 그를 바라보고 있었다. 준이 먼저 시선을 돌렸다.

"선생님도 집에 못 가셨습니까?"

"못 갔어, 병원엔 간밤에 대단했거든."

잠시 침묵이 흘렀다.

"미쳤어, 다 미쳤어."

이러며 신병수가 손으로 수염이 꺼칠한 얼굴을 문질러대고 있었다. 그러는 의사에게 피로한 빛이 완연했다.

"신 선생님은 돌아가셔서 좀 주무셔야 해요."

형수가 처음으로 입을 열었다.

"그래야 하려나 봅니다."

신병수가 이러고는 또 한동안 앉은 채 일어날 생각을 못 했다. 그러더니 갑자기 훌쩍 자리에서 일어나서는

"이제 안심하셨으니까, 쉬도록 하십시오, 푹 자도록."

이렇게 의사가 힘차게 형수에게 말하고 있었다. 그런데 형수

가,

"그것보다 전 여기서 나가겠어요. 정말"

하고 말했다. 준은 잠시 형수를 쳐다보고 의사 쪽으로 고개를
돌렸다. 신병수는 한순간 생각에 잠긴 얼굴을 하고 형수의 침대
앞에 서 있었다. 그러자 신병수가 다시 고개를 들고,

"정 그러시다면 퇴원해도 좋습니다. 입원한다는 건 안정 때
문이니까, 병원에서 안 되면 집에서 해야죠"

하고 말했다. 신병수가 자기를 바라보고 있는 준에게,

"아주머니께서 퇴원을 원해요. 어젯밤 하도 혼나셔서. 간밤엔
병원이 대단했거든."

이러고는 의사가 병실을 떠나며 형수를 향해서,

"퇴원 수속을 해보죠. 그러나 우선 한숨 푹 주무시도록 하십
시오"

했다. 그래서 준이 의사를 배웅하고 있으려니까,

"나 좀 보세" 하고 신병수가 말했다.

준은 뒤로 방문을 닫고 두 사람은 복도를 몇 걸음 걸어 나가
서 층계참에 걸음을 멈추고 마주 섰다.

"여기서 퇴원하는 길로 곧장 형수님을 우리 집으로 모시고
싶은데, 자넨 어떤가?"

준은 잠자코 있었다.

"개인 병원이니 여기보다 좀 조용은 할걸세."

"그렇게 되면 너무 폐가 크지 않습니까?"

"그런 말 할 때가 아니구, 그런데 형수님은 그런 말을 입두 못 떼게 하신단 말야, 좀체 형수님은 말을 듣지 않으시겠지?"

"네."

"하여튼 자네도 그렇게 알고, 그 방향으로 둘이 힘써보세."

다시 준은 잠자코 있었다.

"그럼 이따 또 들르지, 그때 다시 얘기하세"

하고는 신병수는 충계를 내려갔다. 준은 잠시 그러한 신병수의 뒷모습을 바라보다가 돌아서서 병실로 들어갔다. 형수가 침대에 앉은 채 준을 바라보고 있었다. 준은 천천히 침대가로 다가 갔다. 형수는 계속해서 준의 얼굴에서 시선을 떼지 않았다.

"왜 퇴원하려구 해요, 돈 걱정 때문에?"

준은 뻔한 소리를 지껄이고 있었다. 그러자 형수는 말없이 준의 두 손을 움켜잡았다. 뜨거웠다. 준은 더 아무 말 없이 형수를 쳐다보았다.

"나한테 약속해요, 네? 세상이 무슨 일이 있어도 아무 일도 안 하겠다고."

이러는 형수는 더욱 손에 힘을 주었다. 형수의 핏기 없는 얼굴에 눈만이 빛나고 있었다.

"난 참 무서웠어요. 온통 병원이 소란해진 간밤 내 난 별의별 생각을 다 했어요. 만약 삼촌한테 무슨 일이 일어났다면 하고 별 끔찍한 생각이 다 나겠지요. 만약 삼촌한테 무슨 일이 있다 면 나한테 먼저 있어야 하는 거예요. 제발 약속해줘요. 아무 일도 안 하겠다고."

형수는 흐느끼고 있었다. 아, 형수는 또 그 생각을 하는구나. 자기가 가까이 하는 사람은 이 세상에서 사라져버린다는 형벌 같은 생각을. 형수는 잃어버린 가족을 자기 탓으로만 생각하고 있었다. 그래서 새삼 지난밤을 두려움으로 실색하고 있었다. 그리고 지금 긴장 뒤에 울음을 터뜨리고 있었다. 준은 안심시키려는 듯 형수를 안고 쓰라린 생각에 잠겨 있었다. 그러자 형수가 고개를 들고 웃었다. "우리 여기서 나가요. 무서워 병원에 못 있겠어요."

여름

6. 언제나 젊은이들은

1950년 9월도 다 간 어느 날, 은은한 포성으로 지새운 밤이 밝았다. 현은 가만히 어깨를 흔드는 바람에 잠이 깨었다. 소희가 잠자는 그의 얼굴을 들여다보며 조용히 깨우고 있었다.

방 안은 이미 햇살이 가득 퍼져 있었다. 현은 금세 잠이 아주 깨었다. 이 근래에 새로 생긴 버릇이었다. 조그만 무슨 소리에도 화들짝 금세 잠이 깨는 것이다. 전쟁과 피로 때문인지 몰랐다. 어제도 겨우 새벽녘에야 병원을 빠져나올 수 있었다. 그것도 사흘 만에 집으로 돌아왔던 것이다. 그런 그는 잠들었는가 싶은데 다시 깬 것이었다.

"벌써 그렇게 시간이 됐나?"

현은 화장기 없는 소희의 야윈 얼굴을 쳐다보았다. 이미 소희는 곱게 빗질된 머리에 빳빳이 풀이 선 모시 적삼을 서늘하게 받쳐 입은 단정한 몸차림이었다.

"7시가 조금 넘었어요."

현은 팔을 뻗쳐 손목시계를 집어 들었다. 7시도 훨씬 넘어 8시가 다 된 시간이었다.

"늦었는데."

"깨울 수가 없었어요. 너무 곤히 주무시길래."

현은 벌떡 잠자리에서 일어났다. 옷을 걸치며 방을 나와서 목욕간으로 건너갔다. 소희가 따라와서 목욕 준비를 해주고 갔다. 그러는 동안 현은 거울 앞에 비치는 자신의 얼굴을 멍청히 바라보고 있었다. 꺼칠하게 자란 수염이 온통 덮인 얼굴에 퀭하니 충혈된 두 눈, 그것은 그의 얼굴이 아니었다. 그것은 그에게 아주 낯설고 그와는 아무 관련이 없는 얼굴 같았다. 마치 거리 어딘가에 떠돌고 있는 세상에 지친 늙은이 얼굴이었다. 그리고 소희의 야윈 얼굴이 겹쳐 떠올랐다. 그런데 이 여름, 사람들은 살을 말리며 날카로워지고 있었던 것이다. 현은 비누 거품을 잔뜩 얼굴에 칠하고 면도날로 박박 밀어대었다. 면도가 끝나자, 옷을 벗어 던지고 머리로부터 물을 뒤집어썼다.

현은 목욕을 하면서 창밖을 내다보고 있었다. 눈부신 태양 아래 정원의 나무들이 묵직히 한창 여름의 풍요함을 지니고 있었다. 담 너머로 더욱 우거진 녹음 지대가 마치 무슨 지도 같은 형태로 짙푸르렀고, 꽉 잠긴 수목들은 스스로 제힘에 눌려 까딱없이 침묵하고 있었다. 멀리 즐비한 건물은 여전히 도시의 면모를 보여주고 있었다. 그런데 이런 서울 시가는 사방 나지막한 산으로 둘러싸인 분지로 지금 그 도시 자신이 처해 있는 운명과는 아랑곳없어 보였다. 시가는 조용하고 그지없이 평화스럽기조차 했다. 어느 해 여름이나 다름없이 아무런 변화 없는 도시였다. 여기서는 폭격으로 인한 파괴도 알아볼 수 없고, 더욱이 매 순간마다 수없는 젊은 목숨이 부당하게 죽어가는 것도 믿기지 않았다.

"옷 여기 있어요."

문 뒤에서 소희가 말했다. 소희는 갈아입을 옷을 챙겨 내온 것이다. 문밖에 옷을 놓고 소희가 돌아가는 소리가 들렸다. 현은 몸의 물기를 닦고 문을 열어 옷을 집어다 입고 목욕간을 나왔다.

현은 마루를 지나 옥이 거처하는 방으로 갔다. 옥이 누워 있는 옆에서 딸이 기어 다니며 놀고 있었다. 옥은 들어오는 현을 보고 푸른 얼굴에 눈웃음을 지었다.

"뭘 좀 먹었니?"

현은 동생 옆으로 앉으며 말했다. 옥은 가볍게 고개를 끄덕였다.

"잠도 자고?"

이렇게 현은 아침마다 희망 없이 되풀이 묻고 있었다. 이미 오래전부터 쓸모없는 말이었다. 옥의 잠 없는 커다란 눈이 잠잠히 빛나고 있었다. 그런데 옥은 가냘픈 팔을 쳐들어 옆에서 놀고 있는 어린애를 얼렀다. 어린애의 초롱초롱한 눈이 말끄러미 옥을 쳐다보았다.

"은일은 말예요, 참 무척 조용한 애예요. 한자리에 한번 앉혀 놓으면 언제까지나 그대로 앉아 놀아요. 도대체 아무 소리도 없는 저 검은 눈이 무슨 생각을 하는지 전혀 모르겠어요. 그런 게 꼭 은일은 기철 오빠를 닮았잖아요."

현은 이렇게 말하는 옥의 얼굴에서 시선을 돌렸다. 그리고 현은 옆에서 아무 소리도 없이 놀고 있는 딸을 무릎에 안았다. 옥은 눈만 뜨면 은일을 옆에 두고 놀리고 있었다.

"오늘도 출근해요?"

"그럼."

"간밤에 포성 소리 들었죠? 난 그 소리 땜에 잘 수가 없었어요."

"그래도 난 잤다."

그러면서 현은 포성이 아니라도 옥은 이제 더 이상 잘 수가 없을 것이라고 생각했다. 옥은 애초에 태어나길 정상적인 사람이 못 되었다. 그래도 건강할 때는 파리하면서도 투명하게 윤기가 돌던 혈색마저 이젠 점차 바래가듯 온몸에 회색빛을 띠고 있었다. 바싹 마른 몸을 만지면 마치 낙엽처럼 바삭바삭 소리를 낼 것 같았다. 그러나 그 몸에 아직 눈만이 여전히 살아 있었다. 앙상하게 날로 말라가는 대신 눈만이 광채를 띠고 하루하루 커져만 가고 있었다. 그것은 마치 꽃잎이 시들듯이 알지 못하는 사이에 사라져갈 생명이었다. 그래서 그것은 차라리 죽음이라기보다 꽃잎이 떨어지듯 모르는 사이에 자연 속으로 흔적 없이 되돌아가는 일종의 표상처럼 보였다.

"아버지가 빨리 돌아오시면 좋겠어, 간밤에 포성을 듣고 있으니 나쁜 생각만 들고 불안해요. 그렇게 밤중에 계속해서 난 소리는 처음이잖아요. 무슨 소린지 모르겠어요."

"전쟁이니까 그럴 수도 있겠지."

"유엔군이 온다는 게 정말일까요?"

"와야지, 허지만 전쟁이 끝나지 않는 한 싸우는 건 마찬가지지."

"정말 내겐 이제 전쟁이 어떻게 되든 마찬가질 거예요. 난 누구든지에게 짐이 될 뿐이에요."

"곧 전문의사들이 돌아올게다."

"네, 의사 선생님들이 돌아오시겠죠. 허지만 제겐 마찬가지예요."

"그건 그렇지 않아."

정말 그렇게 생각하느냐는 듯이 옥의 커다란 눈이 현을 응시했다. 현은 다시 고개를 돌렸다. 지금 옥에게 더 이상 희망을 주는 것은 죄일지 몰랐다. 그러나 아무런 희망 없이 죽어가는 것은 더욱 나쁠 것이다. 유엔군이 서울에 오면, 동시에 피난 간 의사들이 돌아온다. 거기엔 옥을 위한 전문 의사들도. 그러면 옥은 수술을 하고 완치될 수 있다. 이렇게 이 몇 개월을 얘기해왔던 것이다. 물론 서울 바닥에 전문 의사가 다 없어진 것도 아니고, 현은 의술의 한계성을 알고 있었다. 옥 자신도 믿지 않고 있었다. 다만 현은 이 전쟁이 끝나기를 바라고 있었다. 무엇보다옥 자신을 위해서도 현재 같은 환경 속에서 그녀의 생명이 끝난다면 무엇인가 너무나 잔인한 것 같았다. 옥이 누워 있는 텅 빈 새벽의 휑하니 넓은 방, 그것은 해골처럼 앙상하게 마른 동생에게 그대로 하나의 관이고 살아 있는 무덤 같았다.

"자네 오랜만일세, 우리 나이팅겔 군"

하고 현의 등 뒤에서 신병수의 말소리가 들렸다. 신병수가 담배 골통을 입에 물고 문간에 기대 서 있었다.

"일어났나."

"자네나 더 잘 줄 알았는데, 자넨 새벽에 기어들어왔잖은가응, 이 열성스러운 나이팅겔 군."

"난 자네 자는 줄 알았지."

"배짱이 어디 그렇게 두툼해야지, 언제고 발자국 소릴 분간해서 삼십육계 뛸 준비를 해야 하거든."

"참 겁쟁이예요. 병수 오빠, 건뜻하면 도망간다는 소리만 하구"

하고 옥이가 쾌활하게 말참견을 했다.

"그럼 어디 옥을 등에 업고 한번 뜀박질해볼까."

병수는 이렇게 실없는 소릴 지껄이며 여전히 문기둥에 기대 서 있었다. 그러면서 그는 아침부터 담배 골통을 신경질적으로 빡빡 빨아대고 있었다. 몸에 헐렁헐렁한 바지저고리 차림을 하고, 바지 한 가랑이는 둘둘 말아 올라간 채였다. 수염과 머리칼은 자랄 대로 자라게 내버려둔 핏기 없는 누런 얼굴, 그의 짝달막한 몸뚱어리가 어딘지 회화적이면서 슬퍼 보였다.

"자넨 환자 같애, 면도나 좀 하지그래."

이렇게 말하는 현을 병수가 잠시 바라보더니 씩 웃었다.

"자넨 또 어떻구."

"정말 두 오빠 다 병자 같아요. 그러니까 나같이 진짜 환잔 다른 의사 선생님을 기다려야 하잖아요. 집 안에 의사 선생님이 두 분이나 있는데두 말예요."

이러며 옥이가 짓궂게 웃었다. 옥에겐 오랜 병약 속에서도 타고난 쾌활한 성품만은 잃지 않고 있었다. 신병수가 그저 수염이 꺼먼 턱을 문지르고만 있었다. 그러는데 소희가 방문 앞에 나타났다. 현은 딸을 무릎에서 내려놓고 일어났다.

"가서 아침 먹세."

"자네나 가봐, 우린 다 끝났어."

병수가 이러며 현 대신 방으로 들어와서 옥의 곁에 앉더니 은일을 어르는데 덥수룩한 앞머리가 얼굴을 덮었다.

현은 옥의 방을 나와 소희의 뒤를 따라갔다. 그래서 현은 대청마루에서 혼자만의 아침상을 받고 앉았다.

"준은 또 나간 거요?"

"네, 어떻게 열심인지."

"……"

"사람들이 신문만 보는 것 같다는군요. 신문만 나오면 후딱이래요."

"사람들이 답답하니까 무슨 신통한 뉴스라도 있나 하고겠지, 옥은 뭘 좀 먹었소?"

소희는 고개를 흔들었다.

"점점 나빠만 가고, 정말 그대로 두면 안 될 것 같애요."

"……"

"그럼 속절없는 거예요?"

소희는 하던 말이 채 끝나기도 전에 입을 다물었다.

"아버님이나 집에 계셨으면 좋겠어요."

"어제저녁 방송으론 평양에 계신 것 같더군."

"속히 돌아오셨으면 좋겠어요. 세상도 하도 시끄러우니."

"평양쯤이면 몇 시간 안에 언제고 돌아올 수 있어."

그러면서 현도 불안을 느끼기는 마찬가지였다. 말을 안 하는 것이 다를 뿐이었다. 지금 아버지는 이북 여러 곳을 방문하고 있는 중이었다. 이남의 여러 층의 인사들과 함께. 아버지는 해방 후 처음으로 이북을 가보시는 것이었다. 아버지 부탁을 받기도 했지만 자신도 가보고 싶다고 말했던 것이다. 삼팔선으로 막혀 있는 동안의 그쪽을 보고 싶다는 것이었다. 현은 반대하지 않았다. 현재 나라를 지배하고 있는 권력을 개인은 피할 수 없거니와 게다가 일단 그들의 문화정책이란 이름 아래 지명된 이상 피할 수는 없었다. 피난을 못한 이남의 많은 인사들, 그들은 이유가 있을 것이나 싫든 좋든 간에 결국 이 전쟁을 피할 수 없는 몸이었다. 그리고 전쟁 속에서도 사람은 여전히 살아야 하는 것이었다. 다만 현은 아버지가 돌아와 가족들과 함께 있기를 바랄 뿐이었다.

"아주머니, 은일이 좀 봐주세요"

하며 신병수가 은일을 안고 마루로 나왔다. 신병수가 엉거주춤 그렇게 어린아이를 안고 있는 모습이 우스꽝스러웠다. 그는 헐렁한 옷차림에 여전히 담배 골통을 입에 물고 있었다.

"어머, 아저씨 옷을 버렸나 봐."

소희가 아이를 받으러 일어났다.

"아니, 아닙니다. 꼬마 숙녀가 체면 없는 짓은 안 하죠."

병수는 은일을 건네주며 수선을 떨었다. 어린애가 소희의 팔에 안기자 까들까들 웃었다. 소희는 어린애를 마루에 눕히고 오줌 싼 기저귀를 갈아주었다.

"자네 또 나갈 건가?"

하고 신병수가 물었다. 현은 대답 없이 병수를 바라보았다. 병수는 마루 벽에 또 길게 기대앉아서 담배를 피우고 있었다.

"난 봐서 오늘 집에 갔다 올까 하네"

하고 신병수가 다시 말했다.

"내가 갔다 올까? 무슨 부탁이야."

"먹을 게 있으면 좀 쓸어올 모양이야, 이렇게 먹을 것도 없으면서 무슨 전쟁을 한다구."

　잠시 침묵이 흘렀다. 마루를 기어 다니던 은일이가 병수의 무
릎으로 기어올랐다.

　"아버지보다 내가 더 낯익은 모양이군."

　이러며 병수가 어린애 앞에 담뱃대를 흔들며 장난을 걸었다.

　"자넨 그러고 있으면, 이 전쟁을 피할 수 있다고 생각하나."

　불쑥 현이 말했다.

　"그만둬, 그런 얘기, 안 하기로 했지."

　병수가 잠깐 현을 돌아보고 다시 어린애와 장난을 했다.

　"그래 내가 병원에 나가면 자네가 잠을 더 잘 것 같은가."

　잠시 후에 다시 병수가 말했다.

　"아냐, 그렇게 단순한 게 아냐."

　"넌 너무 충실한 놈이야, 아마 내가 너처럼 아버지 노릇이다,
남편 노릇이다 하며 행복하다면 얘긴 또 다르겠지. 그렇다면 나
도 너처럼 세상에 우직하게 충실할지 모르거든. 안 그렇습니까"
하며 병수가 불안해하는 소희를 보고 싱글싱글 웃었다. 현은 친
구와의 얘기를 또다시 단념했다.

　"정말 자네, 오늘 집에 가볼 텐가?"

　"그래."

　"그만둬, 내가 갔다 오지."

　"이젠 나 같은 건 관심 밖일걸."

　"그렇더래도 서툰 짓 하지 말게."

"자네나 병원에 가지 말게. 누구보다 자네가 세상이 어디까지 왔나 더 잘 알잖은가."

병수가 은일을 안고는 다시 옥의 방으로 건너갔다. 현은 상을 물리고 그들이 거처하는 방으로 들어갔다. 소희는 그가 외출할 준비를 해주고 있었다. 현은 손목시계를 차며 열린 문 사이로 뒤뜰을 바라보았다. 장독대에 장독들이 번지르하게 햇빛을 받고 있었다. 넓은 닭장은 텅 빈 지 오래였다. 두어 마리의 닭들. 모이를 구하기 힘들어서였다. 사람이 먹기도 힘든 세상에 닭 차례는 없었다. 암탉 두 마리가 그늘에 졸고 있고, 수탉 한 마리가 화가 난 듯이 공연히 빈 울 안을 쫓아다니고 있었다.

"병원에 오늘두 나가셔야 해요?"

현은 소희를 돌아보았다.

"안 가시면 안 돼요?"

소희가 재차 물었다.

"안 갈 수 있나."

"밤에 난 소리 들었죠. 왠지 자꾸 불안해서 못 견디겠어요."

"그렇다구 병원에 안 가서 해결되는 것도 아니구."

"전 무서워요. 당장 무엇이 막 일어날 것 같아서."

"일어날 건 이미 일어나고 있는 거야. 그렇다고 도망갈 수도 없고 어디로 도망가? 도망갈 데란 없어, 도대체 이 전쟁을 어떻게 피한다는 거지?"

"당신도 신 선생님처럼 어디 가 숨으세요."

"어디에? 안 돼."

"왜 안 돼요?"

"병수는 어머니 하나뿐인 거의 혼자 몸이야."

"우리 걱정은 마세요."

"아니 혼자라두 마찬가지야. 이 전쟁을 피할 수 있다고 생각해?"

잠시 침묵이 흘렀다. 현은 소희의 어깨를 잡았다. 무엇인가 안심시키며 위로해주고 싶었다.

"정말 안 가실 수 없어요?"

"없지, 내가 이렇게 나와 있는 사이에도 많은 사람이 죽어가고 있어. 채 손을 못 써서."

"허지만 전쟁터에선 얼마나 많은 사람이 죽어가겠어요."

"그건 다르지."

"네, 알아요. 허지만……"

"그래도 안 갔으면 해?"

잠시 대답이 없었다.

"허지만 밖에서 무슨 일이 있으면. 당장 집으로 돌아오시겠다고 약속해주세요."

"그러지."

"꼭 약속해요. 오늘이라두 아버님이 돌아오시면 좋겠어요."

현은 부지런히 대학병원으로 들어갔다. 날씨는 아침부터 몹시 더웠다. 폭양이 이미 늦더위의 하루가 시작되고 있었다. 수위실 앞을 지나는데, 안에서 늙은 수위가 인사를 했다. 전쟁 전부터 그 수위실 속에서 늙어가는 영감이었다. 뒤에서 군용 앰뷸런스가 달려와서 현 옆을 지나갔다. 먼 길을 달려오듯 차체가 먼지를 뽀얗게 쓰고 있었다. 앰뷸런스는 차도를 그대로 치달려서 붉은 벽돌 건물을 돌아갔다. 그러는데 다른 앰뷸런스 한 대가 건물 모퉁이에서 엇갈려 나오고 있었다. 현은 서둘러 앞서 앰뷸런스가 사라진 쪽으로 갔다. 그의 아침 출근부터가 너무 늦었던 것이다. 장 군의관은 울화가 치미는 얼굴을 할 것이다. 다음 일을 시키면서 신경질이 될 것이다. 그렇다고 장 군의관을 탓할 것만 아니었다. 밀려드는 부상병에 손은 모자라고 자연히 수면 부족인 장 군의관이 다소 신경질이 된다는 것도 어쩌면 당연할지 몰랐다. 건물 모퉁이로 돌자, 넓은 앞 정원에 앰뷸런스와 트럭들이 서 있었다. 대개 군용 앰뷸런스가 먼지투성이였다. 환자들이 잔디밭 위에 앉아 있는 게 보였다. 현은 정원을 건너 곧장 본관으로 갔다.

앰뷸런스가 들이닥친 현관은 부산스러웠다. 간호원들이 뛰어다니는 가운데 들것을 든 간호병들이 땀을 뻘뻘 흘리고 있었다. 그들은 앰뷸런스에 빼곡히 실린 부상병들을 끌어내린 다음, 들것으로 병원 안으로 옮기고 있었다. 옆에서 장 군의관이 장교들과 급한 환자들을 가려내면서 간호병들에게 일을 시키고 있었다. 현은 장 군의관 옆에 걸음을 멈추고 새로 도착한 부상자들을 넘겨다보았다. 거의가 응급치료도 제대로 못 받은 피투성이였다.

"어디서 왔지요?"

"일선이오."

장 군의관이 퉁명스럽게 한마디 던졌다. 현을 돌아보지도 않고 장 군의관은 더 말없이 잠자코 서 있었다. 물론 일선이었다. 현은 잠시 장 군의관을 물끄러미 쳐다보았다. 빼빼 마른 데다 짝달막한 키가 더욱 깐깐한 인상을 주었다. 장 군의관은 자기 앞을 지나가는 들것을 주의 깊게 지켜보고 있었다. 마치 즉시로 살아날 자와 죽을 자를 찾아낼 듯이. 그는 현의 시선을 의식했는지 고개를 돌렸다. 그러나 그는 여전히 현을 보고 있지 않았다. 딴전에 골몰히 정신을 팔린 것 같았다. 그런 장 군의관은 오늘 따라 힘없이 조용했다.

"이 동무는 삼 병동에 박 동무와 교대해야지요."

장 군의관이 현의 시선이 귀찮듯이 말했다. 괜한 수작 말어, 난 네 동무가 아니다,고 현은 생각했다. 그리고 현은 돌아서 병원 안으로 들어갔다.

구내는 혼잡했다. 복도 입구에 앰뷸런스에 내려놓고 아직 채 손을 못 쓴 부상자들이 바닥에 누워 있었다. 간호병들은 그들을 돌볼 틈도 없이 정신없이 뛰어다니고 있었고, 간호원은 간호원대로 흰 가운 자락을 펄럭이며 종종걸음을 치고 심지어 수술복을 걸친 의사들까지 바쁘게 돌아다니고 있었다. 게다가 위문단들이 겹쳐서 환자들과 뒤범벅을 이루고 복도를 밀려 오가고 했다. 현은 굴러가는 수술 침대 옆을 지나 제삼 병동으로 갔다. 전쟁 전에는 입원실이었던 것이 지금은 장교들을 수용하고 있었다. 현은 먼저 유리 칸막으로 된 간호원 대기실로 들어갔다. 방 안은 비어 있었다. 현은 가운으로 갈아입고 있는데 간호원 하나가 들어왔다. 그 여자는 전쟁 전부터 대학병원에 근무하고 있었다.

"지금 나오세요."

"박 교수님은 어디 계시지?"

"6호실에 계세요. 순회 중이세요."

이러며 간호원이 책꽂이서 무엇인가 열심히 찾고 있었다.

현은 방을 나와 6호실 쪽으로 갔다. 현관 입구 쪽의 낭하보다 사람이 덜 붐비었다. 그가 복도의 모퉁이를 돌자 박 교수가 막 6호실 문을 열고 나오는 중이었다. 후줄근한 가운을 입고 흐트러진 머리를 숙이고 걸어오는 박 교수는 모습이 늙어 보였다. 박 교수는 의사인 동시에 전쟁 전에는 대학 교수로 현의 은사였다. 옆의 간호원이 인사를 하자, 박 교수가 고개를 들고 현을 쳐다보았다.

"이제 오나."

"너무 늦어 죄송합니다."

"그게 자네 특기지 아마, 자넨 언제나 내 오전 강의엔 늦지 않았나. 그것도 좋지만 제기랄 이젠 정말 환자는 더 참고 못 보겠군. 밑도 끝도 없이 늘어만 가는 환자를 무슨 재간으로 당하나 말일세."

"왜 좋잖습니까. 재료가 풍부해서 능숙한 인술에 절호의 찬스라는 게 아닙니까."

"자네 말인가? 좋겠네, 자네는."

박 교수가 쓰게 웃었다. 그건 웃음이 아니라 땀이 찬 피로한 안면 근육이 부르르 떨리는 것이었다. 그들은 다음 방으로 가기 위해 복도를 걷고 있었다.

"난 너무 늙었어."

박 교수가 지친 듯이 말했다.

"그렇잖으면, 자네와 함께 환자를 보며 여러 가지를 설명해 줄 수 있는데."

그들은 다음 방 앞에 와 있었다. 박 교수는 밤사이 환자 경과 보고를 간단히 하고는,

"자, 그럼 수고하게. 너무 좋아는 말고."

이러며 박 교수는 피로한 얼굴에 다시 웃음을 짓고는 그들을 떠났다. 복도를 걸어가는 박 교수의 뒷모습이 휘청거렸다. 더러운 가운을 걸치고 그는 피로하고 슬프게 보였다. 병실 밖으로 신음 소리가 새어 나오고 있었다. 현은 잠시 안전성 없이 병실 앞에 서 있었다. 간호원이 옆에 따라 다소곳이 있었다. 그는 간호원을 바라보았다. 팽팽한 볼에 그러나 아무것도 모르는 얼굴을 하고 있었다.

"자넨 교대 안 하나?"

"전 벌써 했어요."

현은 문을 열고 들어갔다. 확 병실 공기가 와 닿았다. 땀과 고름과 냄새가 뒤엉킨 역중 나는 끈끈한 병실 공기와 방 안에 꽉 찬 침대들, 처음엔 창 옆으로만 따라 붙여놓았던 침대가 이젠 방 안 빈자리면 어디고 들여놓고 있었다. 더구나 밤사이에 환자가 늘어 있었다. 신입자 두 명이 침대가 아니고 땅바닥의 매트리스 위에 누워 있는 게 보였다. 그런데 그것은 장교였다. 환자를 복도에 눕혀둔 채 빨리 정리를 못 하는 것도 알 만했다. 이젠 장교마저 침대가 모자라는 판이었다. 현은 입구의 가까운 쪽부터 환자를 보기 시작했다.

환자는 회복기에 있는 젊은 장교였다. 일주일 전에 현이 한쪽 다리를 절단했던 것이다.

"어떠십니까?"

"감사합니다."

환자의 눈은 빛나고 있었다. 다리가 없어졌다는 절망감을 끈덕지게 참고 있는 자였다. 좋다, 영웅주의만 아니라면. 현은 붕대를 풀고 아물어가는 빨갛게 새살의 절단한 곳을 보았다. 그만하면 경과가 좋았다. 이 더위에 다른 부작용만 생기지 않는다면.

현은 상처를 헤치며 침대를 차례로 들렀다. 다리 아니면 팔이 잘린, 온통 상한 몸뚱어리들, 살아도 죽으니만도 더 힘든 사람들이었다. 그는 방 안을 한 바퀴 돌자, 다음 병실로 건너갔다. 지난밤 사이 새로 온 환자도 많지만 없어진 환자도 많았다. 그러나 침대가 비기 바쁘게 새 환자로 채우고 있었다.

이렇게 현은 오전 중 병실에서 병실로 옮겨가고 있었다. 그가 돌보아야 할 마지막 병실로 걸어 들어갔다. 그는 이미 기진맥진했고 취기마저 느꼈다. 찢긴 살덩이에서 살덩이로 옮겨가는 동안, 결국 그는 어리벙해지고 마는 것이었다. 언제나 새삼 납득될 수 없는 인간의 참혹한 꼴에 익숙해질 수가 없었다. 심한 취기와 구역질이 치밀었다. 그런데 누가 그의 다리를 잡았다. 하도 꽉 움켜잡는 바람에 그는 하마터면 앞으로 넘어질 뻔했다.

"선생님!"

병실 바닥에 있는 자는 몹시 헐떡이고 있었다. 열띤 눈으로 현을 올려다보고 있었다.

"선생님 제 부탁을 좀 들어주세요."

아, 여기 또 하나 죽어가는 생명이 있구나. 백랍 같은 얼굴, 나이를 알아볼 수 없게 그림자진 퀭한 눈, 그러나 분명 그는 채 스물도 안 된 나이이리라.

"의사 선생님이 제 차례가 올 때까지 전 못 기다립니다. 전 그때까지 못 살 테니까요."

이미 청년은 말하기조차 몹시 힘들어했다. 바싹 마른 입술에 목소리는 쉬어 있었다.

"그런 말 말고 어디 좀 봅시다."

청년은 꽉 움켜쥔 현의 바지자락을 좀체로 놓으려 하지 않았다. 현은 군복이 아니라 넝마를 들치고 상처를 열어보았다. 눈앞이 아물거렸다. 움푹 파헤쳐지고 찢겨진 붉은 살덩어리, 현은 구역질이 났다. 이 얼마나 많이 보아온 살덩어리냐, 한창 젊은 생체가 중도에서 지금 급기야 파괴되어가고 있었다. 이래야만 하는 건 도대체 무엇인가.

"그것보다 선생님, 제 말을 먼저 들어주세요. 이젠 시간이 얼마 없는 것 같으니까요. 제겐 어머니만 한 분 계세요. 의용군으로 나오기 전까지 제가 대학을 졸업하고 어엿한 직업을 가지기가 어머니 꿈이었죠. 참한 여자에게 장가들어 단란한 가정을 꾸리고 말입니다. 누구나 꿀 수 있는 평범한 꿈이구, 전쟁만 아니었음 될 법한 얘기였죠. 이젠 모든 게 수포로 돌아갔고 또 모든 게 이것으로 끝났지만 말입니다. 전 이렇게 된 게 부끄러워요."

청년은 울고 있었다. 그러나 눈물을 흘리고 있지는 않았다.

"인간의 작고 평범한 꿈을 배반하고 살인 행위에 가담했으니까, 지금이라도 열 번 죽어도 좋다고 생각해요. 아니 누군가 열 번 부끄러워해야 하니까 안 되겠군요, 나를 이렇게 만든 자도 어디서 지금쯤 부끄러워 죽을 지경일 테니까요. 다시는 인간다울 수 없다고 죽도록 부끄러워할 테지요. 허지만 어머님은 여전히 지금도 기다리고 계실 거예요. 이런 저를 말입니다. 언제까지 살아 돌아오겠거니 하고 말입니다. 그리고 다시금 어머님의 꿈이 이어지길 기다리시겠죠. 무슨 일이 있어도 제가 죽었다는 것만을 알려야겠어요. 아닙니다. 제가 살 수 없다는 것을 아시

면서······ 선생님께서 제발 좀 전해주세요. 제가 이렇게 됐다는
걸, 어머님 꿈을 배반한 제가 부끄러워하며 죽어갔다고 제가 살
아오겠거니 하고 언제까지나 기다리시는 것은 더욱 나쁠 테니
까요."

청년이 기절을 했다. 응급조치를 하자 얼마 후에 깨어나서 또
부끄럽다면서 다시 어머니 얘기를 했다. 입속은 바싹 마르고 무
섭게 헐떡이고 있었다. 그러나 그것도 곧 없어지고 온몸이 커다
란 고통으로 휩싸여 부르르 경련했다. 그래서 차차 떨던 몸도
굳어지며 말을 못했다. 그리고 청년은 자신의 말대로 무더운 오
후에 숨져갔다. 죽은 얼굴은 마치 곱다란 어린아이의 석고상 같
았다. 아마 이 어린 청년은 밤사이에 들어왔던지 아니면 아침에
들어온 신입자인지 몰랐다. 너무 출혈이 심했고 손을 빨리 못
쓴 탓도 있었다. 현은 아직 그의 바지자락을 쥐고 있는 청년의
손을 풀고 일어났다.

현은 담배를 찾으며 창가로 가 섰다. 정원은 무섭도록 푸르렀
다. 넓은 잔디밭과 병원 건물을 뒤덮고 있는 담장 넝쿨, 그 위에
병원 전체를 감싸안은 듯한 울창한 숲하며 사방 시야가 온통 짙
푸르렀다. 현은 평소 이러한 창밖 경치를 좋아했다. 오래 보아
오는 동안 정답기도 하거니와 잠시 일손을 놓고 피로한 시선을
쉴 수 있었다. 그러나 오늘은 한창 내려쬐고 있는 햇볕 아래 푸
른 식물이 극성스럽게 뻗어가는 줄기찬 기세가 어딘지 악착같
은 감을 주고 있었다. 그러나 올해의 그 푸른 생명들도 얼마 안

가 다할 것이다. 이렇게 생명이란 원래 이토록 줄기차게 잔인한 것인지 몰랐다. 앰뷸런스가 소리를 내고 병원 아스팔트 길을 치달려 오는 게 보였다. 차가 현관 앞에 멈추고 배 속에서 환자들을 쏟아놓고 있었다. 병원 안에서 사람들이 달려나오고, 그들은 바쁘게 움직이고 있었다. 그런데 현에게는 그 모든 게 마치 무성영화의 장면을 보고 있는 것 같았다. 그것은 소리 없는 그림자들이 움직이고 있는 것만 같았다. 그리고 이 멍멍한 적막은 어디서 그에게 오는 것일까. 사방이 무섭도록 고요한 침묵에 싸여 있는 것만 같았다. 그러나 현은 창가를 떠나야 했다. 그래서 그의 손이 필요한 사람들에게로 옮겨가야 했다. 간호원이 시체의 뒷일을 끝내고 있었다.

현은 병실 회진을 끝마치고 수술실로 갔다. 그리고 동료들과 함께 여러 가지 크고 작은 수술을 했다. 상처를 파헤쳐서 총탄을 찾아내고, 파편 조각의 쇠붙이를 찾아 살덩이를 헤집고 다리를 절단하고, 팔을 자르며 일하는 동안, 그러나 한편 젊은 병사들은 미처 손을 쓰지도 못한 채 죽어가고 있었다. 현과 동료들은 고무장갑 낀 손과 수술복의 앞자락이 피투성이였다. 이 원시성의 인간 수라장, 인간은 무엇인가. 왜 이래야만 되는가, 인간은 이렇게 참혹하게 어리석단 말인가, 무엇을 믿고 이런 짓을 저지르는가, 인간은 상하기를 좋아하며, 정말 이렇게 부끄럽게 몸뚱이를 내던져야 한단 말인가. 인간이 할 수 있는 일이 고작 이런 짓인가, 그런데 현 그 자신은 또 왜 이래야만 하는가, 현은

계속 일하면서 느글느글한 메스꺼운 역증을 느꼈다. 그러면서
그는 죽은 청년의 부탁을 잊은 것 같았다. 그러나 청년의 얼굴
이 그를 잡고 있었다. 그는 땀과 수술실 속에 더 서 있을 수 없
게 되자, 다른 의사에게 넘기고 더러운 가운을 벗어 던지고 수
술실을 나왔다.

현은 급히 병원을 나왔다. 밖으로 나오자 쨍한 햇볕에 한 대
얻어맞은 기분이었다. 병원 차도로 앰뷸런스와 다른 군용차들이
계속 오르내리고 있었다. 현은 수위실을 지나 거리로 나왔다.

그래서 그는 병원에서 가까운 정류장으로 걸어갔다. 그리고
잠시 서 있으려니까 전차가 왔다. 서대문행이었다. 기다리던 사
람들이 전차 문으로 몰렸다. 현은 그들의 뒤를 따라 전차에 올
랐다. 승객들이 흩어져 안으로 들어갔다. 그래서 드문드문 빈자
리에 자리를 잡고 앉았다. 현은 안으로 들어가 앉지 않고 문 입
구에 서 있었다.

전차는 한없이 느려빠진 것 같았다. 그러나 참을성 있게 묵묵
히 앉아 있는 승객들은 그들 심중에 무슨 생각을 하고 있는지조
차 모르게 무표정했다. 전차가 멈추고 떠날 때마다 내리고 타는
승객들은 거의 다름없는 표정들이었다. 그들에게 어떤 불안의
빛을 찾기보다 햇볕에 타고 시달린 모습뿐이었다.

전차는 광화문 네거리를 지나고 있었다. 그때 현은 동생을 보
았다. 준은 신문 뭉치를 옆에 끼고 인파 속을 뛰어가고 있었다.
고만 또래의 신문팔이 소년들이 뿔뿔이 뛰어가는 모습이 보였

다. 갓 신문이 나온 시간인 모양이었다. 그들은 누구보다도 앞장서서 한 장이라도 더 팔려고 줄달음치고 있었다. 준도 인파 속을 헤집고 전차와는 반대쪽으로 달려가고 있었다. 멀리만 가면 더 잘 팔리는지 옆도 보지 않고 달리고만 있었다. 전쟁이 시작되자 저렇게 된 막둥이 동생, 전차가 멎었다. 현은 세종로서 내렸다. 그래서 그가 거리를 돌아보았을 땐 준의 모습은 이미 보이지 않았다.

막 차도를 건너고 있었다. 앵 하고 가까운 어디서 공습경보 사이렌 소리가 울렸다. 길 가던 행인들이 상점 안이나 처마 밑으로 붙어 섰다. 현도 가까운 길갓집에 붙어 섰다. 그러나 밋밋한 이층집에 처마가 없었다. 그는 등만 벽에 붙이고 있는 셈이었다. 맞은편 거리로 길갓집의 처마 밑으로 붙어선 사람들이 하얗게 보였다. 그리고 승객들이 다 쏟아져 내린 빈 전차가 대로 한가운데 여기저기 멈춰 있었다. 거리는 삽시간에 휑하니 비었다. 마치 죽은 거리처럼 햇볕이 쨍쨍 내려쬐는 대낮이 아주 조용했다. 그저 한없이 조용하고 하얀 군중들이 있을 뿐이었다. 사람들은 당황해하거나, 겁나 소리치는 사람도 없었다. 공포에 익숙해진 이 소리 없는 군중은 그저 습관적으로 행동하고 있었다.

현은 처마 밑으로 슬슬 걷기 시작했다. 사람들이 서 있는 앞을 지나 계속 처마 밑에서 밑으로 걸어갔다. 어디선가 호각을 불며 현더러 벽으로 들어서 있으라고 호통을 쳤다. 그래서 현은 다른 사람들과 함께 나란히 벽에 붙어 서 있다가 잠시 후 담을 따라 다시 걸었다. 그러자 비행기 소리가 멀리서 들리기 시작해서 웅장한 소리를 내고 머리 위로 유유히 지나갔다. 그러나 폭음 소리는 들리지 않았다. 아마 서울이 목적이 아니라 이북 어느 쪽으로 가는 모양이었다. 하늘이 조용해지고 얼마 후 해제 사이렌이 불었다. 사람들이 거리로 쏟아져 나왔다. 그러자 어디에 숨어 있었는지 의심하리만큼 많은 사람들이 삽시에 거리를 채우고 있었다.

　얼마 동안 현은 사직동 골목길을 오르내리고 있었다. 어린 군인이 말한 번지에 가까운 숫자부터 찾아서 번지수를 하나하나 훑어 올라갔다. 그러나 그런 숫자는 없었다. 그는 다시 한번 어린 군인이 말한 숫자를 펴보았다. 환자 차트 용지에 분명히 '사직동 124번지'로 적혀 있었다. 청년의 부탁으로 그 자리에서 받아 쓴 것이다. 현은 햇볕에 지친 나머지 마지막으로 동회 사무소를 찾기로 했다. 그러나 현이 찾고 있는 집이 있다면 그 어머니에게 현이 할 말은 무엇인가. 그 여자에게 아들이 죽었다는 것. 그러나 오늘의 얼마나 많은 어머니들이 당하고 있는 것인가. 지금 이 순간에도 많은 어머니들이 그들의 아들을 잃고 있었다. 그런데 현이 지금 하려는 것은 결국 아들의 처참하게 찢긴 시체를 그의 어머니 가슴에 안겨주려 하는 것뿐이었다. 비록 이미 아들은 죽었을망정 아들을 기다리게 하고 아들의 꿈을 계속하도록 두자. 그가 할 일보다 차라리 그게 더 나을지 몰랐다. 게다가 그는 더 시간을 끌 수가 없었다. 그러한 동안에도 또 그와 같은 청년들이 각자의 끓는 사연을 지닌 채 죽어가고 있는 것이다. 그리고 그는 병원으로 돌아가기 전에 잠시 병수의 집을 들러야 했다. 병수의 집은 한동네에 있었다.

잠시 후 현은 병수의 집을 찾아들었다. 병수 어머니가 안에서 철 대문에 붙은 쪽대문을 열어주었다. 병수 어머니는 반색을 하면서 한편으로 그늘진 얼굴이었다.

"그간 별고 없으셨습니까?"

"요즘 집 볼 사람이 없어 못 가봤네."

이러며 병수 어머니가 현의 뒤로 대문을 잠갔다. 병수 어머니는 전쟁 전에 혼잣손으로 집안에 양말 공장을 경영하고 있었다. 그러나 지금은 텅 빈 넓은 마당에 개 한 마리 없고 여름의 잡초만 여기저기 듬성듬성 자라고 있었다.

"들어가게."

"아니 곧 가봐야겠습니다. 병수가 걱정하는 것 같기에 잠시 들러봤습니다."

"병수가 있어"

하고 병수 어머니가 속삭였다.

"병수가 왔습니까? 여길."

"병수가 온 걸 모르는군, 저기 이층에 있네."

병수 어머니가 즐거운 얼굴을 했다.

"올라가보세."

현은 살림집을 비켜서서 공장 쪽으로 갔다. 그래서 그는 사무실로 쓰던 아래층을 지나 이층으로 올라갔다. 층계는 오르내릴수 없게 여러 궤짝이 쌓여 있어 오래전에 폐쇄된 듯했다.

그는 작업장 이층으로 올라가서 이제는 쓰지 않는 기계 사이로 더듬어 들어갔다. 그 깊숙이 침대가 있었다. 병수는 전쟁이 시작되자, 이곳에서 현의 집으로 옮겨오기 전까지 폐쇄된 창고였다. 햇볕을 못 받아 낮에도 실내는 어두웠고, 기름과 먼지 냄새가 났다. 병수가 철 침대 위에서 라디오에 몸을 굽히고 있는 모습이 보였다.

"현인가, 잘 왔어"

하고 병수가 허리를 펴며 말했다.

"그런데 내가 여기 온 걸 알았나? 자네."

이렇게 계속 말하는 병수는 무엇인가 들뜬 듯이 보였다.

"아니."

"하여튼 자네 잘 왔네. 혹, 무슨 냄새라도 맡은 건 아닌가? 여기 나와 함께 며칠만 꾹 틀어박혀 있세. 이번 주 안으로 전쟁도 무슨 결판이 날 것 같아."

현은 말없이 어둠 속에 우뚝 서 있었다. 병수는 라디오에서 유엔군 사령부의 전황 방송을 듣고 있었을 것이다. 현은 어둠에 눈이 익으면서 친구의 얼굴이 분명해졌다. 부스스한 모습에 누런 안색을 하고 있는 병수, 전쟁이 시작되자 세상에서 자취를 감춘 모습이었다. 친구의 눈이 어둠 속에 번득였다.

"그런데 자네 혹시 여기 도피처 구하러 온 것 아닌가? 응, 정말 그러고 싶지 않나?"

하며 병수가 싱긋 흰 이를 드러내고 웃었다.

"그것보다 할 수 있다면, 우선 자네를 이런 데서 끄집어내겠네."

"또 그 소린가. 헛소리 말게, 전쟁도 오늘낼 하는 판인데, 무슨 소릴."

"헛소리 같은가? 그래 유엔군은 매일 오늘낼 온다구 하자, 그런데 그 오늘낼이 어떻다는 건가? 그동안 네가 살려낼 수 있는 목숨을 생각해봐."

"죽으라지. 내가 시작한 전쟁은 아냐."

"그렇지, 그렇다고 이 전쟁을 외면할 수 있다고 보나."

"난 적에 가담 안 해."

"누가 적인데? 우리에게 적이 있다면 전쟁이야."

"그런지 모르지, 내 얘기가 너무 일방적이었는지 모르겠군. 허나 어떻게 얘기해도 마찬가지야. 내게 지극히 간단하고 분명한 건, 난 이 전쟁에 가담하고 싶지 않다는 거야."

"나와서 일하게. 넌 의사야, 네가 있다면 하나라도 덜 죽일 수 있는 의사라는 거야. 우리가 전쟁을 막을 순 없다는 것도 알아."

"그래, 아마 이 전쟁은 일어나기 오래전에 이미 일어나게 마련된 건지 몰라. 이 나라에 해방이 되었을 때 그때 이미 거기에 무슨 잘못된 착오가 있었던 게야. 해방이 우리 국민 스스로의 노력으로 이루어진 것이라면 아마 지금쯤 이 나라의 현실은 상당히 달라졌겠지. 열강의 틈바구니에서 나라가 분리될 리도 없고, 분명 이 전쟁도 일어날 리 없었을 게고. 우린 남의 손에 의해 해방되고 또 남의 손에 의해 나라가 분리되구, 그리고 지금 이 순간 또 남의 손에 의해 싸워지고 있구. 이건 분명 우리가 끼일 전쟁이 아냐. 왜 우리가 싸워야 하냐 말야. 동족이 서로가 말이지."

"그리고 또한 현실을 피할 수 없는 게 인간이지."

"내겐 그런 현실이 없어. 형제와 같은 동족을 죽일 수 있을 만큼 절실한 현실이 말야."

둘 사이엔 잠시 무거운 침묵이 흘렀다.

"안국동에 돌아 안 가려나?"

"가지, 저녁에."

현이 병원으로 돌아오자 동생이 기다리고 있었다. 준은 현관의 돌난간에 걸터앉아 있다 현을 보고 일어났다. 준은 신문 꾸러미는 어떻게 했는지 보이지 않았다.

"웬일이냐?"

"집에 좀 갈 수 있어?"

"왜? 옥이 누나가 더 아프냐?"

"아니 소희 누나가 무섭대, 전쟁이 또 일어난다구."

이렇게 말하면서 준은 슬며시 외면했다. 그리고 정원 쪽을 보고 있었다. 햇볕에 까맣게 탄 얼굴에 눈만이 유난히 빛나고 있었다. 어린 나이에 어울리지 않는 날카로운 얼굴이었다. 전쟁의 표정인지 몰랐다. 그러면서 그는 전쟁에 관해 어리둥절한 채 의식치 못하는 가운데 외면하게 되는 어떤 부끄러움 같은 것을 느끼고 있는지 몰랐다.

"집에 갔었니?"

"응."

"오래 기다렸어?"

"아니."

요란한 사이렌 소리를 울리며 앰뷸런스가 병원으로 들어섰고 무서운 기세로 정원을 달려 현관에 멈추었다. 앰뷸런스 문이 열리고 한 여인이 피투성이 어린애를 안고 뛰어내렸다. 간호병들이 들것을 들고 안으로 뛰어왔다. 간호병 중 하나가 여인에게서 어린애를 받으려 하자, 여인이 놓아주지 않았다. 여인은 병원 안으로 줄달음쳤다. 간호병이 뒤쫓아 따라 들어갔다. 차 안은 피투성이의 무더기였다. 군인이 아니고 민간인들이었다. 어디서 또 폭격을 당한 모양이었다. 현은 간호병을 거들어 피투성이 몸뚱이를 차 밖으로 끌어내렸다. 그러나 끌어내려도 소용없는 자도 있었다. 이미 그의 몸뚱이는 뻣뻣해 있었다.

"이 동무?"

누가 등 뒤에서 현을 불렀다.

"이 동무는 아무리 급해도 먼저 안으로 들어가 가운을 입으시오."

언제 나왔는지 붉게 충혈된 두 눈을 한 장 군의관이 등 뒤에서 있었다. 현은 그가 한 말을 알았다. 아무리 급해도 현이 할 일은 따로 있었다. 현이 지금하고 있는 일은 간호병으로 충분했다. 장 군의관 말대로 현은 안으로 들어가 간호병들이 옮겨온 부상자들을 치료할 일이었다.

"집에 못 가요?"

준이 질린 얼굴을 하고 현 옆으로 다가왔다. 준은 눈앞 광경이 끔찍한 모양이었다.

"지금은 안 돼"

하며 현은 걸어가면서 말했다.

"그럼 집에 가서 뭐라 할까?"

"소희 누나가 널 여기 보내데?"

"아니, 그냥 내가 와본 거야. 소희 누나가 무서워하니까."

"걱정 말구 집에 다들 가만있으라구 해. 준, 너두 집에 있거라. 어디 가지 말고."

"집에 오긴 오겠지요?"

"시간 봐서 가마. 그리고 넌 곧장 집으로 가봐."

준은 긴장한 얼굴을 하고 돌아섰다. 그래서 준이 느릿느릿 몇 발자국 더 걷더니, 병원 길을 줄달음쳐 내려갔다. 현은 몸을 돌려 병원 안으로 들어갔다.

구내는 일대 혼잡을 이루고 있었다. 이젠 복도 입구만 아니라, 복도 깊숙이 바닥에 부상자들이 즐비하게 누워 있었다. 군인 민간인들 할 것 없이 꿈틀거리는 몸뚱어리 위에 떠오르는 신음 소리, 구내를 꽉 채우는 이상한 냄새, 땀을 뻘뻘 흘리며 뛰어다니는 간호병들. 현은 시체나 다름없이 버려진 몸뚱이를 넘어 수술실 쪽으로 갔다. 누군가 다리를 잡았다. 현은 뿌리치고 수술실 옆방으로 뛰어 들어갔다.

현은 가운들이 걸레쪽처럼 걸려 있는 방에 털썩 주저앉았다. 그는 무엇인가 이렇게 되서는 안 된다고 생각했다. 그리고 의사의 힘 같은 것으로는 속수무책이란 것을 다시금 절감했다. 그는 어디서부터 어떻게 손을 대야 할지 전혀 몰랐다. 틀림없이 전선은 아주 가까워졌고, 쌍방은 이렇게 무참히 상처를 내고 있을 게고, 무모한 짓으로 계속 찢어대고 있을 게다. 현은 간호원이 부를 때까지 멍청히 앉아 있었다. 그는 천천히 일어나 장 군의관 말대로 땀 찬 옷을 벗고 가운으로 바꿔 입었다. 그러나 그것도 이미 더럽기 이를 데 없었다. 아침에 새로 입은 가운이었다. 그는 다른 의사들이 찾고 있는 수술실로 들어갔다.

방 안엔 의사들이 붉은 살덩어리에 매달려 있었다. 수술대 앞에서 의사들은 땀투성이이고 가운 자락은 피투성이였다. 그들은 장 군의관처럼 충혈된 눈을 하고 있었다. 그러고는 간호원들에게 신경질을 내고 있었다. 의사들은 상처를 열고 파편이나 총탄의 쇠붙이를 꺼내서 다시 꿰매고 자르는 수술을 했고 한 수술이 끝나면 곧 다음의 상처가 기다리고 있었다. 의사들은 계속 그 자리에 서 있는 채 다음 수술이 다시 시작되곤 했다. 부상자들이 줄곧 침대로 옮겨오고 옮겨가고 했다. 모두가 아주 급히

서둘러 하는 수술, 복도 환자 같은 이들은 어느 정도 시간을 끌
수 있느냐가 문제였다. 그렇잖으면 그들은 죽든가 아니면 응급
조치로 끝났다.

오후로 가면서 부상자들은 점점 늘어만 갔다. 이에 따라 불안
도 점차 무겁게 깔려갔다. 간밤부터 어디선가 들려오던 간헐적
인 포 소리가 이젠 그리 멀리가 아니고 가까이서 정확하게 계속
되고 있었다. 새로 밀려드는 부상자들은 대개 총탄보다 파편을
얻어맞았다. 장 군의관이 찾아와서 현은 수술실 밖으로 불려 나
갔다.

"후송해야겠는데, 이 동무, 또 수고 좀 해야겠소."

"언제 떠납니까?"

"오늘 오후요."

"몇 명입니까?"

"제삼 병동 전부요."

장교들이었다.

"전부 말이오?"

"그렇소."

"안 됩니다. 움직일 수 없는 사람이 많아요."

"명령이 내렸소."

"당신도 의사니까 무리라는 걸 알잖습니까. 살인 행위라는
것도."

"상부의 명령이오."

이놈은 명령이면 만사가 그만이었다. 명령이라면 아마 제 목숨도 제 손으로 능히 끊고 좋아할 놈이었다.

"전세가 그리 불리합니까?"

장 군의관은 대답하지 않았다.

"나 말고 또 누가 따라갑니까?"

"나요."

현은 장 군의관을 물끄러미 바라보았다.

"이번 목적지는?"

하고 현이 다시 물었다.

"평양 쪽이오."

여느 때와 같았다. 분명한 건 없었다. 장 군의관이든 또는 누구든지 간에 안내되어 환자들은 어딘지 후송될 것이다. 그동안 현은 목적지에 도달할 때까지 다만 환자를 돌보기만 하면 되었다. 모든 의사들이 종종 치르는 일이었다.

"오늘 떠나면 언제 돌아옵니까?"

"어느 때와 같소. 오후에 떠났다가 도착하면 곧 다시 돌아오는 거요."

그러나 현은 이번은 그렇게 쉽게 될 수 없을 것 같았다. 후송이 아니라 철수 준비였다. 현은 주머니에서 담뱃갑을 찾아내서는 불쑥 장 군의관 앞에 내밀었다. 장 군의관은 담배를 피우지 않았다.

"다른 의사에게 말해봤소?"

하고 현이 담배를 피워 물고 말했다.

"아니오."

"왜 하필 나를."

"당신이 우수한 의사니까 그렇소."

하마터면 현은 웃음을 터뜨릴 뻔했다. 그러나 아니다. 우수한 의사로 말하면 현이 아니었다. 현으로 말하면 의사의 자격을 채 갖추지도 못한 풋내기였다. 그런데 무엇보다도 그는 의사로만 군소리 없이 일하고 있었다. 그뿐이었다. 그것만이 이자들에겐 우수한 의사라는 것이다.

"출발은 몇 십니까?"

"5시."

현은 손목시계를 보았다. 3시 30분. 아직 출발까지 1시간 20분이 남아 있었다. 현은 가운을 벗었다.

"왜 그러시오?"

"집에 좀 다녀와야겠습니다."

장 군의관은 잠자코 물끄러미 현을 바라보았다.

"왜 안 됩니까? 도망갈 것 같아서? 허지만 도망은 안 할 겁니다. 지금 제 아버님도 어디 계시다는 걸 아시겠죠."

현은 허세를 부리는 자신을 의식했다. 아, 이러면 안 되었다. 그는 신경질적이었다. 피로한 모양이었다.

"그럼 앰뷸런스라도 타고 속히 다녀오시오. 부상자를 싣고 있는 동안."

이러며 장 군의관이 빤히 현을 응시하고 있었다.

현은 피우던 담배를 던졌다. 그는 몸을 돌려 복도를 걸어 나
갔다. 복도 바닥에 누워 있는 부상자는 이제 대체로 조용했다.
기진맥진들 해서는 더욱 처참했다. 아마 후퇴가 있게 되면 그들
은 그대로 내버리게 될 것이다.

뜰에 앰뷸런스가 여러 대 멈춰 있었다. 현은 병원용 흰 앰뷸
런스 쪽으로 걸어갔다. 그는 운전수 옆으로 올라앉아 문을 꽝하
고 닫았다. 핸들에 엎드려 졸고 있던 운전수가 깜짝 놀라 일어
났다. 현은 안국동으로 가자고 말했다. 그러고는 다시 인민위원
회 사무소로 가자고 고쳐 말했다. 앰뷸런스는 병원을 빠져나와
급히 거리를 달렸다.

잠시 후에 앰뷸런스가 인민위원회 본부 앞에 도착했다. 건물
앞의 벽보판에는 "대구시 탈환"이니, "이번 주 안으로 대구시
탈환" 또는 "승리는 시간문제"라는 둥 쪽지가 나붙고 있었다.
끈덕지게 버티고 있는 도시로 해서 시간마다 성급하게 포스터
가 어휘만 바뀌어서 나붙고 있었다. 현이 수위실 앞을 뛰어드는
데 의외로 수위는 아무 말도 안 했다. 현은 이층으로 내처 뛰어
올라가서 한 방문을 노크했다. 안에서 아무 기척이 없었다. 문
을 열고 보니 텅 빈 방이었다. 그때 복도로 누가 지나갔다. 사동
같았다.

"이 방에 다 어디 갔니?"

"누가 없어요?"

소년이 되물었다.

"아무도 없는데 선전 부장 어디 간지 모르니?"

"아 부장님 말예요? 갔어요."

"어딜?"

"떠났어요. 우두머리들은, 그래도 밑엣사람들이 일을 해요."

현이 열어놓은 문으로 방 안을 돌아보았다. 방 안이 이상하게 어수선한 것을 그제야 알았다. 여기는 이미 서류를 꾸려 떠난 것이구나. 현은 급히 아래로 내려왔다.

다시 앰뷸런스에 오르자 현은 집을 향해 달렸다. 마치 앰뷸런스는 환자를 실은 것처럼 교통을 무시하고 내달렸다. 무엇인가 절박해왔다. 다른 차들도 심상찮게 씽씽 속력을 내며 거리를 달리고 있었다. 사람들이 그러한 차량 사이를 이리저리 비집고 차도를 황급히 건너가는 모습들이 보였다. 앰뷸런스는 순식간에 집에 도착했다.

앰뷸런스 소리를 듣고 준이 집에서 뛰어나왔다.

"소희 누나는 어디 있니?"

이러며 현은 준과 함께 대문 안으로 들어갔다. 뜨거운 대낮, 샐비어가 정원에 붉게 타고 있었다. 소희는 대청마루 끝에 서 있었다.

"차는 돌아갔어요?"

하고 소희가 물었다.

"아니."

"그럼 또 가시는 거예요?"

소희는 불안한 빛이었다. 현은 소희 앞을 지나 방으로 들어갔다. 소희가 짐을 싸느라고 방 안이 어지럽혀 있었다.

"짐을 다 싸고, 그래서 도대체 당신은 어디로 갈 참이오?"

"동네 사람이 다 싸니 저도 쌌어요."

"정말 우리가 갈 데가 있다는 거요?"

"모르겠어요. 허지만 불안해서 가만히 있을 수가 없었어요."

"난 오늘 또 후송을 갔다 와야 해."

"아니 이럴 때 말예요! 안 돼요."

소희가 펄쩍 뛰었다.

"아니, 언제나 같이 오늘 갔다가 낼 밤에 오는 거요."

"아, 그래도 안 돼요, 이럴 때 오늘낼이 어디 있어요."

"이번은 평양 쪽이요. 그쪽엔 아버지도 계시고."

소희는 잠시 말이 없었다.

"아버지 소식을 알려구 인민위원회 사무실에 들르니까 이미 거긴 텅 비었더군."

"아, 그것 보세요."

소희는 불안한 빛이 완연했다.

"한 이틀만 참아, 그동안 어떻게 되는 것도 아닐 테고, 난 돌아올 테니까."

"못 돌아오시면."

소희는 채 말끝을 맺지 못했다.

"왜 내가 못 돌아올 이유가 있소?"

"그런데 우린 언제까지 이렇게 살아야 하나요?"

현은 대답할 수가 없었다.

"정말 못 참겠어요. 어쩐지 이 전쟁은 좀체 끝나지 않을 것만 같이 느껴져요."

부상자들의 후송 준비가 끝나자, 그들은 아직 뜨거운 햇볕 속에 병원을 출발했다. 이런 후송은 전에도 종종 있었다. 그러나 그들은 평소에 밤을 이용했었다. 공습을 피해서였다. 그러나 지금은 장교들인데도 대낮의 후송이었다. 후퇴한다는 항간에 떠도는 말이 사실이라면, 이것은 병원을 철수하기 위한 운반 작업의 시초인지 몰랐다.

그들은 시가의 중심지를 통과해 갔다. 장 군의관이 탄 앰뷸런스를 선두로 해서 여섯 대의 트럭과 버스가 뒤따랐다. 버스는 그래도 앉아 있을 수 있는 부상자들이 타고 있었다. 현은 행렬의 맨 뒤 버스에 앉아 있었다. 그들이 거리를 지나갈 때, 다른 차량들이 길을 비켜주고 있었다. 그러나 어디로 가는지 알 수 없는 군대의 행렬이 그들의 반대쪽으로 움직이고 있었다. 현은 창 옆으로 지나가고 있는 한 운전병을 바라보았다. 핸들을 잡고 있는 그는 더러운 마스크를 쓰고 있는데 먼지를 쓴 눈썹이 뽀얗다. 그리고 군인들을 트럭에 가득가득 싣고 있었다. 그들 군인들은 군모 밑에 햇볕에 탄 야윈 얼굴들을 하고 있었고, 역시 햇볕과 땀에 몹시 퇴색한 군복을 입고 있었다. 그들은 하나같이 무감동한 얼굴들이었다. 그러나 현에겐 무엇보다도 아직 저렇게 성한 젊은 남자들이 있다는 사실이 믿기지 않았다. 그들의 긴 행렬이 끝났다.

현은 시가를 통해 움직일 때, 도시가 몹시 파괴되어 있는 것을 볼 수 있었다. 부서진 돌더미와 타다 만 집채는 해골 같은 뼈대를 드러내고 있었다. 그 거리를 맨발에 고무신을 신은 여인들이 총총히 걸어가고 있었다. 남루한 옷을 걸친 행인들은 굶주린 얼굴을 하고 있었다. 그리고 길모퉁이에 흙을 넣은 푸대와 가마니가 곳곳에 쌓여 있는 것을 볼 수 있었다. 시가전을 대비해서 밤에 동원된 여인들의 손으로 만들어진 것이다. 버스 안에는 아무도 입을 여는 사람이 없었다. 붕대를 감은 몸뚱어리들이 묵묵히 창밖을 내다보고 있을 뿐이었다. 대낮의 더위와 군인들의 특유한 체취와 땀냄새 속에 버스 안은 무거운 침묵에 가라앉아 있었다. 그러나 버스는 파괴된 도시의 플라타너스 잎만 푸르게 무성한 길을 휙휙 지나갔다.

잠시 후 행렬은 시가를 빠져나왔다. 교외 들판은 푸르고 누렇게 변해가고 있었다. 밭 너머로 벌거벗은 산이 있었고 그 밑으로 나지막한 초가집 마을이 멀리 보였다. 푸른 하늘은 흰 구름을 몇 송이 피우고 있었다. 채석장이 뙤약볕에 희게 빛나고 차는 그 옆을 지나갔다. 그러자 앞서가는 차가 먼지를 뽀얗게 일으키기 시작했다. 길가의 나뭇잎과 풀 넝쿨이 이미 먼지가 무겁게 쌓여 있는 위에 다시 뒤덮었다. 그래도 현 옆에 앉아 있던 간호원은 그를 돌아보고 생긋 웃었다. 교외 길을 달리기 시작하니 거기에는 이미 파괴된 집도, 굶주린 사람들도 없었다. 그저 태곳적부터의 조용한 들판이었다. 그리고 저 멀리 푸른 강물이 보이기 시작했다. 간호원은 먼지 때문에 유리창을 닫기 위해 일어났다.

조금 후 그들은 강 옆에 도달했다. 다리로 통하는 길에는 부서진 탱크와 트럭의 잔해가 버려져 있었다. 포탄 껍질이 풀 속에 여기저기 흩어져 있었다. 넓은 강 위에 달려 있는 다리는 중간이 부서져 있었다. 푸른 물속에 잘린 뼈대만 서 있었다. 힘찬 물결이 그 주위를 맴돌며 흐르고 있었다. 그들은 강줄기를 따라 올라갔다. 현은 강 상류로 올라가면 가교가 있는 걸 알고 있었다. 강물은 파랗고 좁은 모래사장은 햇볕에 하얗다. 빠르게 흐르는 강물이 굽이칠 때는 흰 거품을 일으켰다. 마침내 나무로 만든 가교가 보였다.

다리 양쪽 끝으로 보초가 서 있었다. 그들은 다리 앞에 일단 정지했다. 다리 건너편에 먼저 도착한 차량이 있었다. 그 다리는 일방통행이었다. 그래서 그들은 반대편 자동차들이 건너오기를 기다리고 있었다. 트럭이 차례로 하나하나 나무판 다리 위를 털커덕거리며 그들 쪽으로 건너오고 있었다. 현은 기다리면서 다리 건너로 뚫린 도로를 바라보고 있었다. 도로는 산 밑으로 강을 따라 한 줄로 뻗어 있었다. 산은 높고 강은 깊었다. 들은 없었다. 그리고 모두가 한 줄로 좁게 뻗은 외길을 내다보며 겁을 먹고 있었다. 그동안 그들은 두 차례 비행기를 만났다. 한 번은 바로 그들의 머리 위를 지나갔다. 비행기는 산을 넘어 북 쪽으로 날아갔다. 비행기는 언제 어디서 다시 나타날지 몰랐다. 비행기가 지금 그들을 발견하고 내려칠 생각만 있다면, 꼼짝 없 이 당할 판이었다. 그러나 아직 해질 시간은 아니었다.

앞 트럭이 움직이기 시작했다. 맨 앞의 앰뷸런스가 다리를 건 너고 있었다. 그동안 버스에서 내렸던 부상자들이 올라탔다. 간 호원이 그들을 거들고 있었다. 간호원은 꼭 버스 차장 같았다. 버스가 다리를 건널 때, 현은 깊은 다리 밑을 내려다보았다. 수 염이며, 눈썹이 온통 먼지를 뽀얗게 뒤집어쓴 보초가 유리창 옆 에 서 있었다. 그들은 다리를 지나자 급히 달리기 시작했다. 다 시 뽀얀 먼지를 일으키며.

강을 건너 그대로 강줄기를 따라 달렸다. 좁은 산모퉁이를 지 나자 강이 한층 넓어졌고, 갑자기 넓은 들판이 나타났다. 그들 은 나지막한 농가집을 지났다. 누런 들판에 어디서 나타났는지 망아지 한 마리가 차도 가운데 올라서 멍청히 서 있었다. 자동 차는 경적도 울리지 않고, 속도도 늦추는 법 없이 그 옆을 살짝 피해 갔다. 버스가 통과하며 보니 놀란 망아지가 뛰어 도망가서 또다시 들판에 멍청히 서 있었다. 얼마 못 가서 시골길이 여름 장마로 끊겨 있었고, 병정들이 길을 고치고 있었다. 웃통을 벗 고 일하는 그들은 등이 땀에 번들거렸다. 그들도 지났다. 얼마를 가자 길이 여러 갈래로 나 있었다. 길에는 군용 차량이 끊임없이 오르내리며 하얀 먼지를 일으켜 앞을 볼 수 없게 했다. 그러고 또다시 한적한 시골길로 나왔다. 그래서 약간 비탈진 길을 달리고 있었다. 한 가족인 듯싶은 무리가 길을 걷다가 차 소리를 듣고 옆으로 비켜서 걷고 있었다. 부부가 아이들을 끌고 피난을 가는 모양이었다. 아낙네는 머리에 이불솜을 이고 등엔 어린애를 업었다. 젊은 남편은 농부인 듯, 등에 짐을 지고 있었다. 두 아이들이 옆에 따라 걷고 개가 한 마리 더 따르고 있었다. 그들은 길옆으로 들어서 산으로 오르고 있었다. 산으로는 좁은 길이 나 있는데, 그들이 산속으로 들어가면 거기서 무엇을 먹고살 것인가. 그들은 분명 사람들과 세상을 피해가는 모양이었다. 현은 짐을 꾸리던 소희를 생각했다. 지금쯤 병수는 안국동 집에 잘 돌아와 있을까. 앞차가 멈추었다. 그러자 차례로 행렬이 멈추었다.

간호병 하나가 버스 쪽으로 뛰어오고 있었다. 현은 버스에서 내려섰다. 간호병이 현의 앞으로 왔다.

"장 군의관님이 찾습니다."

"환자인가?"

"네."

"어느 차인가?"

"앞에서 셋째입니다."

두 사람은 앞으로 뛰어갔다.

트럭 안에서 장 군의관이 환자를 보고 있었다. 장이 현을 보고 아무 말 없이 다시 환자 쪽으로 고개를 돌렸다. 현은 트럭으로 올라갔다. 커버를 덮은 트럭 안이 후끈했다. 환자는 출혈이 심했다. 어깨에 관통상을 입고 있는 환자였다. 그는 마치 죽은 사람처럼 차 바닥에 길게 누워 몹시 창백했다.

"언제부터 이랬습니까?"

장은 대답하지 않았다.

"자넨 뭘 했나? 좀 일찍 알리지도 못하나."

간호병은 현을 거들어 수혈 준비를 하고 있었다.

"차가 너무 흔들린다구 하더니 갑자기 이렇게 됐습니다."

현은 잠시 간호병을 바라보았다. 이 자가 좀 졸았던가, 현은 환자를 꼼꼼히 조사하면서 응급조치를 하고 있었다. 아마 고통으로 까무러쳤는지 몰랐다. 애초에 그런 상태로 차를 탄 것부터가 무리였다. 장은 옆에서 무슨 생각을 하고 있는지 환자의 창백한 얼굴을 가만히 보고 있었다.

"앰뷸런스로 옮기세"

하고 장이 말했다.

현은 장을 쳐다보았다.

"움직일 수 없잖습니까."

"여기 이러구 있을 순 없잖은가."

"그를 태우고 달릴 수도 없지요."

"그럼 여기 언제까지 이러구 있을 참인가."

장은 다른 부상병들의 뜨거운 시선을 느끼고 있었다. 그러자 장이 트럭 밖으로 훌쩍 뛰어내렸다.

얼마 후 환자의 핏기가 가신 얼굴에 화기가 돌기 시작했다. 그의 얼굴에 땀이 벌벌 흐르고 가슴은 무섭게 헐떡이고 있었다. 혈압 맥박이 정상을 찾기에 무던히 애쓰고 있었다. 그것은 대단히 느린 속도로 진행되고 있었다. 현은 오랜 동안 꼼짝 않고 환자 옆에 앉아 있었다. 트럭의 커버 속은 몹시 더웠다. 바짓가랑이가 다리에 휘감기고 있었다. 현은 환자의 사정이 웬만해지자 간호병에 맡기고 트럭에서 내려왔다.

현은 담배를 피우며 길에 서 있었다. 그는 시골을 바라보았다. 조용한 들은 누렇게 저녁 빛을 받고 있었고 농가는 아주 황폐했다. 산비탈 끝에 비스듬히 언덕진 과수원 마을이었다. 그들은 다소 오르막길에 멈춰 있었다. 현은 그들이 지나온 길을 내려다볼 수 있었다. 먼지를 일으키며 군대가 지나가는 것이 보였다. 현은 집으로 돌아가고 싶었다. 모든 걸 팽개치고 장에게 말해볼까. 웃을 게다. 그럼 산으로 도망갈까, 강으로 뛰어들까. 강물은 멀리까지 소리 없이 흐르고 있었다. 운전병들이 강가로 내려가서 차에 쓸 물을 길어서 길 위로 올라오고 있었다. 길에는 걸을 수 있는 부상자들이 버스에서 내려서 서성거리고 있었다. 간호원이 부상자 두 명과 과수원 길을 걸어오고 있었다. 간호원이 현 앞으로 와서 그에게 배를 한 알 주었다. 햇볕에 너무 익은 배 맛은 미적지근하고 맛은 그리 좋지 않았다.

그때였다. 현은 비행기 소리와 동시에 땅에 굴렀다. 한순간 총소리와 일대 혼란이 일어났다. 비행기가 그들 머리 위를 지나며 기총 사격을 했던 것이다. 현은 기체와 비행사의 모습을 가깝게 볼 수 있었다. 비행기는 소리 없이 와서 마치 장난이나 치듯 한바탕 쑤셔놓고 그 늠름한 모습을 유유히 산 너머로 숨겨버렸다. 모두 순식간의 일이었다. 현은 일어나서 차로 가야 했다. 그러는 그것은 생각뿐, 도랑 속에 처박힌 채 땅에 딱 붙어서 한동안 일어나기 무척 힘들었다. 그러나 주저앉아 있을 수는 없었다. 다시 비행기가 돌아올 것이다. 부상자들을 대피시켜야 했다. 부상자들은 움직일 수 없이 누워 비명만 지르고 있었다.

현은 안경을 바로잡으며 일어났다. 그가 땅에 엎드릴 때 잡아채던 간호원이 옆에 누워 있었다. 그는 간호원을 일으켜 세웠다. 다친 데는 없었다. 그러나 조금 전까지 배를 주며 웃던 간호원이 아니라 사색이 된 알 수 없는 얼굴이었다. 현은 간호원을 그대로 두고 길로 뛰어올라갔다.

길 위에 두 병사가 느슨히 나가 넘어져 있었다. 그 옆에 장 군의관이 쭈그려 앉아 있었다. 강에서 물을 떠 오던 운전병들이었다. 하나는 이미 숨이 졌고, 하나는 다리에 관통상을 입고 있었다. 장 군의관이 다리에 지혈을 시키고 있었다. 트럭 안에선 계속 움직일 수 없는 환자들이 겁먹은 고함을 외치고 있었다. 현은 트럭 쪽으로 갔다. 운전병과 간호병들이 트럭에서 환자들을 끌어내리고 있었다. 현도 그들과 함께 한 명이라도 더 끌어내려고 했다. 그는 한 운전병과 같이 환자를 밭두렁에 내려놓았다. 급하면 몸뚱이로 길 것이다. 운전병들은 급한 나머지 부상자들을 마구 다루고 있었다. 버스에서는 제 발로 기어 나와 도랑과 풀숲으로 숨어 들어가는 모습이 보였다.

그들은 잔뜩 긴장해서 기다렸다. 현은 비행기를 기다리며 다시 모든 걸 팽개치고 싶은 생각이 치밀었다. 그러나 비행기는 돌아오지 않았다. 아마 그냥 지나가버린 모양이었다. 그것은 이미 그들보다 새로운 다른 것을 노리고 있는지 몰랐다. 한 소동이 끝나자, 사방은 전에 없이 적막한 침묵에 잠기고 누구 한마디 않는 가운데 공포로 몸서리치고 있었다. 그들은 시체 처리를 했다. 그동안에 법석통에 결국 어깨의 관통상 환자도 죽었다. 운전병과 간호병이 다시 트럭에 환자를 실었다. 그리고 예기치 않던 새로운 환자가 생겨서 다시 길을 떠날 때까지 시간이 걸렸다.

산마루 쪽에서 해가 지며 마지막 햇볕을 던지고 있었다. 긴 석양빛을 받아 강 수면이 반짝였다. 그들이 다시 출발해서 군용도로로 나오기 전에 해는 아주 졌다. 밤하늘에 먼 산의 검은 실루엣이 드리우고 강물은 감돌며 어둠 속에 물결치는 것이 보였다. 버스 안에 늘어진 희미한 몸뚱어리들, 밖은 사방이 불빛 하나 없이 캄캄했다. 산은 높고 계곡은 더욱 깊어졌다. 버스가 커브를 돌 때, 물기 있는 암벽이 헤드라이트에 번쩍 빛나고, 기어가 털거덕 소리를 내고 멎었다. 그러자 장마와 폭격으로 다리가 파괴된 시냇가로 내려가서 차체가 물에 반쯤 잠기며 물결이 차체에 부딪치는 소리가 들렸다.

그날 밤 그들은 한 도시에 도착했다. 이제까지 지나온 마을처럼 등화관제로 어두운 시가였다. 그러나 집들이 몹시 망가진 것을 알 수 있었다. 헌병이 손에 회중전등을 들고 길을 정리하고 있었다. 도시 가운데를 뚫고 나간 길은 야간에 끊임없이 이동하는 군대로 혼잡을 이루고 있었다. 어둠 속에 행군하는 군대가 도시 가운데 널따란 행렬을 이루고 천천히 강물이 흐르듯이 흘러가고 있었다. 무기를 실은 트럭과 커버를 덮은 트럭이 그 속을 쉴 새 없이 빠르게 지나가고 있었다. 어둠을 의지해서 교통량이 밤에 부쩍 늘었기 때문이었다. 현의 일행은 복잡한 길을 비집고 들어가서 그 모든 대열과 엇갈려 앞으로 나가고 있었다. 그들은 잠시 정지했다 다시 나가고 하며 시가지를 빠져나가고 있었다.

그때 현은 버스 속에서 몸이 휙 옆으로 쏠렸다. 폭음과 동시에 땅이 흔들리는 것을 느낄 수 있었다. 날카로운 비명 소리가 일어났다. 그것은 고통과 공포가 한데 뒤섞인 고함 소리였다. 포탄이 바로 그들 옆에서 터진 것 같았다. 순간 버스가 털커덩 멈추었다 다시 와락 움직이면서 앞으로 내달리고 있었다. 현은 정신을 차려 주위를 살펴보았다. 그러나 아무것도 분간해낼 수 없었다. 어둠 속에 잔뜩 긴장한 몸뚱어리들이 앉아 있었고, 그들이 지나온 시가가 폭격에 얻어맞고 있었다. 버스는 계속 달려 그 도시에서 한치라도 멀어지려 했다. 시가를 벗어나서 다소 언덕진 길에 이르자 그들은 불길에 싸인 시가를 볼 수 있었다.

앞에서 차가 멈추었다. 대열이 급히 정지했다. 현은 버스에서 내려 앞으로 걸어갔다. 어두운 트럭 안이 조용하든가 신음 소리가 나든가 하는 옆을 지나갔다. 그러나 환자가 생긴 게 아니라 앞쪽에 있는 트럭 한 대가 고장이었다. 운전병이 차를 고치고 있었다. 옆에서 병정들이 거들고 있는 것을 보다가 현은 돌아서 다시 버스 쪽으로 향했다. 저 너머 어둠 속에 시가의 불꽃을 볼 수가 있었다. 그것은 자못 이상하고 장엄하기까지 했다. 현은 담배를 피우며 잠시 길가에 서서 밤에 핀 불꽃을 바라보고 있었다. 전세가 어떻게 돌아가는지 분명히 알지는 못했다. 그러나 그는 느끼고 있었다. 그는 집으로 돌아가야 한다고 생각했다. 그러나 그들은 목적지 근처도 못 왔다. 그리고 시간은 예측할 수 없었다. 그는 지금 평양에 있을 아버지를 생각했다. 그래서 무엇보다 더욱 지금 그가 있어야 할 곳은 집이었다. 그는 아내의 옆에 있어야 했다. 그는 계속 불타는 도시를 바라보고 있었다. 그는 문득 그 자신 목이 타는 것을 깨달았다. 그가 이 전쟁에 희생을 치러야 한다면, 마땅히 아내 옆에 함께 있어야 했다.

현은 불타는 하늘 너머로 먼 하늘을 바라보았다. 밤새워 강을 따라 걸어간다면, 아마 내일 오전쯤이면 집에 도착할 것이다. 그들의 전진은 시간에 비해 여러 가지 작은 사고 때문에 많이 이동하지 못했다. 그가 서 있는 옆 트럭에서 신음 소리가 들렸다. 그들 부상자들이 뭐란 말이냐, 지금은 제가끔 제 목숨을 지켜야 할 시기다. 현은 담배를 던지고 걸었다. 그리고 버스를 지나 걸었다.

현은 뒤돌아보았다. 부상자들이 길에 나와 서성거리고 있는 가운데, 병정들의 총대가 어둠 속에 이상하게 눈에 띄었다. 그는 우선 여기서 빠져나가야 했다. 그리고 남으로 돌아가야 했다. 그래서 이제부터 할 일은 침착하게 해서 총에 맞아 죽든가, 잡히지 않도록 해야 했다. 그는 허리를 굽히며 좌우를 훑어보았다. 다음 구덩이로 몸을 굴러 뒷걸음치기 시작했다.

시간이 흘렀다. 불쑥 총검이 나타났다. 병정들이 그를 노리고 가까이 왔다. 그의 근육이 움찍하며 긴장하는 것을 느낄 수 있었다.

"일어나 나오지 못해."

병정이 소리쳤다. 저쪽에서 또한 병정이 어렴풋한 어둠 속에 우뚝 나타났다. 그리고 그들이 현을 찾아 다가왔다. 현은 그 병정들의 그림자를 쫓고 있었다. 이윽고 그들이 현을 찾아내었다.

"쏘아버릴 테다."

병정이 다시 말했다. 정말 그들은 쏠지도 몰랐다. 이미 위험에 한 발 내디딘 후였다. 그런데 어두운 그림자 중 하나가 앞으로 나섰다.

"그만 일어나지."

장 군의관이었다. 현은 일어났다. 병정 하나가 현의 어깨를 떠밀었다. 장은 손짓으로 그들을 제지했다. 장은 침착했다. 광대뼈가 불거진 얼굴에 빡빡 깎은 머리가 더욱 까칠한 인상을 주고 있었다.

"무서워 도망친 거요?"

장의 목소리는 너무 조용해서 거의 무관심하게 들렸다. 현은 대답하지 않았다.

"순간 그럴 수도 있지."

"난 돌아가고 싶습니다."

"내일이면 돌아갈 텐데."

"정말 그럴까요."

"우리가 한다면 다 된다. 도처에서 우린 지금 승리하고 있어."

장은 믿지 않으면서 지껄이는 것 같았다.

"그런 얘긴 저와 관계없습니다."

"그럼 반역인가."

"그런 얘기는 난 모릅니다."

"우린 약속한 것은 저버리지 않아."

"제발 그런 얘긴 내겐 그만두십시오."

"어쨌든 좋아, 죽고 싶을 땐 부탁 안 해도 죽여줄 테니. 허지만 지금은 안 돼, 의사의 손이 모자라는 판이니까"

하고 장은 돌아서 갔다.

병정들이 현의 등을 떠밀었다.

봄

7. 종말과 시초

날이 저물고 있었다. 건물 안은 한층 앞당겨 어둠이 찾아들었다. 어둑어둑해지는 경찰서 강당에는 젊은이들로 즐비하게 차 있었다. 대개가 학생들이었다. 대학생과 고등학생하며 더러 여학생의 모습도 보였다. 모두가 웅크리고 앉아 있었다. 성규는 벽에 기댄 채 그들과 어깨를 맞대고 앉아 있었다.

넓은 강당이었다. 천장이 높고 높게 뚫린 창문은 하나같이 쇠창살로 막혀 있었다. 강당 한쪽으로 책상과 의자니 탁구대 등이 몰려 있고, 사람들은 벽을 의지하고, 마룻바닥에 주저앉아 있었다. 그러나 넓은 방 안에 사람들은 이상하게 한데 모여 앉아 있었다. 여기저기서 사람들이 여러 차례로 끌려 들어올 때마다, 마치 약속이나 한 듯 한결같이 함께 모여들고 있었다. 성규는 서너 명의 낯익은 얼굴들에 끼어 앉아 꼼짝 않고 허공을 지켜보고 있었다. 그런 그에게 오늘도 해가 지기는 하는구나 하는 막연한 생각이 떠오르고 있었다.

　그렇게 성규는 계속 앞을 내다보고 있었다. 높은 천장에 어둠이 스멀스멀 몰리고 있었다. 그러자 돌연 창문 사이로 한 가닥 마지막 짧은 석양빛이 비쳐왔다. 화살처럼 찌르는 듯한 광선이 방 안의 담배 연기와 먼지를 꿰뚫고 책상 위에 누워 있는 한 고등학생의 등에 가 닿고 있었다. 허리를 굽히고 누워 있는 학생은 교복이 흙투성이였다. 등에 손바닥만 한 크기의 꼬물거리는 햇볕이 갑자기 사라지자 다시 방 안이 어두워졌다. 그러나 고등학생은 여전히 움직이지 않고 모자를 벗어 머리맡에 벤 채 누워 있었다. 주위에 몇 명이 그 학생처럼 책상을 맞붙여놓고 누워 있었다. 그중에 부상자들이 있었다. 그들은 끌려오며 곤봉에 얻어맞았거나, 낮의 시위 때 다쳤거나 한 자들이었다.

　책상 밑으로 한 청년이 쭈그려 앉아 있었다. 그 청년은 혼자 동떨어지게 앉아서 담배를 잇달아 피우고 있었다. 떨어진 흰 와이셔츠에 넥타이를 풀어헤친 사나운 모습을 하고 있었다. 오늘 아침 그가 집을 나왔을 때는 말쑥한 차림이었으리라. 혹은 어느 소녀와 만날 약속을 가지고 있었는지 몰랐다. 청년은 멍하니 넋 잃은 사람처럼 주위를 의식지 않고 계속 담배 연기만 허공에 내뿜고 있었다. 아마 그는 오늘 그의 눈앞에서 죽어간 친구를 생각하는지도 몰랐다.

　그러나 대개는 몇 명씩 어울려 지껄이고 있었다. 그들은 오늘 하루의 일들을 의식 밑으로 몰아내고 싶은 듯 저마다 그칠 줄 모르고 사뭇 지껄이고들 있었다. 아까까지 울고 있던 소녀가 이제 울음을 그치고 주위에 둘러싸여 얘기에 끌려들고 있었다. 소녀가 수줍게 웃었다. 우는 소녀를 옆에서 위로하던 대학생이 얘기를 하며 소녀를 웃기고 있었다. 소녀의 헝겊을 감은 이마 밑의 눈은 의미 없이 빛나고 있었다. 헝겊 위에 피가 배어 말라붙어 있었다. 집으로 돌아가던 소녀가 군중에 휩쓸려 넘어지며 이마를 깨었던 것이다. 그러나 소녀는 한동안 잃어버린 가방 때문에 울고 있었다. 소녀의 주위에 있는 일단의 청년들이 소녀를 내보내는 데 실패했었다. 방 안은 한없는 중얼거림 속에 가끔 새어나오는 신음 소리가 끼어들고 있었다.

갑자기 아주 가까이서 스피커 소리가 들려왔다. 방 안의 중얼거림이 뚝 그쳤다. 모두가 밖으로 귀를 기울이고 있었다. 그러나 그것은 새삼 계엄령의 거리에 통금을 알리는 소리였다. 그리고 거리에서는 시민의 귀가를 계속 독촉하고 있었다. 스피커를 매단 자동차가 멀어지는 소리가 들렸다. 방 안엔 다시 중단된 얘기 소리가 시작되었다. 그러나 소녀가 다시 울상을 했다. 소녀 옆의 대학생이 문 입구 쪽을 바라보았다. 경비원이 여전히 문밖에 부동자세로 서 있었다. 그리고 그 무장한 경비원 너머로 미친 듯이 분주하게 복도를 뛰어다니고 있는 경찰관들을 볼 수 있었다.

소녀 옆에서 대학생이 일어났다. 그 청년은 몸을 움직이는데 고통스럽게 보였다. 그는 사람들을 비집고 걸어 나갔다. 다리를 절뚝이고 있었다. 웅크리고 앉아 있던 자들이 길을 터놓았다. 청년은 문으로 걸어가서 보초를 불렀다. 모두가 청년을 응시하고 있었다.

"뭐야!"

경비원이 깨진 유리문살 안에 대고 버럭 높이 소리쳤다. 그 커다란 목소리의 음향은 악의에 찼다기보다 오히려 겁먹은 듯 허공에 힘없이 울리고 있었다.

"어린애를 내보내주세요."

청년이 나직이 말했다.

"또 그 얘기냐!"

"네, 좀 생각해보세요. 지금쯤 저 애 부모가 얼마나 걱정하겠습니까."

"걱정하라지."

"여보시요. 저 앤 중학생이라고 하잖았습니까, 어린 계집애가 무얼 안다구 그래요."

"잔말 말구 들어가 있어."

"당신도 그만한 딸자식이 있을 거요."

"잔말은 무슨 잔말이야! 다 누구 때문인데."

"그럼 우리 때문이란 말이냐! 너 같은 놈 때문에, 이 문 못 열겠어? 못 열겠니?"

갑자기 청년이 문을 주먹으로 꽝 하고 쳤다. 우루루 몇 명이

나가 청년을 말렸다. 잠시 깨진 유리문살을 사이에 두고 험상궂은 얼굴들이 서로 노려보고 있었다. 그러나 학생들은 다시 제자리로 돌아와 몸을 내던지듯 앉았다. 소녀가 그들 옆에 잔뜩 겁먹은 얼굴을 하고 있었다. 그러자 여기 있으면 부모들이 찾아올 거라고 좀 전에 청년이 하던 말을 소녀가 하고 있었다.

방 안은 다시 애기 소리가 웅얼거리고 있었다. 날은 완전히 어두웠다. 밖은 온통 시가가 텅 빈 것처럼 조용했다. 철시된 상점의 네온만이 적막한 거리를 비추고 있는지 몰랐다. 흐릿한 거리의 불빛이 방 안에 스며들고 있었다. 그러자 어디선지 멀리 파도 같은 음향이 일어났다. 방향을 알 수 없는 먼 시가 끝, 아직 계속되고 있는 군중의 함성 소리에 총소리가 바람에 실려오듯 그쳤다 다시 들려오고 있었다. 잠시 후 그 소리도 뚝 그치고 아무것도 더 이상 들려오지 않았다. 이제는 기다릴 수밖에 없었다. 밤은 깊숙이 어둠 속으로 말려들고 있었다.

성규는 갈증을 느꼈다. 그렇다. 성규는 지금 살아 있었다. 성규는 악착같은 긴장 뒤의 허탈한 기분에 싸여 있었다. 그러자 성규는 모르고 있던 배고픔을 느꼈다. 대개 아침 이후로 그들 모두가 절식 상태였다. 성규는 담배를 피웠다. 옆에서 손을 내밀었다. 담뱃갑이 돌았다.

"우리는 어떻게 될까?"

옆에서 김이 묻고 있었다. 김은 성규와 한 클래스메이트였다. 그러나 아무도 대답하는 자는 없었다. 모두 묵묵히 담배만 허기진 듯이 빨아대고 있었다. 침묵이 흘렀다. 그러나 그들은 아무 것도 걱정하지 않았다. 이렇게 갇힌 몸이었으나 이제 걱정할 게 없었다. 그들은 오늘 죽음을 불사하며 모두 하나가 되었던 순간을 알고 있었다. 이 웅크린 나약한 인간들이 오늘 이토록 엄청난 용기를 간직하고 있었던 것이다. 그리고 필요하다면 언제고 다시 하나가 된 순간의 용기를 보일 수 있다는 것을 알고 있었다. 이제 시간은 기다림에 있었다.

그러나 그들 자신이 어리벙벙한 것도 사실이었다. 그들 자신도 오늘의 그 엄청난 분노 앞에 실색하고 있었다. 미처 그들 자신도 분노가 이렇게 큰지는 몰랐었다. 그런데 온 거리에 분류하며 대지를 흔들고 남을 분노의 정체는 대체 무엇이며 어디서 왔을까 하고 성규는 생각했다. 3월의 부정 선거 때문이 아니다. 그렇게 단순하지만 않았다. 그럼 대체 여기까지 몰고 온 것은 무엇이었을까.

돌이켜보면 욕된 과거. 버림받은 36년, 그리고 해방과 더불어 이 나라에 민주 정체가 이룩된 지 10여 년, 그러나 그동안 민주주의를 내세운 이 나라의 지도자며 집권당의 정체는 과연 무엇이었던가, 지도자며 집권단의 주체성의 빈곤과 아집의 12년, 그들은 국민을 이끄는 지도자며 정권이 아니라 바로 부패 집단으로 퇴락하고 말았던 것이다. 게다가 아무리 해도 가시지 않은 곳곳에 허다하게 풍기는 일제의 전체주의 냄새. 이렇게 근대와 현대를 한꺼번에 살아야 하는 국민이었고, 그것이 이 나라의 현실이었던 것이다. 그러나 역사의 과정은 엄격했다. 시간은 계속 어김없이 흐르고 있던 것이고, 그리고 급기야 이 나라가 가야 할 길을 어김없이 가고 있었던 것이다.

종기는 자연히 터지기 마련이었다. 부패 집단은 인간의 진실과 자유에 대한 의식까지 막진 못했다. 국민은 성장하고 있었던 것이다. 그동안 국민은 또한 참다운 민주정체가 무엇인가 배우고 있었다. 구태여 민주정체가 아니라도 좋다. 한 나라가 표방하는 정체가 아무래도 좋았다. 자고로 이 나라 백성은 진실에 대해서 몹시 솔직했다. 거짓 앞에 오래 억눌려 있지 못했다. 그것은 일찍이 이 나라에 정신적 투쟁의 역사를 이루고 있었다. 먼 지난날부터 이 나라, 이 민족의 정신 속에 투쟁 의식이 부단히 흐르고 있었던 것인지 몰랐다.

강당 안의 웅성거림이 뚝 그쳤다. 낭하가 와자지껄했다. 곧이어 무질서한 한 떼의 발소리가 들려왔다. 그 소리는 강당 쪽으로 오고 있었다. 방 안의 모든 시선이 문 쪽으로 향했다. 강당문이 양쪽으로 활짝 열어 제쳐졌다. 문 앞에 헝클어진 어수선한 모습들이 나타났다. 한순간 수많은 까만 눈동자가 안을 응시했다. 그들의 뒤에서 경찰관들이 총 끝으로 안으로 밀어 넣고 있었다. 방 안에 있던 자들이 하나둘 일어나기 시작해서 모두 일어섰다. 새로 끌려온 자들이 서슴지 않고 안으로 걸어 들어왔다. 신입자들이 방 안에 있는 자들 앞에 와서 손을 내밀어 악수를 하는 것 같더니 급기야 서로 얼싸안으며 함성이 일어났다. 감격적인 장면이 벌어지고 있었다.

나중까지 버티다 잡혀온 이들의 몸꼴은 한층 심했다. 찢어진 옷자락에 피를 묻히고 있기도 했다. 부상자는 더 많은 것 같았다. 발을 절뚝이는 자, 시퍼렇게 멍든 얼굴이 웃고 있었다. 그러나 충혈된 두 눈은 무섭게 빛나고 아직 가시지 않는 의기양양한 바깥 공기를 지니고 있었다.

"김형주다!"

이렇게 김이 성규 옆에서 외치는 동시에 김이 앞으로 내달았다. 형주가 문 입구에 혼자 서 있었다. 형주는 바로 뒤에서 다시 닫힌 문을 의지하고 있는 듯 서 있었다. 그렇잖으면 마치 쓰러질 것 같았다. 얼굴은 백지장 같았다. 그런데 스웨터와 스커트 자락에 피를 묻히고 멍청했다. 김도 그것은 아는지 모르는지 아주 조심스럽게 다가서며 형주의 손을 잡는 게 보였다. 다음 형주는 웃는 것인지 우는 것인지 모를 얼굴을 했다.

성규는 형주를 본 순간 앞으로 내닫지 못하고 꼼짝 않고 서 있었다. 그는 형주를 바라보며 그의 의식은 사뭇 뒷걸음치고 있었다. 형주는 지금 피를 흘리고 있었다. 얼핏 형주가 죽으면 어쩌나 하는 생각이 스쳐갔다. 그러자 그는 급히 앞을 뚫고 나갔다. 앞으로 다가서는 성규를 형주가 잠시 멍하니 바라보았다.

"아, 살아 있었군요."

형주가 그러고는 웃으려 했다.

"어딥니까? 다친 데가."

형주는 고개를 절레절레 흔들었다. 성규는 형주의 몸을 재빨리 살피고 있었다.

"전 괜찮아요. 전 말짱한걸요."

"이 피는?"

"제가 아니에요."

"그럼?"

"그는 죽을 거예요. 그냥 두면."

형주는 목쉰 소리로 알 수 없는 말을 중얼거리고 있었다. 그러더니 갑자기 울음을 터뜨렸다. 그러고는 형주가 앞에 있는 성규의 어깨에 얼굴을 가리고 한동안 소리 없이 울고 있었다. 그렇게 형주는 성규의 어깨에 기댄 채 주위에 아무도 개의치 않고 울고 있었다. 형주는 피로했구나, 하고 성규는 생각했다. 그녀에겐 오늘 하루가 너무나 벅찬 하루였구나, 그래서 오늘 하루의 초긴장으로 지금 그녀는 파김치가 되어 있구나, 성규는 그녀가 의지하듯 기대고 있는 무게를 느끼며 이렇게 생각하고 있었다.

"자, 그만해요. 그만."

이러며 김이 옆에서 형주의 등을 툭툭 쳤다.

"정말 모두 무사했군요."

형주가 눈물에 젖은 얼굴을 쳐들고 웃었다. 형주가 손등으로 눈물을 닦았다. 손에 말라붙어 있던 피가 젖은 얼굴에 묻었다. 김이 얼른 손수건을 꺼내 형주의 얼굴을 닦아주었다. 형주는 흰 손수건에 묻어난 피를 잠시 바라보더니 김에게 손수건을 받아들고 다시 얼굴을 닦았다. 그러고는 형주가 손수건을 김에게 돌려주며 미소했다. 형주는 갑자기 울음을 터뜨렸듯이 또 갑자기 울음을 그치고 있었다. 형주는 자신을 잘 억제하고 있었다. 훌륭했다. 두 친구는 형주를 데리고 먼저 자리로 갔다. 방 안의 떠들썩한 흥분도 일단 가라앉고 있었다. 그리고 방 안엔 신입자들을 둘러싸고 앉아 서로 새로운 경험을 나누기 시작하고 있었다. 성규는 전처럼 김과 형주를 사이에 두고 나란히 벽에 기대앉았다.

"밖은 어떻습니까?"

하고 김이 먼저 입을 열었다.

"아, 어둡구, 무참해요."

형주는 생각하기 싫은 듯 말했다. 잠시 그들 사이에 침묵이 흘렀다.

"어쩌다 여기까지 오게 됐습니까?"

하고 이번에 성규가 말했다.

"그걸 모르나, 날 만나보러 오신 거지."

이렇게 김이 받더니 이어,

"그런데 어디서 붙잡혔습니까?"

하고 묻고 있었다.

잠시 다시 침묵이 흘렀다.

"전 택시를 타고 있었어요."

형주는 여전히 낮게 잠긴 쉰 목소리였다. 그녀는 잠시 생각을 더듬듯이 허공을 바라보고 있었다. 그리고 형주는 계속 얘기를 했다. 그녀는 택시를 타고 있었다는 것이었다. 그런데 처음에는 한 학생이 부상자를 업고 왔다는 것이다. 그러자 삽시간에 몇 명인지 헤아릴 수 없는 청년들이 택시를 빼꼭히 채우고 나머지 는 문에 매달리기도 했다는 것이다. 그들은 모두 서로가 다 낯 선 사람들끼리였다. 운전수는 병원을 찾아 자동차를 몰았다. 부 상자는 출혈이 심했다. 허리에 관통상을 입고 있었다. 자동차를 달리는 동안 모두가 출혈을 멎게 하기 위해 안간힘을 쓰고 있 었다. 그러다가 형주는 신발 바닥에 끈적이는 피를 보았다는 것 이다. 자동차는 계속 어두운 계엄령의 거리를 치달리고 있었다. 그때 경찰을 가득 실은 트럭이 앞에서 나타나 택시를 세웠다. 그러자 택시 속에 있는 자들을 끌어내렸다. 그래서, 제 발로 걸 을 수 있는 자만 트럭에 옮겨 실었다. 빈 택시 속에 부상자만 남 겨둔 채였다.

형주는 얘기를 그쳤다. 그녀는 마룻바닥을 응시하고 있었다. 잠시 무거운 침묵이 흘렀다. 그러자 이번에 김이 얘기를 시작 했다. 오늘 그가 겪은 기이한 얘기를. 그러나 이런 얘기는 한없 을 것 같았다. 이렇게 오늘 하루가 인간의 생명을 잃어가며 숱 한 기이한 얘기를 낳고 있었다. 그리고 그것은 이미 제물로 바 쳐진 목숨 위에 신화처럼 꽃을 피우고 있었다. 성규는 그 모든 게 먼 과거처럼 아득하게만 느껴졌다. 단지 그는 인간이 하나로 되었던 순간을 알 뿐이었다. 용기만 있다면 인간은 고독하지 않왔다. 현재 그들은 경찰서 강당에 갇힌 몸이었고, 또 앞으로 그들의 운명이 어떻게 될지 몰랐다. 그러나 일단 인간이 인간임을 위해서 죽음도 불사하며 행동하기 시작하자, 위대한 그 무엇이 인류의 운명을 승리로 이끄는 것이었다. 뿐만 아니라, 그 위대한 투쟁 정신은 아직 끝나지 않았고, 아마 이 민족이 존속하는 한 영원히 멈추지 않으리라. 이러한 인간 정신은 역사의 발자취를 따라 곳곳에 한 줄기 찬란한 꽃을 피우고 있었다.

시간이 흘렀다. 감시원이 뚜벅뚜벅 복도를 걷고 있는 발소리가 들려오고 있었다. 방 안엔 얘기 소리도 차츰 가라앉고 있었다. 그래도 아직 어둠 속에 낮은 속삭임이 계속되고 있었다. 그러나 대개 마룻바닥에 잠들거나 웅크리고 앉은 채 잠들고 있었다. 울던 소녀도 옆의 대학생에 기대 잠들고 있는 게 보였다. 계속 담배를 피우던 청년은 여전히 혼자 동떨어져 혼자 앉아서 무엇인가 골똘한 생각에 잠겨 있었다. 가끔 부상자들이 돌아누우면서 신음 소리를 내고 있었다. 형주는 두 무릎을 안고 앉아서 앞을 노려보고 있었다. 그 옆에서 김이 마룻바닥에 길게 누워 잠들고 있었다. 마치 하루를 만족스럽게 마친 사람처럼 태평스럽게 잠들고 있었다. 그러나 경찰서 건물 한쪽은 밤새 영 잠들 줄 모르고 있었다. 밤새 계속되는 전화벨 소리와 전화에 대고 고함쳐대는 소리. 그칠 줄 모르게 여닫히는 문소리에 급한 발소리하며 계속해서 들려오고 있었다. 그러나 밤은 어둠과 함께 고요했다.

그러자 별안간 어디선가 총성이 울렸다. 두 발의 총성이 심야의 공기를 울리고 다시 침묵으로 떨어졌다. 성규는 옆에서 형주가 움칠 몸을 떠는 것을 느꼈다. 그러자 군중의 아우성 소리가 일어나고 있었다. 그것은 밤이 깊어가듯 아주 멀리에서 훨씬 선명하게 들려왔다. 그러나 그 음향도 밤 저편으로 사라지듯 곧 다시 꺼져갔다. 그러고는 더 이상 아무것도 들려오지 않았다. 밤은 다시 본대로 조용해졌다. 그동안 형주는 고개를 들고 앞을 멍하니 바라보고 있었다. 그러더니 형주는 자기 손을 쳐다보았다. 그래서는 알 수 없는 남자의 피가 말라붙은 손바닥을 넋 잃은 사람처럼 내려다보고 있다. 말 한마디 없는 그녀는 새삼 혼나간 사람처럼 앉아 있었다. 그녀는 새삼 오싹 소름이 끼치는 몸서리에 사로잡힌 것만 같았다.

성규는 방금 피우기 시작한 담배를 구두 밑에 뭉개었다. 그러고는 형주의 손을 잡았다. 순간 형주가 화들짝 놀랐다. 성규는 그녀의 손을 끌어당겨 피를 닦기 시작했다. 형주는 순순히 손을 내맡기고 있었다. 성규는 박박 문질러대다가 손수건에 침을 발라 닦아내었다. 그러나 주름살과 손톱 사이에 깊게 밴 핏자국은 쉽게 닦이지 않았다. 형주는 얼굴을 찡그리고 있었다.

"아픕니까?"

형주는 고개를 흔들었다. 그리고 혼자 입속으로 무어라 중얼거렸다. 성규는 형주의 손을 놓았다.

"난 그 생각을 안 하려고 해요."

형주가 불쑥 또렷이 말했다. 마치 무슨 생각을 뿌리치듯 단호한 빛이었다. 성규는 잠자코 형주의 다른 손을 끌어당겼다. 그쪽은 비교적 피가 안 묻어 있었다.

"허지만 자꾸만 생각이 가는걸요. 택시 속에 혼자 그냥 내버려둔 그 사람이 말예요."

"이제 아무 생각도 마십시오."

"생각 안 할 수 없는걸요. 택시가 정신을 잃고 있는 부상자를 실은 채 마치 빈 차처럼 어둠 속에 그대로 방치돼 있는 게 보여요."

"벌써 누군가 그 택시를 몰고 갔을 겁니다."

"그래도 틀렸어요. 피를 그렇게 흘리고선."

"잊으십시오. 그런 사람이 오늘 그 한 사람만이 아니잖습니까."

성규는 그녀의 한쪽 손마저 놓아주었다. 형주는 더 아무 말이 없었다. 성규는 손수건을 다시 주머니에 구겨 넣었다. 형주가 두 손을 펼쳐보았다. 그러면서 그제야 자기 손이 닦인 것을 아는 듯했다. 그러나 피 묻은 흔적이 깨끗이 가시지 않은 손이었다. 형주는 손을 무릎 밑으로 내려놓았다. 눈에 손이 안 띄게 하고 싶은 듯했다. 그러자 형주가 다시 가슴을 안듯이 팔로 깍지를 꼈다. 다음 순간 그녀는 고통으로 찡그린 얼굴을 했다.

"어디 아픕니까?"

형주는 잠시 대답이 없었다.

"언제 놓여날까요? 우린."

잠시 다시 침묵이 흘렀다. 성규도 모를 일이었다.

"이제 우릴 여기 집어넣었다 해서 무엇 하나 바뀔 건 아니잖아요."

형주는 무엇인가 안절부절못하고 있었다.

"잠이나 좀 자보지요."

"아뇨, 잘 것 같지 않아요."

형주가 급한 어조로 말했다.

"배고프지요?"

"아직 전 모르겠어요"

하고 형주가 다시 찡그린 얼굴을 했다.

"정말 어딜 다친 모양인데."

"전 집에 가야 해요, 애기한테."

이러며 형주는 웃으려는 얼굴인 동시에 찡그린 묘한 표정이었다. 그러자 성규는 그 말뜻을 깨닫고 당황해졌다. 형주는 아이에게 젖을 주어야 하는구나 하고 그는 생각했다. 성규는 다시 아득해졌다. 새삼 놀라움 속에 성규는 자기 옆에 있는 이 여자가 자기 아이의 어머니라는 것을 절감했다. 더욱이 오늘 그에게 감탄을 불러일으킨 이 여자가 평소에 그가 알고 있던 여자와 한 여인이었다.

그는 형주의 눈 속을 들여다보았다. 까맣게 반짝이는 눈 속은 깊이를 알 수 없었다. 대담하게 총명하고 아무것도 숨기고 있지 않은 눈길이었다. 그녀가 두려워하거나 피하거나 하는 것은 아무것도 없었다. 형주도 쭉 그의 눈 속을 마주 응시하고 있었다. 성규는 이 여자가 자기 아이의 어머니라니 다시금 모를 일이었다. 그는 알 수 없는 감동으로 떨렸다. 그녀의 손을 찾아 쥐었다. 그의 손안에서 작고 몰랑몰랑한 손이 따뜻했다. 그는 새삼 그 작은 생명감에 놀라운 생각을 일으키고 있었다. 그러자 그의 눈 속을 그대로 빤히 들여다보고 있는 그녀의 눈에 빛이 사라졌다. 다음 순간 형주는 단념한 사람처럼 미소 짓고 있었다.

"여기서 나가게 되면, 난 외국으로 갈까 해요."

형주가 억양 없이 말했다. 성규는 잠자코 있었다. 형주가 계속 말했다.

"될 수 있으면 외국으로 가 공부를 계속해볼까 해요. 그래서 모든 걸 다시 시작해보고 싶어요. 실패한 모든 걸."

"어떤 게 실패입니까?"

"모든 게, 내가 살아온 모든 게."

"왜, 그렇게 생각합니까, 오늘 하루만 생각해보십시오. 훌륭하잖습니까."

"글쎄, 저에겐 지금 그런 게 벌써 그리 문제가 안 될 것 같아요. 설사 오늘이 훌륭했고, 또 오늘 내가 용기를 가졌다 해도, 뭐라고 하면 좋을까, 나는 내 조건이라는 게 있어서 결국 나 혼자만이라는 걸 의식하게 되는 것 같은 거지요."

"아니지요. 그러면서 세상에 용기를 가진 사람은 모든 것을 소유하고 있기도 하지요. 그렇잖다면 어째서 어린아이를 낳을 생각을 했습니까."

"비난이군요."

얼른 형주가 성규를 가로채었다.

"아녜요. 정말 성규 씨에겐 잘못이었는지 몰라요. 허지만 이 제 서로 잘잘못을 따질 순 없게 됐어요. 인생이 따질 수만은 없는 건지도 모르지요."

"허지만 혼자서 너무 엄청난 도박에 몸을 맡긴 격이지요. 그러면서 꼭 아이를 가졌어야만 했습니까?"

"아이를 안 낳을 수도 있었다는 얘기군요."

"그렇지요. 그렇게 무모한 짓 말고도, 아이를 안 낳는 더욱 쉬운 방법이 있을 법도 했잖습니까."

"아뇨. 못 했어요. 잘못된 많은 여자들이 하는 짓 같은 건. 왜 그랬을까요. 왜 한 번도 그런 생각을 못 했을까."

형주는 새삼 그녀 자신에 들려주듯 반문하고 있었다.

"인생은 강한 여자에게 모든 걸 허용하는지 모르지요."

"제가 강한 여자같이 보여요?"

하고 형주가 엷게 미소했다.

"아뇨. 내가 강한 여자나, 용감한 여자가 되기 위해서가 아닐 거예요. 난 가난해서 이 세상에 내가 가질 게 아무것도 없기 때문일 거예요."

하며 형주가 쓰게 웃고 있었다. 그러고는 말을 계속했다.

"허지만 전 성규 씨보다 부자예요. 더 오래 살지 않았지만, 더 많이 살았어요. 고통이라든가 그것과 반대되는 것도 완전히 내 것으로 체험했으니까요. 그런 것이 제 재산이지요."

사실 형주는 뼈저린 체험을 했던 것이다. 일찍이 그녀는 애인의 급격한 죽음과 동시에 모든 것을 졸지에 잃었다고 생각하고 있었다. 그러나 실은 그녀가 잃은 것은 아무것도 없었다. 모든 체험을 자기 것으로 했을 뿐이었다.

"모든 게 실패라고 생각된다면 언제든지 다시 시작해야지요. 시작할 수 있는 동안에는."

이렇게 형주가 다시 자신을 향해서 들려주듯 말하고 있었다.

"우리의 하루가 시작이 아닙니까, 실패니 성공이니가 없는지도 모르지요. 우리 인생이란 게 시작인 동시에 끝이 아닙니까. 결코 완성됨이 없으니까, 안 그렇게 생각합니까."

이러며 성규는 무엇인가 좀 형주를 위로해주고 싶었다.

"혹 그럴지도 모르지요. 허지만 전 때때로 아주 강하고 싶어요. 살자면 강해야 하니까 말예요. 그러나 어쩔 수 없이 약해질 때가 있어요. 문득 무엇엔가 의지하고 싶은 충동을 느끼게 되지요. 그럴 수 없다는 것을 알면서두 말예요. 결국 남에게 내 짐을 맡길 수 없다는 것을 알면서두 말예요. 안 그러세요? 성규 씨는 그런 적이 없으세요?"

"자, 다른 생각은 이제 그만두고, 잠시나마 내 어깨에 기대 자보십시오."

형주는 다시금 단념한 여인처럼 웃고 있었다.

밤이 깊었다. 새벽이 가까워오고 있었다. 밤공기가 차졌다. 잠든 몸뚱이들이 더욱 웅크리고들 있었다. 방 안엔 거의 쓰러져 잠들고 있었다. 보초도 졸고 앉아 있는지 밖에선 아무 기척이 없었다. 그러나 아직 몇 군데 방 안에 담배 연기를 피워 올리며 계속 기운 좋게 지껄이고들 있었다. 그리고 여기저기서 영 잠들지 못해 몸을 뒤척거리는 소리도 들렸다.

성규는 담배를 피우고 싶었다. 그러나 몸을 움직여야 해서 그만두었다. 형주가 성규의 어깨에 기대 잠들고 있었다. 형주는 조용히 자고 있었다. 성규는 어깨에 형주의 머리 무게를 느끼면서 그녀가 하던 얘기를 생각했다. 그런데 성규는 언젠가 그 비슷한 얘기를 누구에게 들었던가. 그래 수미가 울면서 그에게 행복하지 못하다고 호소하고 있었다. 여자란 행복하지 못하면 모든 게 헛되다고 생각하는 모양이었다. 그리고 지금 형주도 결코 행복하지 못했다. 커다란 용기를 가졌음에도 불구하고 인간이란 얼마나 약한가. 그렇게 모든 걸 훌륭히 감내하고 있는 바로 이 여자 자신이 실패자라고 생각하고 있으니 말이다.

형주는 계속 잠들어 있었다. 그리고 성규는 그녀가 일찍이 따뜻했다는 것을 상기했다. 그리고 지금 그에게 기대 자고 있는 그녀는 다시금 따뜻했다. 그러나 지금 그녀는 마치 잠시 쉴 나무 기둥이 필요하다는 듯이 그의 어깨에 기대 자고 있었다. 그래서는 날이 밝으면 다시 날 준비를 하며 쉬고 있었다. 이렇게 그녀에게는 줄기차게 추구하는 생명에의 집념을 보는 것 같았다. 심지어 그녀는 어떤 운명도 서슴지 않고 받아들여 재산이나 교통까지도 완전히 자기 것으로 하고 있었다. 그래서 감히 누구도 섣불리 그녀의 세계를 침범할 수 없게 만들고 있었다.

그런데 성규 자신은, 자기 자신은 어떠했던가. 미지근한 권태와 대상 없는 분노를 병균처럼 가슴에 안고 보낸 무의미한 나날이었을 뿐이었다. 그러자 갑자기 그 모든 것과 인연을 끊고 있었다. 그에게 부정적인 태도는 이미 존재치 않았다. 그러나 세상은 한동안 혼란하리라. 그것은 불가피할지 몰랐다. 허지만 이제 그것은 그를 방해하지 못할 것이다. 그는 다시는 어수선한 생각에 팔려 한시도 시간을 허비하지 않을 것이다.

복도에서 누군가 급히 걸어오는 발소리가 들렸다. 그는 강당 앞으로 와서 보초와 몇 마디 지껄이고 있었다. 그러자 불쑥 깨진 유리창살 사이로 얼굴을 디밀고,

"여기 안성규 없나, 안성규!"

하고 필요 이상으로 소리치고 있었다. 밤공기가 찌렁 울렸다. 형주가 옆에서 화들짝 잠을 깼다.

"S대학의 안성규! 없나."

경찰관이 다시 소리치고 있었다.

"여기 있습니다."

"S대학의 안성규 분명한가?"

"확실합니다."

"그럼 이리 나왔!"

"뭘까?"

자다 깬 김이 놀란 얼굴로 물었다. 형주는 옆에서 겁먹은 얼굴을 하고 있었다.

"아마 이건 아버지일 겁니다."

성규는 형주를 안심시키듯 나직이 말했다. 그러나 그녀는 불길한 무서운 생각을 하고 있는 모양이었다.

"아버지면 당신을 여기서 나가게 해보겠습니다."

"뭘 꾸물거리고 있어!"

문에서 다시 소리치고 있었다.

성규는 걸어 나갔다. 모두가 자던 몸을 일으켜 세우고 길을 비켜주고 있었다. 그들은 영문을 알 수 없이 성규의 모습을 눈으로 좇고 있었다. 겹겹이 쌓인 몸뚱어리들을 넘어가며 성규는 이건 틀림없이 아버지라고 생각했다. 아버지는 온 시내의 그럴 만한 장소를 다 찾고 여기까지 손을 미치고 있을 것이다. 아버지는 그런 사람이었다. 성규는 문을 향해 걸어갔다.

"성규 자식, 아직 들어앉아 있대며."

준의 옆에서 한 친구가 말했다.

"난 그날 그놈 꼭 죽는 줄 알았어"

하고 또 다른 친구가 말했다.

준은 잠자코 친구들 틈에 걷고만 있었다.

"정말 가만히 두고 보자니까, 그놈들 하는 짓들이 뭐냐 말야!
세상을 어떻게든 그대로 우물쩍 그저 주저앉히려구만 한단 말
야, 어림없는 수작 말라구 그래."

앞쪽에 가는 친구들 가운데 하나가 큰 소리로 지껄이고 있
었다.

"우린 대책을 강구해야겠어. 좀 구체적이고 조직적으로 말야.
산발적인 혈기만 가지곤 안 돼."

일행은 횡단길 앞에 멈추었다.

"자"

하고 준이 손을 내밀었다.

"어딜 가려구?"

"같이 안 갈래?"

"또 만나자."

준은 가까이 서 있는 친구들과 한차례 돌았다.

"시간 있으면, 이따 동일네 집으로 와."

앞쪽에 잇는 친구가 돌아보며 말했다. 고스톱이 풀렸다. 모두
가 우루룩 찻길로 몰려갔다. 그들은 지금 합동 위령제 도중에서
돌아오는 길이었다.

준은 친구들과 헤어져 집으로 향했다. 그는 친구들과 함께 위
령제에 참석했다가 중간에 빠져나와 돌아오는 길이었다. 이번

사태에 희생된 학생들의 합동 위령제였다. 육군 야구장에는 백네 명에 대한 유가족과 학생 대표 등 제한된 인원이 모였었다. 그동안 계엄 사령관이 계엄 기간 중에 적당한 장소에서 거행키로 한 허가 방침에 따라서였다. 그러자 학생들이 그러한 관제 위령제를 거부하고 후일 다시 학도장을 약속하며 돌아섰던 것이다. 백네 명이다, 하고 준은 새삼 생각했다. 그러나 사망자는 앞으로 더 늘 것이다. 수많은 부상자가 아직 병원에 있었다. 모든 게 잠정적인 상태였다. 성규는 아직 갇혀 있었고, 위령제는 후일로 미루고 있었다. 무엇보다 선거로 발단된 이 마당에 당선자는 당선 사퇴를 고려 중이라고 참으로 우물쩍이고 있었다. 그런데 준 자신도 침묵한 순간이 있었다. 위령제에서 학생들은 발포 명령자를 규명해달라고 호소하면서 분향 자격이 없는 자는 그 자리에서 나가라고 외치고 있었다. 그때 준은 침묵했다. 실은 그 자신 그들 앞에 서 있을 자격이 있었던가. 준은 그들이 목숨을 내걸고 싸울 때, 그런데 그 자신은 어떠했던가. 길에서 방관자로 그들을 구경하고 있지 않았던가. 단지 그는 학생이란 신분으로서, 그러나 참으로 외롭게 서 있었던 것이다.

준은 집 앞 골목길로 들어섰다. 그러자 그의 집 앞에 자동차가 멈추어 있는 게 보였다. 신병수 의사의 차였다. 신병수 의사는 형수가 병원에서 퇴원한 후로 집으로 찾아오고 있었다. 그러나 오늘은 시간이 좀 이른 것 같았다. 대개 신병수는 대학병원에서 퇴근하는 길에 들르곤 했다. 딴은 오늘이 일요일이었다.

준이 가까이 가자 자동차 안에서 신문을 읽고 있던 운전수가 고개를 들었다. 준은 인사를 했다. 그 운전수와는 요즘 거의 하루도 빼지 않고 대하는 얼굴이었다. 준이 지나가자 운전수가 다시 신문에 고개를 숙였다. 준은 대문을 열고 안으로 들어갔다.

"정말 얼마나 쬐끔했는지 가르쳐줄까. 아저씨 무릎에 오줌을 쌀 정도였단 말야."

"그짓말, 그짓말."

은일이의 목소리에 뒤이어 신병수의 웃음소리가 따라 일어났다.

준은 방문을 열었다. 신병수가 문 앞에 앉아 있다가 여전히 웃는 얼굴로 고개를 돌렸다.

"아, 자넨가."

"오셨습니까."

"삼촌"

하고 은일이가 불렀다.

"의사 선생님이 막 날 놀리잖아."

"놀리긴, 사실이 그렇다니까. 어린애 때 얘길 해주니까 안 믿는군."

준은 문을 연 채 잠시 방문 앞에 서 있었다.

"아, 들어오게."

이러며 신병수가 뚱뚱한 몸을 한쪽으로 돌려 앉았다. 그러나 좁은 방은 여전히 비좁았다. 형수는 손재봉틀을 한쪽에 밀어놓고 쭈그려 앉아 있었다. 준은 방으로 들어갔다. 준이 방 위쪽으로 가서 점퍼를 벗어 걸고 앉는 걸 보고 신병수가

"어딜 갔다 오나? 아주머니께서 걱정하시던데"

했다. 준은 형수를 바라보았다. 형수는 창백한 얼굴에 엷은 미소를 짓고 있었다. 그리고 어딘가 몸둘 바를 몰라하며 민망하고 무안한 얼굴을 하고 있었다. 의사가 오면 저런 얼굴이 되고 만다. 준은 외면했다.

"삼촌."

은일이가 옆으로 와서 불렀다.

"응."

"의사 선생님이 이것 나 주었어, 그림책이야. 그리구 또 과자두 사 오시구."

"그래? 은일은 참 좋겠구나."

"삼촌 볼래?"

"그래."

은일은 준의 무릎에 책을 올려놓았다. 준은 아무 생각 없이 무심코 책장을 넘기고 있었다. 은일이가 옆에서 이미 보았을 것을 다시 또 열심히 넘겨다보고 있었다. 화려한 색채의 그림책이었다.

"정말 일은 금물입니다"

하고 신병수가 말하고 있었다. 준은 책에서 고개를 들었다.

"오늘두 일하시다 내게 들키셨지. 그래 내 병원으로 옮기자

고 하던 중이네."

신병수가 아무 거리낌 없이 말했다. 형수는 그저 가만히 미소 짓고 있었다.

"정말 의사 선생님 말씀 안 들으시면, 제 감시하에 두겠습니다."

신병수는 여전히 시원시원하고 장난스럽기조차 했다.

"밀린 일을 마저 해야 해서요."

형수는 마지못해 궁색한 변명을 하고 있었다.

"그게 무슨 말씀입니까, 당분간 만사 제쳐놓으셔야지요."

"전 괜찮은걸요. 전 아무렇지도 않은걸요."

"호, 여기 또 의사 선생님이 한 분 계시는군요"

하며 신병수가 유쾌한 듯이 소릴 내어 웃었다. 그의 짝달막하고 뚱뚱한 체구가 유머러스하면서 매사에 아무런 구김살이 없이 보였다. 그런 그는 세상에 하등 아무런 어려움을 모르는 사람 같았다. 그 옆에서 형수는 점점 딱한 얼굴이 되었다.

"은일은 옥을 많이 닮았는데요."

불쑥 이렇게 신병수가 말했다. 모두가 은일 쪽을 바라보았다. 은일은 방바닥에 엎드려 과자를 먹으며 이제 혼자 그림책을 보고 있었다.

"저러구 있으니 옥과 천상인데요."

"그래요?"

하고 형수가 긴 여운을 가지고 반문하고 있었다. 방 안엔 잠시 침묵이 흘렀다. 준은 형수가 어리둥절해하고 있는 것을 알 수 있었다. 그들은 은일이가 옥을 닮았다는 사실보다 그들 사이에 이미 오래전에 입에 오르지 않던 이름이 불린 데 놀라고 있었다. 그들에게는 이제껏 한 번도 옥의 이름조차 입에 오르지 않았던 것이다. 그런데 그것도 더욱이 신병수가 서슴지 않고 이미 죽고 없는 사람을 마치 산 사람처럼 천연스럽게 말했던 것이다. 은일은 아무것도 모른 채 여전히 책에 정신이 팔려 있었다.

"옥은 사실 그때 다 큰 처녀였었는데, 이상하게 언제나 어린 소녀로 생각나는군요"

하고 신병수가 말했다. 잠시 또 침묵이 있었다. 이렇게 신병수가 지난 생각에 잠긴 듯 다시 말하고 있었다.

"제가 서울로 다시 와서 안국동 집에 안 가보았겠습니까. 웬 낯선 피난민들이 살고 있더군요. 집주인은 다 이북으로 갔다는 거예요. 전 그런 줄 알았죠. 그런데 정말 그땐 어디 계셨습니까?"

형수는 대답 대신 그저 미소만 짓고 있었다.

"그때 쌀 한 되, 보리 두 되쯤이라고 생각됩니다. 그걸 가지고 사직동 저희 집을 나왔잖겠습니까, 안국동으로 돌아가려구요. 그런데 바로 집 앞 골목에서 붙잡혔지요. 어머님이 대문의 먼발치에서 지켜보는 가운데 말입니다. 동네에 누가 내 얼굴을 아는 사람이 쬘렀다고 합니다. 그런데 난 지금도 그가 누군지 모릅니다."

이러며 신병수는 잠시 생각에 빠져드는 듯했다. 그러자 곧 다시 고개를 들고,

"영 그가 누군지 모르고 만 것이 차라리 나았는지 모릅니다. 그때 같으면 그를 찾아내어 필시 어떤 보복을 했을 테니까요."

신병수는 싱거운 얘기라는 듯이 웃고 있었다.

"그날 신 선생님이 양식을 가지러 댁에만 안 가셨더면 잡혀 그런 고생은 안 하셨을 거예요. 그때 신 선생님이 저희 집을 나가시던 날 기억이 선해요. 베잠방이를 입으셨었죠. 그리고 못 돌아오셨지요"

하며 형수가 안 그러냐는 듯이 의사를 보고 웃고 있었다.

"그래도 전 운이 좋았다고 할까, 이리저리 끌려다니다가 도망치는 길로 안국동 집으로 가보았겠지요. 정말 아무도 없더군요."

이렇게 신병수가 못내 서운했듯이 다시 말하고 있었다.

"그런데 그때 이미 옥은 움직일 수 없는 상태였지요?"

하고 얼마 후에 신병수가 묻고 있었다.

"네, 우린 움직일 수 없었어요. 그런데 유엔군이 들어오구 서울은 전쟁터가 된다구 야단이었어요. 모두가 피난을 가는데, 우린 그대로 집에 있었지요. 은일 아버지가 떠나면서 이틀 안에 돌아오신다고 했어요. 그리고 꼭 돌아올 것만 같았어요. 그러자 삽시간에 서울이 텅 비었어요. 대문 밖에 나가보면 사람 그림자 하나 얼씬 하지 않았어요. 그땐 마치 서울 안에 우리뿐인 것만

같았어요. 오직 우리뿐만 세상에 살아 있는 사람들만 같았지요.
우린 그날 저녁 계속 은일 아버지가 돌아오길 기다리며 대문 앞
에 서 있었잖았겠어요. 어두운 거리는 텅 비고 인적 하나 없었
어요. 마치 도시가 빈 해골 같았어요. 그리고 사방이 침묵에 잠
겨 있고, 참 괴괴한 침묵이었지요. 그땐 그게 얼마나 무서웠는
지요. 차라리 그날 한밤중에 싸움이 시작되는 소리를 들으니 나
았어요."

한동안 방 안에 침묵이 흘렀다. 준은 가만히 형수를 바라보고
있었다. 준은 형수의 얘기에 질투를 느끼고 있었다. 전에 한 번
도 형수는 그러한 얘기를 한 적이 없었다. 준은 새삼 형수에 대
해 모르는 데가 있다고 생각하니 적막해졌다.

"그럼 제가 집에 갔을 땐 어디 계셨습니까?"

신병수가 재차 묻고 있었다.

"아마. 그땐 전 감옥에 있었을 거예요."

"감옥엘?"

"네."

형수는 무안한 듯 미소를 하고,

"우린 반동분자 가족이었으니까요"

했다. 잠시 침묵이 있었다.

"모두가 감옥행입니까?"

신병수가 다시 물었다.

"아녜요. 처음엔 모두 데려가더니, 저만 남기고 돌려보내주었

어요. 다들 어린애 아니면 병자와 늙은이들뿐이었으니까요. 제가 형이 결정되자 할멈이 할 수 없이 애들을 데리고 그녀 고향으로 내려갔었지요."

이렇게 말하면서 형수는 사뭇 무안해하고 있었다. 그녀는 부득이 그녀가 겪은 감옥 얘기를 할 때면 언제나 몹시 부끄러워했던 것이다.

"그래 무슨 형을 내립디까?"

"사형이었어요."

신병수는 입을 벌린 채 형수를 바라보았다.

"사형이요!"

"네."

형수는 다시 미소했다.

"그러자 그해 감방에 겨울이 닥쳐오고, 일사후퇴가 또 있었지요. 그때 이 대통령의 특사로 풀려나왔지요. 그래 전 피난 행렬에 끼어 애들한테 내려갔었습니다. 이미 옥은 볼 수가 없었어요."

또 침묵이 있었다.

"그랬었군요."

"다 지난 얘기지요. 그런데 모든 게 어제만 같아요. 그리구 지난 세월을 생각해보면 깜짝 싶어요."

형수의 얼굴에 가냘픈 미소가 떠오르고 있었다. 그렇다. 그녀는 수년을 하루같이 돌아오지 않는 남편을 기다려온 세월 속에 기다림은 하얗게 바랬다. 그리고 시간은 속임수 같은 기다림을 남긴 채, 그녀가 무슨 숙명처럼 과거에 결박되어 있을망정, 시간은 사뭇 흐르고 있었던 것이다. 순간 그녀는 소스라치는 것이었다.

준은 점퍼를 들고 일어났다.

"왜 그러나?"

신병수가 쳐다보고 말했다.

"좀 나가볼까 하구요."

"……?"

"친구 집에 좀."

"그럼 같이 나가세."

이렇게 말하고 신병수가 커다란 가죽가방을 챙기며 환자에 대한 지시를 일러주고 있었다. 그는 형수에게 누워서 절대 안정하라고 다시금 주의를 주고 있었다. 그러나 형수는 그들이 나오자 대문에 따라 나왔다. 준은 그런 형수를 보고 다시 쓰러지잖고는 남 앞에 절대 누워 있는 모습은 보일 사람이 아니라고 생각했다.

"제가 다니기 불편해서두 병원으로 옮기셔야겠습니다."

대문에서 신병수가 인사로 형수에게 짓궂게 한마디 했다. 은일은 방문 앞에서 잠깐 얼굴을 내밀다 다시 안으로 들어갔다. 여느 때처럼 자동차까지 따라 나오지 않았다. 두 사람은 밖으로 나와서 신병수가 차 있는 데로 걸어갔다. 운전수가 가방을 받고 자동차 문을 열어주었다.

"아니, 아니야, 자네 오늘은 그냥 가게, 난 좀 걸어갈 테니까."

"언제쯤 돌아오시겠습니까?"

"곧 가지, 그렇게 닥터 우한테 일러주게."

가방 든 운전수가 차에 올랐다. 그래서 자동차가 떠나는 것을 보고 있던 신병수가 준 쪽으로 걸어왔다.

"자네 나하구 좀 걸을 텐가? 친구 집 방향이라두 좋네."

"네."

"어디 이쪽으론가?"

"네."

둘은 나란히 찻길을 향해 걸음을 옮겼다. 그러자 신병수가 주머니에서 담배를 찾아 부리나케 피워 물었다. 그는 이제까지 환자 때문에 애써 담배를 안 피웠던 게 역력했다. 준은 그 부산스러운 행동을 보고 있자니까 좀 우스워졌다.

"옛날에 선생님이 담배 피우던 모습이 생각납니다. 옛날에도 많이 피우셨지요?"

"선생이 뭔가. 옛날같이 형이라고 부르지."

"그때 그랬던가요."

"그럼."

신병수가 깊게 담배를 빨아들였다.

"자네, 날 없어진 현 형님같이 생각해주면 좋겠어. 현 형님만 못하더라도 말일세."

신병수가 이러며 준을 다정한 얼굴로 돌아보았다.

"감사합니다."

"그게 또 무슨 소린가. 그런데 현 형님 소식 무슨 풍문으로도 들은 적 없나?"

"통, 아버진 이북 어느 대학에 계시다는 소린 들었습니다. 어떤 분이 아버지가 방송하시는 걸 들었다고 전해주더군요."

"아, 나두 그건 들었네, 음성이 당장 알겠더군."

그들은 잠시 후 아무 말 없이 걸었다.

"그런데 형수님은 너무 고생하신 것 같애. 지금두 그러시구."

"네."

"너무 언짢게 생각 말게, 세상이 그런 걸."

그들은 또 한참 말없이 걸었다.

"그런데 자네에게 꼭 상의하고 싶은 게 있어."

"해보십시오."

"자네 당분간 형수님을 내게 맡길 수 없나?"

준은 신병수를 쳐다보았다.

"아, 너무 깊이 생각 말게. 이럴 때 뭐라고 하면 좋을까. 내게 은혜를 갚을 수 있는 성질의 것이라면 말일세. 난 형수님께 일찍이 헤아릴 수 없는 은혜를 입었지."

"형수님이 그렇게 나쁩니까?"

"아, 너무 걱정 말게."

신병수는 잠시 후에 다시 말했다.

"그러나 자네도 알겠지. 아무리 형수님이 마다해도 형수님은 병원이 필요한 몸이고, 게다가 지금 환경으론 병을 고치기 힘들다는 것도 말이네. 그렇다고 제발 자네 자신 탓만은 말게. 그건 공연한 짓이지."

신병수가 걸음을 멈추고 새 담배에 불을 붙였다.

"이렇게 해보면 어떨까. 아무리 해도 자넨 지금 누구든 도움이 필요하고, 그리고 자네가 그 문제에 끝까지 부담을 느낀다면, 이렇게 해도 좋네. 자네가 경제 능력이 있을 때, 학교를 졸업해서 말이네. 앞으로 졸업도 얼마 안 남았으니까, 그때 내게 갚아나간다는 식으로 해도 좋지. 그러면 자네에게 좀 그런대로 위안이 되겠나."

"그렇게까지 생각해주시니 할 말이 없습니다. 지금도 신세를 지고 있는데."

"무엇보다 중요한 건 우선 환자를 고치고 봐야 한다는 거네."

"네."

"그럼 됐네. 우린 하루속히 형수를 달래서 병원으로 옮기도록 하세. 그래서 속히 형수님이 건강하도록 힘써보세."

"감사합니다."

"아니지, 자넨 내게 은혜를 갚을 기회를 주지도 않으면서도. 실은 은혜란 갚을 수 없는 것인지도 모르지."

그래서 그런지 신병수는 좀 쓸쓸하게 웃었다.

"그리고 또 한 가지."

신병수가 계속 말했다.

"형수님이 내 병원에 입원하시게 되면, 자네도 내 집에 와 있도록 하게. 그래서 다 함께 사세. 다행히 형수님이 건강했다 해도 지금의 환경에서 끌어낸 의무가 내게 조금은 있다는 것을 알아주겠나. 비록 내 병원이 아니었더라도 말이네."

둘은 또 묵묵히 걷고 있었다. 준은 신병수가 지금 한 얘기는 그가 오래 두고 생각한 문제라고 생각했다. 그런데 준은 감히 형수의 병세에 관해서 묻지를 못하고 있었다. 신병수는 준의 옆에서 고개를 숙이고 생각에 잠겨 걷고 있었다.

"전 친구 집에 다 왔습니다."

"그런가?"

신병수가 걸음을 멈추고, 어딘가 휘둘러보았다.

"그런데 자네, 정말 어디 가려구 그러나?"

"친구 집입니다."

"정말인가, 세상이 하도 시끄러워서, 그런데 세상은 이대로 가라앉지 않을 것 같군."

"네, 그대로는 못 가라앉을 것 같습니다."

"그렇지, 조용히 두고 보세. 그리구 조심하구."

"네."

"난 집까지 걸어가겠네. 그리고 오늘은 푹 자겠어. 요즘 통 잠을 못 잤거든."

신병수는 갑자기 피곤이 내리덮치듯 지친 눈길로 멍하니 앞에 뚫린 길을 바라보고 서 있었다.

"그런데 너무 피곤해서 잠이 올 것 같지 않군. 그저 녹초가 돼서 곯아떨어지길 바란다네."

이러며 신병수가 허허 웃더니 돌아섰다. 그리고 오던 길을 돌아서 갔다. 짝달막한 몸이 뒤뚱거렸다. 준은 그러한 신병수의 뒷모습을 바라보다가 그도 몸을 돌려 걸어갔다.

준은 바로 골목으로 들어서 세번째 집 대문을 흔들었다. 잠시 후에 안에서 사람이 나오는 소리가 들리고 노파가 대문을 열고 얼굴을 내밀었다.

"김형주 씨 있습니까?"

노파는 아무 대답 없이 잠시 준의 형색을 살폈다. 그렇다면 이 집이 맞는 모양이었다.

"뉘시라구 할까?"

노파가 퉁명스럽게 물었다.

"학교 친구라고 하십시오."

노파가 돌아서 채 안으로 들어가기 전에 형주가 현관에서 얼굴을 내밀다가

"어머!"

하고 반색을 하며 달려 나왔다.

"웬일이세요? 들어오세요."

"집을 제대로 찾았는데요."

"저희 집, 어떻게 아셨어요. 성규 씨 아버지한테?"

"아뇨. 전에 성규한테 들은 기억이 나서요."

"하여튼 이렇게 찾아주니 얼마나 반가워. 이리 오세요."

형주는 마당을 지나서 그를 끌다시피 안으로 데려갔다. 해묵은 커다란 일본 집 정원은 어딘가 그늘진 음산한 인상을 주고 있었다.

"올라오세요."

형주가 현관에 신을 벗는 준을 기다려 마루의 소파에 그를 앉게 했다. 형주도 준과 마주 앉았다. 집 안은 역시 어두웠다. 그러나 집 주인의 표정은 사뭇 밝았다. 형주가 반색하는 얼굴로 준의 얼굴을 마주 바라보고 있었다. 형주는 스웨터에 스커트를 입은 수수한 차림이 아주 어린 소녀 같았다. 집에서 보니 더 어린 소녀같이 보였다.

"이렇게 무사히 서루 다시 만나니 반갑구, 참 좋잖아요. 왠지 세상이 온통 새로운 것만 같아요."

형주가 준을 바라보고 환히 웃었다.

"고생했다는 소리 들었습니다."

"누구한테서? 성규 씨 아버지였겠군요."

"네, 성규 소식 좀 알려구 전화했더니, 좀 만나자고 하더군요."

"그 뚱뚱한 어른이 말이죠. 그래 무슨 얘길 하셨어요. 물론 제 얘기도 있었겠군요."

"형주 씰 누구냐고 하시더군요."

411

형주는 그저 웃기만 했다.

"다른 얘긴 모르시는 것 같아서 저두 그저 클래스메이트라고만 했지요."

"그 뚱뚱보 어른은요. 정말 굉장한 뚱뚱보 아녜요. 절 경찰서서 꺼내서 집까지 태워다 주었어요. 전 그분 옆에 앉아서 웃음을 참느라고 혼났어요. 어찌나 뚱뚱한지 자동차가 안 움직일까봐 조바심이 나더라니까요. 제가 집에 다 왔다고 하자, 부모님을 그렇게 걱정시켜서 쓰나, 그제사 이렇게 겨우 한마디 하시더군요. 그래서 전 또 부모님은 시골 계세요, 했죠. 그랬더니 그럼 당장에 전보를 치라구 하시더군요. 그러시는데 사뭇 아주 괘씸하다는 듯 못마땅해하시더군요."

형주가 쿡쿡 웃었다.

"그래 전보 했습니까?"

"그럼요. 아주 무사하구, 아무 걱정 마시라고 했죠. 정말 아무것도 걱정할 게 없잖아요."

형주가 자리에서 일어났다. 그러더니 준을 쳐다보고 서서,

"저희 집에 지금 홍차밖에 없는데, 홍차라두 드시겠어요?"
하고 물었다.

"좋습니다."

형주가 방으로 들어가 노파에게 말하는 소리가 들렸다. 준은 주위를 돌아보았다. 가구가 없는 넓은 마루방이 썰렁했다. 작은 테이블이 창가에 놓여 있었다. 책이 몇 권 놓여 있고, 책이 열린

채 있었다. 그럼 형주는 그가 오기 전에 공부를 하고 있었던가.
형주가 다시 방에서 나왔다. 그녀는 손에 작은 접시를 들고 있
었다.

"여기다 재떨이 하세요."

형주는 탁자에 접시를 밀어놓으며 웃었다. 준은 기다렸다는
듯이 주머니서 담배를 찾아냈다. 형주가 다시 준의 맞은편으로
앉으며

"29일. 학교 시작한다는데요. 정말 그렇게 될까요"
하고 말했다.

"하여튼 곧 다시 시작되겠지요."

"그래도 한참 어수선하겠죠?"

"그럴 겁니다."

이때 갑자기 방에서 어린아이 울음소리가 들렸다. 그와 동시
에 형주가,

"애기가 깼나 봐요"
하며 급히 일어났다.

"전 그만 가보겠습니다."

"잠깐만 계세요."

형주는 이미 어린아이가 울고 있는 방으로 달려가고 있었다.
어린아이의 울음소리가 들리자 무엇인가 돌연 혼란스러워졌다.
어린아이는 거침없이 커다란 소리로 울고 있었다. 형주가 아이
를 달래는 소리가 들렸다. 그러나 한동안 아이는 계속 줄기차게

울어대고 있었다. 그러다 갑자기 울음소리가 뚝 그쳤다. 요란하게 울었다는 게 거짓말 같았다. 다시 집 안이 조용해졌다. 그러나 이 조용함은 전과는 사뭇 달랐다. 어린아이 울음소리는 이제까지 낡고 빈 껍질 같던 집 안을 잡아 흔들어 실로 살아 있는 것으로 만들고 있었다.

형주가 담요에 싼 아이를 안고 나왔다.

"이 아이 좀 보시겠어요?"

이러며 형주가 어린아이를 안은 채 준의 앞에 와 앉았다.

"무엇이 보이니, 이 아저씨 보이니?"

하며 형주는 어린아이를 준 쪽으로 보게 하려고 했다. 온통 새하얀 옷으로 싸인 어린애는 눈만이 까맣게 깜짝이고 있었다.

"누굴 닮은 것 같으세요?"

별안간 이렇게 형주가 물었다. 준은 당황했다. 형주는 그의 심중에 떠오른 생각을 보고 있는 듯했다.

"글쎄요. 모르겠는데요. 너무 어려서."

"이 아이는 아무도 안 닮았어요. 이 아이 자신을 닮았지."

형주는 준을 안심시키듯 밝게 웃었다.

"난 질투한답니다. 이 아이를 그렇게 쳐다보면."

그러나 준은 감히 형주를 쳐다볼 수가 없었다. 그는 실로 눈 둘 바를 몰랐다. 그러자 그는 점점 당황해졌다.

"난 이 아이에게 홀딱 반했어요. 이 아이 이쁘지 않으세요."

이때 마침 노파가 홍차를 내왔다. 그러자 형주가 어린애를 노파에게 건네주자, 노파가 아이를 받아 안고 안으로 들어갔다.

얼마간 그들은 아무 말 없이 홍차를 마셨다. 형주는 홍차와 함께 내온 비스킷을 홍차에 적셔서 먹고 있었다.

"제가 좀 이상하다고 생각잖으세요? 주책없이 막 애정을 발산하며 말예요."

이러며 형주가 준을 바라보고 다시 밝게 웃었다.

"그런가요. 사실 좀 놀랐습니다."

"그래두 저 아이를 좀 보고 싶어 하실 것 같아서요. 안 그러세요?"

형주는 아주 친밀하게 말했다. 그녀는 여전히 밝은 얼굴로 아무것도 숨기고 있지 않았다.

"사실 처음 성규에게 얘기를 들었을 땐, 믿어지지 않더군요. 그러구 보니 좀 보고 싶기도 했던 것 같군요."

이렇게 말하면서 준도 가벼운 마음이 되어 있었다.

"그것 보세요. 보이기를 잘했죠. 정말 전 아이를 보이고 싶었겠죠. 뭐래도 전 좀 자랑스럽거든요."

사실이었다. 형주는 자랑스러워하고 있었다. 세상이 뭐래도 이런 아이와 그녀 자신에 무척 자부심을 가지고 있는 성싶었다.

"참 정말 놀랐습니다. 그런데 도대체 어디서 그런 용기를 가졌습니까?"

"그런 것도 아녜요. 무엇보다 다행히 제 아버지께서 우리 두 식구를 먹여줄 실력을 가졌다뿐이죠."

형주가 장난스럽게 말하면서 계속 비스킷을 먹고 있었다. 거의 그녀 혼자 비스킷 접시를 비우고 있었다. 그녀는 맛있게 참 잘 먹었다. 비스킷 가루를 스커트 앞자락에 흘리며 앉아 있는 저런 여자가 어디 한 아이의 어머니냐 싶었다. 그저 아직 철부지 소녀만 같았다.

"성규는 아직 그 경찰서에 있습니까?"

"모르겠어요."

형주는 얼굴이 잠깐 흐려졌다. 그러자 형주가 고개를 들고 다시 말했다.

"그 후 소식은 모르겠어요."

"그런데 왜 성규는 그런 데 버티고 있는 겁니까?"

"버티고 있다고요?"

갑자기 이러며 형주가 웃었다. 다음 순간 정색을 하고

"그렇죠. 버티고 있군요" 했다.

"그렇지 않습니까? 성규 아버지 실력으로 하면, 형주 씨같이 성규도 벌써 나와 있어야 할 몸이 아닙니까. 그런데 성규는 그 안에서 뭘 기다리고 있는지 모르겠군요."

"모르죠."

이러며 형주는 손가락 끝으로 빈 찻잔 둘레를 만지고 있었다.

"성규 씬, 어쩌려는지 좀 두고 보련다고 그러긴 하더군요. 허지만 그건 그의 일이지요. 전, 이젠 걱정하지 않아요."

이러며 고개를 드는 형주는 다시 가벼운 얼굴이었다. 사실 이

416

제 그녀에겐 이제 아무것도 걱정할 게 없는지 몰랐다. 이 여자는 세상의 피해자 같지만 실은 승리자였다. 그녀는 세상과 직면해서 싸울 땐 싸우고 쉴 땐 쉬었다. 사랑할 땐 몹시 사랑하고 비탄할 땐 세상을 단념했다. 그러나 한 번도 그녀는 살기를 그만두지는 않았다. 그러나 그녀 자신은 그런 줄도 모르고 세상을 살아나가고 있었다.

준이 형주의 집을 나왔을 때는 날이 어둡기 시작하고 있었다. 하늘은 흐려 있었다. 그래서 날은 한층 더 빨리 어두워지고 있었다. 준은 의과대학 뒷담을 따라 걷고 있었다. 그 반대편 쪽으로 준은 그의 학교를 건너다보았다. 학교 옆 넓은 운동장이 텅 비어 있었다. 교문 앞에 군인들이 큰 문을 닫아걸고 작은 사잇문을 지키고 있는 것을 볼 수 있었다. 군대 트럭 두 대가 수위실 옆 교정에 멈춰 있었다. 그러나 수목이 꽉 찬 교정은 조용했고, 어두워가는 하늘 아래 학교 건물은 침묵에 잠겨 있는 듯했다.

의과대학 병원 뒷문으로 자동차가 나와 준의 앞으로 지나갔다. 차 속의 여인들이 가득 울고 있었다. 엎드려 우는 여인을 보니, 까만 관을 부둥켜안고 있었다. 자동차가 지나갔다. 그것은 부상자 중에 뒤늦게 새로 죽어나가는 자인 모양이었다. 저 군대 차와 값싼 관에 실려 한 이름 모를 자의 생애가 끝나고 있었다. 그런데 저 이름 모를 자는 자기 목숨 대신 무엇을 위해서 싸웠던 것일까, 저렇게 적막한 마지막을 위해서는 분명 아닐 것이다. 하늘마저 잔뜩 흐려 있었다.

준은 자동차가 시체를 싣고 간 쪽으로 걸었다. 그는 그날 밤
한 경찰서 앞에 걸음을 멈추고 있었다. 경찰서 입구에는 기관총
을 장치해놓고 있었고, 총신 주위에는 흙주머니가 올려 쌓여 있
었다. 옆에서 보초가 카빈 총을 세우고 서 있었다. 준은 잠시 거
리를 향해 겨누고 있는 기관총의 총구와 거의 마주 서 있었다.
그의 등 뒤로는 튼튼한 벽돌담이 길을 따라 막혀 있었다. 여기
라면 총구 앞에 영락없었다. 불빛을 받은 총신이 번쩍이고 있었
다. 마치 또 누구를 쏘고 싶은 듯 시커먼 적의를 가지고 행인들
이 경찰서 입구를 흘끔흘끔거리며 급히 지나가고 있었다.

그러나 준은 계속 경찰서 앞에 걸음을 멈추고 서서 경찰서 건
물을 올려다보고 있었다. 그렇게 그는 한동안 경찰서 창에 불빛
을 바라보고 있었다. 그러니 오래전에 은일을 업고 경찰서의 담
너머로 배회하던 기억이 되살아났다. 그때 형수가 그 경찰서 안
에 있는지 없는지도 모른 채였다. 그런데 지금도 그랬다. 그는
거기 성규가 있는지 없는지 몰랐다. 다만 형주가 하룻밤을 성규
와 밝힌 경찰서였을 뿐이었다.

준이 집으로 돌아와 보니 형수가 다시 일을 하고 있었다. 방
안에서 재봉틀 소리가 들리고 있었다. 형수가 방으로 들어오는
준을 돌아보며 열적게 웃었다. 그러자 형수가 잠자코 있는 준을
보고

"밀린 일을 마저 안 할 수가 없어서요"

하고 낮에 의사 앞에서와 같은 말을 다시 하고 있었다. 그래도 준은 계속 아무 말 않고 차려놓은 상 앞에 앉아 저녁밥을 먹었다. 은일은 자고 있었다. 그림책이 머리맡에 놓여 있었다. 준은 저녁을 먹자 상을 가지고 나가 치우고 마당의 수돗가에 앉아 발을 씻었다. 다음 방으로 들어가서 곧 그의 잠자리로 올라갔다. 준은 담배를 피우며 누워 있었다. 다시 한 대 피우려다 형수를 생각하고 그만두었다. 그러나 형수는 여전히 틀 일을 하고 있었다.

"삼촌은 어떻게 생각해요. 세상이 이대로 잠잠해질 것 같애요. 그래서 다시 그전 세상으로 돌아가고 마는 건지."

준은 대답하지 않았다.

"자우?"

"아니요."

"난 그날 말예요. 병원에 누워서 참 터무니없이 엉터리 생각이 들더라니까요. 그날 병원으로 학생들이 피를 쏟고 들어오고, 병원 밖 거리론 사람들이 왁왁 몰려가는 소리를 들으면서 그 많은 사람들이 길 하나 가득 채운 채 그대로 삼팔선까지 밀고 간다면, 하고 말예요."

이렇게 말하면서 형수는 일하는 손을 쉬지 않았다.

"자우?"

얼마 후에 형수가 다시 물었다. 준은 대답하지 않았다. 잠시 형수가 재봉틀을 쉬고 귀를 기울이는 것 같더니 다시 틀 소리가 들렸다. 달달달 방 안에 틀 소리만이 들렸다.

준은 눈을 뜬 채 가만히 누워서 천장을 바라보고 있었다. 형수는 그날 환상을 보고 있었는지 몰랐다. 병실 베드에 누워서 온통 38선을 뒤덮은 인파에 온 백성이 서로 포옹하는 감격적인 장면을 꿈꾸고 있었는지 몰랐다. 그리고 그때 그녀는 그리운 얼굴과 마주 섰으리라. 형수는 형수대로 그날 모든 사람 가슴속에 그러하듯 무엇인가 사뭇 기다리고 있었던 것이다. 그러나 형수는 자신의 병에 관해선 한마디도 않고 있었다. 준은 틀 소리를 들으면서 잠들었다.

밤중에 준은 무슨 소리에 잠이 깼다. 잠결에 수미가 형주의 어린아이를 안고 울고 있었다. 그러나 그것은 형수의 앓는 소리였다. 준은 방으로 내려와 불을 켰다. 이불을 걷어차고 누워 있는 형수는 땀투성이였다. 이마를 만져보았다. 불덩이 같았다.

"물을 주세요. 찬물을"

하며 형수가 허덕이고 있었다. 준은 밖으로 나가 냉수를 떠왔다. 형수는 처음에 물을 마시지 못했다. 입술하며 입속이 바싹 타 들어가고 있는 듯했다.

"아, 여기다 찬물을 좀 부어줘요."

형수는 가슴을 헤쳤다. 하얀 젖가슴이 드러났다. 준은 이불을 덮어주고 밖으로 나왔다. 밖은 어두웠다. 그러나 촉촉한 새벽 공기였다. 준은 대야에 물을 떠서 방으로 가져왔다. 형수는 다시 이불을 차 던지고 있었다. 그는 대야 물에 수건을 적셔 형수의 이마에 놓아주고 이불을 다시 덮어주었다. 그리고 그는 신병수가 가져온 여러 가지 약병을 하나하나 살펴보았다. 그러나 그는 형수에게 약을 먹여야 할지 어떨지 몰랐다. 은일은 옆에서 아무것도 모른 채 자고 있었다. 준은 다시 형수의 이마를 만져보았다. 수건이 금시 뜨듯했다. 준은 다른 수건을 하나 새로 적셔 갈아주었다. 그러고는 젖은 수건으로 땀으로 끈끈한 얼굴과 목을 닦아주었다. 대야의 물이 금방 미지근해졌다. 그는 대야를 들고 밖으로 나가 다시 새 물을 떠왔다. 이번에는 형수가 이불을 그대로 덮고 있었다.

이렇게 준은 몇 차례 밖으로 나가 대야 물을 바꾸었다. 그러는 동안에 형수가 고른 숨을 쉬고 있었다. 준은 수건을 치우고 이마에 손을 짚어보았다. 그러자 그는 깜짝 놀랐다. 이마가 돌덩이처럼 찼던 것이다. 그는 한동안 쭈그려 앉아 숨소리에 귀를 기울였다. 형수가 열이 내리고 잠든 것이었다.

준은 가만히 일어나 밖으로 나왔다. 날이 희부옇게 밝아오고 있었다. 준은 마당에 서서 담배를 피웠다. 안집 쪽은 아직 자고 있는지 아무 기척이 없었다. 아침 공기는 상쾌하고 그리고 화창한 하루가 될 것 같았다. 준은 아침을 짓고 은일을 깨워 학교를 보내야 했다. 이틀 전부터 국민학교가 다시 문을 열고 있었다. 그런 다음 준은 신병수에게 가야 했다. 싫든 좋든 간에 조만간 신병수의 혜택을 입어야 할 모양이었다. 그러나 준은 아침이 되어도 신병수에게 가지 않았다.

형수는 아침까지 계속 잤다. 은일이가 학교를 가려 할 때 잠깐 깨어서는 다시 잠들었다. 그래서는 은일이도 학교를 간 얼마 후에 일어나 아침을 먹었다. 그러나 열이 심한 끝이라 먹지를 못했다. 그리고 또 잤다. 오후에 한 번 일어나 음식을 좀 먹었다. 그러고는 다시 자리에 누웠다. 땀은 여전히 온몸에 흘리고 있었다. 한번은 준이 땀을 닦아주고 있자니까, 형수가 꿈 얘기를 했다.

"난 아까 참 이상한 꿈을 꾸었겠지요. 옛날 안국동 집이었어요. 평소와 같이 식구가 다 있겠지요. 아버님이니, 옥이 누나니, 기철 오빠까지두 말예요. 그런 걸 보니 우리가 아직 어렸을 때였나 보죠. 그런데 현 형님만은 안 계셨던가 봐요. 형님한테서 어디서 편지가 왔다는 걸 보니. 그런데 난 암만 편지를 읽으려 해두 글씨를 모르겠어요. 도대체 어느 나라 말로 쓴 글인지도 모르겠더라니까요, 안타까워하다 깨었지요. 글쎄 대낮에 무슨 꿈일까요."

그리고 얼마 후에 형수는 다시 잠들었다. 준은 잠든 형수 옆에 앉아 지쳐서 병든 조그만 몸을 지켜보고 있었다. 그런데 형수는 마치 기다림에 끌리며, 이어가고 있는 생명인 성싶었다. 그리고 그녀는 온몸으로 묻고 있었다. 그러나 그녀의 생애가 하나의 물음으로 끝날지도 몰랐다. 형수가 여전히 자기 병 얘기는 하지 않고 있었다. 준은 가끔 밖으로 나가 담배를 피우고 들어왔다. 은일이는 학교에서 돌아와 밖에 나가 놀고 있었다. 집 주인 노파가 가끔 환자의 방을 들여다보았다.

신병수가 왔을 때는 형수는 자고 있었다. 신병수는 언제나처럼 퇴근하는 길에 왔다. 준은 자동차 소리를 듣고 가만히 방문을 열고 밖으로 나왔다. 신병수가 커다란 가방을 들고 대문을 들어오고 있었다. 그의 한 손에 은일이 손을 잡고 있었다.

"자네 집에 있었군"

하고 신병수가 준을 보고 말했다.

"요놈이 골목에서 놀다 차를 보고 달려오잖겠나."

"의사 선생님, 나 자동차 좀 태워주세요!"

"그래, 가서 운전수 아저씨한테 좀 태워달래라. 아니, 같이 가자. 내 말해주지."

은일은 깡충깡충 뛰며 신병수의 손을 잡고 다시 대문 밖으로 나갔다. 그런데 신병수에게는 어제의 피로는 간 곳이 없었다. 잠시 준은 가방을 들고 마당에 서 있었다. 신병수가 다시 대문으로 들어왔다.

"참 어린애들이란 호기심도 많단 말야."

신병수가 이렇게 말하면서 준에게 다시 가방을 받아들었다. 준이 방문을 열자 형수가 어느 결에 잠이 깨어 자리에 일어나 앉아 있었다. 잠자리까지 한쪽으로 걷고 몸을 챙기고 있었다. 그러나 신병수는 즉각 모든 사태를 알아챘다. 신병수가 잠시 묻듯이 준을 쳐다보았다. 그러나 신병수는 평소의 여유 있는 유연한 태도를 흐트러뜨리지 않았다.

"오전에라두 내게 좀 오지 그랬나"

하고 신병수가 말했다. 준은 잠자코 있었다.

"누워 계십시요."

신병수가 형수 앞으로 앉으면서 말했다.

"괜찮아요."

"이렇게 맘대루 움직이시면 안 됩니다. 누우십시오."

"아니, 괜찮아요."

"의사 말 들으십시오. 환잔데."

이것은 의사와 환자 사이에 거의 매일 일어나는 가벼운 싱갱

이였다. 그러나 언제나 의사가 환자에게 지고 말았다.

"좋습니다"

하고 결국 신병수가 말했다.

"어젯밤엔 꽤 열이 높으셨죠?"

신병수가 모든 것을 알고 있다는 듯 말했다.

"네, 좀 그랬는데 지금은 괜찮아요."

"그럼 어디 좀 봅시다."

신병수가 가방을 열고 진찰 준비를 했다.

준은 일어났다.

"어딜 가려나?"

하고 신병수가 준을 쳐다보았다.

"밖에 좀."

"그래, 자네 수고 많았지. 그런데 말이네, 아마 오늘낼쯤 교수

들의 무슨 움직임이 있을걸세. 아마 낮부터 교수회관에 모여 회의 중이거든."

"서울의 전체 대학 교수님들이 말입니까?"

"아마 그런 모양이던데."

"그런데 왜 선생님은 안 가셨습니까."

"글쎄, 난 교수보다 의사 쪽인 것 같군."

이러며 신병수는 체온계를 손에 들고 털면서 웃었다.

"여하튼 물러날 자는 슬슬 물러나 앉을 것이란 말야. 뭐가 아직 미진들 해서 뭘 또 기다리는지 모르겠거든. 안 그런가? 일만 자꾸 만들게 하구."

신병수는 세상이 바쁜 사람들 귀찮게 한다는 듯이 지껄이고 있었다. 그러면서 그는 체온계의 눈금을 들여다보더니 형수의 입에 물게 했다.

"그런데 자네 어딜 나갈 건가? 내 오늘은 좀 늦게까지 있지."

준은 방을 나왔다. 그는 뜰로 내려서서 잠시 우두커니 서 있었다. 담 너머로 앞집 높은 벼랑에 아카시아 울타리가 어느 사이에 잎을 제대로 피우고 있었다. 방에서 신병수가 말하고 있는 소리가 들려왔다. 그는 환자는 병원에서 봐야지 불편하다고 조심스럽게 불평을 하고 있었다. 신병수가 다시 형수의 마음을 돌려보려고 시작하는 모양이었다. 그러나 준은 형수를 알고 있었다. 그렇잖으면 형수가 대학병원을 나오는 길로 신병수의 병원으로 옮기자던 신병수의 제안을 순순히 받아들였을지도 몰랐다. 준은 대문 밖으로 나왔다. 집 앞에 신병수의 자동차는 보이지 않았다. 정말 은일을 태우고 거리로 나간 모양이었다. 준은 골목길을 빠져 차도로 나왔다. 그러나 신병수의 차는 근처에 보이지 않았다. 준은 또 한참 자동차가 오가는 찻길 앞에 서 있었다. 한순간 그는 어디로 갈까 생각했다. 그러나 막상 어디라고 갈 데가 없었다. 그런데 길 위쪽에서 한 떼의 사람들이 나타나서 준이 서 있는 쪽을 향해 오고 있었다. 플래카드를 앞세운 행렬이 차도를 질서정연하게 걸어오고 있었다. 플래카드에 "각 대학 교수단"이라고 적혀 있었다. 그들이 좀더 가까워지자 "각 대학 교수단"이라는 큰 활자 밑에 "대학생들의 피에 보답하라"고 씌어진 게 보였다. 플래카드를 들고 있는 한쪽 사람은 머리가 백발이었다. 행렬이 다가와서 준의 앞을 지나가고 있었다. 행렬 속에 준에게 낯익은 얼굴이 더러 있었다. 학교를 오가는 길에서 자주 대해 익힌 얼굴이든가, 또는 신문 같은 지면을 통해서 낯익은 얼굴들이었다. 그중에 준이 그 밑에서 직접 강의를 받은 교수도 끼어 있었다. 한 청년의 모습이 행렬을 따라가며 수첩에 무엇인가 열심히 적고 있는 게 보였다. 그런데 준은 길 맞은편 쪽에서 가고 있는 그의 주임 교수가 보였다. 주임 교수가 준 쪽으로 얼굴을 돌렸다. 안경알이 번쩍였다. 준을 알아보고 미소하는 것 같기도 했다. 교수단 뒤로 신문사 지프 두 대가 천천히 끝을 따라가고 있었다. 그러나 행렬의 마지막은 조그만 구경꾼 떼를 다시 뒤로 달고 가고 있었다. 그러나 그것은 참으로 조용한 시위 행렬이었다. 아까 신병수가 한 말이 바로 이것을 두고 한 말인 모양이었다.

사람들이 다 지나가자 길을 건넜다. 그는 듬성듬성 가로수가 서 있는 길을 따라 걸었다. 플라타너스의 묵직한 둥치에 조그만 새 잎이 피고 있었다. 하늘은 잿빛으로 흐려 있었다. 준은 갑자기 걸음을 멈추었다. 오늘 의사가 형수를 데려갈지 모른다는 생각이 떠올랐다. 그러나 준은 다시 걸었다. 결국 형수는 병원이 필요한 몸이었다. 그리고 현재의 식구마저 또 흩어져야 할 것이라는 것을 그는 알고 있었다. 형수 자신도 그것을 알기 때문에 자신의 병 얘기는 않는지 몰랐다. 준은 창경원 담을 끼고 가고 있었다. 높은 담 너머로 벚꽃이 흐린 하늘에 희끗희끗 눈송이처럼 날리고 있었다.

갑자기 날이 어둡기 시작했다. 인적이 드문 골목길이 조용했다. 그러자 준은 수미의 집 대문 앞에 서 있었다. 그는 잠시 여기 왜 왔을까, 생각했다. 그리고 그는 수미가 형주의 어린아이를 안고 울던 간밤 꿈 생각을 했다. 집 안에서 사람이 나오는 소리가 들렸다. 심부름 하는 계집애가 대문을 열어보고는

"어머, 나미 언닌 할머니 댁에 갔는데"

하고 놀란 얼굴을 했다.

"들어오세요."

계집아이가 다시 말했다.

"들어가셔서 할머니 댁에 전화하세요."

준은 대문 안으로 들어갔다. 계집아이가 대문을 닫고 준의 뒤를 따라와서

"나미 언닌 오늘두 선생님이 안 오시는 줄 알구 할머니 댁에 갔나 봐요"

하고 또랑또랑한 목소리로 말하고 있었다. 그러자 계집아이가 준의 앞을 지나 별채의 양관 쪽으로 달려갔다. 수미의 화실채였다. 계집아이가 화실 도어 앞으로 가서

"선생님 오셨어요"

하고 안에 대고 소릴 쳤다. 안에선 대답이 없었다.

"수미 언니, 선생님 오셨어요. 나미 언니 선생님!"

계집아이가 이렇게 재차 소릴 치고 있었다. 그러나 안에선 여전히 아무 기척이 없었다. 마치 안에 아무도 없는 빈집 같았다. 그러자 준은 창문의 커튼 틈으로 수미가 밖을 응시하고 있는 게 보였다. 화실의 넓은 유리창에 내린 커튼 틈으로 수미가 밖을 응시하고 있는 게 보였다. 화실의 넓은 유리창에 내린 커튼 뒤로 수미가 몸을 숨기고 밖을 내다보고 있었다. 그렇게 두 사람은 서로 잠시 마주 바라보고 있었다. 준은 도어로 걸어갔다.

"들어가보세요. 언닌 화실에 있어요"

하고 뒤에서 계집아이가 말하고 있었다.

준은 조용히 도어를 열었다. 수미가 창가에 선 채 도어를 향해 노려보고 있었다. 방 안엔 수미 혼자였다. 두 사람은 잠시 서로 시선을 마주치고 서서 바라보고 있었다. 아무도 말이 없었

다. 널찍한 화실엔 캔버스가 가득했고, 기름 냄새가 났다. 그러나 수미는 그림을 그리고 있었던 것 같진 않았다. 준은 뒤로 문을 닫고 문 앞에 가만히 서 있었다.

"나미는 집에 없어요."

마침내 수미가 말했다.

준은 입구에 선 채 잠자코 있었다.

"나민 할머니 댁에 갔어요"

하고 수미가 다시 말했다.

"압니다."

수미는 불빛 아래 약간 창백한 얼굴로 서 있었다. 긴 머리칼이 짙은 초록색 옷을 입은 어깨 위로 흘러내리고 있었고, 그녀는 새삼 참으로 아름다웠다. 그러나 수미는 여전히 창가에 선 채 꼼짝도 않았다. 그렇게 그녀는 창가에서 손가락만을 비틀고 서서 줄곧 그 커다란 눈으로 준을 지켜보고 있었다. 그런데 그렇게 언제까지 수미는 석고상처럼 서서 그를 지켜보고 있을 것만 같았다. 준은 잠시 동안 가만히 서 있었다. 그는 조용한 동작으로 앞으로 나갔다. 수미는 가까이 오는 준을 여전히 커다란 눈으로 응시하고 있었다. 준은 수미의 앞으로 다가서자 수미가 비틀고만 있는 손을 잡았다. 순간 수미가 뿌리쳤다. 준은 수미의 손을 꽉 잡고 손에 힘을 주었다. 그리고 말은 한마디도 않았다. 준을 바라보고 있는 수미의 커다란 눈에 눈물이 글썽거렸다. 그러자 수미가 와락 준의 가슴에 울음을 터뜨렸다.

"죽여버릴 테야요. 죽여버릴 테야!"

이러며 수미가 준의 가슴을 치고 있었다. 준은 그녀의 격렬함에 어리둥절했다. 수미가 그의 가슴에 팔을 돌려 꽉 죄어 안았다. 그리고 한동안 준의 가슴에 얼굴을 묻은 채 울고 있었다. 준은 그녀가 진정되기를 기다려 가만히 안고 있었다. 얼마 후 그녀가 조용해졌다. 가슴에 얼굴을 묻은 채 가만히 있었다. 그러나 여전히 팔은 준을 다시 안 놓을 듯이 안고 있었다.

"왜 난 이럴까요. 난 어쩌면 좋을까요."

이렇게 수미가 준의 가슴에 얼굴을 묻은 채 중얼거렸다.

"정말 난 어쩌면 좋을지 모르겠어요. 난 매일 이 창가에 붙어서 있었어요. 그러지 않으려구 해두 소용없었어요. 그러면서 난 별의별 생각을 다 했어요. 그날 아침 여기서 나가는 길에 잡혀갔다고 생각했어요. 그리구 또 형수님이 입원했다는 병원 생각도 해봤어요. 허지만 형수님 이름도 몰랐어요. 난 누구 하나 물어볼 데도, 어디가 알아볼 데도 몰랐어요. 당신이 있는 델 말예요. 그저 난 이 방에 틀어박힌 채 마치 울에 갇힌 짐승 같았어요. 난 한 번도 그래본 적이 없었어요. 꼭 뭐에 쓰인 애처럼 말예요. 그래 결국 그런 나 자신에 화가 났어요. 그런데 단 한 번만이라두 제가 기다린다는 것을 생각해보셨어요?"

준은 대답 대신 자신도 모르게 그녀를 애무하고 있었다. 이 여자는 그에게 알 수 없는 힘을 가지고 있었다. 그리고 그가 언제나 예상 못 한 놀라운 힘을 가지고 엉뚱한 세계로 끌고 가는 것이었었다. 그는 다시금 그의 기억 속에 따뜻하고 부드러운 실제와 만나고 있었다. 그래서는 서서히 그녀의 환영이 그의 고독한 세계의 두터운 벽을 뚫고 그의 마음속 깊이 파고들었다. 또한 그녀의 뜨거운 생명이 이렇게 외로이 쓸쓸히 고립된 세계를 붙들고 열렬히 이끌어내고 있었다. 그러자 무엇인가 뒤바뀌었다. 준은 그를 받아들이는 이 여자의 세계에 겁이 났다. 동시에 준은 두 사람이 이끌어낸 새롭고 돌연한 세계의 면모에 경악했다.

문에 노크 소리가 들렸다. 수미는 가만히 있었다. 잠깐 사이를 두고 다시 문 두들기는 소리가 났다. 수미가 살짝 몸을 빼서 문으로 갔다. 늙은 식모가 차를 가져왔다. 수미는 쟁반을 받아 들고 들어오면서 싫은 얼굴을 했다.

"마시겠어요?"

수미가 준의 앞에 쟁반을 들고 선 채 물었다. 준은 아니라고 고개를 흔들었다.

"나도 싫어요."

이러며 수미가 아무렇게나 가까이 있는 작업대에 쟁반을 놓더니 다시 준에게로 왔다.

"이리 오세요."

수미가 준의 팔을 잡고 가서 그를 의자에 앉게 했다. 그리고 그녀는 준의 앞으로 융단 바닥에 쭈그려 앉았다.

"성규 소식 아세요?"

수미가 얼굴을 들고 준을 올려다보며 물었다. 준은 그렇다고 고개를 끄덕였다.

"기쁘죠? 기쁘잖으세요."

수미가 느닷없이 쾌활하게 말했다.

"난 그 소식을 듣자, 난 그만 너무 기뻐서 울어버렸어요. 성규
가 무사하다니 말예요."

수미는 빛나는 환한 얼굴을 하고 있었다. 준이 잠시 후에 말
했다.

"지금 성규는 어디 있습니까? 아직 경찰서에 있는 겁니까."

"전 잘 모르겠어요. 회장 아저씬 저에게 그저 무사하다구만
해요."

이러며 수미가 준의 무릎 위로 머리를 얹어놓았다. 그렇게 수
미는 한동안 머리를 기댄 채 가만히 있었다.

"만약 성규가 어떻게 됐다면 우린 어쨌을까요? 특히 전 말예
요."

하고 수미가 여전히 무릎에 얼굴을 댄 채 말했다. 긴 머리칼
이 목덜미로 흘러내리고 있었다. 준은 수미의 머리를 쓰다듬으
며 잠자코 앉아 있었다. 방 안은 사벽을 돌아가면서 그림이 걸
려 있었다. 여기저기 커다란 캔버스가 그저 벽에 기대 있기도
했다. 방바닥으론 물감통이니 붓이니 팔레트 등이 지저분하게
널려 있었다. 준은 잠시 형수의 꿈 생각을 했다. 형수는 꿈에 안
국동 집을 보았다고 했었다. 그런데 준은 현재 바로 그 안국동
집에 와 앉아 있는 것이었다. 그러나 형수가 꿈에 보았을 안국

432

동 집은 아니었다. 그들이 전에 살 때는 이 양관의 화실은 없었던 것이다. 수미가 필요에 의해서 새로 정원 한쪽에 지은 별채였다.

"그런데 성규 소식을 어떻게 아셨어요?"

하고 수미가 얼굴을 들고 물었다.

"성규 집에 갔었습니다."

"집엘요?"

수미가 이러며 준의 얼굴을 주시했다.

"그게 언제였어요?"

"며칠 됐습니다."

한순간 후에 수미가 다시 물었다.

"그래 누굴 만났어요?"

"성규 아버질."

"그런 줄도 모르고, 난 그때…… 어째 그럴 수가 있어요!"

수미가 이제 몸을 곧추세우고 앉아서 준을 노려보고 있었다. 그래서는 다시금 분통이 터진다는 듯이 입을 꼭 다물고 있었다. 준은 그녀의 손을 끌어당겨 잡았다. 수미가 홱 뿌리쳤다. 그래서 서로 잠시 동안 마주 보고만 있었다. 준은 이 돌변한 태도에 어리둥절한 채 어색하게 앉아 있었다. 그는 이런 행동에 익숙지 못했었다. 준은 담배를 찾아 피웠다.

"절 사랑하시죠, 네"

하고 수미가 준을 노려본 채 말했다.

준은 말이 없었다. 한순간 후에 수미가 다시 말하고 있었다.

"언젠가 당신은 절 사랑한다는 걸 아시게 될 거예요."

이러면서 수미는 융단에 웅크린 채 앉아서 줄곧 깊숙한 눈길로 준을 지켜보고 있었다. 마치 그 맑고 커다란 눈 속에 그를 온통 삼켜버리고 싶은 듯했다. 그럼에도 불구하고 참으로 그녀의 아름다움은 눈부셨다. 그런데 어쩌자고 저런 눈으로 계속 말없이 쳐다보고 있는지 알 수가 없었다. 그녀의 사랑은 그를 고독하게 했다.

"담배 피우는 당신마저 난 질투해요. 난 왜 이럴까요?"

하며 수미가 준에게 몸을 던졌다.

훈훈한 밤이었다. 대기는 촉촉하고 부드러웠다. 여인이 지나가듯 어둠 속에 언뜻 향긋한 냄새가 떠돌았다. 그러나 그것은 거리의 담 너머로 스며 나오는 꽃향기였다. 준은 수미의 집으로부터 나오는 길이었다. 그는 골목을 지나 차도로 나왔다.

거리에 사람들이 달려가고 있었다. 몇 명의 고등학생들이 함께 달려가는 게 보였고, 잇달아 청년들이 두세 명씩 달려가고 있었다. 어른들은 바쁜 걸음을 치고 있었다. 그들은 모두 같은 방향을 향해서 바삐 몰려가고 있었다. 그쪽에서 지금 무엇인가 일어나고 있는 모양이었다. 혹은 준이 아까 본 교수들이 무슨 일을 벌이고 있는지 몰랐다. 준은 사람들이 가고 있는 쪽으로 발길을 옮겼다. 잠시 가자, 중앙청 쪽으로 넘어가던 사람들이 다시 달려서 되돌아오고 있었다. 그쪽은 통행금지인 모양이었다. 다시 돌아온 사람들은 화신 옆길로 빠져갔다. 준이 종로로 나왔을 때는 더 많은 사람들이 달리고 있었다. 마치 그들은 약속이나 한 듯이 한 방향을 향해서 몰려가고 있었다. 벌써 저너머 세종로 쪽에선 많은 군중의 외침 소리가 들려오고 있었다. 이미 세종로엔 군중으로 가득했다. 그리고 와글대는 군중은 저마다 외치고 있었다.

"이승만 대통령은 즉시 물러가라!"

"3·15 선거를 규탄한다!"

"구금 학생 무조건 석방하라."

거리는 불빛 아래 시꺼먼 무리가 술렁대고 있었고 그들 앞에는 군인들이 빽빽이 벽을 이루고 있었다. 군인들은 탱크를 앞세우고 있었다. 그러면서 그들은 마스크에 집총을 한 부동자세로 중앙청 쪽을 향한 군중의 앞을 막고 있었다. 그들과 맞서서 군중들이 계속 갖가지 구호를 외쳐대고 있었고, 준은 빼곡한 인파 속에 서 있었다. 그러나 군중 속에 아까 교수들의 모습은 보이지 않았다. 군인들은 군중의 환성 속에 버티고 서서 아직 침묵하고 있었다. 군중은 시시각각 모여들고 있었다.

준은 군중을 떠나 발길을 돌렸다. 인파가 거리로 번지고 있었다. 상점들은 재빨리 문을 닫고 있었고 점원들이 길에 나와 구경을 하고 있었다. 군중은 리더를 앞세우고 리더 밑에 구호를 외치며 집단적으로 행진해가며, 거리를 이동하고 있었다. 준은 바지 포켓에 손을 찌른 채 묵묵히 걷고 있었다. 그는 집을 향해

가고 있었다. 인파가 끊임없이 그의 옆을 지나가고 있었다. 그러나 마치 그는 바로 곁에서 들끓고 있는 숱한 인간의 밀림 속에 홀로 있는 듯한 적막감에 고립되어 있었다. 그는 외부와 꽉 닫힌 채 인간적인 접촉에서 외면해 있었고, 그리고 바로 이 순간 그는 묵묵히 세상으로부터 도피하고 있는 듯했다. 군중은 차츰 시위 태세를 갖추고 있었다. 군중 속에 볼 수 있는 열띤 구호와 흥분이 점차 고조되어가고 있었다. 그러면서 격증한 인파가 자꾸 앞으로 거리를 내달리고 있었다. 거리는 또다시 크게 물결치고 있었다. 그리고 군중은 모든 것을 다시 한번 거리에 되살리고 있었다. 저렇게 군중이 떼를 지어 밀려가는 저 거리는 옛부터 겨레의 감정에 몹시 민감했었다. 일찍이 그들의 조상들도 슬플 때나 환희에 거리를 뛰쳐나와 저렇게 떼를 지어 저 거리를 밀어갔던 것이다. 그리고 그것이 지금 밀어가고 있는 저 군중의 핏속에 그들의 조상의 피가 흐르고 있을 것이었다. 새로운 한 떼의 인파가 달려와서 다시 거리를 메꾸며 달리고 있었다. 준은 그들을 바라보며 형수를 생각했다. 저 군중이 거리를 메꾸며 가서 삼팔선을 뒤엎고 있는 것을 보는 형수를. 그러나 형수가 본 그런 식으로가 아니더라도 언젠가 이 나라에 통일이 오고야 말 것이다. 그것은 의심할 여지가 없는 엄연한 이 나라 미래의 역사일 것이다. 그때 이 거리는 눈앞에 저 군중처럼 다시 한번 인파로 뒤덮일 것이다. 또 한 떼가 왁왁하며 준을 앞지르고 있었다. 그러자 준은 갑자기 그들의 뒤를 따라 달려갔다. 성규가 있을 경찰서로 가보자는 생각이 떠올랐다.

이미 경찰서는 수백 명의 군중으로 둘러싸여 있었다. 군중 뒤에서 새로운 군중이 경찰서를 향해 밀고 밀렸다. 그러나 막상 경찰과 맞대한 맨 앞은 아주 조심스러웠다. 그들은 가만히 경찰을 주시하고 있었다. 경찰서 입구에는 준이 어젯밤 본 것처럼 기관총이 거리를 겨누고 있었다. 그리고 무장을 갖춘 경찰관들이 기관총을 빙 둘러서서 경비를 하고 있었다. 그런데 이층 창에서도 역시 전투복을 입은 경찰관들이 총구를 밖으로 향해 겨누고 있는 게 보였다. 그러나 군인들의 경비진 뒤로 중무장을 한 채 총대를 꼭 쥔 경찰관들은 시시각각 몰려들고 있는 군중들을 신경질적인 눈초리로 노려보고 있었다.

이렇게 긴장된 분위기가 얼마 동안 서로 맞선 쌍방에 떠돌고 있었다. 그러나 아무도 한 치도 물러설 것 같지 않는 군중 쪽은 한층 악착같은 공기가 떠돌고 있었다. 군중은 이번 기회야말로 끝을 보아야만 물러설 것만 같았다. 준은 전날 밤에 와 있던 담 옆에 서 있었다. 그는 군중 속에 섞여 있지만 여전히 혼자 고립된 채였다. 그들과 같이 있지만 그들과의 사이에 넘을 수 없는 벽을 의식하고 있었다. 그는 다시금 참을성 있게 세상을 외면하려는 본능에 사로잡혀 있었다. 그들은 지금 단지 싸우기만 하면 되었다. 그런데 그는 그가 뛰어들 시대도 갖지 못했고 조국이나 심지어 자신의 생활마저 그에게서 부재하고 있었다. 다만 그는 그의 부재의식 속에 무력과 좌절에 익숙해야만 했었다. 그런데 그는 참으로 젊기만 했다. 그는 계속 묵묵히 서서 눈앞에 벌어지고 있는 광경을 우울하게 바라보고만 있었다. 그런데 이때 거리 저쪽에서 사이렌을 울리며 청년들을 태운 소방차가 군중을 헤치며 달려오는 게 보였다.

그러자 갑자기 군중이

"학생 죽인 살인귀 처단하라!"

고 외치며 소방차의 뒤를 따라 와 몰려 나가고 있었다. 돌연 요란한 총성이 울렸다. 이층에서 겨누고 있던 총부리가 불을 뿜었다. 소방차 위에서 청년 하나가 풀썩 맥없이 땅바닥에 나가떨어지는 게 보였다. 다음 순간 실탄 소리가 준의 귓가를 앵 스치고 있었다. 무의식중에 담벽에 붙어 섰다. 총알이 담벽을 때리고 있었다. 정신을 차렸다. 준의 눈앞에 그들을 겨누고 있는 수십 대의 총구가 비추었다.

소방차 위에서 또 하나가 나가떨어지고 있었다. 마치 나뭇가지에서 떨어지는 참새 같았다. 준은 어안이 벙벙했다. 그는 이 살기에 찬 중독 상태에 울컥 가슴속에 뜨거운 것이 치밀고 있었다. 순간 그의 뇌리에 얼핏 형수의 얼굴이 지나갔다. 그러나 다음 순간, 그는 이미 총알 속으로 몸을 내밀고 있었다. 이제 더 이상 제물은 필요 없었다. 이 나라 역사는 온통 제물투성이였으니까. 준이 걸어나가는 순간, 숨이 탁 막히는 것을 느꼈다. 전신이 노곤해지며 그 막막한 해방감에 몸을 맡긴 채, 준은 벌써 땅바닥에 쓰러져 있었다.

수미는 군중을 헤치며 뛰어가고 있었다. 거리는 발 들어설 데 없이 군중으로 꽉 차 있었다. 수미는 앞을 뚫고 나가려고 몸부림치며, 안 돼요, 안 돼요, 하고 소리 없이 외치고 있었다. 거리는 밤새워 계속되는 시위로 장안 사람들이 다 쏟아져 나온 것만 같았고, 사방이 어디나 인파의 물결로 뒤덮여 있었다. 청년들이 탱크 위에 개미 떼처럼 달라붙어 만세를 부르며 거리를 누비고 있었다. 그러자 수미가 병원으로 뛰어들자 돌연 주위가 조용해서 움칠했다.

수미는 병실을 찾아 문 앞에 섰다. 그렇게 그녀는 잠시 방문 앞에 서 있었다. 안에선 아무 인기척도 없었다. 마치 빈방 같았다. 수미가 가만히 문을 열어보았다. 한 여인이 침대 전에 머리를 묻고 꿇어 앉아 있었고, 그 옆으로 한 신사가 서 있는 게 보였다. 이렇게 방 안엔 그들 두 사람뿐이었다. 얼핏 수미는 잘못 왔나 하는 생각이 들었다. 신사가 고개를 돌려서 수미를 돌아보았다. 그러자 이때 수미는 침대에 누워 있는 준을 보았다.

한순간 수미는 문 입구에 서 있었다. 그러자 그녀는 안으로 걸어 들어가고 있었다. 다가가 침대 앞에 걸음을 멈추었다. 신사가 침대 앞에서 잠자코 자리를 물러서고 있었다. 그렇게 수미는 또 한순간 침대 앞에 걸음을 멈춘 채 가만히 서 있었다.

준은 꼭 잠든 듯했다. 하얀 시트를 턱까지 덮고 꼭 잠든 듯이 침대에 누워 있었다. 그 선이 곧은 얼굴을 똑바로 천장을 향해 서였다. 그렇게 준은 깊은 잠 속에 빠져 마치 지금 조용히 숨쉬고 있는 것만 같았다. 수미는 끌리듯 가만히 준의 볼에 가져가 대었던 손을 움츠렸다. 얼굴이 싸늘했다. 잠시 후 다시 손을 가져가 준의 얼굴을 만져본 수미는 손을 거두었다. 그것은 일찍이 그녀가 알고 있던 준의 얼굴과는 이미 인연이 멀었다.

이렇게 수미는 한동안 가만히 서 있었다. 우는 사람은 아무도 없었다. 방 안이 하도 조용해서 수미는 감히 손 하나 까딱할 수 없을 지경이었다. 여인은 여전히 기도하는 것처럼 침대 전에 머리를 묻고 앉아 있었다. 하도 여인이 꼼짝하지 않자 신사가 여인의 등을 잡고 가만히 흔들고 있었다. 그러자 여인이 고개를 들고 미소했다. 여인은 너무 큰 비탄에 웃고 있는 성싶었다. 이 여인이 준의 형수일 것이라고 수미는 막연히 생각하고 있었다. 신사는 의사일 것이고, 그들은 생전에 준과 인연을 가졌던 사람들이지만 수미는 모르고 있었다. 그런데 막상 수미에게 전화를 준 성규는 보이지 않았다. 그러나 여인은 방 안에 수미가 있는 것도 모르고 있었다. 여인은 다시금 눈앞에 시체를 응시한 채 넋을 잃고 있었다. 시체는 상처 하나 없이 깨끗한 얼굴을 하고 있었다. 마치 창백한 석고상을 연상시키고 있었다.

의사가 시트를 끌어당겨 시체의 얼굴을 덮고 있었다. 안녕, 수미가 마음속에서 말했다. 안녕, 내 사랑, 하고서는 수미는 급히 침대 앞에서 몸을 돌렸다. 그러고는 조용히 방을 물러 나왔다.

수미가 복도를 걷고 있자니까 의사가 따라 나와서

"가시겠습니까?"

하고 수미를 멈추어 세웠다.

"바래다드릴까요?"

하고 의사가 다시 말했다.

"아네요."

"혼자 가겠습니까?"

"네."

두 사람은 얼굴을 마주하고 잠시 서로 멍하니 바라보고 있었다. 의사는 수미더러 누구냐고 묻지는 않았다. 수미는 재빨리 몸을 돌렸다. 눈앞이 뿌얘졌다. 층계를 내려서는데 휘청거렸다. 발이 땅에 붕 떠 있는 것만 같았다. 수미는 층계 난간을 짚고 아래로 내려왔다. 그러는 수미를 층계 위에서 의사가 내려다보고 있었다.

수미는 병원 뜰을 걸어 내려가고 있었다. 그러자 갑자기 그녀는 걸음을 멈추었다. 언뜻 짙은 라일락 향기에 숨쉬기마저 고통스러웠다. 수미의 사랑은 시작에서 그 사람은 가버리고 없었다. 그런데 꽃은 피고 있었고. 이렇듯 온갖 것이 그들이 미처 모르는 사이에 태양을 향하여 달리는 줄달음은 얼마나 성급한 것인가. 담 저 너머 거리로도 이미 모든 고함과 노랫소리가 멎어 있었다. 수만 군중이 휩쓸던 거리는 그들의 목적을 이루자마자 놀랍게도 한순간 사이에 텅 비어 있었다. 수미는 병원 길을 계속 걸어 내려갔다. 머리 위로 오후의 찬란한 햇볕이 쏟아지고 있었고 정원의 풍요는 봄 속에 이미 여름을 마련하고 있었다.

시대의 고통과 역사에의 열정
─ 정영현의 『꽃과 제물』을 읽으며

김병익
(문학평론가)

    문학과지성사가 어떻게 알아냈는지 정영현의『꽃과 제물』간
행에 대한 의견을 물어왔을 때 우선 반가웠고 감회가 새로웠다.
그러면서 내 뜻은 어떻게 해서라도 이 소설이 간행되어야 한다
는 쪽으로 굳어졌다. 나는 이 작가가 내 가까운 친구의 동생이
고 대학 시절의 내가 자주 찾던 그의 집도 삼선교를 지난 낙산
비탈에 있어 돈암동의 내 집과 가까웠기에 그 남매들과 만나 어
울리는 일이 잦았는데, 그럼에도 그가 소설을 썼다는 사실은 이
작가의 이 장편소설이 1968년 『여성동아』 복간 기념 공모의 첫
당선작으로 발표되었을 때에야 알았다. 김지하와 같은 대학 같
은 과 동기인 그녀는 이 작품의 당선 이후 몇 편의 창작물을 발
표하고는 홀연히 미국으로 떠났고, 1987년 내가 미국에서 그를
만났을 때는 세 딸을 기르는 알뜰한 주부가 되어 있었다. 『여성

동아』복간 1주년 기념호에 '부록'으로 간행된 『꽃과 제물』은 판권 관련 때문이기도 하겠지만 작가가 한국에 살지 않았고 창작 작업도 내려놓고 있어 문단에서는 물론 아마도 작가 자신에게서도 잊혀왔을 것이다. 염무웅이 근래 상자한 『문학과의 동행』에서 "지식인의 정치사적 사건이기 때문에 그 소설적 형상화가 드문 것 같다"며 4·19문학이 빈약한 상태에서 그나마 귀중한 소산으로 전광용의 두 작품과 박태순의 단편과 함께 이 『꽃과 제물』을 든 것을 보고 나는 새삼 반갑고 기뻤다. 같은 4·19세대로서 당대의 기념적인 역사를 정면으로 재현하고 있는 작품이 세월의 안개 속에 숨어 있어왔음에도 그 소설을 기억해냈다는 것이 반가웠고, 1960년 학생혁명의 의미를 앞세워 우리 세대의 문화적 변혁을 자부하면서도 정작 그 문학적 실체를 보여주지 못했음을 섭섭해하던 차였기에 이 작품이 망각을 털고 우리 눈앞으로 부활하여 상면할 수 있게 된다면 정말 기뻐할 일이었다. 나는 문학과지성사 측에 이 작품의 간행을 적극 권했고 공적인 문화 - 문학사로나 사적인 내 우정의 기억을 위해 짓무른 눈으로 440여 쪽의 긴 소설을 교정쇄로 먼저 읽어보겠다고 자청했다. 이 독서는 나의 이십대 대학 시절의 젊은 고통을 상기시켰고 대학로와 북촌 그리고 세종로 등 학교 부근의 풍경과 격렬한 대학생 시위 현장을 무대로, 서로 어울리며 사랑하고 토론하며 고뇌하던 젊은이들의 순수한 열정들에 대한 그리움을 불러주었다. 그것은 아름답고, 아름답기에 슬프고, 그 두 세대 전의 순수한 고뇌와 분노가 젊은 시절의 벅찬 근대사적 계기를 이룬 혁명에 대한 감격과 함께 회상되었고 그 뜨거운 사건을 귀중한 민족사적 역사로 승화시킨 58년 전의 뜨거운 상징이 다정하게 내 속으로 안겨들었다.

장편소설『꽃과 제물』은 네 개의 봄과 세 개의 여름으로 구성되어 있다. 그 세 개의 여름이 순환하면서 보여주는 것은 우리에게 되풀이 강요되었던 우리 근세사의 사태들이고 그것들이 안겨준 아픔과 긴장의 역사적 장면들이다. 그리고 네 대목의 장면으로 이어진 단 하나의 봄은 1960년의 4월로서, 오늘의 우리 역사에 획기적인 고비를 이룬 학생혁명이 폭발하고 드디어 우리 민족사에서 처음으로 밑으로부터의 변혁에 성공의 전례를 이루며 이후의 우리 역사 발전에 새로운 동력으로 작동하게 될 '4월혁명'으로 그 정신적 실천적 역사의 진행을 보여준다. 여름은 우리 과거의 아픈 진통들이 번지며 그 병통의 속을 쑤셔 헤집고 그 아픔으로 괴로웠고 넉 장으로 건너뛰며 보여주는 하나의 봄은 여름에 드러난 한국사적 증상들을 하나로 뭉쳐 마침내 '혁명'의 열화로 폭발시키고 있다. 압박과 긴장의 여름과 잔인과 절망을 앓아야 하는 봄! 작가에게 격렬한 아픔과 번뇌를 안겨준 역사는 오늘의 우리를 형성시켜준 이렇게 반세기 전의 봄과 여름이었다. 세 여름은 식민지 시대의 가혹과 해방 공간의 혼란, 그리고 한국전쟁의 참혹이었다. 그 가혹과 혼란과 참혹을 이겨낼 것이 '찬란한 4월'의 '잔인한 봄'이었다. 식민지 시대의 탄압과 수탈, 이데올로기가 난무하며 당혹스럽던 해방 후의 곤혹이 겹친 여름에도 불구하고, 그리고 부정 선거와 권력의 억압 속에서도 정의와 자유를 외치는 젊은 사자들의 절규는 뜨겁고 당당했다. 작가는 이 봄에서 여름으로의 자연스러운 연계를 '꽃과 제물'의 필연적인 인과로 바라보고 있다. 그는 식민지 시대의 탄압에 대한 견딤이 해방 공간의 혼란과 치열을 불러왔고 그것은 다시 한국전쟁의 처절한 고통과 상처를 남겼으며 그 모든 것들이 마침내 학생혁명의 동력으로 응집, 분화하여 폭발하고 있음을 본다. 이 연쇄의 역사가 우리 민족의 서사적 구조를 이룬다. 대학로에서 출발하여 세종로를 거쳐 경무대(현 청와대) 앞까지 이르는 1960년의 좁은 서울의 정치적 문화적 공간과, 거기서 권력과 그 무참한 힘에 대항하는, 그래서 피 흘리는 젊은 주인공의 안타까운 죽음을 만나게 되는 뜨거운 4월의 행진 속에서 작가가 확인하는 것은 "자고로 이 나라 백성은 진실에 대해 몹시 솔직했다. 거짓 앞에 오래 억눌려 있지 못했다. 그것은 일찍이 이 나라에 정신적 투쟁의 역사를 이루고 있었다"(p. 381)는 엄숙한 깨달음이었고, 그 인식은 우리의 역사, 아니 우리 인간사의 아름다운 진전 혹은 자기 각성으로 보아 좋을 진실을 담은 힘찬 목소리로 울려온다.

이렇게 오늘 하루가 인간의 생명을 잃어가며 숱한 기이한 얘기를 낳고 있었다. 그리고 그것은 **제물로 바쳐진 목숨 위에 신화처럼 꽃을 피우고 있었다.** (p. 385, 강조는 인용자)

그래, 그랬을 것이다. 네 남녀 대학생을 중심으로 사랑과 정의, 고뇌와 연민으로 엮이는 역사와 절정의 그 뜨거운 장면들은 그 이전의 격렬한 날들이 지워준 희생 위에서 이루어진 것들이다. 프랑스혁명이 그랬고 3·1운동을 비롯한 강인한 저항의 제물들을 바쳐 얻은 우리의 해방이 그러했으며 수백의 젊은 목숨을 바쳐 드디어 우리 역사에서 처음으로 가능할 수 있었던 밑으로부터의 주체적인 선택으로 성취한 시민혁명으로서의 4·19가 피어난 것이 그랬다. 제물을 바쳐야 대가를 허락하는 이 과정은 『꽃과 제물』이 힘차게 보여준 학생혁명 후에도, 1980년의 봄, 1987년의 봄, 그리고 가을 겨울의 촛불 시위를 거친 2017년의 봄으로 되풀이하며 오늘의 역사에 이르기까지 이 '봄의 역사'를 실제의 증거로 제시해왔다. 그 증언은 계시록(啓示錄)적이다. 젊은 주인공 성규의 사유를 통해 작가는 분노의 항의가 하나로 뭉치는 모습을 가리키며 이렇게 말한다: "인간이 하나로 되었던 순간을 알 뿐이었다. 용기만 있다면 인간은 고독하지 않았다. [……] 일단 인간이 인간임을 위해서 죽음도 불사하며 행동하기 시작하자, 위대한 그 무엇이 인류의 운명을 승리로 이끄는 것이었다. [……] 아마 이 민족이 존속하는 한 영원히 멈추지 않으리라. 이러한 인간 정신은 역사의 발자취를 따라 곳곳에 한 줄기 찬란한 꽃을 피우고 있었다"(pp. 385~86).

　기록된 공적인 역사를 기억하면서, 더불어 내 가슴속에 숨은 사적 회상을 뒤섞어 읽으며 나는『꽃과 제물』을 통해 근 60년 전의 젊음에 흥분해 있었다. 여기에, 두 세대 전의 더러 달라진 표기 변화를 다듬으면서 1968년 여성지 부록으로 허술하게 발표된 후 '뒤안길'로 숨어버린 이 작품을 50년 만에 당당한 '문지 장편소설'로 발굴하여 간행하게 된 것이 참으로 뿌듯한 보람으로 여기지 않을 수 없다. 작가의 부군인 안병환 박사는 50년 전의 낡은 텍스트를 복사하여 보내주었는데『북간도』의 작가 안수길 선생님의 자제다운 문학에 대한 사랑이 드러난다. 의사이며 미국에서 몇 차례 전시회를 가진 동생 정희현 박사의 표지화가 언니의 문학적 상상력을 훌륭하게 재생하고 있음을 나는 강조하고 싶다. 미국에서 정년퇴직한 의사로서 조국의 시단에 데뷔하고 시집(『부다페스트의 환생』, 시문학사, 2010)을 상자한 시인이면서 동양화를 그리고 있는 큰오빠 정두현 박사와, 이제 조국에 새 자리를 마련해 새 삶을 짓고 있는 둘째 오빠 정문현 박사의 응원을 나는 부러워하며 감사를 드린다. 그러니까 이『꽃과 제물』은 한 가족이 일군 장편 서사이다. 미시 서사에 들린 오늘의 독자들이 이 거대 민족 서사의 틀과 인식을 새삼스러운 소감으로 대면해주기를 나는 거듭 바란다. 이 작품을 읽을 중심 독자층은 1960년대의 젊은이들이 아니라 21세기 10년대의 반세기 후배들일 것이다. 4·19학생혁명을 통해 자기 주체를 선언한 '한글세대'가 이미 팔십대에 이르렀고 그만큼 문학과 문화만이 아니라 지적 경제적, 그리고 마침내 사회적 정치적 모든 분야에서 한글문화의 모던 내지 포스트모던한 삶을 살 수 있게 된 현재적 사태의 근원을 알고 느끼기 위해서는 1960년대의 진상을 보아야 할 것이다. 이 작품을 통해 우리 역사에 근대성을 부여한 획기의 사태를 새로이 인식할 수 있다면 참으로 진지한 역사의식을 위해 보람 있는 일이 될 것이다. 그래, 오늘의 세대에게 반세기 동안 숨어 있던 뜻밖의 작품으로 우리 시대의 젊은 정신을 다시 고양할 수 있다면 그것은 오히려 행운이다. 4월의 꽃들이 역사의 소용돌이로 휘둘리는 고통을 이겨내기 위한 제물이 되어 마침내 아름답고 평화로운 오늘의 삶에 풍요한 자양으로 뿌려지고 다시 밝게 덥히는 언어들을 통해 생생한 현장감으로 육박해오는 역사적 장면들을 체험하고 깊이 내면화할 수 있다면 그것은 축복이다. 나는 다시 『꽃과 제물』의, 그 상징으로나 실체로서의 부활에 축하를 드린다. 그 축하는 미국에서 만년의 회상을 누리는 작가만을 향한 것이 아니라 자유와 민주주의의 일상화를 향해 부단한 걸음을 걷고 있는 우리의 젊은 독자들을 향한 것이기도 하다. 그것은 우리 모두에게 즐거운 추억이면서 정의롭고 자유로운 우리의 미래에 대한 신뢰이기 때문이다.